沙汀与孙女杨涟

1992 年 12 月 9 日，四世同堂，沙汀和儿孙们共庆 88 岁生日。

　　1985 年 5 月，沙汀、艾芜（前右）、李济生（后右）、陈丹晨（后左）摄于成都。

1987 年 10 月，巴金、沙汀和他们的女儿合影。

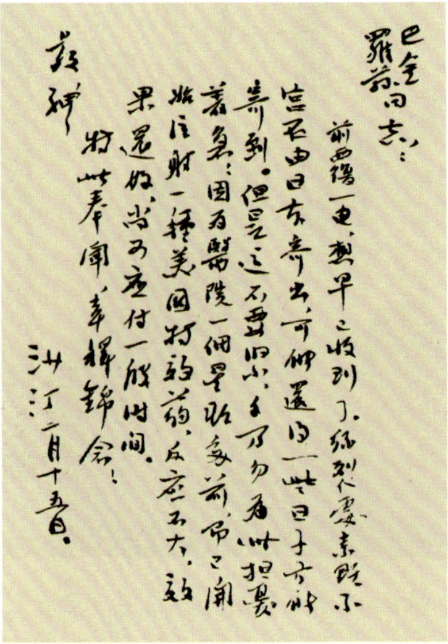

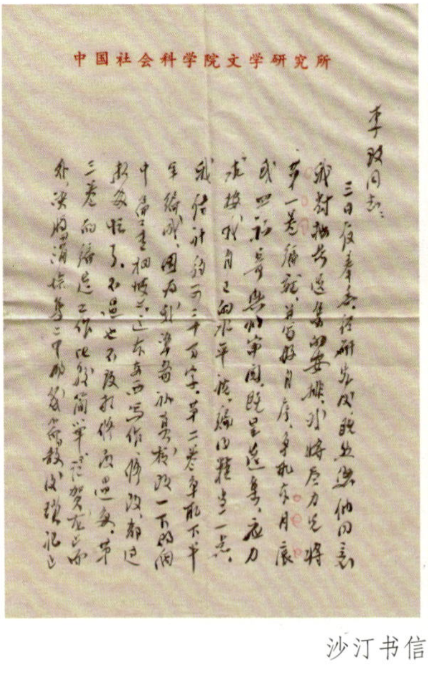

中国社会科学院文学研究所

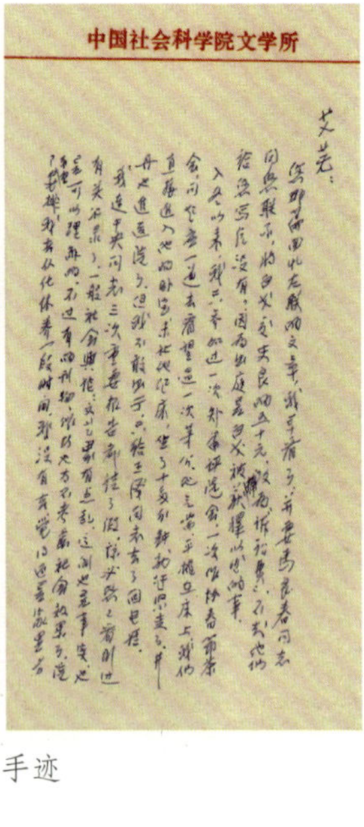

中国社会科学院文学所

沙汀书信手迹

第八卷

书 信

沙汀文集

四川文艺出版社

图书在版编目（CIP）数据

沙汀文集／沙汀著. —2版. —成都：四川文艺出版社，2018.3

ISBN 978-7-5411-4906-1

Ⅰ.①沙…　Ⅱ.①沙…　Ⅲ.①中国文学—当代文学—作品综合集　Ⅳ.①I217.2

中国版本图书馆CIP数据核字（2017）第326836号

沙汀文集　第八卷

SHUXIN

书　信

沙　汀　著

编辑统筹　卢亚兵　金炀淏
责任编辑　彭　炜　周　轶等
封面设计　叶　茂
内文设计　史小燕
责任校对　蓝　海
责任印制　唐　茵等

出版发行　四川文艺出版社（成都市槐树街2号）
网　　址　www.scwys.com
电　　话　028-86259287（发行部）　　028-86259303（编辑部）
传　　真　028-86259306

邮购地址　成都市槐树街2号四川文艺出版社邮购部　610031
排　　版　四川胜翔数码印务设计有限公司
印　　刷　成都东江印务有限公司
成品尺寸　149mm×210mm　1/32
印　　张　168.75　　　　　　　　　　字　　数　4030千
版　　次　2018年3月第二版　　　　　印　　次　2018年3月第一次印刷
书　　号　ISBN 978-7-5411-4906-1
定　　价　2400.00元（共10卷11册）

目　录

A

B

771127 /086	771219 /087	771227 /087
780103 /088	780122 /090	7801131 /091
780315 /091	780405 /093	780707 /094
780709 /094	780731 /095	780820 /096
780820 /097	781006 /098	781021 /099
781026 /100	781104 /101	781114 /101
781114 /102	781217 /103	790117 /104
790202 /105	790202 /105	790319 /106
790420 /107	790502 /108	790510 /109
790514 /109	790527 /110	790724 /111
790805 /111	790830 /112	790914 /113
791114 /114	791115 /115	791128 /116
791212 /117	791227 /118	800102 /118
800113 /120	800210 /121	800227 /123
800310 /124	800322 /125	800423 /126
800424 /126	800504 /127	800521 /128
800717 /128	800804 /129	800815 /130
800920 /131	801119 /131	801223 /133
810211 /133	810306 /134	810406 /136
810824 /137	810910 /138	810928 /140
811016 /141	811107 /142	811203 /143
811220 /143	811230 /144	820105 /145
820118 /146	820219 /147	820305 /148
820323 /149	820403 /150	820627 /150
820712 /152	820824 /153	820905 /153
821101 /154	821113 /155	821205 /156
830103 /157	830207 /158	830222 /159

830227 /160	830324 /161	8304 ×× /162
830503 /163	830521 /163	830713 /164
830727 /165	830816 /166	830902 /167
831020 /167	831023 /168	831029 /169
831205 /170	831220 /171	840107 /172
840220 /173	840226 /174	840307 /175
840330 /176	840411 /177	840528 /179
840604 /180	840630 /181	840718 /182
840725 /183	840801 /183	840917 /184
8409 ×× /185	840924 /186	841008 /187
841026 /188	841103 /189	841108 /190
841213 /191	850102 /191	850111 /192
850112 /193	850124 /194	850127 /195
850213 /196	850228 /197	850520 /198
850629 /199	850808 /201	850925 /202
851202 /203	85 ×××× /204	851214 /205
860102 /206	860125 /207	860320 /209
860403 /209	860417 /210	860625 /211
860722 /212	860805 /213	860902 /214
860922 /215	861001 /215	861004 /217
861031 /218	861124 /219	861208 /219
861220 /221	861221 /222	861227 /222
861228 /223	870113 /224	870121 /225
870210 /226	870218 /227	870315 /228
870328 /228	870422 /229	870519 /230
870520 /231	870610 /232	870614 /233
870623 /234	870627 /235	870720 /236

870724 /237	870802 /238	870812 /239
870825 /240	870906 /241	870924 /242
871023 /243	871028 /244	871104 /245
871113 /245	871126 /246	871206 /247
871208 /248	871219 /249	871228 /250
880103 /251	880208 /252	880211 /253
880219 /254	880220 /255	880322 /256
880323 /256	880416 /257	880430 /259
880511 /260	880516 /260	880603 /261
880624 /262	880720 /263	880808 /265
880809 /266	880823 /267	880901 /268
880913 /268	881007 /269	881031 /270
881127 /272	881129 /273	881218 /274
890114 /275	890209 /276	890217 /278
890226 /278	890227 /279	890326 /280
890412 /281	89 ×××× /284	890714 /284
890725 /285	890820 /285	891006 /286
891030 /287	891222 /288	900123 /288
900217 /289	900313 /290	900317 /291
900417 /292	900430 /293	900506 /294
901102 /295	910205 /296	910305 /297
910307 /297	911220 /298	920224 /298
920427 /299	920603 /300	920619 /301
920718 /302	921028 /303	921106 /303

致李小林

致李致

R

致日本东京大学人民文学研究会

S

致上海师范学院图书馆资料组

致师陀

致世青

T

致谭兴国

W

致汪金丁

致王西彦

致王衍明

致王仰晨

致王友欣

致杨礼夫妇

致杨希

致杨阳

Z

A

致艾芜

780827

道耕①:

广州美术学院陈卓坤同志专函来向我找"一八艺社"野夫为辛垦版《法律外的航线》所作木刻,以便汇寄东京。但我手中早已没有原书。这里也不好搜求,不知能托人在成都复制一帖寄去么?

我记得,这幅木刻,还是你请野夫刻制的,内容是《码头上》。我还记得,"文化大革命"前期文联搞一次毒草展览,其中就有一册旧日的《法律外的航线》。代我麻烦肖才秀同志,帮帮忙。我相信是会找得到的。如果成都确无办法,就请在此信末尾批上一笔,寄给王觉或林彦同志,要他们费神在重庆找一下。

工作忙,生活乱,是我近半年来的特点。住了月余医院,检查身体、治哮喘,算已得到适当恢复。万幸有荒煤他们顶住干,否则早拖垮了!《记贺龙》已出,因为我要得少,早只有一二册了。《青枫坡》下月可出,当多要一些。

老郭信说你正在改长篇《云南的故事》,不知内容为何?文研所问题不简单,尚难设想创作问题。但求明春能大体就绪就不错了。立波

---

① 艾芜,本名汤道耕。

进医院三月余日了。病已大有起色，情形很好，但隐忧则并未彻底消除，念之真令人难安！

舍下诸事，尚乞你和显葵多加关照！

子青

一九七八年八月二十七日

790606

艾芜：

上月二十三日来信，早收到了。最近，因为一件临时性差事，弄得人忙乱不堪。今天，算基本上把任务完成了。您的长篇，花了那么多时间、精力写作、修改，这种慎重负责态度，对我们这种年龄的人来说，是完全必要的。我一直深悔我那个中篇，不管写作、修改都过于潦草，发表得太随便了。可以说与打胎无异！它是个不足月的孩子，如不大改，势将成为废品！

巴金说过他还要写两部长篇，只打算每天写五六百字。上月我去医院看丁玲同志，她也谈到自己的写作计划，而且也只准备每天写五六百字，要精雕细琢。我当然也还想写，但是身体差，杂务多，设非荒煤顶起来干，我早拖垮了！我之所谓杂务，主要是一些不相识的人来信、来稿较多。尽管由于无可奈何，早已准备挨骂，每如来信采取恕不奉答态度。有些来稿，则转往《文学评论》和《人民文学》，请托他们代劳。杂事仍然不少，颇以为苦。院部曾来安排我前去庐山或黄山疗养两个月，这倒是一个可以安安静静做点事的机会，但检查身体后，医生都不同意我去！因为我有肺心病，而该两地都离大城市较远，一旦哮喘发了，不好办！

臧姚的纠纷谅已知悉。姚文发表后，臧很激动，曾向一些熟人写信，我也得到过他两封信。当时，我怕感冒，很少出门，就打电话相劝：以安定团结为重；别人不顾大局，不识大体，那是别人的事，千万不要针锋相对！听之可也，但他照旧把姚赞扬《向阳路》的信复制出来，进行反驳。幸而给有识比压下来了，现在此事已告结束。因为中宣部一位负责同志访克家，进行了必要的劝说。

"左联"的问题，主要口号问题，最近又差点出事。幸而经一些同志慎重从事，问题放搁下来了。一俟周扬同志回国，中宣部可能召开必要会议解决当年的问题。匆祝

健康！问候蕾嘉同志。

沙汀

六、六日①

791225

艾芜：

读《四川文艺》，知道您又完成一个中篇。我到京以后，几乎无法搞创作了。昨天得《文艺报》编辑部熟人电话，说您寄了篇谈建国以来创作经验的文章，也催我写；我可是写不出来。

我写这封信，是想谈一个问题。昨天文研所送来一批文件和新华社的《内参》，我选读了几件。其中，《内参》九三期有一篇邓力群同志的报告，是谈叶帅国庆节那篇讲话的写作过程的，如尚未看过，望能一读。您回去后看来健康情况不错，我却一直感到疲惫、忙乱，什么事都摸不上手。匆祝

健康！问候蕾嘉同志。

子青

十二、廿五日

① 指六月八日，原件如此；下一封信十二、廿五日，即十二月二十五日；以下均同。

800108

艾芜：

我刚午睡一会，就起来给您回信，因为来信引起我很多感想，包括文代会中及其以后看到、听到的一些文学乱象在内，真是一言难尽！来个长话短说吧！我同意您对"资产阶级自由化"的解释，界线是清楚的，即我在四项原则上有错误，也是个教育问题，改了就好。胡耀邦同志在地县宣传工作会议上有个讲话录音稿，定稿后您是会看到的。这个讲话，他也顺便提到文艺问题。

我说顺便，因为他在这个问题上讲得不多，录音稿已送文学所向党内干部传达去了。这里只能就记忆所及谈谈。他感觉一个时期内文艺方面出现过一种情况：不大考虑"社会效果"。他没扔出具体作品或什么言论；我估计可能说的是《骗子》，又叫《假如我是真的呢》。对于这个剧本的内容有两种相反的意见。您当在京时听到过，而我主要想说的是，在提到"社会效果"问题后，耀邦同志立即要大家注意，下去传达时不要"拔高"，说什么又出现了毒草啦！他的整个谈话的要点之一，是重申"三不主义"和"不搞'政治运动'"。

在耀邦同志的讲话中，他称赞夏公的闭幕词，还劝说大家看。作协将正式成立"作家权益保障委员会"，主任委员就是夏衍同志。那天在茅公家讨论七个委员会名单时，从未讨论过所谓"权益"的具体内容，无疑不仅指版税、稿费而已，您的意见当于适当时候向熟识同志谈谈。匆祝

著祺，千万注意劳逸结合！问候蕾嘉同志。

沙汀

八○年一月八日

800219

艾芜：

您那篇回忆左联的文章，我早看了，并要马良春同志同您联系，将白戈交史良的五十元，改为"诉讼费"，不知他们给您写信没有？因为出庭是白戈被捕获释以后的事。

入冬以来，我只参加过一次短篇评选会、一次作协春节茶话会，同起应一道去看望过一次茅公。他气喘，平瘫在床上，我们直接进入他的卧室，未让他起床。坐了十多分钟，就赶紧走了。井丹也进医院了，但我不敢出行，只给王泽同志去了电话。

我连中央同志三次重要报告都请了假，谅必您已看到过有关记录了。一般社会舆论，文艺界有点乱。这倒也是事实，也是可以理解的；不过有的刊物、作者也太不考虑社会效果了。院部原想安排我去从化修养一段时间，我没有去，觉得还是家里方便。回四川呢，但又恐反而得不到休息，结果比在北京还忙乱，因为这里还能得到同志的体恤。而且，再乱，无疑比内地好一些，或好得多。

住了两次医院，病的确减轻了，可是身体却已受到很大亏损，思想不易集中，又容易疲累，忘性也大，时常为查阅一封旧信、来稿，得费很多时间、精力！您看，单为《四川文学》写点短文，就拖延了将近两日之久。今天花去一天工夫，算把它写完了，但我仍无大把握，均先寄您斧正。如根本不可用，弃之可也。我曾于去年发誓，不发这类文章了，而此文却又不能推脱！

呵，我还告诉您一个消息，春节那天，□□熊复、白羽相遇，他们谈到将写一篇论英雄人物的文章。看来将由白羽执笔。我认为这有必要。"干预生活""干预生活"叫嚷得太过分了！

注意劳逸结合，多加保重！问候蕾嘉同志。

子青

八〇年二月十九日

文研所的《动态》《文艺报》，四川文联、作协不知已订阅否？两者都是内部刊物。又及

801225

艾芜：

长篇想已定稿，深以为念！我返京虽已月余天了，只出过四五次门。其中，有三次是去文学所开会，讨论接班人、调整领导班子的问题。我辞职的要求，可望批准。可是作协又将调我去担任一项新的职务，我已经辞谢了。

前几天得李致同志来信，说是您的选集，已编就第一卷交他们出版了，催我也赶快将"三记"于修订后寄交他们。老实说，《涓埃集》出版后，已将我出书的念头全打掉了。我横竖只有那一点不三不四的东西，出版与否，我已毫不在意！不知您对济生约出文集事，又是怎么回答的，统望便中见告一二！

月余天来，由于坚持以疗养为主，又按时在室内做点简易运动，于今尚未病过。幸释念！祝您、显葵及孩子们安好！

子青

八〇年十二月廿五日

810115

艾芜：

您的作品多，出选集和文集不会有多少重复。我不同了，只有那一点东西。四川又要我先出"三记"，这一来，就会同"上艺"计划的文集内容出现大量重复。同时，我又偏向于由"上艺"出版文集，因为他们在校对上比较负责。不过，现在我已决定，无论选集、文集，我都皆不要出版了，拖他个两三年，再谈吧！

作协是要我去代光年主编《人民文学》，因为光年要负责搞作协党组，工作繁重，忙不过来。这是周扬同志首先提出来的。他还以为，作协人数较少，我把工作转到作协，可以得到更多照顾。房子问题，也较易于解决。但他忘记了另外一些事实：作协的情况很不简单，而且我已经是七十六岁的人了！何况健康又太差呢。光年曾来谈过一次，世事看来已成为过去了。

　　不过，由于中央有关调整各级领导班子的方针，最近又有所改变，先进后退；因此，我将在半年、一年后才能被批准，退居二线三线的申请。好在文研所里毕竟要单纯得多，大家一直又都很体谅我，一个多月来，我只去参加过四次会。最近院部集中系所负责同志学习，也将让我请假。

　　荒煤可能即将去文化部，但是文联党组的工作，文研所的工作，他仍将兼顾一个时期。今年的一号、二号文件的传达，不知已听过否？年底中央工作会议精神，主要也体现在这两个文件上。院部集中干部学习□□□□，主要也是学习这两个文件。中央工作会议是一次很重要的会议，至少非听传达不可，并争取能阅读文件。最近有些新情况真得注意。

　　我没有出毛病，只因为很少出错。政协、作协一些报告会和茶会，及至放映外国影片，我一次都未参加。今年的暖气也大有改善，又几乎成天都在休息；这些，都是得以保持近年休息的成果的主因。

　　如果文联全国委员会真的要六中全会后才开，那就有可能推迟到春夏之交才召开了。你的长篇，定稿后还是如约给《收获》发表吧。一俟健康情况进一步好转，我也将在您的激励下勉力写点东西。就是能把解放前十年的回忆录写出来，也是好的。

　　我很赞成李治华同志的意见。您可按照他的建议，把《南行记》重新排编一次，较为得当。看了叶□同志在纪念阳友鹤舞台生活六十年专访的文章，很高兴！如有机会见到，可多给以鼓励。对于别人的小动作可以一笑置之，而文章却非写不可。

当然，在一定会议上，对于原则性问题，也不应听之任之。友初同志即将返蓉，来我这里三次，我也是这样激励他。

世文刚虹，望多加教诲。祝
您、蕾嘉及孩子们均安！

沙汀

八一年一月十五日

810314

艾芜：

想来您已回成都了。我们目前正在学习中央工作会议文件，总结经验，提高认识，加强团结，力求在政治思想上同党中央一致，更加顺利地进行新的长征。

我只参加了文学所召开的党委扩大会，以及各科室负责同志的学习讨论会三四次，主要是在家自学。在党委扩大会议上，我又一次提出要求免去我的现有职称。看来通过这次学习，可望退居二线三线。

可能因为我们曾为鲁迅先生日记提供过注释，前几天收到稿酬二十五元。因为刚宜到广州出差去了，我自己近来仍未敢轻易上街，只好暂由我保存了。祝
您和蕾嘉健康！

沙汀

三月十四日

810429

艾芜：

您的信、袁君的信，都收到了。明日当即同君健联系。五号前，我将出差到武汉、南京、上海和杭州走一转，向一些大专院校中文系征求对所里所订规划提意见，搞协作。征求意见后，可能在杭州或无锡休息一两星期，然后返京。本想到西南的，但我还是觉得到每地跑跑较好。我今天下午已从华侨搬到所外市委一个招待所来了。一个套间，屁楼下，比之华侨宽敞清静多了，伙食也有照顾，请你们释念。这里找房子的困难，大出意外，好多人都以旅舍为家。

您和蕾嘉、继玳夫妇和继湘都好。

子青

廿九日

810502

艾芜：

请转告袁牧家同志，叶君健同志答应看他的《陈毅同志诗词译稿》，但他没有工夫进行修改。他说，如果译文有一定基础，他就代他转给外文出版社，而外文出版社今明年出版计划中如果有翻译介绍陈毅同志诗词的项目，同时也认为有一定水平、基础，社内的外国专家将会帮他修改、加工。君健本人只能提意见，不可能改。

今天是二号。四号，我就飞武汉征求意见去了。一气跑四个地方，真得要点精力，看来倒还勉强支持。这两天得进行些必要的准备工作，还得向院领导请文，对所里的工作做些必要安排，所以时间相当紧。我原准备于各地院校中文系和文学界征求意见后，到无锡休息两个星期。看来不行，因为领导上一再催促赶快把业务抓起来，不能再拖延了。

我的工作，主要靠荒煤抓，好多具体工作都是他抓，他很照顾我的身体、年龄，否则这个担子会把我压坏的。到了我们这个年龄，搞一个二三十万字的长篇，应该付出较之以往为多的精力，因为创作界和读者对我们的要求都很殷切，不能辜负他们的期望和信赖。因而我非常赞成你目前修改长篇的态度。匆复，祝

您、蕾嘉及继玳夫妇和继湘安好！

沙汀

五月二日

给谭兴国同志信，请便中转交。我家里有什么事，盼照顾。又及。

840311

艾芜：

您的中篇改得怎样了？至以为念！《整党》还得改稿，一定很累，望加注意！

我这次病也真不轻！虽已渡过难关，今年上半年的时间，都将全部用来治疗和疗养了。从动手术到今天，仅只一月零三天。线是拆了，医生说伤口侧还愈合得不错，只是整个十二指肠，连同一部分全割去了。而由于没有十二指肠，吃食也就特别麻烦，多了不行，蛋白质少了，又怕营养跟不上，而且不能随（便）喝汤喝水！

好在刚宜和一位帮我做点秘书工作的小秦，两人轮流相伴，从家里捎些高蛋白食物来，同医院里流质配合起吃，恢复起来还算顺利。但是，最恼人的是，走路还不大利落。手术后，输血、输液，特别后一项，太久了，足有二十天之久，两条腿，还有手臂，几乎都给输液的针刺遍了，以致皮肤也变得很脆弱。

我拆线后，就从首都医院转到305医院来了。这里挨近北海，树木不少，病房也宽敞，十分安静。可惜天气还相当冷，行动也不怎么方

便。医生还不让下楼散步。走廊虽长，散步也很适宜，但为防止着凉、感冒，我至今也只去散步过两次。

光景还得住月余天才能出院。出院后还得静养一段时间。四川的学术讨论会能否参加，还难预料。九寨之行，也就更难说了。匆祝

您和蕾嘉健康！

沙汀

八四年三月十一日

作家出版社已同意出杜谈同志的诗集。我已托文学所代为编选。此注特及

B

致巴金

470327

芾甘兄：

好久未通信了。年初曾托叶兄转陈一函，谅早收到。寄上的稿子，是长篇最后一部分。原为第二次抄改稿，因缺钱用，最近环境又不甚佳，故而只好抽出表示。《文联》半月前来函要稿，先拟交他们设法，但为谨慎起见，故兹改寄尊处。若果你有余用，即请设法交报纸副刊连载；若过麻烦，而叶兄或盛舜又尚在沪，则请知会他去发表。费神之处，至感至感！又版税早已收到，唯不知《苦难》《淘金记》两书是否尚有存货？因结算单上未曾注明故也。又《巡官》何日可能出版，亦甚以为念！局势日非，家庭负担日重，我也许永远要做乡下人了。

朗西靳以诸兄乞代致好。

稿收到后望即赐复。

敬之①

三月廿七日

---

① 当时沙汀隐蔽于安县旧居，以岳母（黄敬之）名与友人通信。

470508

茆甘兄：

卅号信收到。前函提到结单上未填存书数目，不过想更清楚一点销路情形，若果清检麻烦，不填倒也无妨。这几天患重伤风，头晕鼻塞，好不难受！还有些别的不痛快，只是尚未见如何严重而已。物价也涨得可怕——自然，比你们住在上海的又好多了。前寄沪之稿，本想寄你，且已写好封皮，随后因不愿打扰你，遂又加层封皮寄交文联社。而给你的那封信，也就来不及抽出。长稿本想再详细看一次，然后再寄沈先生付印。但因日来身体不好，心情不好，总觉不如早点把这件事办妥当，较为爽利。据说沈先生已回沪，但又不识他的通信地址；寄文联社转，似乎未见可靠，所以只好又麻烦你了。一共装了四个大信封，一次分别挂号付邮。完全收到后，望转交沈先生，并请他回我一信。虽然底稿尚存，但抄写起来太头痛了，所以在未得到复示以前，一定又要好久放心不下。费神之处，谢谢！

祝好。

敬之　拜上

五、八日

470707

茆甘兄：

近况如何？甚念！我近一两个月的情形颇为不佳，穷、病，以及其他。逼得人情绪很坏，已到朋友处做客月多天了。昨由舍间转来上海友人一信，说沈先生的丛书已经停办。我的长篇，他已照我一早说过的意思，转交文生社出版。但未说明稿子是否你已收到，并已转给了田先生。甚为叫人纳闷。因为该稿寄出，已经快要两个月了。沈先生出丛书，原说可以预支，现在若由你出，以目前出版业之困难，自然不能再言预支。但我有个希望：你决定后就马上付排，期于十月前后能够出书。因为本年生活特别艰窘，不能不设法多增收入。其次，我希望看看清样，分由航空信寄，时间是耽搁不了多少的。如何之处，切盼复示！我的病依旧是胃神经痉挛，似乎较前尤甚。为保护老本钱，暂时决定休息数月，再事写作。汤兄的情形较我更难，因我社会关系较多，尚可东挪西扯，他却仍不能不抱病写作！他得的也是胃病。

匆匆祝好！复示仍交舍下。

敬之

七、七

再者：请转向靳以致意，稿子我一时还写不出。但决尽力做去。

470803

芾甘兄：

复示收到。我等你这封信好久了。原来你曾经离开过上海一次。给你那封信不久，沈先生来信说，耕耘出版社有意印《还乡记》，问我意思如何。当即回一信，说明经过，婉为谢绝。我前信说，望能于十月前后出版，原也只是一种希求，现在既有实际困难，我的初意当然还是毫无更改。即是：由你处置好了，能多快便多快。我没有二话说。至于预支，将来旺月到时，汇点来自然好。总之，我是深信，只要事实许可，你是不会吝惜在种种方面帮我忙的。据沈先生信说，他从你那里收到的稿子，只有二十三章，但全书却共有三十二章，相差竟有九章之多！付邮前我详细检点过，系分四个信封装的。不知是他记错了，抑或你未收全，甚为叫人担心。便中尚祈示及；若果真的失落得有，以便早日着手补抄。近月余来，因一直在友人家中做客，什么事也不做，吃食又比家里舒服，环境又好，胃病已好多了。但心绪却很沉闷，有时且几乎近于麻痹！一俟稍稍振作，也许即可着手写点东西。今年的成绩太叫人短气了！若果能够写出什么，决将第一篇东西寄靳以。下月内人又将分娩，大的两个孩子九月初也将相继上学，本年上季的版税若已算出，我希望能于短期内汇给我，以便作一准备。

匆复　即叩

文安

敬之

八月三日

480406

芾甘兄：

自去冬离家做客，至今未归。此后恐怕还会有个长时期的流浪。好在我的情绪还算不错，因为处此乱世，我一直认为我的遭际是无可避免的。只是家小的生计问题和内人的悲伤绝望，不免随时使人十分难受。我的大儿子十六岁了，去年辍学后，即交涉好到嘉乐纸厂去做艺徒，但因铺盖、盘川问题，现在还未成行！其窘状由此可见一斑。因在客中，家小又不时来信诉苦，今年二月赶了一个短篇以后，便无法再写了！这真使人痛苦，但愈痛苦愈写不出。两三月来收入已经等于零了。《还乡记》不知最近可出版否？至以为念！因为今年生计的解决，我把希望大部都搁在这本书上。还有短篇集《巡官》，在目前出版界的困难情形下，不知今年是否可能有一出版希望？若果由于种种实际困难，遥遥无期，我打算和《播种者》编在一起，作为我在抗战期中所写的短篇小说集，另外找一可靠书店印行。交涉的事并要求你便中帮一帮忙。其中《老烟》《风波》两篇，为审慎计，或者可以不必编入。我只有两个条件：一，快出版；二，看看清样。如果有人肯出适宜价钱，卖版权也可商量。有什么办法呢？要活命唯！为了这个同一理由，我想你定肯原谅我，并且帮我进行这件事的。复示请仍交原址，当可转到无误。

匆祝

著祺。

青　拜上

四月六日

又《还乡记》出版请寄之琳一本。

又及《文讯》上那篇《怀旧》，你看过没有？记得五年前你在成都，我写信向你提过，还有点意思吧？青　又及

500510

巴金兄：

一直还没有接到过你的信。尊况如何？至以想念！关于重排《淘金记》的要求，不知书店已有所决定否？若果资金周转上有问题，缓一缓当然也可以的，但我万分希望你能帮一帮忙，能够在相当时期后见诸实施。本日读《人民文化报》，看见你同靳以都已订了一九五〇年的译作计划，现在我可想都不敢想什么时候才能动手写作，计划也就更难说了。因为我被挪去在协中教了两点钟课。经常见到先忧，履谦也不时见面，我现在的生活担子一样的不轻松，同时又不可能写作，去年的版税请你便中催书店结算一下如何？若果书店有困难，款子稍缓再寄也可以的。但是本年的版税则请按月汇寄。

匆此祝好！并请代候靳以兄。

沙汀

五、十

500529

巴金兄：

　　四月十一日信早收到了。因为事务甚多，精神欠缺，所以到今天才回信。你的健康想早已复原了吧？关于文生社旧有版税的清算，我已直接写信跟朗西了。恐怕账项有错，因为我记得单以《还乡记》而论，初版为两千六百册，而我并未收到这么多书的版税。自然，也许我记错了，所以刻下写信到乡下带来以往的清单。重排《淘金记》事，我已正式向朗西提出意见，若果书店实在不愿重排，旧书售完后只有停印，等有机会再说。恋恋于过去的成绩实在不很痛快，但因老是觉得自己以往写得太少，这本书又不无可取之处，所以每每弄来情不自禁！将来若果真有重排机会，我还想改一次，把一些太僻的土语换过。甚至对《还乡记》我都想这么做。我那几个短篇集子，恐怕很少有再版的可能了！不知你肯代我同开明或另外比较相宜的书店谈谈，合印一个或两个短篇集否？我想，历史若果真的不可，也不能割断，在一定范围内，这些东西总还多少有读者的。这里，我们已经创刊了一种周报，一月以后，还准备出丛刊，到此工作当可能有正轨可循。而这也正是我日前所迫切期待的。因为这一来我可以下乡了。我总觉得这才是我最适当的去所。因为只有在乡里工作一段时期后，我才有重新创作的信心与勇气。而我最担心的就是病苦。的确，只要有一副好身体，又能取得一个生活准备的机会，作为一个作家，在目前有什么可怕呢？请多来信！

　　此致

敬礼

沙汀

五、廿九日

附信乞转朗西。

500720

巴金兄:

你由北京寄来的信,早收到了。你肯帮忙找地方印我的短篇集,感谢得很!但以目前出版界及读者方面的倾向说来,印出后未见会有多少销路;同时,虽然决定不加修改,但想切实校订一番,这又需要一些时间,而目前又几乎挤不出时间来,所以我想缓个时期再说。还有,七月内我可能下乡住几个月,(其实已经不成问题!)一俟减租告一段落,就动手写东西。俗话说"做啥务啥",本行总不该荒废的,这也是我想把旧作的改编缓个时期重编付印的原因之一。但将来无论如何还是需要你帮忙的。我下乡的目的地在成都附近百里以内,因为可以十天半月又回来住两三天,照料一下文联的工作。《淘金记》重排问题,朗西他们不知已经有决定否?《还乡记》若有三版机会,希望书店能事先通知我,因为我决定在辞句上略加修改,而以只需挖补挖补为限。你的提示很对,有些土语太偏僻了,叙述中的此种情形尤其不应该有,否则应加上解释。即在行文中加以解释,不另条注。行文但求快意,不把读者放在心里,真是很要不得!虽然当时的处境每每使我发生这样一个念头:"赶快写好就寄出去",这个也是原因之一。近来挤时间读了《高干大》《桑干河》《原动力》,更觉我们这一行道,虽然是不怎深沉,可也不大容易,想要十全十美真是太困难了!匆匆,不尽欲言!

　　致

敬礼!

　　　　　　　　　　　　　　　　　　　　　沙汀

　　　　　　　　　　　　　　　　　　　　　　七、廿号

　　平明①的地址找不着了,只好仍寄"文生"。又及

——————————

① 平明,指平明出版社,1949年12月创办,1956年公私合营后结束。

500728

巴金兄：

接到你在盛亚信上附的几句话，你的书，已经收到好久了，因为忙于来川西参加土改，没有回你的信。现在，下乡参加工作已十天了，明后日才动手划阶级，预计要九月初旬才能结束。结束后我还想回老家跑一趟，住上半月，才回重庆。这年半来，大部时间忙于事务，直到现在才得正式参加群众工作，农村工作，所以我决定要好好做一下，好动手写点东西。只是吐血后未得充分养息，接着又忙了一年多事务，随时感到精神欠缺，好多事常觉力不从心，所以将来成果如何，也就难预料了。五月间得朗西信说，因为资金周转欠灵，《淘金记》要缓至秋后才能重排。现在离秋后已经快了，如果还是不能重排，我想另外找一家出。因为事实证明，这本书现在还是有销路的。尽管数量不大。解放以来，我也写过两个短篇，但都不满人意，不知你看见过没有？有便望常赐教。艾芜已经动手写有关土改的长篇了。

祝

好！

沙汀

七月廿八早

请致意靳以兄

5503××

芾甘兄：

我是二月十日离开北京的，到今天快要二十天了。我先到成都休息了将近十天。这一个时期的休息，自然恢复了旅途中的疲劳，但也更加感觉身体太不行，太糟糕了。

这是常有的情形：当你打起精神工作时，还觉可以支持，一停下来，这才认真感觉到了不行。

我本来不想到重庆的，但大家一定要我来传达主席团扩大会议的内容和精神，带便参加解决一些分会工作中存在的若干具体问题。我一日来的，大约还得两天才能回去。自来这里后，几乎连夜失眠，身体又拖坏了。因为近两年来我养成一个不好的习惯：一遇重大问题就很紧张。

这当然也同自己的能力、健康有关；但我总是担心把工作搞坏了。这是个致命伤，非好好医治不可。

我究竟何时下去深入生活，要到七八月才能定。因为不把身体整休一下，下去显然很难持久。我真羡慕你那么健康！而我最担心的就是身体。

我准备在治病和休息期间多读点书。这几年来好多名著都未读过，这也该补补课。

我的通讯处成都布后街二号。望常来信。

敬礼

沙汀

1955.3

571007

巴金同志：

《草地》编辑部为了改进刊物，提高质量，希望以后每期上能发表一两篇知名作家的作品。这里的读者和青年作者们对您都很熟悉，极盼能在《草地》上读到您的作品。因此，编辑部委托我向您约稿。为了满足读者、青年作者和编者的要求，我想您一定不会拒绝的（最好能在明年一月号发稿前寄来；实在不行，以后寄来也可以。总之，在明年内至少要给一篇，以便编辑部列入计划）。

专此奉恳，祝

撰安

沙汀

1957 年 10 月 7 日

590801

巴金同志：

　　送我的书，收到了。谢谢！听说靳以病了，不知情况怎样？近一月来我也经常闹病，什么事不能做。我在乡下找了一点房子，最近即可全家搬去。这样，身体可能会慢慢好起来，多写点东西。

沙汀

八月一日

601205

巴金同志：

　　给《上海文学》赶短篇。起了两次头，都毁了，因为担心时间有限，怕赶不上；今天翻阅前年写的中篇残稿，觉得其中有一篇修改后勉可应付，但亦无甚把握，特先寄你看看，如来得及，今晚八点去看你。如八点不到就明晚去。

敬礼！

沙汀

五日

　　这两天都有事，起不好头，这也是原因之一。但一时又走不了。又及。

601209

巴金同志:

戏票八张（《刘三姐》），请查收。

文章赶起来还顺利，因而星期六晚七时半或八时，定去看你！匆致

敬礼！

沙汀　即日

60（61）××××^①

巴金同志:

本日晨八时半，我去永兴巷看你，如果没有其他约会，请等等我。

沙汀　即日

610119

巴金同志:

稿送上，请你认真看看。下午四点前去你那里。听你的意见。如果改动不大、不多，我们是否可以约同张老一道出城玩玩？听说草堂的梅花已经开了，就很想去看看，来个劳逸结合。如去城外，你同张老^②坐车，在三点一刻前来这里也好。致

敬礼！

沙汀

一月十九日

附《刘三姐》戏票二张。如去城外，你还可以把那半瓶酒带来！

---

① 此为沙汀的留言条，写于1960年冬至1961年初巴金在成都期间。
② 指友人张秀熟（1895—1994），曾任四川省副省长、人大副主任。

610124

巴金同志：

今夜锦江改演《彩楼记》，我不准备去看了。你如愿去八宝街看《大破雷峰塔》，我倒可以奉陪。如何？盼告。

敬礼

沙汀

一月廿四日

610916

巴金同志：

得你从黄山寄来的信，曾复一函，想来已收到了。你十一日来信及照片，是昨晚收到的。《再见》原稿已清出来；兹寄上，请查收！

你们这次一定玩得很不错吧。我现在一时还不能离开成都，因为好些事务都尚待结束。可是，经服药后，身体已较给你回信时好多了。目前，我争取二十日前后能去重庆，在北碚休养一段时间。哪怕一礼拜也好。听说重庆前几天还很热，高达三十六度。不过郊区也许气温低点。而且，我们去时已是秋末，应该凉爽点了。

艾芜不久前来信，约我国庆节后同去云南；但他前天来信上又表示不愿意去了。白羽是支持这个计划的，昨天还来信鼓励我能去玩玩。可是艾芜既然是不去了，最后可能只有放弃这个计划。匆祝

你、萧珊同志和孩子们都好！

沙汀

九月十六日

620118

巴金同志：

我是过了年才从重庆回来的。已经回来十一二天了。本想回来后写点东西，因为天气太冷，又缺少取暖燃料，工作起来颇不方便。看来只有等春暖花开时再动笔了。目前，我的生活就是这样：白天为别人看稿子，晚上去看川戏。我从重庆带回一部长篇，作者是搞实际工作的，颇有加工基础。《金蔷薇》尚未收到，便中请代我问问。柯蓝同志想已返回上海，茶叶不知送给你没有？我是托一位云南省文联的同志转交他的。竹器已买好了，三月初带给你。

敬礼

问候萧珊同志

沙汀

一月十八日

如果方便，请代我女儿买支上海牌手表。又及

620608

□□：

前两天去锦江看戏，碰见元卉，她说你们暑假不准备来成都了！并说了说不来的原因。当然，目前四川在经济生活上还有不少困难，但是你们不来，我和我家里的人是感觉失望的。而我们希望能陪你跑跑的计划显然也落空了。但我相信，一两年内，我们会有机会接待你们一家人的。最近一个时期，因为什么都摸不上手，而又急于想做点事，花去一个月工夫，算把《困兽记》改出来了。但是还得搁搁，做些进一步的修改。我改这本书，一方面因为作家出版社准备重印，一方面也想借此回忆一下过去的生活。我打算争取三季度寄出去，当然这种炒冷饭的工作对我说来有时也有点难为情。身体还是那样，左边臂

呢，经过针灸、按摩，却已经好多了。我正在参加省人代会。以后有机会再谈吧。祝好

沙汀

六、八日

640115

巴金、罗荪同志：

前复一电，想早已收到了。"丝裂霉素"既示宫石由日本寄出，可能还得一些日子方能寄到。但是这不要紧，千万勿为此担忧着急！因为医院一个星期多前，即已开始注射一种美国特效药，反应不大，效果还好，尚可应付一段时间。

特此奉闻　专释锦念

敬礼

沙汀

一月十五日

640127

巴金同志：

廿四日手书奉悉。因为目前有药可用，且可应付三个多星期，所以我还镇静。这是美国药叫噻替派，反应小，疗效不错。病人精神颇有起色，食量也增加了。虽然只仅有 20 针，因系两针作三针用，又间日一针。这就叫人有了回旋余地，可以慢慢等日本药寄到了。同时为防万一，我已去函重庆、北京托人打听有无噻替派可买。若三星期后日本药尚不可到，则打电影报去买。但我相信，这时期内，日本药一定会有个着落的。在最初一段时间，我的日子的确颇不好过。近来却

已平稳多了。这得感谢你和其他一些同志的热情帮助，给了我很大安慰、鼓舞。每一次带了你们的信、电去医院读起给病人听，她更感到安慰，觉得有这么些好同志为她操心，她是有希望养好了。铭感之情，真是无法形容！只是让大家劳神担心，每一念及，颇为不安。这一段时期，我更注意自己的身体了。不是上医院就在家里为病人弄吃的，否则就到街头东张西望混上一两个钟头。我干脆什么事都不做了。把自己埋在日常琐务当中。可也没有忘却过答应《收获》的稿子。我有两三个短篇题材，酝酿得已很久，似乎只需坐将下来便可一挥而就。可惜坐不下来，因为一坐下来就会想起病人，引来苦恼，于是只得往灶屋里钻，或到街头溜达，或去医院看看病人。但文件却照样读，而且读得不少。因为可以从中吸取力量。的确，当一想到国内外的大好形势，自己便立刻感觉要强多了。就写到这里，其他下次再谈吧！

问候萧珊同志，并祝你家里人都好。

敬礼

沙汀

一月廿七日夜

近来我常去医院，也常向病人谈些形势、新闻，看来效果也很不错。

640131^①

武康路××号　巴金同志：

药已收到　至感至感

沙汀

---

① 此为电报。巴金 1964 年 1 月 30 日日记中写道："沙汀来电说药已收到。"

640506

巴金同志:

信收到好久了。因为生了点小病,感冒,随后又进城同孩子过五一节,并随张老一道去未登乡、新都玩了一天,所以直到今天才给你写回信。谢谢你的关心,可是我同张老都决定上半年不去那里,但在秋末冬初一定到上海、杭州和无锡跑一转。那时我们若能一起走走,就很好了。我目前不想出门,原因之一是:我不愿意,也不可能在这时候离开刚宜过远,过久,两个女儿也一直劝阻我这样做。同时我住在五福村很不错。来这里后,我已完成一个短篇。由此可见,我的情绪是比较稳定的,你们可以完全放心。这篇东西,本想寄给《收获》。可是,经过几度协商,几天苦恼,结果还是交到《四川文学》去了。这也是没有很快给你回信的原因之一。但我一定争取在六月份写一篇寄你们,我想这是办得到的。请先告诉萧珊同志一声,缓两天我再回她信。

新安江之行收获一定很不少吧。我希望能够很快读到你的文章。我没本事写出像样的散文。这对我是一个很大的限制,也是我一个很大的弱点。有时甚至影响到我对旅行的兴致。但是,将来若果有机会随同你和谢大姐一道,再跑一趟日本,我倒非常愿意。上个月看到龟井来中国的消息,我老以为会在四川同他们碰头的,因为四川已经开始接待外宾。吴学文同志曾经陪一批日本客人来过一次,可惜未得见面。有关那次旅行的一切,我一直想起来总是很愉快的。听廖家岷同志说,他曾经问到过我。

你的信绝非空话!特别近三四月来,它们总是给我和孩子们带来帮助,带来力量,请相信这完全是事实。

握手!

沙汀

五、六日

650413

巴金同志：

沈老①的字，收到了。谢谢你！我最近仍旧是忙，生病，除开上星期去郫县安德乡待了两三个钟头，哪里都没有去。我去郫县，因为听说艾芜腿子给扭伤了，又患了好几天感冒，身体不怎么好。结果，总算半带强迫地拖他进城住了几天治病；前天又忙匆匆回去了。我也患过感冒，五天前嗓子哑了！好在已经接近痊愈。你的手臂应该认真治疗一下。据一位熟识的医生说，拖久了是会转成关节炎的。龟井、宫石都曾有信给我，一直只字未回，一想起就很歉然。特别对于宫石，所以托你的事，千万不要忘记！不但要送东西，而且特别帮我致意！当然，不止给他一个送礼，还有别的日本朋友。这一切都只有劳神你和萧珊同志了。前一两月，我在情绪上是相当难受的。半年多前，我老是想，事情总算是过去了。其实哪里有这样简单呢！不过，不必谈这些吧。除了让朋友担心，是毫无用处的。而且，只要工作一忙，真的什么也能忘记。这两天，我正在积极安排家里的工作。准备星期五去重庆，约可住十天左右。上星期五夜半，我已经睡了，得到通知，柯老②逝世了要我五点半去守灵。尽管事情已过去几天了，一想起心里就很沉重。这是我们党一个重大损失！革命和国家的一个重大损失！……

你和萧珊同志都好。

沙汀

四月十三日

---

① 沈老：指书法家、学者沈尹默。

② 柯老：指柯庆施（1902—1965）。生前曾任上海市委第一书记（后兼市长）、华东局第一书记、国备院副总理等职。

650501

巴金同志：

我前夜从重庆回来了。一共住了十天。多少算是做了一些工作。在那些日子里，我多么想坐船到上海跑一趟呵！除开同两个女儿一道玩了两三天外，平常无事，不是独自到街上散步，就是在家玩半导体。我有一只牡丹牌半导体了。这东西不错。对于不喜欢闹热，又常失眠的人，颇有好处。

昨天得到通知，我们请求的专职党组书记，省委也已经派了人了。是部队上一个军的政治部主任。看来，我的担子很快就可以减轻了。只等这个专职书记熟悉情况以后，我想去乡下住个时期，然后开始为长篇收集必要资料。而若果局势变化不大，当争取深秋时到上海住几天。

因为西南年内将举行戏剧会演，又因柯老逝世前的建议，我们这里正在大抓戏剧创作，我偶尔也打打杂。

匆致

敬礼

沙汀

五月一日

问候萧珊、济生同志。

650525

巴金同志：

五月八日信，收到已很久了。因为一直都在瞎忙，而又精力有限，经常感到疲乏不堪，所以拖到现在才来回信。

也照样是做打杂工作。不过兴趣还好，因为这也是工作中不可少的。大约一个月前，因为对川剧院移植的《江姐》颇不满意，随又听到柯老逝世前曾经建议，四川应该好好搞一个川剧《江姐》，所以就辅导文联一位青年同志动起手来。前几天算完成了，但还不知结果如何。

上一星期，领导上又给了我一项任务：参加一个川剧本的修改、加工工作。前次在重庆住了十天，大部分精力、时间，也是使用在戏剧这方面的。这主要当然因为九月间西南要搞会演，现在却已开始发生兴趣。有时头脑发热，甚至希望去一个剧团当老板了。这当然是异想天开，靠不住的。

你希望有一个川剧的《红灯记》，这里不少人也这么想，包括我自己在内。但这不容易呵！需要一定时间，需要解决不少有关问题，决不是一年半载、更不是像我这样的人能办到的。但我之忽然这样喜欢现代革命戏曲，愿意尽一点力，党的号召而外，主要是《红灯记》：自从能够欣赏舞台艺术以来，我还没有像看它那样感动过，哭过……

青年人的生气勃勃，的确使人羡慕！小林经过这次锻炼，将比得上读好几年的大学。刚虹下月也要参加"社教"去了。刚宜离高中毕业只有两三月了。我前几天向安旗讲笑话：眼前我还可以同刚宜谈这谈那，过几个月，恐怕只能自己同自己说话了。接着就引起一片议论，而议论的结果是：某某人神经出毛病了！当然前面我已说过，这是笑话！

不过，寒假时候，在谈到刚宜高中毕业后的情况时，儿女们和我自己都曾为此担心，而我们一致的想法是：把我的大孙接回来同我住。但前次我在重庆向刚齐、刚虹表示，我不能这样做，因为这孩子同他妈在一道好得多。

要说的家常话太多了，今天就写到这里吧。问候萧珊同志，济生同志。

敬礼

沙汀

五、廿五日

650619

巴金同志:

信收到好几天了。因为艾芜由乡下回省休息,一有工夫我们就上天下地,谈个不休。或者到街上散步。所以到今天才回你信。

艾芜是十天前来成都的。昨天我才陪他回郫县去。他一走,工作之暇,我又忽然感觉生活很单调了。不过很快就会习惯过来的。这个人,我说的艾芜,他真比我坚强!来那天,他告诉我他爱人写信给他,他们的大女儿将长期住在精神病院,不回家了!因为病情已发展到既不能留在家里,却也没希望治愈了!简单说,这个女孩子这一生算完了。想起来真叫人感觉可怕。

当谈起这消息时,我们两个人都非常难受,但一两天后也就没什么了。开始避而不谈,随后就被其他一些事情挤掉,或者说挤到幕后,我们几乎每天都谈到深夜。又像过去在上海住亭子间的情形了。这半年他收获很多,准备年内写出一个中篇。已经在开始准备了。请告诉萧珊同志,将来,最快是年底,我会帮《收获》抓到手的。可不必来信约稿。此事也不必向他人道及为好。

我几个儿女的情况都还不错。刚虹已经去江北参加"社教"去了。这之前,这家伙作为民兵的机枪手,曾在端阳前后带着机枪横渡过长江。但我十分担心她的专业,因为近半年社会活动过多。现在青年人都喜欢部队生活。刚宜由于腿疾未愈,不能上部队去,多少有点沮丧。我的小孙子最高兴的玩意是卡起手枪,假装民兵。上一星期,因为爬上树子,瞭望敌情,脸给跌青肿了;可是仍然肿起脸坚持民兵操练!……

你看,我尽谈些鸡毛蒜皮,也谈点别的吧。就文艺界说,"会演"问题最突出。目前正在紧张地进行筹备工作。西南局、省委和两个市的市委都在大力地抓。京剧方面,重庆市的《嘉陵怒涛》,成都市的《黄继光》看来颇有希望。川剧方面,也有个《黄继光》是中江县县剧团搞的，在川剧中基础也算是较好的。温江、大竹几个小戏，也还不错。至于两个市搞的《许云峰》《江姐》如何，现在还不好说。话剧的情况不胜清楚……

沙梅同志的事，前天一道讨论一个剧本，我已顺便向宗林同志谈过了。今晚看戏可能碰到他的，若果碰到，我准备再同他扯一扯。

你已经在改中篇了吧？也真动得手了。搁了好几年了！祝你一帆风顺！

萧珊同志很不错吧？好久未接她的信了，大约知道我一个字也做不出来了！一笑。你和萧珊同志暨小棠都好。请代致意济生同志，那张照片很不错！

沙汀

六月十九日

呵，我忘了，军区一个反映中印边界问题的话剧，很不错！柯老看过，做过一些指示，若果加工得好，在全国也会是出色的。又及

651230

巴金同志：

十二月十三日信收到。你回国的消息我就知道了。没有写信给你，因为我当时正在江津乡下搞调查研究工作。我于十月十九日带了一个工作组去江津，只住了将近三个星期就单独到了重庆，省人代开会前夕，才转成都。一面参加人代会，一面在文联守摊子。因为驻会的负责同志都到北京开会去了。你看，这个时间，我多少有点忙乱，所以没有给你写信。不过主要原因还在这里：知道你在写歌唱越南人民的文章，怕耽误你。我只看到你在《人民文学》上发表了一篇。现在恐怕已经写了不少。当然，百多天的时间不能算长，但我相信，你的收获一定很多。我去江津前夕，曾接白羽一信。他在信里谈到你在越南的情

形，谈到越南朋友和他本人对你的钦佩。我从这封信受到很大鼓舞。当即回了封信，表示了我的志愿：不过看来希望甚微。因为我一直还没有得到回信。文联去北京开会的同志于昨天回来了。这下我的肩头也会逐渐轻松下来。好好治一下病。因为个多月前左臂发痛，是所谓冻结肩。虽已治疗多次，因为时断时续，见效甚微。主要是夜晚痛得入睡不好觉。罗世发同志尚未返省，让我在这里先谢谢你们吧。匆匆不尽欲言。

　　祝你和萧珊同志都好。

沙汀
十二月卅日

651231

巴金同志：

　　明天就是 1966 年元月一日了。我祝贺你和萧珊同志和你家里人新年快乐！罗世发同志带的东西已经收到。我特别喜欢那个穿钥匙的玩意。我早就得经常带一串钥匙在身上了。麻烦，不便，有时且易失落。现在却感觉便当多了。老想取出来看看。我请人观赏，所以也部分解决了容易失落的问题。世发同志是前天，廿九日从广州飞蓉的。他住好旅馆就来看我，一直玩到将近十点钟了才走。我们一面喝酒，一面闲谈，感到莫大愉快。近来有熟人来约我吃一顿饭，我都经常感到莫大喜悦。他说你比过去更结实了。又说同行的人都不相信你会有六十岁。对于我呢，他却认为不行，老是摇头。不过我觉得倒还不错。从明年起，我可能得两年时间的创作假，我也该认真坐下来写点东西了。你写的访越文章，都读了。希望你多写一些。

沙汀
一九六五、十二、卅一日夜

660506

巴金同志:

想来已经从杭州回来了。西湖之游乐乎?

我多么想同方老一道去上海看你们,并一同到杭州一游呵!因为高缨要去非洲,不能返川,我得回来汇报;而且身体也很不行。所以上月二六日一休会,二七日晨,我就飞离北京了。回家已逾一周,但仍感疲乏。三天前又感冒了。人们还说我面部有点浮肿。但也只是清晨如此,医院说无大碍。白羽同志倒很不错。与六三年在上海时相比,简直判若两人。但有时不免为他担心,因为他目前工作相当繁重。老艾最近也患感冒。病情且较我重。但他的苦恼还在这里:他大女儿病又发了。

问候你和萧珊同志和你家里人。

汀

五、六日

770529

芾甘同志:

本日九时得李致信,要我看看廿五日《文汇报》上你的一篇散文。十时许,我家里人也不约而同赶来了,不仅要我看你的《一封信》,而且不知从什么地方弄来了这一天的报纸!

他是单为此事而来似的,很兴奋。也谈了些感想和一些读过它的人的反应。简单说,反应是强烈的。都认为是"五七"艺大那位音育教师在《人民日报》发表那篇文章以后的又一篇讨伐"四人帮"的好文章。

现在是午后三时,我已读过两遍了。我将把这张报纸保留下来,不准备物归原主了。前几天也有人介绍我看过郑君里爱人的文章,是发表在《解放日报》的。昨天回克家信，我曾提到它，也因联想——在受害这点上谈到你，为你的问题得以解决而万分高兴，情不自已，特草草写几句寄你。

祝你和孩子们都好！

子青

五月廿九日

770705

苇甘兄：

卅日信收到。昨夜还向一位同李致同志很熟的青年朋友谈到你准备到全国各地走走的打算，不料乃是茅公的误传。我们对你谈了不少，从作品谈到你的为人。当然也谈到你最近发表的两篇文章。

有病牙，倒是早点拔去为好。我五年前住昭觉寺时，一气就拔去五颗，以致下面的全拔光了。因为医生说，得全部拔去才能安装假牙。假牙装配好前吃了一些苦头，——但说它有何用呢？你这次拔牙情况不同，当然不会招惹不必要的麻烦。但是年岁毕竟大了，不要一次拔得过多。

我在《安徽文艺》发表的那篇文章，是前《人民文学》一位编辑同志约我写的。他们十分认真负责。我所要求的条件，他们全都做了：送上级审阅和提具体修改意见。虽然只删去三个字，他们却很尊重作者意见。现在写稿也非易事：手生了，年龄大了；也还有你在《一封信》中接触到的一些问题。我现在已着手写一中篇。准备年底写成初稿。因为每天只能写千多字！工作时间久了，就会头昏脑涨！你写朝鲜战争那个中篇，我倒希望你将来改一改发表出来。我准备等粉碎"四人帮"帮派体系运动告一结束，然后再下去走走，或出川走一趟。彼时如能写点什么，一定寄小林一点，——想不到她已在编刊物了。

想说的太多了！现在且先将其芳通信处写上吧：一，建内大街五号中国文学研究所；二，东单西表背胡同××号。后一个是他住家的地方。前两星期，看到一份世界语的《中国通讯》上面有一帧其芳的照片。看时，汤兄的爱人说："这个何其芳怎么看起来比叶帅还老啊！"这个人写东西总爱熬夜，特别近年来总是不停地写。这以前，我就写信劝过他的！但也难怪：整整被压了十年啦！

祝你和小林小棠都好！

子青

五号

其芳可能还在家里养病，去信似可以寄东单西表背胡同××号较便。所嘱各事当照办。望你也劝劝其芳注意身体吧！又及

约两月前，因患有冠心病，其芳曾因拔牙休克了一次。还到"协和"去抢救过。不知告诉过你否？总之年岁大了，拔牙时得小心较好。幸亏你的身体较其芳健旺多了，便是精神也比他好多了。你忙，不必回信。三及

770803

蒂甘兄：

接读廿七日信，累日不欢！吕振来信后，当即交汤兄看了，并拟一唁电，用他和我的名字拍发；次日，我又给之琳一信，托他于追悼时用老艾同我的名义送一花圈，并代为安慰牟决鸣①同志及其家属。但这并没有多大用呵！仍然感觉失掉了一个好的战友和同道，仍然感觉像其芳这样的人真不该死！

我对他的逝世，特别感慨很多，因为我们是一道去延安的，一道

---

① 牟决鸣：何其芳的夫人。

在"鲁艺"教书，后来又一道随贺龙同志去过晋西北和冀中，并又一道返回延安，仍在"鲁艺"教书。而最大的差别在于：他决定留在了解放区，而后又在重庆公开以共产党员身份为党在文艺界工作！凡此，都是我想起很难受的，感觉我该向他学习的东西太多了！既很难受，当然也就特别想念他了！

这些话我觉得我只能向你说：将来设有条件，而我又尚能多活两年，我将写点有关回忆他的文章，借抒哀思。我曾经想，若果你所得传闻有误，老艾同我的唁电想必将成为笑柄，那该有多好呵！然而，三号《人民日报》所载他的《北京的早晨》，却又明明白白标为"遗作"！这还有什么话好说呢！

你拔牙顺利，不知怎的，我却总有一种大为放心的感觉，但没想到你上面一排门牙已全脱落！你说你又将忙乱起来，我则以为，有些事可以不管，有些信可以不回，——比如，我说了，这类谈心的信，千万不必每信必回，我能把希望向你说的都说了，这对我说来，也就想愿足矣！

祝你、小林、小棠都好！

子青

七七、八、三日

谢谢你送我的陈毅同志的诗词选！又及

770925

芾甘兄：

到京后的次日，也许还要迟一天，记不大清楚了，但，在这里发出的第一封信，就是给你的。信的内容，无非向你谈谈我来京的经过和来京的主要希望。毛主席遗容，我二十一号就瞻仰过了。二十日前，还瞻仰了周总理纪念展览。希望会见的同志、老友已大半都见到了。

昨天下午，家宝还到出版社招待所来坐了，应该说躺了好一阵，交流彼此对创作的一些想法。我劝他不必急于创作，以搞好身体为主。因为他看来相当衰弱，记忆力也较差。

我向他谈了我那个中篇初稿的构思、设想和内容，他给了我鼓励。我们当然也谈到你。前两天，是仰晨陪我去看望他的。因为事先有同志关照：他身体不好，不宜久留。所以谈了一阵，就匆匆走了。上车后想起，一直感觉不安。我们还将争取再见一两次面。仰晨陪我去看他那次，主要是他谈他对《日出》写的那篇重版题记，附带还谈了谈舍予家属送交他的两份结论草案。谈论中，我感觉他头脑清醒，对有的问题十分敏感。这同我在成都时听到的传闻大有差距。这也是十分感到欣慰的事，特以相告。

昨下午蕴子来，她曾谈及你的近况。上午参加出版局的座谈会，林林同志告诉我中岛在上海曾经去看过你。可以说，我在这里会见的老同志，谈话中都会谈到你。可惜其芳竟已作古，想起来总觉心里不大好过。

我这封信，是在天翼家里写的。我又来看过他一次。向他哗啦哗啦了半天。因为他听觉虽较我灵敏，头脑也清醒，但却只能说一个字："对"或者"好"。多说两个字就听不清了；字呢，也因手不听使唤，只能写两三个；看他，是难受的，但又不能挤时间多陪他唱两三次"独足戏"。道义所在，情不自已也！

若身体能支持，十月初旬或中旬，我将争取去上海看你。祝健康！

沙汀

九、廿五日

问候济生、小林、小棠，想均安好。

如来信交出版社小说南组何湘社转。

771017

芾甘兄：

因为相当困乏，来往的熟人又日渐增多，出版局为照顾我，我在一星期前，搬到国务院"二所"来了。因而你十日信，我前天才收到。

我来京已月余天了，虽然得到充分照顾，才搬来的两三天又得到了较好的休息，回家的念头，却日益强烈了。因为既怕过多地麻烦同志们，也想抓紧时间，回去休息一阵，好着手修改那个中篇；以便再考虑别的计划。我上次向你说，要搞东西，得在八十岁前抓紧搞。迟了，恐怕就无能为力了！

这是由衷之言，也是深切的感受。幸而我没有外事活动，要不那真够呛。因此我也十分希望你能好好安排一下生活、工作，争取点主动权。我这种想法也许有毛病，但是，"四人帮"把我们的有限岁月糟蹋得太多了。现在，在英明领袖华主席为首的党中央领导下，既然可以写东西了，就得尽力而为，不能让时间轻轻跑掉；当然，你一向勤于写作，且已写了不少，但又何妨再多写一些呢！

冰心我已去看望过了，此老十分健康，动作敏捷，思维清晰。但望我自己能在七七时像她那样，就万幸了。她一家人对我都很热情，令人感动。使人见了最难受的却是葛琴！她瘫痪了，不能言谈；室内的家具破破烂烂，到了无法修补的程度。特别是，她一面听我说，一面又笑又不住抹夺眶而出的泪水。我陪她坐了半点钟光景，真是如坐针毡！……

你要我去上海，昨天我儿女来信，也建议我去上海看望你和其他一些同志！但我如上所说，实在不愿为你增添麻烦，也不愿离家太久。当前，我真是归心如箭！

我相信你和罗荪、济生都会谅此苦衷。我相信我们一定还会见面！祝你和小林、小棠都好！请代我问候罗荪、济生诸位！

沙汀

十、十七日

过两天，我准备搬回朝内大街办理些未完之事。又及

771114

苇甘兄：

我已于十三日平安飞蓉。因为飞机在重庆停留了一个钟头。到家时业已一点过了。回到家里，这才感到非常困乏。昨晚虽然睡得不错，今天仍然觉得很累。看来非得休一星期才能开始工作。幸喜编辑部的大部分同志都到温江参加创作会议去了，院子里相当清静，倒也适于休息。但我昨夜仍然同艾芜闲谈了很久，而他扼要谈了谈两个月来的见闻、观感。

今天午后图书室工作人员来告诉我，李亚群同志曾给了我一个电报，要我为他代购一部《斯巴达克思》。电报是请您转的，但却写错了地址！我想，不管这个电报能否交到，便中请告诉济生一声：望他设法代购一部寄我。亚群长期在家养病，确也需要书看。出版社送我一部，上午，一个常来我家的青年同志，一看见就抓走了！实在难于留下。虽然自允一星期归还，但她家弟妹都会抢着看的。这样一来，她的一星期归还的诺言就得打问号了。

十三日夜，不知小林是否已随您一道去看了那两部内部电影？见到王朝闻同志否？稍缓我将去信代她催问一下稿子的事。至于马识途、杨益言和高缨诸位，见面时也将一一代她约稿。当然不止是为《浙江文艺》拉稿，也将为《上海文艺》拉点稿子。至于效果如何，那就不敢打包票了。昨夜也曾向艾芜谈过。他就多少感到为难，因为他正在修改长篇。

此次在上海住的时间虽短，但却过活得很不错。因为您的亲属待我如同家人一样，亲切，随便，而我也未尝客气或者说"耍礼信"。一

如您家里一个成员那样生活。这里我也就不说"感谢""打扰"之类的客气话了。只是请您代向琼如、瑞珏致意。

匆此即祝

健康！并祝小林、小棠、小祝和最小最小的端端安好！

还有请代我向阿姨同志问好！

沙汀

十一月十四日

又，买书的事，我将另自函托济生，您就不必管了，我也不该拿这些琐事来烦您，请不必放在心上。

771202

苇甘兄：

感冒虽是小病，稍一不慎，即可引起并发症，以后得千万，得注意寒暖，不可大意。身体再好，毕竟已是七十带①的人了。

我近来已逐渐有点精神，不再感觉困乏了。现正开始校阅《短篇小说选集》，因为仰晨通知我"人文"准备重版，近又来函提及，艾芜的那本也要出。因为我文字差，下的工夫也不大，现在看来，不止得改正错落的字，还得作必要润色。

亚群同志的通讯处是：商业街四川省委宣传部。他爱人叫邢秀田，在宣传部文艺处工作。如能买到那一本书就直接寄交他爱人，也许更为可靠。不过，这事就请济生帮忙好了，您可不必费神。能买到就买，买不到，我的可借给他看。

肖泽宽同志有信来，您那四册文集，他已收到，要我代他向您致谢！在目前情况下，我认为能找到四册，已经很不错了。

---

① 原文如此。川语，"带"为"几"的意思。

前两天，《川报》邀请文艺界开会批判"文艺黑线专政"论，我也参加了。没有放够马，是写了一两千字照本宣科，没有怎么激动，因而也不大感疲乏。

便中请告诉《上海文艺》编辑部一声，送我的刊物，寄《四川文艺》转好了，不要寄文化局。小林想已回杭州了，寄上剪报一帖，有空不妨看看。

问候您、琼如、瑞珏、小棠及端端安好！

沙汀
十二、二日

见到柯灵同志请代问好！又及

780325

苇甘兄：

那天去车站送您，从情绪上说，我真恨不能跃身跳上火车，跟你们一道到上海去！如果但凭感情行事，我是干得出来的。尽管我写小说倒还冷静。

您竟然因感冒躺了两天！看了来信颇为不安。但又觉得是意料中事。我曾向一位朋友说过您今年在北京给我的印象，请恕我直说，我感觉比之去年，您有一点老态了。但愿这是一个错觉。并且希望您接到此信时，不是基本上，您已经完全康复了。

我给天翼选集写的题记，今晚上算写成初稿了。但还得念起他听听，并想征求两三位同志的意见后才能定稿。文研所的工作，我已插手搞规划了，并且决定首先把工作抓起来后，再回四川搬家。房子不知何时才能找到，目前我但求能换个地方住。

我来京后一直未病过。总支的同志很关心我，我自己也颇注意劳逸结合以及必要运动。请不要为我担心吧。问候琼如、瑞珏。小端端想必更可爱了。小林既已离开上海，当另给她一信。

无甚要事，您就不必回信吧。望小棠照常专攻外语，千万不要气馁！

祝好！

子青
3.25 夜

我在天翼选集的题记中，提了两句您带着小林去看望他一事。他听了很高兴，可惜我事先未告诉您。尚乞鉴谅。我的意思无非是想给病人的慰安。又及

780409

巴金同志：

信收到几天了。你的做法很好，争取就地解决，若果实在不行，再另行设法。但望不要拖延久了。

我现在的情况是：工作没有头绪，生活不正常，不安定，有时深以为苦。虽有荒煤、伯箫两位管事，院部领导又强，但是，对我来说，担子毕竟重了。

来信说感冒已基本痊好。这样久了，怎么还是"基本"好了呢？颇以为念。尚乞多加珍重。我身体还可以，来京后尚未病过，只是睡眠较差而已。请释念。

天翼同志住大佛寺街××号。他听我说您将送书给他，很高兴。他那个选集的题记算写好了。现正向两三位熟人征求意见中，希望能像样点。

有客人来了。就此带住。请不必一定作复。

问候琼如、瑞珏并小棠、端端安好。顺祝

健康。

子青

78.4.9

《处女地》译后记，今日已在《人民日报》登出。您对这部古典名著的分析很好。感情照样充沛，文字简练朴素，读了文章总是感觉有如晤谈。9日下午又及。

780701

苻甘兄：

手示奉悉。小林、小祝俩在本月内调去上海。我和罗荪同志谈起，都很高兴。您的忙乱情况，看来将逐步得到改善。

我们住友谊宾馆。常有罗荪一见，倒还不感寂寞。只是有时仍然有些想家。我住的底楼，有时中、外学童上学，行经窗外，我总忍不住要同他们打打手势。有的偶尔也到窗前窥看，因之更想家了。好在荒煤他们近来都主张我回成都住段时间，到秋凉时返京。实际，自从搬来西郊，我早已不上班了。文研所又将全部搬去东郊，以便修建新屋；接着还将进行整风学习。凡此我都无法插手，走的问题，院部也同意了。

这半月来，只有最近两天较忙。因为得认真看看我那个中篇的清样。许多土语得加注释；有的则只好换成普通话。从感情上说，后一办法有时不无勉强，但是，为了避免注释过多，也只好"割爱"了。

因为睡眠一直不好，我最近到宣武医院做了脑神经检查，查明脑血管有硬化现象，幸而尚不严重。我也经常感到困乏。小林返沪后，我希望您能得到较多休息，多加珍重吧！

问候琼如、瑞珏两位！

子青

1978.7.1

六月十八日《光明日报》有一篇评介《家》的文章，作者剪寄了一份给我。特为附上。作者原名张挺，中学教师，现在青岛教师进修班。

又及

罗荪说您订有《光明日报》，剪报就不寄您了。我自己保留下来。

又及

800107

苇甘同志：

五日信收到。新年除夕前，我曾特地打电话问过克家同志，才知道从文的房子还未解决，而周扬夫妇早就离开北京，又至今未回。颇为此着急。想给乔木写信，又觉得他工作繁重，不便为他添麻烦。记得离京前您曾说过，而复也愿意帮忙，前两天想写信给他，但又感觉我同他不很熟。时逢刘仰峤的儿子来我家里，我顺便谈了谈沈从文的住房情况，叮咛他向仰峤同志反映反映，如果方便，盼予以关注。此公同我较熟，原系"学院"秘书长，可惜早已调教育部了！让我想想。改日也许给中宣部廖林丹一信。但望周扬能早日返京就好办了！

荒煤年前去了桂林，至今未回！安仁①事，他一回来我就催他处理！

济生爱人病情，不知已检查清楚否？望您多加保重！

祝！

著祺

子青

七日午后

---

① 指郭安仁，即散文家丽尼。

800430

苇甘兄：

我上午刚给小林一信，我说，因为您忙我也忙——瞎忙，所以好久没给您写信了。当然也有点不愿意干扰您。此信付邮不久，得廿七日来信，看来您确也不怎么清闲。罗荪只同我通过一次电话。尚未面谈。他住在友谊，太不方便了。

我已决定五月四号飞武汉，然后坐船到南京，接着去上海和杭州，是出差，向以上各地大专院校中文系和文学界征求对文研所工作五年规划的意见。很快即可见面，其他容面谈吧。

这里我只给您写个艾芜的通讯处：成都红星中路新巷子××号。他跟我住一个院子。《四川文艺》编辑部也在这个院子里。

祝

好！

沙汀
四、卅日夜

问候琼如、瑞珏和胡莹诸位。

G

致高缨

771201

高缨同志：

四川人民出版社二编室，我有几篇辑集子的旧作。早已决定不出这本集子了，也得到该社的同意。回成都后，希望便中将那几篇旧作，连同一篇题记要到手，费神挂号寄来。这些旧作，包括《敌后琐记》八篇，是林彦同志花了不少时间、精力搜求来的，千万不能失落！另外三篇是小说，曾经过修改，也不能丢！

刚虹要一本《汉语词典》，北京不好买，能在蓉买到否？

祝一路平安！

沙汀

十二月一日夜

见了熟人都请代为致意，问候传琛同志。

771230

高缨同志：

廿五日信收到。这两天都在考虑您的建议，现在，决定按照您的建议，就让那本四不像的东西由四川人民出版社印行吧。前几天，白尘寄了本《大风歌》给我，也是四川出的。因此，我感觉您说得对，抽出那本书不怎么好，同时我也该尊重您所反映的二编室两位同志的意见和感情。我想，他们的领导人不会有异议吧？如有异议，则不必勉强。

这件事太麻烦您了，不止劳神费力看了一遍，还为我校正了一些错字和标号。当然，我仍旧希望看看最后的清样。我前次改变计划，原因较多，主要是《琐记》尚差三四篇未搜集到手；感觉中篇需要修改，而且可以改得较好，可是一时又办不到，看来只有等一两年再说了，现在心思、精力都不集中。

平心而论，《琐记》和中篇多少反映了一些战争年代的党群关系和革命传统，这在目前看来还有点现实意义。

祝新年快乐！问候传琛同志。

沙汀

十二月卅日夜

又及：小说三篇，我早就说过不必编进去了，想来未曾付排，其底稿，务请代为保存。

790908

高缨同志：

从老潘同志那里得知，你早下去了。很高兴。东西写好了能下去最好，在成都市住起实在无多大意思。我是说不得了，否则，就是成都，我也不愿长住。东西酝酿好了，要写，住在家里较便，那又是一回事。既非编辑工作人员，还是以多在下面合理，否则终会成为"空头作家"，那有什么意思呢！

《云崖初暖》，秉祥同志已经给我送来了，只是尚未拜读。那一阵我哮喘初愈，大夫和所里的同志都劝我多休息，已由他们带出院了。月余以来，我几乎过着与世隔绝的生活（因为同志们有意对我封锁消息）。其间，仅只给四川人民出版社写过两封信。你由西昌寄来的信，是刘小漪来京后才见到的，因为病已基本好了，再有四五天就可以出院了。

《青枫坡》至迟下月初可出书。彼时自当寄上一册，请你一论其得失所在。这本小书的出版，在校雠方面，"小说南组"特别秉详同志出力不少，校正了好几处不确切、欠周到的地方。此种负责精神，真叫人感动。《记贺龙》也早重印了，将同中篇一道寄你。

对于繁荣创作，中央甚为重视，邓副主席最近还约黄镇同志特别做过指示。这里作协几家刊物同《人民日报》文艺部正组织作者到大工矿地区参观访问。对于"四人帮"的流毒，也正计划进一步加以肃清。一句话，形势大好，努力干吧！

沙汀

九月八日

800222

高缨、传琛同志：

你们好！好久未接奉手书，时在念中。我入冬以来，除参加一次茶会，看望过一次茅公、夏公，简直未出过门。就是上周理发，也是请一位师傅来家理的。

为出版那本小书事，承您鼎力相助，总算解了一个疙瘩。在同志间、朋友间，这种做法值得提倡，这说来也是一个顾大局、识大体的问题。为那本小书，还有选集问题，我早给李致同志去过了信，虽然至今尚未接获复示，但我相信不会又出别扭。最近因一些临时但又无可推诿的任务，又使我忙乱起来！祝俪安！

沙汀

八〇、二、廿二日

810109

高缨、传琛同志：

王同志送来的酒两瓶，收到了，谢谢！送阳翰老的两瓶，因他现在医院养病，我回京后又极少出门，怕犯感冒，以致哮喘，加重肺气肿的发展，改日，帮我处理部分事务的同志来时，当托其转去，因为这位同志在编他的选集，常有过从。你们就不必挂念了。

今天王同志又来过，我虽不愿发言，但我却为她开了一张四川籍文艺界前辈和知名人士名单，要她前去访问。这两天杂事较多，暂复这些吧！祝俪安。

沙汀

八一、一、九日

阳友鹤舞台生活六十年专刊，已见到了。请转告叶石同志，看了他的文章很高兴！盼望他多写一些。千万不要为小事厌烦分心。这个也适用于你们。我的那篇东西又有误排，但也只好听之！又及

830104

高缨同志：

手书奉悉。我非常羡慕中青年作家，既能深入生活，又能勤奋写作。我虽然略小于艾芜，可只能坐在家里养病了。这是莫奈何的事，但望骨质增生能不发展就算万幸。

选集一卷就已收到。我那篇小序所谈经验，我想，多少有点参考的价值。我四十年代之所以写得较多，年龄而外，生活储备而外，没有任何行政组织工作负担，更没有由此而产生的口角是非，可以说是一项重大优越条件。

您、克芹和克非诸位，正当精力充沛之年，在此后十年内，正是在创作上取得重大成就和突破的时候，确乎应该有个切合实际的计划，

集中精力，抓紧时间苦干几年。至于您，今年的计划既然经过细心安排，应该说是可行的吧，因为您是有自知之明的同志。我近年来对您的情况所知有限，《云崖初暖》又未拜读，实在难于提供具体意见。

四川省委领导班子的传、帮、带问题，已有所闻，但不若来信所言详细。上月，文学所三位负责同志，前来舍下讨论评定职称问题，党组书记王平凡同志和院党组的几项指示，使我大开眼界，深感中央考虑得太周到了。我虽不了解四川的实际情况，但我相信，家乡必将出现新的局面。

今年第一期《四川文学》上的大作，收到后一定认真拜读并扼要向您谈一点读后感。精神欠缺，不多写了。有件小事，倒要麻烦您一下：请转告出版社，代赠贵阳蹇先艾、石果，成都的吕琳（美协）、孔繁祚（川报）《沙汀选集》一卷一册，谢谢。匆祝俪安。

沙汀

八三、元月四日

830227

高缨同志：

尽管口腔问题、骨质增生弄得人终日心烦、疲累不堪，《朝辞白帝彩云间》，我还是拜读了，而且拜读中感到相当愉快，因为情节生动，文辞清丽，颇能引人入胜。在这对外开放的历史时期，这种主题思想的作品特别对那些有崇洋思想的人具有一定教育作用。

由于您女儿是学画的，又常同画家接触，我估计为写这篇作品，您可能钻研过绘画，因而您对史丛在两位国际友人面前信笔挥洒的场景写得令人信服。当看到倒叙史丛因为领取出差费一段时，我多少有点担心，但一到史丛因为昏倒而回到四等舱受群众热情关怀时，担心也就随之消失。

当然，最动人的还是我们那位女画家不肯接受那位法国美术鉴赏家诚心赠送润笔的那个场面，对话精当、自然，读来使人兴起一种民族的自豪感！一句话，您这篇作品的社会效果一定不错。尽管因为只读了一遍，又在病中，还不可能恰当地对全文做出具体分析，因为业已开始评选八二年的短篇创作，这也使我一时无法重读一遍。

　　这个星期短篇评选会议将在新侨召开。不去是不行的。我将就预选的同志们所提的意见之一，谈谈自己的看法，即如何塑造社会主义新人的问题，我以为，远者不谈，建国以来，在工矿、农村，五十年代就有社会主义新人了，十年内乱也有众多新人起过积极作用，否则无法解释许多问题。

　　而我的结论是：理应突出写四个现代化中的先进人物，但不能说只有四化中的先进人物才是社会主义新人。这个看法如其可行，我们的视野就广阔了。

　　祝俪安！

沙汀
八三、二月二十七日

840101

高缨同志：

　　手书奉悉。《木鱼山》较之《青枫坡》略胜一筹，但非巨著，只是题材、思想内容较为重大而已。其实三年困难，也有人在前三年左右，在短篇创作中反映过，只是小说中的基层干部和群众，我颇以为不大像样，《黑旗》最为突出。

　　我原想写它三个中篇，还有一个提纲也早已写好了，看来已无法完成这一任务，年岁不饶人，没有这分精力了。如果不调来北京，且至今犹"靠边站"，可能早已完成预期的计划了。搞创作，需要集中精力，无外来干扰，负担这样那样行政组织工作，党叫干就得干，可就不便搞创作了。

对于克芹，您应予多为关怀、鼓励，（让他）努力潜心创作，一切外来的物议，择善而从，其他不必介怀，尽力避免自讨苦吃而埋头写作，就是避免苦恼的不二法门。其实，我感觉有些在他私人生活方面的反映，需做深入调查研究，不能轻易相信，更不宜轻易做出判断，因为事物是复杂的……

据传××即将恢复党籍，闻之感慨颇多！此人过去所作所为，因何开除党籍，您可能也知道吧！我当然不是说，应该让他无路可走，不准他革命了，绝不是这样。……明春作协开代表大会时再面谈吧。

祝您、传琛同志及孩子们新年好！

沙汀

八四年一月一日

850722

高缨同志：

因为最近生活秩序失常，您本月中旬来信不曾找着，只记得您提到过艾芜的病，还提到过"文化大革命"中一些情节。在一个时期，即"四害"未暴露前，可能有不少人，包括您、我在内，都有过程度不一的不恰当的表现，这是可以理解的，也可以总结总结经验教训，但却不必老是耿耿于怀。

我正用一种新药"牡荆丸"，颇有效。关托您带来的药片，已溶成药膏，故未用，但此药这里得之也较易。我感谢你们的盛情，药就不必带了。

北京今年气候较好。近来常是阴天，就拿前一向说，最高温度也止三十一二度，一般都在三十度以下，看来，较成都好多了。所以返川之计，业已推迟。

说起"文化大革命"，《河北文艺》五月号，巴公有篇纪念五四的文章。在触及这方面的问题时，他谈得多好多赤诚呵！这也无怪，他写文章，就一直把心交给读者。去年文联会上，李春的发言，也坦率，合乎实际。

病中草草，顺祝

撰安！

沙汀

七、廿二日

850725

高缨同志：

信压了好久了，今天才发现！趁机谈几件要事：

1.《收获》能发表您的中篇，最好给寄去吧！

2. 艾芜如已出院，并已将长篇定稿，请转告他，他的长篇《收获》已列入计划，盼早寄去。

3.《收获》还托我代约马识途同志的《夜谭十记》。我在疗养中，就麻烦您帮一帮这个忙吧！我暂不给他信，但请代为问候。

拜托拜托，千乞兑现！

敬礼

沙汀

廿五日

871005

高缨同志如晤：

二十八日信收到了。国庆前夕，您夫人还赠送一篮广柑，还用你们两人的名义写了一张便笺。这广柑还有嫩枝相联，仿佛是新从树子上摘下来的，看了实在令人愉快！吃起来也特别鲜美。

我相信，这广柑是您从重庆捎来的，此种盛情，单是说声"谢谢"是表现不出我的感谢之情，总觉它非一般赠送可比，其中含有我们交往多年的深情厚谊。我早已知道您以重庆的生活为根据地，经常在其四周深入生活，潜心创作。这很好，可以摆脱行政事务的干扰，但愿您早早获得丰收。

王觉同志曾一再约我到渝小住，我曾答允他明春由京返川，将先到重庆小住，然后飞返成都。因为我早决定九月底回北京，而现在之所以尚未成行，本将延期至本月十二了。因为来了几位多年不见的老友，且为本市居民，不能不陪同他们重游一些名胜地区，远至乐山峨眉，更加不必说了！……

好吧，最后我还是道一声谢谢吧！

匆复，顺祝撰安！

沙汀

八七年十月五日

880107

高缨同志：

信收到好几天了。我是住的复外二十二号楼四门二十五号。不过秦友覩同志除星期天外，每天都要来，所以得到你们的信很及时，只是邮路太迟缓了，成都来的航空信，最迟的，可能得六天收到。

您对我是赞扬得过分了。我在为人和为文上都有很多不足之处。

您说我"寓慈于严",实则在往往简单粗糙,感情用事,尽管我自信尚无害人之心。"文革"前主持四川文联工作,一搞运动,就伤害同志。虽然来自缺乏独立思考能力,至今思之,仍然耿耿于怀。"文革"时期,总算受到了教训。

走出"牛栅"后所写三个中篇,大都出于积习难改,恰好"文革"不仅积累了一些有关材料,而进行过酝酿,总算在新形势的鼓舞下免除了一点心愿。当然,现在只能勉写点回忆录了。

安娥同志的事迹,过去知道一点;似乎也见过面,但已很模糊了,更不明白她的近况,很难写。

匆祝撰安,问候您爱人。

沙汀

八八年一月七日

881006

高缨同志:

来信收到好几天了,因为两个多月来,一直哮喘。虽不怎么严重。但却弄得人困乏不堪。情绪欠佳,以至今天才来作复,千乞见谅为幸!

谢谢您对《红石滩》的赞扬。您也生病,可写了那样长的评价信。上个月收得师陀同志一信,也是说《红石滩》的。他有一点看法同您基本一致:《红石滩》较《淘金记》好。

我想,这个在我晚年写出的中篇之所以优于《淘金记》,因为《淘金记》所反映的生活是某一个大体已经定型的历史时期的生活侧面,而《红石滩》所反映的则是历史发生巨大变化,也就是历史转折时期一个相当直接的生活片断。

当然,从人物活动的舞台说,它不过是川西北一个小小的场镇;主要人物呢,也无非两三个豪霸恶棍。但在这次历史巨变中,作为妄图扭转历史车轮的反面人物，在当年国统区的农村中，他们都有一定的代表性。

还有，这个题材，我酝酿得相当久，四川解放初期就想写了，人物及活动的舞台，又是我长期生活于其间，特别那段时间，我正隐蔽在故乡，否则会差得多。

匆致
敬礼！

沙汀

又及：还有，您希望我再写一两中篇，盛意可感。可惜我已经八十四了！精力已差，作为一个小说作者，《红石滩》将是我最后之作。

H

致黄曼君（节录）

791122

……我四八年曾因胃溃疡大量出血，当时既无条件去较大城市诊治，主要是靠服童便、吃棒子搅团和将近半年的休息才痊愈的。……

1979 年 11 月 22 日

800113

……我在四川解放前夕写的《选灾》《退佃》等等，就不如我其他作品精细。因为从我当时的处境和情绪说，它们不是小说，是控诉……

1980 年 1 月 13 日

800921

……我在延安《文艺突击》上发表的《堪察加小景》只是《消遣》中一个场景，是急就章，作为速写赶出来的，返回四川后才写成小说《消遣》。……《父亲》① 是个中篇，不是我的自传，自传，只是形式。

---

① 沙汀创作中并无《父亲》。也许指的是《祖父的故事》，但它又不是中篇。——编注

《灾区一宿》等短篇小说中的"我"，同样并非作者自己。提起《灾区一宿》，动乱十年中所谓专案组曾经给我吃过不少苦头，因为我曾于三五年因奔母丧回过安县，并因一个偶然机会到邻县北川，一个成都的所谓"省赈会"，一个慈善组织去住过几天，而这里恰好又是四方面军经过，遭受过蒋帮"追剿"践踏的地区……于是，他们也就把那个"我"当真我，大肆打伐！其实，《兽道》《代理县长》，还有《苦难》大都是此次短暂逗留的产物！可惜他们并不把它联起来看，其实，即以《灾区一宿》而论，认真看看本文，也可看出作者的意图，而且我对那位组长，特别那名地主，是用讽刺笔调写的。……

1980 年 9 月 21 日

800922

……我曾看过一些评论拙作的文章，有的说，我的作品显示了我的特长：讽刺。而恰恰忘记了这些作品写于何时，矛头是对准谁的。即以抗战期间所写的作品而言，写敌后的那些散文，又怎么解释呢？

还有一位同志，断言《没有演出的戏》这个短篇，是后来《困兽记》的蓝本。原文记不准了，大意是说后者是前者的扩大化。而实际情况是，当时《困兽记》已酝酿得相当久了，而由于熟人催稿正急，也由于靠卖稿为生，就择定一部分写了个短篇应急。……

……想来您已看见《何其芳选集》（一），他在一次通信中对《还乡记》的意见，我是很尊重他的学识和才气的，但我不怎么同意这个看法：婚姻问题和打笋子问题，是并列的两条线索，而对后一条线索却写少了，因而读后感到不足。

这一看法，至少可以说不符合我的设想：尽管经过斗争，冯大生妻子被骗改嫁的问题不仅没有得到合理解决，反而受尽凌辱，难道他会就这样忍气吞声吗？因而满腔积愤在打笋子问题上爆发了！当然，这些解释显然并无必要，请一笑置之吧！……

1980 年 9 月 22 日

801018

……四一年春，我由重庆疏散回安县，将近暑假，我舅父郑慕周听说蒋帮"行辕"有密令缉捕我和肖崇素等四人，当即派人护送我前去距县城最远，且为安、绵、茂三县交界的睢水乡隐蔽。但直到四二年换了县长，肖崇素才被扣押，不过，就在当夜，由其亲属买通看管人员，就一起逃跑了！……

1980 年 10 月 18 日

810205

……我作品中的人物大多都有原型，不过都经过改造而已。《防空》的题材，它的人物和故事，可以说大部分是根据事实来的，为了这件事，我还得罪过两三个熟人，招来一些大不愉快的烦言。《淘金记》中的白酱丹的原型是我的一个亲戚。《困兽记》中的人物，可以说大都是熟人，同乡中知识界和我同辈的人多能指出孰是孰来。至于故事，虚构成分更多……我自传性的作品极少。

810208

……至于三九年冬由延安返川后的十年，四〇年主要是在重庆，一边写作《琐记》，一边在文艺界为党做些通信联络工作。皖南事变时，和以群一道，为部分同志安排了疏散外地的工作后，我获得批准，回家乡继续写《淘金记》。当时已写好三四章了。四四年奉调由睢水去重庆工作，三五月后，因独山失守，又奉命回家乡为外籍文化人安排一些地方，作万一日军入侵四川时疏散基地。我在成都找张秀熟、王干青，并由王介绍给张澜，都是为了准备这一工作。后来，组织上另一个估计证明了：日军占领独山，是迫降，结果并未入川，我也就继续留在雎水写作。

……四六年我又一次奉调去重庆，因为"文抗"总会迁沪，组织上要我筹办重庆文协分会。尔后和谈破裂，我又受命还乡隐蔽。当时南方局早已迁往南京，四川省委已正式成立，由吴老做书记，离渝前，组织上要我在成都拜会两三位较有声望的老同志（也是上面提到过的张和王），希望他们通过各种社会关系，反对反动派继续征粮和抓壮丁，也就是说从兵源、粮食上破坏敌人的军事活动，即后来的反对"粮政""役政"（后来发展为反饥饿大游行）。可以说，这次回雎水后我的创作活动，主要都是揭露反动派这两项措施的，随着反动派日趋灭亡，题材也逐步涉及伪选、币制问题。……

两次在成都所做工作，只是捎带做的，因为我同张秀熟、王干青二十年代就相识，吴老也了解他们。见张澜，是意料之外的事，我同他谈话也是用一个文学工作者的观点、口气说的。我们都是四川人，认为安排外籍文化人是尽地主之谊。

1981 年 2 月 8 日

810806

……三十年代，曾应《良友》之约，写一自传体的中篇，已成三章：《某镇记事》《一个人的出身》和《干渣》，因为预支版税问题，搁下来了。……《西线文艺》上那篇不属于《敌后琐记》。……

1981 年 8 月 6 日

J

致金兄^①

550301

金兄：

我是二月十日离开北京的，到今天快要二十天了。我先到成都休息了将近十天。这一个时期的休息，自然恢复了旅途中的疲劳，但也更加感觉身体太不行，太糟糕了。这是常有的情形：当你打起精神工作时，还觉可以支持，一停下来，这才认真感觉到了不行。

我本来不想到重庆，但大家一定要我来传达主席团扩大会议的内容和精神，带便参加解决一些分会工作中存在的若干具体问题。

我一日来的，大约还得两三天才能回去。自来这里后，几乎连夜失眠，身体又拖坏了，因这些年我养成一个不好的习惯：一遇重大问题就很紧张。这当然也因自己的能力、健康有关，但我总是担心把工作搞坏了，这是个致命伤，非好好医治不可。我究竟何时下去深入生活，要到七八月才能定。因为不把身体整休一下，下去很难持久。

我真羡慕你那么健康！而我最担心的就是身体，我想在治病和休息期间多读点书，这几年来好多名著都来读书，这也该补补课。望常来信。

---

① 未能查证"金兄"为何人。

此致
敬礼

　　　　　　　　　　　　　　　　　　　沙汀
　　　　　　　　　　　　　　　　　一九五五、三、一
　　我的通讯地址：成都布后街二号。

L

致雷家仲①

830401

编辑同志：

　　转来的稿件，经过校阅，做了一些校正。虽然粗略，官君所记尚无差错。

　　是否可用，请你们决定吧。病中匆复。顺祝

编祺

沙汀

八三年四月一日

830504

　　《年谱》初稿早收到了。我想做些补充、修订，但这需要时间、精力，而我目前为颈椎病弄得终日不安！还有一些不能不参加的社会活动，因而请允许我搁一搁再说吧。

　　两期学报也已收到，谢谢！此复，并向学报编辑部同志致以节日

---

① 原载《南充师院学报》1983年第3期，原标题是《关于生活和创作道路的通信》，共四封信。

敬礼！

沙汀

八三年五月四日

又，我记起来了，官文如发表，得在吴玉老要我找王干青"谈话"之后，加上一句："希望他借助各种社会力量，反对反动派征兵征粮。"同日又及

8305××

编辑同志：

因患多种老年人常见病，又年近八旬，精力差，记忆力也日益衰竭。年谱，我挤时间陆续校正，补充了一些事，当然还不够详尽，可较原稿似乎较好一些。

第23页五至七行所述事实，是从上海回川后的情形，我用红笔勾出，由你们移到前边去吧。从延安返川，主要是组织文艺工作者去延安；将《文艺战线》转到重庆出版。所谓私事，因为黄玉颀想念孩子杨礼、老母黄敬之。她老母在仁寿文公场文华中学教书，孩子也在那里。送她去文公场后，又去成都候车。其间，车耀先开了个座谈会，由我介绍延安、敌后情况。张秀熟参加过，会后，还约我去其住所单独谈话。因其时反动派很嚣张，他很为边区防务担忧。就补充这一些吧。匆祝

编祺！

沙汀

八三年五月

830619

雷家仲同志：

你们所提的十个问题，特简复如下：

1. 来信提到的自传，"叔伯们"以改为"三个叔父"较妥。因为我父亲居长，分家时二叔也去世了，只有三、四、五三个叔父在世。当时我年幼，只记得他们曾多次大吵大闹，母亲则常求助于父亲的旧交，我记得帮助最力的是詹棠，前清举人。至于具体情节，已不复能记忆了。三叔分家不久即去世了，四叔、五叔只会吃喝玩乐。

2. 我家延聘的老师，都讲的是"中学"。我进省师，完全是靠我舅父一位秘书利用其同当时的校长有着深厚交情，塞进去的。拿现在的话说，就是"走后门"。我有篇回忆文，叫《播种者》，可参考。

3. 我舅父刺杀陈红苔事在1916年左右，这个推算不错，但我却从未在中江读过书，只是我舅父曾从中江延聘了一位老师游春舫到安县我家教过一年书。何鼎臣成军较早，先在吕超部做预备团团长，主要防地是梓潼。我舅父于刺杀陈一两年后才去何部下做连长的，其时何已是吕的第七团团长了，舅父做连长后我才结束了经常随他一道流荡的生活。

谢健卿是我二叔的妻弟，他教我执笔为文时，在我认真专心读书以后。但他不是在我家里教。当时，县里有个训练师资的学校，就在县南门附近的"自治局"里。我同我兄长就在那里寄读，只是晚上仍旧回家。谢当时是那个讲习班的国文教员。还有二叔及叔母无后，我是抱给二叔的。

4. "教匪"是借宗教，如红灯教之名搞武装斗争的贫苦农民。安县那次"教匪"起义，是在绵竹党所领导的农民起义失败，和成都"二·一六"事件，即袁诗尧同志等遇害之后发生的，因而震动相当强烈。

5. 辛垦书店开始时的主要成员，有杨伯恺、任白戈、葛泗乔、王集丛。开始出的书，你们到图书馆去查吧！我这里只举一种：任白戈翻译的《倚里奇的辩证法》。因为开创时我入股较多，又可能大量募集股金，所以推我做董事长，实际管事的是葛泗乔。尔后，我招股计划失败，杨伯恺却从陈静珊募得大批股金。一年后几个发起人都先后退出书店，首先是葛同王，三二年我和任白戈也一道退出书店。这四位发起人，都是先后在"三・卅一""二・一六"事件后到上海的，而且都是党员，当时都是过的流亡生活。任曾在成都同周尚明一起工作过。

葛、王退出书店的原因较为复杂，尔后我同他两人也迹近绝交，极少往还。我和任白戈同志退出书店，加入"左联"，其来有渐，是从叶青，即任卓宣这个叛徒到书店开始的。我和白戈退出书店后，发起人只剩下一个杨伯恺同志了。抗战时期我才知道，他对叶青曾经进行过不懈的斗争，而且抗战中为革命做了不少工作，解放前夕在成都十二桥遇害。从四〇年开始，也可以说从三八年开始，我们中断多年的交往又恢复了，历史证明这是个好同志。

6. 《法律外的航线》出版，原本署名"沙丁"，也就是过去金厂中的沙班，俗所谓"金夫子"，意在表明自己要做一名发掘社会生活的金夫子。当日与我同住的艾芜同志建议，在"丁"旁加三点水，我采纳了，就成了"沙汀"。秦的说法是瞎猜。安县一些乡亲所提供的材料不能轻信！此外我还用尹光这个笔名写过三四篇文章。

7. 我离开延安，继续在重庆出版由延安鲁艺一两位负责同志编辑好的《文艺战线》而外，主要是在重庆党的领导和支持下，动员一批进步文艺工作者去延安工作。我未到重庆前，党就开始进行这一工作了。当然也还有其私人原因，我妻子黄玉颀的老母、幼儿都在四川，她十分想念他们。我未能说服她把孩子通过组织关系接到延安去。她当时又体弱多病，这说明我在思想上也有问题，过分迁就了黄玉颀。

8. 《闯关》发表、出版的遭遇，凡我知道的，我已在一些有关文章中提过了，因为经手办理这件事的叶以群同志已在十年内乱中被害致死，他在四四年我奉命由雎水关去重庆时，他谈得也概括，我提不出更具体的情节了。屈楚同志当时在群益出版社工作，那个被扣的批语："为异党张目",就是在他那里从原件上看到的,听说现在他在上海剧协工作。

9. 1946 春夏之交我去重庆,当然是组织上调去的。任务也很明确,全国文抗迁沪并改组后,重庆需成立一个新的分会机构,当时南方局已迁上海,四川省委宣告成立,由吴玉章、王维舟两老负责。

10. 我解放后活动,全部是公开的,在党的领导下,由川西文联而西南文联、中国作家协会;五十年代中期又到四川文联、作协四川分会参加工作,这也就是我能够告诉你们的线索。其他无可奉告,请谅鉴!匆祝

撰安!

沙汀

1983.6.19

致黎本初

831118

本初同志:

你在《内容还是要的——也谈川剧改革》一文中的意见是对的。川剧保留剧目少了,老是演那几个戏,不行!要搞新的。主要是编写反映现代生活的川剧。因为所谓剧改,主要是内容。要创新,就要反映现实,如《许云峰》《四姑娘》。剧改,首先是内容新。内容新了,形式相应也得变化。当然,任何变化都得在总的风格上保持川剧的特点,若果变得来连川剧这个地方戏的特点都变掉了,那也不行!

反映现代生活是主要的,但不是唯一的。十二大报告提倡搞新的,但又说,文化内容要丰富。有益无害的剧目,使群众通过健康的娱乐和享受,得到休息,这也应该。如过去的《柳荫记》《拉郎配》《望江亭》《乔老爷上轿》都改得好,得到了群众的赞赏。"文化大革命"前有

不少成功的经验值得吸收、借鉴。

川剧现在还有个演员问题，也很重要。演员的做功、唱功不行，啥子都是空事。《许云峰》好，也因为饰许云峰、成刚的演员好，而今他们都不在了，这个剧目似乎从舞台上消失了。李亚群同志主持省委宣传部文艺工作时直接抓省川剧院，依靠老艺人培养了一批演员，现在光景大多也老化了，剧目也老是那几个。总之，除剧本外，还要抓演员。办法不外乎两条：

一、培训。这是权宜之计，集中一批有培养前途的青年演员，进行轮训，在唱、做上同时努力。所谓"做"包括腰、腿上的基本功。

二、主要办法，得像办川剧学校那样，办料班那样，像李亚群那样培养一批。现在成都的阳友鹤、杨云凤等等不必说了，还可以从外地请袁玉堃、胡素芳、周禅裕、陈金波他们来教。成都的名演员不少，比如××唱得好，但她演《打神告庙》，还没有把敫桂英那呼天抢地的悲愤情绪充分表演出来，主要就是腰腿上功夫不够。

川剧团的负责人应该提高领导水平。成都市原先是李宗林亲自抓，他又懂行，又负责，还拖我们这些人帮忙、出点子，所以又出戏又出人才。

要保留和加强川剧的地方色彩。不梦想全国都乐于接受，要有地方色彩才说得上继承民族传统。全国各地区都卫护、发展本地区戏曲的特点，合起来，祖国的文艺就丰富多彩了。不能搞全国单一色！"外省人不喜欢"，不要说贵州了，单是四川就有一亿观众嘛！川戏首先得为四川广大观众服务。

要吸收文艺界有修养的人参加，听取他们的意见。李宗林就抓过李劼人、林如稷去当参谋。

我相信川剧的发展大有希望！

沙汀

1983 年 11 月 18 日于北京医院（张大明记录）

致李定周

810517

李定周同志：

十一日复信收到。我作品不多，又不能将三四年其他出版社已经重排、重印的作品全部收入。暂时还是以出选集较好。前信我说先出"三记"，看来不很恰当。因为如收"三记"，并作为第一卷，就得先出版《淘金记》，这会牵涉到"人文"。而"三记"一起出，时间又来不及全部改好！因此只有维持原议，或改为"四卷本"。先出原编的第一卷中短篇。二卷选一部长篇。巴公①曾建议选《还乡记》，但《还乡记》尚不足十八万字！太薄了。《困兽记》写于《闯关》之后。在二十万字以上，我将抓紧修改，期于六月交稿。此书近年并未重排，也就与"人文"无多大关系了。不知你们以为如何？否则照旧出三卷本，不选长篇。横竖《人民日报》前几天已见到消息了。总之，选"三记"或选"一记"，既然都得作为"二卷"，你们就先将一卷付排吧！兹特寄上未曾编过集子的短篇两则，请将《撤退》抽出，并再酌情抽出一篇，然后按时间先改后编入第一卷。最后一卷散文报告，有关敌后的，将尽力搜寻，以期全部编入本集。

　　此致
敬礼！

沙汀

八一年五月十七日

《青枫坡》改动最大，已托人抄写去了。

---

① 巴公即巴金。

我还想说几句，一，第一卷可将《老太婆》一篇抽出，改为《恐怖》。因为它是反映广汉起义的，老一辈都能记忆，又见《祖父的故事》；至于序文，等你们最后决定。如一定要选长篇，加一段也就行了。但我以为还是选《困兽记》较好，正动手改，现在暂不收序文，寄你们正文付排后也来得及，为照样出三卷。在我看来，从我的产量、才能来说，固不能同艾芜比，但也算不错了，其芳的选集也只有五卷。此数行是十八日晨加上的。

附：

修改《青枫坡》的主要设想

一、初版本场面铺的太宽，人物又多，且多同姓同辈，以致分散了笔墨，也分了读者的注意，应力求加以改善。

二、记者可以保留，但得有名有姓，并在故事发展中贯穿下去，而且让他在故事中起到他应有的一定作用。

三、超支问题，在前一两章中应有伏笔。比如通过社主任的对话、思想活动，说明本社尽管提前完成旱地浇灌任务，可是家底子薄，还有些困难户每年分不够口粮，得由政府和社照顾。

四、社主任的父亲不肯归还超支，因为他旧社会的习气重，又知道有一两户根本还不起超支，还有两三户超支了，拖起不还，妄想减免，而且都把老头子当作"榜样"！

五、在归还超支的过程中，父子间的冲突，儿子的苦恼，老社长文素芳，小会计两母子对社长的关心和顾全大局，都写到了，但是否都写够了？这是反映新社会的风尚问题，还得认真校核。

六、故事发生、发展的历史背景，是"大跃进"和人民公社化前夕，有关时代气氛是否较为充分，也得认真检查，使之较为突出，但亦不可过分。

一九八一年夏

830711

李定周同志：

您好！《青枫坡》校改本，我女儿在成都寓所翻箱倒柜，不曾找到，我在北京又翻了翻藏书，也仍然没有踪迹！很可能去年从东城搬来西城时，乱乱慌慌，掉了，我看就不管它了。

拙著选集，第一卷出版至今为时已不短了；像这样出版速度，将到何年何月才能出齐？我已快上八十了，此书能否看到全部选集，想起来真难受，你们可能太不在意了，可也得为作者想想！既有今日，当年又何必积极向我组稿呢？可并不是我找上门的啊！

你们如今年加快速度出齐，是所盼待，《青枫坡》我要求看看清样，《困兽记》《还乡记》中改动较多部分，大约都是前一两章，如来得及，我也希望能看看清校样，因为改动较大故也。也望您多有指教。

此信，请转李致同志、杜谷同志看看，我颈椎病尚未痊愈，可哮喘又有复发之势，幸而算已经卡住了。幸释锦念。匆祝

编祺，并问候李致同志和杜谷同志。

沙汀

八三年七月十一日

《龙门阵》还继续出么？好久没看到了。

831003

定周同志：

您好，来信收到，同意您提出的几点修改建议。作为责任编辑，您的这种认真负责精神，我很感动。

《记贺龙》的第十章，贺总有关彭真同志的赞扬，我曾另纸写上，贴在第十章末尾，乞加注意，一定得补上。如果掉了，盼来信见告。第十五章，翻阅十年动乱前版本，段末尾有几句对话，请改正为："跟

他说话的是彭德怀同志，"他加添道，"第一次就把他说哭了，感觉自己对不起祖国……"这两处增改都十分重要。

《困兽记》改得多，因为这本书矛头直指国民党县党部，初版时未改动那些含糊其辞的文句。陈翔鹤同志在世时也提过意见，如认为第一章有些沉闷，一般叙述也过多，至于《青枫坡》的大改，则因为当时动乱刚才宣告结束，自己急于发表作品，而对素材又未认真消化，后经卞之琳、师陀两位指出，于是只得动一次大手术！

现在，就谈这一些吧，《记贺龙》的第十、第十五两章，如果不太费事，盼能让我看上校样。顺颂

编祺

沙汀

八三、十月三日

831029

定周同志：

我记错了，有关修改《青枫坡》的经过，我未曾写过专论，只是在《文谭》第二期复上饶师专一位同学的书简中提到过，而且也不够详尽，具体，如卞之琳同志提出的两点意见：一、人名容易混同；二、那位记者不仅连姓名都没有，而且出场不久，就无踪无影了，我的修改也着重这两点。

《文谭》是你们社出版的，我就不寄您了。匆祝

编祺

沙汀

八三年十月二十九日

831030

定周同志：

手书奉悉，最近精神较差，又得学习整风文件，但收到二卷校样后，当尽力早日想校订后航挂寄还。您问的问题，现奉答如下：

在"三记"中写起来比较顺当，现在也较为满意的是《淘金记》，这主要是由于酝酿时间长，人物的原型，又是我童年、青少年时期就熟悉的。《困兽记》中的人物的原型虽也熟悉，且都相处有日，但为时较晚，是青壮年时期，而写它时，由于牵涉到当时的国民党，牵涉到它假抗日、真反共的反动政策，因而难度也大，这本书中不少地方都写得含糊，这才得以出版。而即便如此，反动派发动内战以后，绵阳专员冯均逸还扬言，《困兽记》大有问题，《还乡记》的具体环境、人物，都是来自第二次反共高潮时期，蛰居过半年之久的刘家沟，写作也还顺当。

您提到章桐写得不够丰满的问题，使我想起何其芳同志对《还乡记》的一些意见，此信件已收入他的全集，仿佛他认为这"一记"较之其他"两记"较为佳，只是次要又次要的人物没有写好，也许是说写得不够充分、圆满，所谓次要人物，一般说，在一部书或一篇作品中，都是为了陪衬主要人物，或者为了突出主题，着墨当然不会太多，至少，不能与主要人物相比。《还乡记》中的幺爸，着墨就不多，但他却会使细心的读者从他的言谈、独身生活体会到山民的精神面貌。章桐我是借以突出田畴的柔弱寡断的，当然，我不能说他给我写成功了。

《困兽记》中有个人物，一般倒不大有人注意：王大娘；也就是那个老用人对待生活的态度，这也是有原型的。这里我还想提一笔，我记得这一"记"的最初一章，因为陈翔鹤同志认为太沉闷了，所以也就改动较多。

关于次要人物问题，本来还有一些看法，因已困乏，就写这一些

吧！匆祝

敬礼

沙汀

八三年十月三十日

831125

定周同志：

今天总算把"三记"的校样全看完了，因为精力不济，时间也紧，《淘金记》是请托熟人看的，同时对方言俚语做了注释，这是他校阅后我再托其——另纸记录，然后由我加注，并又重抄一遍。本可就写在校样上，但我担心这对你们会有困难，另纸写上，你们会有选择余地，当然我希望能加上注释。

从这次寄来的校样，你们是认真负责的，有的修改，如《还乡记》"后记"上有一处就改得不错，我完全采纳了。凡有改正，你们并做了说明，这个做法很好，对作者大有帮助。我自己也做过一些增改，删去一些不必要的词句，在我不同意的修改词句时，我也不是简单抹去完事，也做了说明，当然，不能说经我本人核订，就尽善尽美了，你们发现有不妥处，还可以提出来。《书林》不知道你们是否也订得有？关于修改《青枫坡》一文又是否查到了？如果不曾查到，您又需要看看，一俟来信，我当找文学所复制一份寄您。选集三卷，仍盼能将校样寄我，特别是《青枫坡》改动较多，我得重新校订一遍，当然不会大改，以免给您增加麻烦。

又《还乡记》中，有不少"狗日的"这句粗鲁骂人的话，我本想改，但又一时不能决定，改成"狗东西"好吧，还是"狗杂种"，"狗崽子"好？这两天我已疲乏不堪，又得赶快将校样付邮，就请您择一加以改正吧！

没有作者、编辑和校对的通力合作，要出一本印得像样的书不容易啊！

祝

编祺

沙汀

八三年十一月二十五日

840313

定周同志：

您二月七日信，家里昨天才连同三月七日信一同交来，因为我上月病情较重，张大明①同志信，显然不大确切，前仅就两信所询各节，分别答复如下：

一、《敌后七十五天》，只有个别错字得改，且不重要，如将"杨家结合"写成"杨家结塔"之类，都可改，可不改。

二、改动较多的是《贺龙记》。但也只有两处：一处，在谈到东北军高福源师长被俘后，同他谈话的"彭德怀同志"随后改为"我们同他第一次谈话"应改过来，指明同他谈话的是"彭德怀同志"。还有一处，三中全会前，在贺总介绍晋察冀区领导人物时，我错误地将贺总赞扬彭真同志几句十分生动的话删去了。对聂总却增加了两三句，这增加的虽有根据，却不一定有必要，因此必须有不增删。而《贺龙记》一书中，这两处的改正，都很重要，因为这是历史的真实，因而我都改了，还贴有纸条，并要张大明在给您和陈厚诚②同志信中着重叮咛过，看来他弄混了，否则就是我没讲清楚。

---

① 张大明：现代文学研究者，时任中国社科院副研究员。
② 陈厚诚：四川大学中文系现代文学教师。

三、关于《青枫坡》，我也交付得很清楚，该书主要的修改，是把那位记者的活动增强了，这一点我不准备再作补充修正。但是，为了补救人物众多，又同姓同宗，书中人物容易使读者混淆不清，我就给两人都安上了一个诨号。现在看来，诨号过多，也是一弊，所以曾要大明在信上说明，您可以同陈厚诚同志商酌，去掉一两个人物的诨号，但也并不是什么大问题，不删去一两个诨号，也无所谓，就按修改稿校订好了。

我要看校样显然不可能了，所以我上次要大明，把所有校雠问题，完全拜托您负责处理，我十分信任您对读者和作者的责任心，同时，我还拜托陈厚诚同志，协助您做好这一次的校雠工作，有什么疑难处，您不妨就近找他商酌吧！主要是《记贺龙》那两处的增改十分重要。如果贴件，即改正文掉了，就查一查十年动乱前的版本吧！

我前后寄交给您的资料，务请妥为保存，至于国外对我的评介文章，现在手边没有。

此致

敬礼！

问候杜谷同志

沙汀

八四年三月十三日

《记贺龙》这两处，一定得照十年动乱前的版本加以增存，但望我的贴件不曾失落。又及。

一则时间紧迫，二则身体衰弱，都使我无法看清校样，一切都拜托您！又及。

850107

定周同志:

　　这里还有点事得麻烦您一下,三十年代的老友李辉英由港来京参加作协会员大会,别人重逢,谈笑甚欢,他比我小四五岁,但已半瘫,行路得靠轮椅推动,看了也不好受。

　　他在港中文学院做教授已有不少时间了,现已退休,住:香港北角天后庙道211号七楼,请您寄一份选集给他吧,以称老友为宜,不称同志。另一老友林通,去年来京探亲,我曾送他"人文版"《淘金记》一册,看来也得送一份选集,寄香港邮政信箱七五二号。记得已经写信托过您了,从二卷起选其他三卷,请各代我寄一册送黄曼君同志,武昌桂子山华中师范学院中文系,劳神之处,十分感谢!匆祝

新年好!

沙汀

八五年元月七日

　　曾寄一信,希望能配一卷精装本寄北京的总署查明见告,不知收到否?

致李国燦

871107

国燦同志:

　　信收到了。我用毛笔将那篇纪念《收获》创刊三十周年的短文最后一段抄录寄上,并附照片一张,是八十年代初照的。因为其他近两年照的,多是彩色,黑白片也有,但都拍得较差。

　　我抄录的一段,也因不大称意,删改了一两字,全文不妥之处可能更多。就只好麻烦您和小林同志再看清样时,最好复印以前加以润

色。我曾拜托过您父亲，光景他不曾动笔。他最近相当繁忙，也可能太客气了。

您父亲来信说，巴金返沪后相当疲乏，休息一段时间之后，想必精力已恢复了。我返京后也很疲乏，最近稍好，而昨天参加了大半天座谈会后，今天又不大对劲了！祝
编祺。请代我问候巴金、您父亲。

沙汀

八七年十一月七日

871107

国烋：

看来你们不会对那篇短稿动动笔的，因为你们对我非常客气。现在我自己对它的第二段，第四段作了如下改动：

第二段：……到了"文革"期间，尽管这篇作品更成为我是"文艺黑线"人物的罪证之一，我倒反而不在乎了。

第四段删去"四人帮覆灭"一语，改为"在我们党三中全会的路线方针指引下，全国进行政治思想上拨乱反正期间……这些加工，当然不是……和那位基层干部进行抗争时较为理直气壮。"

我没有全文抄录两段的全文，凡是不改动的，我都偷了点懒，以虚点代之。我相信您会理解，并对原稿于送厂付排时加以校订。

这种做法可能很不慎重，尚乞原谅！

沙汀

八七、十一月七日

第二段：论证我是……，论证二字删。

871108

国燥同志：

　　真是该搁笔了！因为昨天下午刚将我那篇东西的改正文交邮，晚上，可发现我竟然越改越发不大恰当！主要是第二段，即全文倒数第三段。"三中全会"上忘记加"十二届"。"全国进行政治思想上"应在"全国"下加"文化艺术界"才像话！

　　还有，"那位基层干部进行抗争时的理直气壮"应改为"那位基层干部忍无可忍的满腔激情"比较合理。当然，也许这一次又没有改得比较恰当，那就只有依仗你们给予帮助了！而不管如何，我却决定不理它了！

　　看来我得休息一段时间，否则将会弄到筋疲力尽，一蹶不振。请你们原谅一个老年人的啰唆吧！匆祝

编祺。

沙汀

八七年十一月八日

871112

国燥同志：

　　我上午去北京图书馆参加巴老六十年创作生涯座谈会，本来准备了一个发言，因为看图片下来，便已困乏不堪。发言人又不少，我只转达了我一个孙女对她巴金爷爷的看法和感受。

　　回来后就吃午饭，午休时又怎么也睡不着，总觉得我那篇短文最后一段尚需增改。现在，多经斟酌，算决定了。又特别另写一幅。前日寄您的那一幅就火化了它吧！

　　太麻烦您了，谢谢。

沙汀

八七年十一月十二午后一时

致李济生

济生同志：

前复一信，想已收到了。那天因为你寄赠的《播种者》，曾引起我一些奢望，想再请你搞一本一九六五年第一期《收获》。因为上面有我一篇稿子，题目叫《洪唯元》，是写一个船工的。这篇东西我曾托人找过，没有结果。但当时又有点不好启齿，现在想来，只有求你帮帮忙了。如能找到，将那篇东西剪寄即可，不必寄刊物来。我在存书方面，几成赤贫，前曾向苐甘兄讨了几册。他虽同我一样，已年过七旬，但身体较我健旺，精力且甚充沛，这读他的《一封信》，是能够充分感觉到的，但却不愿为此事打扰他。我昨天才接到他的信，稍缓方能作答。这几天精神太差了。

匆此致

敬礼

子青

六月五日

如能找到"作家"出版的《淘金记》，也盼能寄我一册。"文生版"我有，如没有就算了。

解放后新版《淘金记》，这里很可能找到，千万不必费时费力寻觅！又及

济生同志：

手书奉悉。所寄学习资料，也收到了。并已给汤兄分送了一份。

他同我住一个院子，说不上麻烦。曾柯二位①，已七八年不见面了。也未曾通过信。据说已定居北京，未知确否？

荑甘兄那篇文章，此地亦颇轰动。且不仅文艺界、知识界如此，一般群众的反应也很强烈，这同他多年来的劳动成果、声誉，当然有关，而有人早已怀疑他已为"四人帮"陷害死了！由此可见，关心他的命运的人，是相当广泛的。俗语有云："公道自在人心"，这也不无一定道理。

《春潮急》我早已拜读了。爱憎分明，感情强烈，特别因为乡土气味浓厚，在四川读书界颇获好评。因为克非②在川西北一带深入生活较久，其中语言，多是我幼年听惯了的，——这自然是一部分，并非全部，所以，我特别感觉亲切。当然，由于写作、修改时的环境、气氛，也不免尚有可以考虑的地方，前年我曾简略提及，本拟今夏去绵阳当地走走，没有机缘，当与他详细议议。目前由于气温变化甚大，我又易患感冒，看来一时又下去不成了！

荑甘兄信，早已收到，且已作复。我前信拜托你剪寄《收获》上《洪唯元》一文。不知能办到否？便中尚乞示及！致

敬礼

子青

六、十四日

770620

济生同志：

剪稿收到。为了这点东西，不但给你增添了麻烦，使得荑甘兄也

---

① "曾柯"：指作家曾克与柯岗夫妇。曾克，现代女作家，1917年生，河南太康人。曾任重庆、云南、四川文联及作家协会副主席，中国文联及作家协会领导小组成员（党组成员）。柯岗（1915—2002）：原名张克刚，河南巩义人，曾任西南军政委员会文教部文化处副处长、国务院文化部剧本委员会办公室主任等职。

② 克非：四川作家，《春潮急》作者。

忙着搜寻旧报，实在于心难安；因为我也料想到他近来一定会相当忙。而我之所以没找他，求之于你的原因，也在于此。昨得沈雁老来信，他说苻甘兄准备到各地走走。这个办法很好，而且使我想起了他早年出的一本游旅中的散文集子，我更希望他照样写这样一本书！用新的感情来写粉碎"四人帮"后出现的大好形势，这是很有意义的事，而且我相信他一定能出色地完成这个任务，你见到他一定谈谈我这个愿望吧。为了不麻烦他回信，我不直接告诉他了。

苻甘兄的两篇文章都拜读了。前一篇在此间的反应强烈情况，上封信我已告诉过你了。最近那篇，在知识界的反应的强烈不亚于前一篇。凡是读过的人，见了面总要谈起它。前几天我到张老处去，正有人拿了刊载他那篇文章的《文汇报》去看他，大有奔走相告之势。你信上所谈有关各节我也于得信之次日告诉张老了。对我个人说，他这后一篇文章，读后尤为感动。他所说的噩梦，使我联想起这十年来自己在"四人帮"淫威下的遭际和一些时候的精神状态。有时甚至怀疑自己是否神经有毛病了？而且从这篇文章可以设想我们还算是并不怎样脆弱，特别是他，应该说很坚强！

读了苻甘的文章，由于他的感情那样充沛，我相信，他的健康情况，一定比我的好多了。这也与我修养较差、性格上一些毛病有关，我的儿子读了他的文章后说我思想还没有解放，我承认这个批评有点道理，当然，这更加同修养有关。听说孔罗荪同志也发表了批判"四人帮"的文章，可惜尚未拜读。等两天，想请图书室的同志查查，也许可能找到。匆祝

健康

子青

六、二十日

7706××

济生同志：

信、书和画，都收到了，而且收到几天了。代转老艾画、书，各一册，则早已转交。只是，因为近几天有些社会活动，而且可说是十年来第一次，信回迟了。

《播种者》也正合我需要，固非完全由于"敝帚自珍"，主要是想尽量将过去的东西，逐篇用毛主席的革命文艺路线检查一遍。而这对将来万一尚能重新提起笔来写作，会有好处。当然，十年来已做过检查，且不止一次，但都根据记忆，手中没有原件，这就难免于存在不够切实和不足的缺点。

我藏书几乎全都散失，前曾向苇甘兄要过几册，真是不胜欣喜！因为近几年来我甚少社会活动，此后也准备深居简出在家学习马列的著作、毛主席的著作，也读读早年及今都认为较好的译著。当然，也想就过去曾被抄去，现在已由组织部劳神费力，代为搜回的一些材料，择其可写者写点东西。在目前的大好形势鼓舞下，特别有英明领袖华主席为首的党中央的正确领导，我想，我的写作希望当不至于落空。

克非由上海回川后，曾见过两三次，也曾对他的长篇简单谈了谈自己的感想，他曾向我女儿表示，若我健康情况许可，要下去跑跑，他愿做我的向导，因为我想去的地区。他是比我更熟识的。这也是我很乐意的，但是，看来只有下半年才有出门的可能了。因为健康既不许可，天时又变化无常，出门颇不方便。

你曾去农村住过三年，真可羡慕。我十年都未出过九里三分半啊！

敬礼

子青

770727

济生同志：

　　信、赠书，都收到了。我准备要写的中篇，确已动手。但是，由于年老力衰，脑子、精力都已不够用了，每天只能写不多字。近因支气管炎发作，几乎是搁笔了。但我决于今年写完初稿。写完后可能连十万字都不到。这篇东西果能在今冬写成明春改好，拟交人民文学出版社。因为近三年来，他们每次来成都组织稿件，都来看过我，问及我的写作情况。克非，我只知他《春潮激》下卷已成，正忙于搞运动，未知其他。苻甘拔牙后情况，尚乞便中见告。病中不多写了，敬祝

潭安！

　　　　　　　　　　　　　　　　　　　子青

　　　　　　　　　　　　　　　　　　　七、廿七日

771114

济生兄：

　　我已于十三日平安飞蓉，幸释锦念！

　　艾芜，我当天夜里就转达了您的问候和约稿的问题了。今日传达室的同志告诉我，李亚群同志曾有一通电报，托我设法代购《斯巴达克思》一部。此电是由苻甘转的，但却错写了地址！但，不管如何，敬请代为"抢购"一部！

　　此次在上海小住，多承关注，为这为那劳了不少的神，但彼此非外，我就不说打扰的话和"谢谢侬"了！匆祝

健康！问候您爱人！

　　　　　　　　　　　　　　　　　　　沙汀

　　　　　　　　　　　　　　　　　　　十一月十四日

请致意那天去看我的两位您的编辑部的同志。又及

771127

济生兄：

手书奉悉，在上海只住了四天半，现在想来，真是太短暂了！因为真非常想念您四哥他们！有时感觉相当寂寞。特别因为平日我家里人手少，只有一个烧饭的老太婆。而我又照旧深居简出，只是夜间出去走走。

亚群同志要的书，实在买不到也就算了。我那一部，还来后我可借他一阅，他可能是为他爱人和孩子买的，他倒不一定看。小林不知已直接去信向马识途同志约稿否？《上海文艺》是否也已去信？当我前日为《浙江文艺》《上海文艺》约稿时，他并未推谢，还说，他现有两三篇存稿，拟要我和艾芜看看，因此，向他约稿，可能性相当大。当然，便中当再催催。

你们准备出的两本选集既是要我各选两篇。我已经考虑过，解放前的，就选《在其香居茶馆里》《祖父的故事》如何？我将做些文字上的改动，因为我文字稍差，下的工夫也不够，为了对读者负责，总得改改。不知由您拿清样来我改呢，或者，抄寄一份校改表寄您？建国十七年来，你们要选《你追我赶》，也行。另一篇，则以选《过渡》为宜，但也得校改。

如果你们两种本子只各选一篇，那就选《在茶馆里》和《过渡》吧。因为《你追我赶》一篇，"人文"可能要选，似以不重复较好。祝好！

子青

十一、廿七日

请代致意那两位编辑同志！对不住，我忘记他俩的姓名了。

771219

济生同志：

信、书早收到了。因为忙于校正短篇选集，故迟至今日才回你信。"短篇选集"未有增减，照旧还是那些篇目。

《斯巴达克思》我已送赠亚群同志了。兹汇上，不，随函附上人民币三元，算是书价、寄费，望即晒收！你社如果尚有其他新书，特别你们的翻译短篇选集，盼能代买二册！大约要明年春天才会出书吧？

因为校改旧作，中篇的修改，竟自尚未动笔！我拟争取明年一季度修改好，但也要没有其他意外事件打岔才办得到。再说，精神也不大够用，近两天人来人往也多，真想搬到乡间去，也许可能较好精打细算地消磨有限晚年。

巴公近来照旧很忙吧？我看你和琼如、瑞珏两位得设法代他争取一些时间。我很想念你们，代我一一问好吧！

敬礼！

子青

十二、十九日

小棠高考还顺利么？念念！

771227

济生兄：

您寄来的短篇选目，已收到。你们选了我的《航线》，我很高兴！因为这篇东西发表时在文学界曾引起相当注意，我自己也觉得还不错。可是，不少人早已把我当成一个讽刺作者了。而且这篇东西从一个侧面反映了当时的土地革命，并突出地描写了帝国主义的侵略、霸道。不过这篇东西，有的地方，还得作稍许修改，比如，"被历史的轴牵动着"一语，就晦涩难懂，应改为"被压榨的走投无路"较为通俗。当然，其他两篇，也还想小改一下，不知怎么办好？盼您能斟酌后示及。我搞个校正表寄你们？你们寄校样来？

我因感冒咳嗽了半个多月，最近算好多了，但杂事却不断扰人，无法安静！而且影响了睡眠，所以心绪也不怎样好。这封信，我是在"川师"一个座谈会上写的，上午开了半天，下午又继续开，会完回去，家里也还有事。为了早回复您，所以只好挤时间来作复了。

我将听别人发言了，就此带住吧！

问候您和您爱人！去巴公家时，乞代问候他全家人安好，我很想念你们。但怕打扰巴公，又无要事，所以就没有常给他信。今天的会，李致也在。

沙汀
十二、廿七日

780103

济生同志：

手书奉悉。巴公任政协副主席事，我上次离沪前即有所闻，他被选为全国人大代表，亦意料中事，因而我曾一再叮咛罗荪、任干二位，希望他们有机会向组织反映一下，为巴公争取一些著、译时间，半个多月前，在省委宣传部为《红旗》杂志两位记者召开的座谈会上，我也曾提到他和艾芜，特别他——即芾甘，作为一个"专家"，也应如自然科学家一样，一星期得有四五天保证专用于业务。还举了点我在上海所见他的忙和紧张情形，当然也认为参加社会活动是必要的，但得有个界限，或者像我们四川人说的，"有个款款"。我呢，不用说也赶了个船，而我之所以在这个会上谈起，因为这会是为《红旗》记者开的，可以向中央反映。我记得我还谈到郑律成生前对我的一段谈话……

这样下去会没完没了的，再谈点别的吧。这次中宣部召集座谈会，已见报载，但据由京来蓉，并曾参加此会的同志所谈，内容十分丰富，特别中央对群众的意见异常注意。据说，负责同志好像还说过，未曾参加会议，不！座谈的同志，还可书面反映情况，提出要求。凡此，不知巴公亦有所闻否？而若果所传不虚，是否也可以写信反映下呢？

我最近一月来，也忙乱起来了！单为"川在""川师""西师"和"南师"几位讲现代文学史的老师谈三十年代的问题，就忙乱了约一星期。因为单是找材料、看材料就花掉四天多时间。还为两位已故的老同志、老朋友的亲属办了点事。这些事当然得做，而且像翻阅三十年代的史料，还大有好处，把一些问题进一步弄清楚了。可是，还有杂务，就不一定非参加不可，——可又不能不参加！这就有点恼火了！一句话：修改小说的事，久已被挤掉了！……

你问我"小说选集"为什么没有改编，理由相当简单：仰晨来信，希望不要改编，因为他们决定用原有纸型印。我呢，也觉照原编排出版好。只对其中三五篇做了少许修改，而且按定字数改，以不牵涉一整页，乃至一段为准。我确也是这么做的，不过费时不少。好在算早已完工，并寄出了。

我回来后，可以说只做了这一点事和修改了《记贺龙》。今天得"中青"来信，他们已付排了，便中请告小林一声，虽然三天前给她信中，我已提醒过她这一点了，"中青"办事爽快，看来不会老拖下去。他们没有好的译著，望代我买点。现在，我就请你先代我买一册或两册李贺诗集。前日你们送我的，已转送人了，前天还有人向我要，书款稍缓即汇寄。就此带住吧！代我问候巴公、琼如、瑞珏诸位！

祝新年快乐！万事如意！

沙汀

七八、一、三日夜

780122

济生兄：

　　手书奉悉。你们所选三个短篇，算校改好了。因为无法剪寄，只好抄了校改表寄您。看来改正得不少，但都不涉及各篇实质性的问题，只在求得意义较为明确，措辞较为得当而已。这也只怪自己的修养差，总觉可改之处不少。此外，《祖父的故事》中，好些地方该用"地"而排成"的"的地方，我没有改，只有劳神你们了。

　　蒂甘的忙乱、困乏，可想而知。昨日小林也有信来谈及，我也颇为担心。特别在读了《文汇报》上那篇访问记后、更是如此。要完成他这个译著计划，真得要些时间、精力！但我相信，问题是会得到妥善解决的。北京文艺界的同志，据我了解，都很尊重他、关心他。

　　我那个中篇，修改工作尚待完成。我准备争取二月份干完它。但我的问题也就来了：下一步怎么走？盖材料丧失殆尽，记忆又差，不管写什么题材，都得跑跑路，补充一些材料；可是，这也并非易事！

　　好吧，就暂写到这里为止吧！

敬礼

　　问候胡莹同志！

子青

七八、一、廿二

　　这里，我还得提一笔：心烦，疲倦，校改表我没有查对。因此，如果哪里搞错了，请代为改正！又及

　　《李贺诗集注》二册，收到。《红小兵报》便中尚乞代订半年，交文庙前街孟家巷×号曹秀清收。这是我儿子住家的地方，曹是我儿媳。报是为我孙女儿杨羊订的，已经催过我多次了。谢谢！又及

7801131

济生兄:

信收到好久了。因为修改中篇未即作复。中篇的修改虽已暂告结束,上星期六又拔去一颗病牙,尚需休息、、昨日省委又做出决定,要我协助李少言同志筹备恢复文联、各协会的工作。这两天都忙于开会,大约得二月初旬方可告一段落。虽因老迈得到照顾,总也得动动"脑筋"。

蒂甘兄情况——忙乱、困乏,时在念中,但我相信,全国人代大会期间,或以后只要他找领导说明情况。特别他的译、著计划,我相信,是会得到适当解决的。况且,全国文联、作协成立后,这两个组织也会解决此类问题。社会活动不止是不可避免,也应该有一点,但若成为社会活动家,就不行了。

我准备为我自己及家里买一套中国古典文学丛书,这种事又得麻烦您了。书款将与此信同时发出,千乞费神帮我下忙。为我孙女订《红小兵报》现不行,那就争取订半年《小朋友》也好!否则一回家就追问,实在叫我感觉为难!

问候蒂甘、琼如、瑞珏、您和您爱人!小棠榜上有名否?颇以为念。小端端尚在上海否?想来更乖了!

能再帮我买一部《斯巴达克思》否?

子青

一、卅一日

780315

济生兄:

您和您爱人都好吗?至以为念!

这封信,我早就想写的,因为我已经接到您两封信,两册《辞海》,

也早收到了。迟复的原因是，一则忙于开会；二则会议结束后，又有许多杂务；至于工作问题，则至今尚无一点头绪。

《辞海》，是上星期文研所转来的，还转来"上艺"编辑部一封信，看来你们都以为我已经到职了。实则我至今只同文研所的党组织三位负责人接谈过三次，并一同去学院开过一次有关文研所制定规则的小会，接受了一些指示。文研所我还没有去过呵！

我现在住在"华侨大厦"407号房间。出街吧，风沙大，且无人领路，真令人有寸步难行之感；打电话也困难！您知道的，我耳朵不中用了。我打算事情稍有头绪后就暂回成都。等把房子给我找好了，再把家搬来。老这样住下去，既然于心难安，多少也有些闷气。

"人代大会"闭幕不久，我搬到"华侨"住，这才见到巴公、小林。在曹公家里从下午五六点钟玩到九点过才离开，可惜他们住在前门，交通不便，——这主要由于自己太不行了，否则我倒真想常去巴公那里。小林这次来对他的日常饮食起居，帮助是不小的。她能常在他身边搞点秘书工作就更好了。将来我到文研所工作，可能为我配备一个秘书。我已提出来了，总支同志也都同意。但看何时能以实现，即学院批准。

我住友谊宾馆时，确实分批出卖了几次新书，但转眼即一抢而光，我一部都未到手。这也由于我自以为您和"人文"的熟人可以帮我代买，从未争取买上一部《一千零一夜》《斯巴达克思》和《希腊神话》之类难于到手，而又好些人托我买过的好书，真是有点悔之晚矣！

您费神代我买了好几次书，两册《辞海》即在十元以上，共该若干，我此时尚无心计算，等我稍稍清闲一点，再一并还您吧！

我近来较忙的是两件事：为其芳的选集——也可能不叫选集——和天翼的选集稍尽绵力，促其早日选定、出版；前一种困难较多，天翼的，较为单纯，只是也得花些时间，这都是义不容辞的事呵！

见了琼如、瑞珏乞代问好！小端端想来更可爱了。

敬礼

　　　　　　　　　　　　　　　　　　子青

　　　　　　　　　　　　　　　　　三、十五日

780405

济生兄：

　　您的信收到好久了。因为整天瞎忙，生活又不安定，所以未及作复。今天，也即将去文研所了解情况，因为车子还没有来，就抓时间写几句给您。

　　当然"无事不登三宝殿"，我挤时间写这封信，也因为有求于您：请您帮我买一套中学《数学复习资料》《物理复习资料》和《化学复习资料》，直接寄到成都文庙前街孟家巷×号"四中"教职员宿舍曹秀清收。曹秀清是我媳妇，四中的数理教员。但她要我设法买这套书，主要是给我现在农村锻炼的孙儿买的，以便他为今明年投考大学做些准备。人家常说"为儿为女"，现在我是在为第三代操心了！不止是我，而且还拖住您来为您的侄孙辈操心！真是，一做长辈，就准备承担一点麻烦——这有啥办法呢！

　　我谈契诃夫那篇东西，您认为还可以，我很高兴。看来我以后还将学着写论文呢。这也可以说是打鸭子上架。正写到这里，我的两位伙伴，荒煤、吴伯箫来了，车子也来了，好吧，就这样带住吧！祝您、您爱人及孩子们都好！

　　　　　　　　　　　　　　　　　　沙汀

　　　　　　　　　　　　　　　　　四、五日

开会回来，出版社送来了《古诗源》。以后来信，请直寄文研所吧。

并请顺便告诉巴公。出版社为我转信，已够麻烦了，虽然由他们转，较为省事。又及

780707

济生兄：

前后两信均已收到，迟复，乞谅！

我最近十余日来，远居西郊友谊宾馆，地方虽好，服务也周到，只是进城颇不方便。这样久了，才进了两次城，而一去就是一整天！

中篇清样，费时三日，做了少许补充，已在前天交了卷。"人文"出版社的同志，很负责。特别江秉祥同志，现在，我一切都拜托了他，决定不再管它了。尽管有时想来，这也可能是我最后一篇小说，因而总是不能忘怀。

您寄来的书，都收到了。这里还有点小事要麻烦您：请代买一部"高考"备课的语文知识参考书，直接寄交北京：（西郊）友谊宾馆北工字楼门诊部刘佩华同志收，这是宾馆门诊部一位卫生干部，经常为我扎针，既以此事相托，务请早日费神代我办办，至感，至感！

祝您和您爱人及孩子们都好！

子青

七、七日

如给我信，请仍交文研所。

780709

济生兄：

六月一日信，昨天才收到。我已约两个月未到所里了。来信所言甚是，某些至今尚以为"一贯正确"的人，不是思想方法问题，性质要严重些，但也只有听之而已。

蒂甘兄在京，我们只通过一次电话，同着在四川饭店吃过次饭，未曾专诚去招待所看他。我接受那项任务不久，哮喘犯了，一直拖到现在才加紧治疗，加上失眠，人可已拖得疲惫不堪了。我没去看他，一方面因为有病，一方面也怕使他劳累。我年来很少给他写信，也是为此。总想，让他有较多精力、时间写作和翻译吧！

我如一时医药无效，准备回成都住一两月治疗，我的儿孙们本想来看望我，但是没有住处，开销也大，看来只有我回去后便当了。所可虑者，就怕戚友来找的多，更担心又网上四川文艺界一些不必要的纠纷。否则我早就回成都疗养去了。这次回去看来已成定局。

师陀同志送了我一册《山水·历史·人物》。看了，代序，也联想起不少往事，我没想到他吃的苦头也不少啊！从前读他的作品，总觉他为人严肃认真，没想到他会写出《伐竹记》那样的喜剧！当然，应该说，正因为他为人严肃认真，才会写出《伐竹记》来，可惜我至今还没有拜读他的《大马戏团》。如果见到，请您代为致谢。

《祖父的故事》封面，还是原有的那幅好：一个烟斗。我已批了几个字。套封、扉页，还可以。当然，主要还是封面：一个燃着的烟斗，耐人寻思。祝

全家安泰！

子青

七、九日

信写好后，原想再看一遍，改正错字、别字，以及漏掉的，但已疲乏不堪！幸而不是外人，只好由它去了。又及

780731

济生兄：

我已于上周住到首都医院体检来了。体检还得付代价：已掉了体

重一斤七两，我一向单薄，这数不小啊！

给刘医生买书事，将来有机会再说吧。现在得有点小事得麻烦您一下，直到二十七日晚——也许是二十八日——所里才送来上海市委统战部将于次日八时举行陈同生同志骨灰安放仪式的通知，我当即去一急电，拜托统战部代我送一花圈。此事究竟帮忙代办与否？近日时在念中。烦您代为探询一下，如果办了，那就无任感荷，并请就便将制备花圈之款代垫一下为幸！大约再有一个星期，我就可出院了，幸释锦注！

请代我问候苇甘、琼如、瑞珏和您爱人！小林谅已回上海了。

子青

七八、七、卅一日

780820

济生兄：

您社理论编辑室给我一信，要我在悼念郭老那篇文章基础上加加工，主要补充郭老对文学研究工作的关怀。而恰好这方面的资料我所知甚少！因为这得来自我亲身的经历才好，收集间接材料恐怕不行，何况现在我也没有这个条件。就是从另外方面做少量补充，目前也都办不到啊！

因此，请您代我向您的同事们表示点歉意吧！还有那篇东西本身就较空，最好不要编入他们准备编的集子。

匆此拜托，

顺致敬礼！

沙汀

八、廿日

我到文研所后，还没见到过郭老，他就去世了。这一情况您的同事们恐怕还不知道。又及

780820

济生兄：

两信都已收到。上海市委统战部的办法不错，租借花圈而又不收费，彼此都可以省去一些麻烦。承您代为问询清楚，我可以不必再嘀咕这事了，谢谢！

四川人民出版社有个三年出版文学读物的规划草案，想来已见到了。我很欣赏这个规划：以出版本地区作者的著作或有关研究文章为主，这很不错！李致的组稿能力也真大有可观，他把芾甘兄的稿子都抓去了，其手之长，诚可钦佩。但也有叫人头痛之处，他搞了一本我的一时尚难编成的《沙汀近作》之外，还把我准备要搞，却又把握不大的中篇，连同内容公之于世！我给他信说，万一将来胎死腹中，岂不叫人大出洋相？！

他们在北京组织的那本《鲁迅传》的作者，曾让我看过导言，我相信，如果导言中揭示的观点、精神，能在本书中充分体现出来，倒不失其为一本可以一读的好书。对于其他准备写鲁迅先生的作者，也可多少起些促进和借鉴作用。以先生之伟大，中国的国际地位而言，多出三两本他的传记，以适应水平高低不一的读者的需要，颇有必要。

哮喘虽已大为减轻，拂晓时仍咳嗽不止，痰也多一点。现在，只候我的儿子媳妇来安排好一个所谓"家"，我却仍然想早日出院。我估计，大约本月底可以实现这个愿望。匆此，祝

健康！问候您爱人。

子青

1978.8.20

781006

济生兄:

　　信、书，都已收到。苇甘兄验血后复查后结果怎样？至以为念！我出院半个多月了，但一直处于半休状态，荒煤同志他们也多方照顾，所以情况还相当好。最近为人看点稿子，还不算累。近几天，因为同韩素音会见，悼念曹葆华同志，昨日又应邀到文艺报参加了一上午座谈，人又感觉像快垮了，看来还得谨慎小心，尽力避免参加社会活动。

　　出院后，我是否给您写过信，已经记不清了。只记得未曾同苇甘兄通过信，甚至未给小林写信，因为这一点我很清楚，我不应打搅他，就是给小林写信，我也认为也会对他发生干扰作用。前日我代人介绍一篇小说给《上海文艺》，几经考虑，到底还是寄给了丰村同志，丰村同志是《上海文艺》的负责人之一吧？也许我弄错了，但我相信是不失落的，一定能到编辑同志手中。当然，若果便中代我问问小林，也很好。

　　我的这个家尚未安排就绪，但因为儿子、媳妇都已调来，又带了个老用人来临时相帮，生活总算较之住旅馆强多了。同时一个小孙女也来了，虽然调皮，有时还会哭闹，但却使得这个家更像那么一回事了。小孙女还不满两岁，朝闻同志去上海前曾劝我带她到广州去度过初冬，说是这样大的孩子最有趣。但我像耗子搬家样住了好几个旅馆，已经懒得动了。虽然据同是四楼房客的戈、卞两位说，这里冬天不会那么好过，暖气要十一月半才有；因为气暖①，四楼也不怎么暖和。

　　我早想请您告诉我李采臣同志的通讯处了。因为这里的枸杞不怎么好，想麻烦他在甘肃帮我买点，我住在"首医"时，一位老中医告诉我，他家里种了几棵宁杞，成熟后，每晨他摘几粒，吃鲜的，效力较晒干炮制过的强得多。去年，我记得苇甘兄家就有两棵，可是全都摘

① 气暖：指管道内是蒸汽。

098

下晒起。请您便中告诉琼如、瑞珏两位，就吃新鲜的岂不更好？啰啰唆唆写了不少，就此带住吧，请您代我问候大家。

子青

十、六日

781021

济生兄：

今天是二十一号，您的信我已收到十一天了。我至今仍未上班，终日在家，可什么事也没有做！主要是精力欠缺，睡眠很差，——最近我甚至连安宁片之类的药片，也不吃了，一切听其自然。看来这样下去也不行的，所以明日决定前去参加作协三个刊物约集的座谈会，活动一下，也许反而好点。

苊甘兄复查结果既然不错，那么只要注意饮食，减少社会活动，对工作，即翻译和创作做出适当安排，必无大碍。前日在悼念赵树理同志会上，同家宝同志谈起苊甘，他同样为他的社会活动过多担忧。当时我倒谈起一项设想：是否由瑞珏兄在苏州或无锡近郊租点房子，雇一能干阿姨，为苊甘经营一个工作休息住所，争取每周至少在那里住四至五日，除家里人外，不让其他人士知晓。您就出头建议一下，如何？

请转告小林，艾芜已返川。他正在加工的长篇，我已代《收获》约过了。另外，听说王蒙同志已写好一个长篇，也正在加工中。明日开会碰见罗荪同志，我准备要他代为《收获》向其联系一下，或将王的通讯地址转告《收获》编辑部。因为王向《人民文学》投过稿，罗荪同志问一下就清楚了，较我打听便当。

至于我答允过的那篇东西，因为目前尚未找到适宜的人抄写我的那册敌后的日记，无论如何创刊号是来不及了。您要我写评价《春潮激》，固所愿也，的确也有一些想法，但是精力时间都成问题。《文评》既有评介这本书的打算，定当代为促成其事。如果执笔的同志愿意，我也一定提供一些自己的看法，请他们采择。

采臣兄处，日内我将直接拜托一番，并汇二十元去，托他代买宁杞。但我们已多年未见面、未通信，所以尚望您能另去一函。头昏脑涨，就此带住！

茝甘、琼如、瑞珏和您爱人前乞代问好。

子青

十、廿一日

781026

济生兄：

信收到。采臣兄处，我已按您开的地址，写信托他买宁杞去了，谅想他会帮这点忙。请释念！我昨天才挤时间看完其芳爱人为他的"诗稿"写的后记。至于悼念他的文章，七月间本想写，一病，就搁下了。前几日看了篇荒煤写的回忆文章，我觉得很不错，可能已在《光明日报》发表，我建议你们的"选集"就用这一篇吧！我总有一天会写点回忆其芳的文章的，而现在确乎有点力不从心！我常因为感到笔和脑子都日益不行了非常难过，但有什么办法呢？养息一段时间以后也许会好一些。可是，我还有一点小说创作计划，得争取在三两年内完成呵！不幸现在都还没有一点眉目！请您原谅我吧！祝

您全家安吉！

子青

十、廿六日

我才参加了四天会，相当困乏！

781104

济生兄：

手书奉悉。承您多所关怀，谢谢！谢谢！蛤蟆油，我已托熟人代买去了。枸杞，采臣兄已寄来两斤，较这里买的，好多了。首先，很干，既易保存，色泽也好。李致、小林前天来过，昨天都分别通过一次电话。三句话不离本行，李致主要是为组稿来的。我曾向他谈及，如果拙作《祖父的故事》，你们不再印了，我可将修改本交四川人民出版社重排出书。修改而外，还准备添两三篇，您社的意见如何？盼商酌后见告！小林说苇甘兄要我同她一道去看看立波，不是明天，就是后天，我一定同她去。便中请转告苇甘，川剧团本月可来，希望你们雅兴大发前来欣赏一番！

祝您全家安吉！

子青

十一、四日

差点又漏掉了！请千万设法代买《契诃夫短篇小说选》一部（上下两册），直接寄成都文庙街孟家巷×号曹秀清收。又及

781114

济生兄：

小林返沪后，对于我目前的生活、工作情况，谅必会谈及的，我这里就不多说了。一句话，情况不错，幸释锦注！《契诃夫短篇小说选》还是麻烦帮我的大小儿杨礼搞一部吧！我已汇寄二十元，除开前几次买书代垫之款，余数，如有译文社出版的书，请择其要者买两三种。我较喜欢的，是十九世纪俄国、法国的古典作品；但凡"人文"出版的，则可不必买。我昨晚已经去看了第一场川戏，地点是民族文化宫，内部演出，看来是专为调演单位领导同志演的，万家宝同志也在被邀

之列，演出结束后，他又被邀同黄镇部长到休息室去了。我呢，则溜回来睡觉，因为看了近三个钟头，相当困乏，但望昨夜没有"座谈"，即或得谈观感，也不会耽延太久，否则家宝会够受的。祝

健康！

问候苇甘兄，您两位姐姐和您爱人。

子青

十一月十四日

781114

济生兄：

信写好后，一看，才发现忘记告诉了：《祖父的故事》既然你们准备重版，我就不交给四川人民出版社了，并已将此息告诉了李致。我想，既然纸版已毁，要重排，我就按照原来的想法，修改修改，并增加两三篇，其中一篇，叫《恐怖》，过去曾经编入，你们刷掉了，不知你们目前的想法怎样？这篇东西是反映广汉起义的，曹荻秋同志是这次起义的领导之一，所以我很想改改保留下来，如何？盼复！

敬礼！

子青　十四日

《恐怖》一稿那年寄你时，修改过，但已散失，而不管你们同不同意加入，都请设法搞一份给我。能搞，连《航线》寄我，更为感荷！青又及

四川省川剧赴京演出团演出（节目单）

拦　马	（弹戏）	胡明克	张巧凤
迎贤店	（高腔）	袁玉堃	周企何
思　凡	（高腔）	竞华	

| 柜中缘 | （弹戏）静环　许倩云　唐云峰 |

剧团下午来谈，他们决定就地在"西苑饭店"连续排练三场，要我去看，去提意见，我准备去那里住两夜。来去太不方便了！《拦马》是重庆川剧团的演出的，因而我把演员的名字给错了！由此可见，我的视力是何差！

子青

十四日夜

781217

济生兄：

《祖父的故事》《航线》和另外新增的两篇，已于昨日付邮。《恐怖》一篇，修改较多，您看了可能会感到头痛吧？其实，全书中有两三篇也可能改得多了一点，但是既然"才力有限"又"爱改心切"，也只有硬起心肠给你们增加麻烦了！审阅后望复一信，并要求将来能看校样。至少，将改得较多的三两篇如《恐怖》等的校样，寄给我看看。

《青枫坡》一文曾送来样书一册，但又取回去了。《短篇选集》的样书也送来，我看了看。一俟正式出书，他们将各送几十册给我，那时我再分送芾甘、您和上海各友好请教。《过渡》，我增加了十一篇，将解放后写的短篇小说、散文，全部辑为一册，改名为《过渡集》。"人文"亦将校样送我看了。大约明年初可以出书。据他们告诉我，《淘金记》也将重印，但我未做任何修改。

小林前几天来信，说家宝同志带了万方夫妇到了上海，芾甘兄的生活会很愉快、热闹，辛苦了一年，倒也真得休息两天才是。我回小林信时忘记说了，她所托各事，一定照办！匆祝

您和您爱人安健！

子青

十二月十七日

请代买《基督山恩仇记》两套，如书款已用尽，盼来函见告。

又，如能设法将苄甘主编的文学丛刊中我的几册找来寄我，那就感激之至了！我好有时也想翻翻。当然不是马上要，但望您能代为留意！又及

790117

济生兄：

前后两信，《苦难》《航线》，都收到了。苄甘兄将去法国访问，也在前几日由仰晨见告了。新年前夕，我曾想给他写信，但是两三次都没有写成，想说的太多，而且有点诉苦的味道。因为昨年一年，可以说一事无成！文学所的工作，全靠荒煤在顶起干，当然还有许觉民和其他同志，我没有干多少，写作呢，也是空白。……

您看，我写着写着就又诉起苦来了，还是谈点别的吧。我记得，我在"文生社"的短篇集，尚有一册《堪察加小景》，但我病后记忆力锐减，可能不一定准确。我想搜集它们，是想挤时间再把细看看，是否还有可保留的，谢谢您的支持！祝

苄甘兄和您老兄、琼如、瑞珏、您爱人及小林安吉！

沙汀

一月十七日

我的假牙一直没安装就绪，近日左眼又泪管阻塞，也得诊治，有时相当烦躁，人弄得连日常生活也不能自理了！真糟。又及

790202

济生：

　　恕我直呼其名，不称您为兄了，的确，我在文艺界相交有年的人不少，但像芾甘兄和您，还有你们的家属对我一贯的关切的友情，是不多的，这也是我和我家里人对你们常相记挂的原因。前几天碰见光年同志，据说，芾甘去法国访问时间，已经推迟，要四月份参加文代会后才能走了。彼时当有机会同他畅谈一番。去年，主要由于怕打扰他，很少和他通信，好在从您、从小林信中，经常了解一些他的情况。我的情况呢，他也可从我给你们的回信中了解一些。《收获》创刊号三册收到，便中请告小林，内容充实，封面设计朴素漂亮。创作回忆这个题目，在当前颇需要，如您前信所提到的，今年准备再写一点，您提到给"上艺"搞一本东西，将作认真考虑。脑子大不够用，只好写点回忆录了！祝

芾甘兄全家，您和您爱人春节康乐！谢谢您给小孙女的礼物！

子青
二月二日

790202

济生：

　　上午写好的信，午睡后之琳、其芳的爱人相继见访，因而没有付邮。夜里无事，十分想念芾甘和你们全家，只得再涂一张便笺。用便笺写信，是不礼貌的，但我去年以来，都用便笺作信纸，而且往往以一纸为限。

　　看吧，单是废话，就写了几行。今天的《人民日报》，想来已看过了，我在晚饭前读了荒煤和一位文学青年的通信，感想颇多。荒煤的回信，有分析，很合乎实际，而且不禁想起了芾甘兄的创作计划，不

知已完成多少了？甚以为念！

昨天得李致信，很为我迟迟不动笔写那个揭批"四人帮"的中篇着急，他提醒我再过五六年就八十岁了，真的，到了那个年龄，还写什么小说！就是还能写点回忆录，也就算不错了！刚才我还这样想过，与其这样一事无成，专为青年搞个刊物，倒不错！匆祝

晚安！

信手写来，聊当谈心，除苇甘外，幸勿为外人道及。

青

二月二日夜

我有篇四〇年为悼念鲁迅先生写的短稿，您社张立民将校样寄我，使我花了两天工夫校改和查阅资料，但仍惴惴不安，担心出现差错，如肯费神代我看看清样，非常感谢！青又及

790319

济生：

两次来信，及拙著毛样，都早收到了。因为忙着为李致编本小册子，今天才算完工，因而未能即复。我为李致编的这本东西，其中八篇是《敌后琐记》，大体还可以。修改时也颇多感慨：当时各方面的关系，特别党、政、干部和群众的关系多好呵！真正体现了党的优良传统！当然，林彪、江青一伙垮台后，两年来已大有恢复；但要完全恢复，还得做不少工作。我说这八篇大体尚可，其余六篇，虽然经过润色，可是总还不大放心，它们可能只有一点用处：可以看看我初期的创作思想，因为其中有四篇就选自《航线》，正如我向苇甘说的，这是办理后事！一笑，匆祝

健康！

子青

三、十九日

问候苻甘兄和您两位姐姐！

790420

济生同志：

　　信收到了。我很羡慕柯灵同志，经营了那样一个地方从事写作！有时我也不免胡思乱想：干脆来个病休，或者退休，找个静僻处住下来，也许反倒可以多做点事情吧。不过，既是胡思乱想，是不会兑现的。因为事情毕竟没有想的那么简单。已经同苻甘、小林见过两面了。昨晚我想去看他们，走到米市大街，我徘徊一阵，就回来了，因为那里住的熟人有三四位。今晚，我又去了，有点义无反顾的味道；可是他两父女都不在家！怅然而返，要刚宜侍候我洗了个澡，乘兴来写几句。我们这里，上月十五日就停止供应暖气了，热水则从来未有，有暖气还比较好点，停止供应后，我已有一个月未洗澡了！因为虽有刚宜扶持，招呼，仍然怕感冒了不好办！我又不愿意去公共澡堂，所以只好听之！

　　不知怎么回事，我好不容易挤时间给李致凑了本小册子去，快两个星期了，可是至今不见回信，也许他生气了。但也没有办法：鸡肚不知鸭肚事，这话看来多少有些道理。我得休息了，就此带住！祝

俪安！

子青

四月廿夜

790502

济生兄：

　　《祖父的故事》四读付样收到。我特别挑了新选入的两篇校阅，因为我最担心加工时过于粗心，事情果不出我所料，所以改得较多，只有少数是排错的。正因为改得多点，所以特先寄您，并请代负责校对的同志、排工同志表示歉意！其实，这也不全部来自粗心大意，主要是修养差！其他，我也翻阅过两篇，感觉没有进一步加工必要，个别错字、落字，校对科的同志当会校正。当然，说不定也会一时心血来潮，逐篇重看一遍，而不管有多少校正乃至加工，也将全部寄给您的。我现在不能肯定一一细看，因为最近有点临时差事，较为忙乱。说实话，我目前之所以特注意整这些旧稿，而且在同志们的帮助弄得像样一样，颇有一点赶办"后事"的心情。说到这里，我对茅甘，不仅羡慕他的雄心壮志，而且更加尊重他的修养！当然，一俟把整理好尚可存留的旧作，我也还会尽力再写些东西。至少也还得写点回忆录一类的文章。读了《回忆萧珊》①，我倒觉得它比一般小说还动人得多。最近《人民文学》要我写了篇悼念邵荃麟同志的文章，由于种种原因，相当单薄，但也总算了却一桩心事。我想悼念、回忆的人和事，倒也不少，只是记忆力日益衰退，又无资料可查，加之才力有限，写起来很困难，也不容易写好！

　　不知不觉写了三页。最后，容我再说一句，务希您和校对科的同志多加协助！匆祝

潭安！

子青

五、二日

---

① 应为《怀念萧珊》，下文 1980 年 2 月 27 日信中《忆萧珊》亦指此篇。

790510

济生：

　　花了两天工夫，无稍休息，总算把全稿都校正过了！但望尚未打就纸型，就更好了！前函已谈了些我校编这些东西情绪，兹不赘述。祝编祺！

子青

五、十日夜

　　又即将汇点款子给您，购买上海所出全套文学书籍，连同《辞海》等工具书。所谓全套，包含古今中外名著。这里出版的，就不麻烦您了。是为小女刚虹买的，书，直寄成都。刚虹前日才来，一月后返川。青又及

790514

济生：

　　九日、十一日信，均已收到。全部校稿也寄出了。"陪袭"应是"陪衬"或"陪襯"，已经改正。您的关心令人十分感谢！这次寄出的大部校样，除《祖父的故事》一篇，其余改动都不大。《祖父的故事》中，有一个动作我反复想了多次，后用赵子昂画的办法，试演了一次，才定了案。简单说就是把那位成衣店的"微耸的背脊"改为"微微耸起的左边肩头"。要把人物每个动作都写得准确无误，真不简单！当然，这又得花费您和校对科同志许多精力，请容我再向您和校对科的同志们说一声谢谢吧！匆致

敬礼！并祝潭安！

子青

五、十四夜

我最近相当忙，其他缓些时候说吧！

790527
济生兄：

手书奉悉。谢谢您和校对科的同志为我那本小书劳神费力！苇甘兄想早已见到了。最近，他离京后，我读了《河北文学》上他那篇纪念五四的文章，颇多感慨。已经看过两遍，也曾向熟人谈起。他在发觉受"人""愚弄"时，或者之前，曾想到过自杀，这是令人吃惊和难受的。我在被囚禁中吃的苦头，我不愿说，不想说，但有些事，印象很深，至今难忘。有一次放风，在独自漫步中，我忽然笑了，卫兵立刻喝道："你乐什么？""我没有乐呀?！""没有乐然又在笑?！回去！"于是立刻停止放风，把我赶回房里弯腰请罪去了。

我说我没有乐，当然是"强辩"，其实，那时我确乎感觉自己的"生活"有一点可笑。正是夏天，郊外蚊虫又多，可是就是不准你挂帐子。因此，在那次放风中，我不由得想起旧社会地富家庭整治"偷牛贼"的办法：只留一条裤衩，缚住手脚，扔在猪牛圈角落里听任蚊虫聚餐！……

还是谈点别的吧！小女刚虹给您的信，想已收到。其所以汇款百元，因为除文学书外，她主要想恳托您设法从商务买一些学习英、法、德、日语的字典或辞典。她是为四川科学情报所买的，数量较大，而此间限制又严，所以只有麻烦您了，如尚需款，盼即函示！草草。

　祝

潭安！

子青

五、廿七日

我的感慨，主要是在这里：极大部分人（我也是）都"出过丑"，

遭受过"愚弄"，而偏偏有人自以为一贯正确，完全正确！这些事谈起来三天三夜也谈不完，就此带住！又及

790724

济生兄：

手书奉悉。本已决定回蓉疗养，刚虹来电，说成都气温经常高达三十七度，要我推迟行期，同时，始终担心文艺界来往人多，而除开新巷子，又别无住处；且新巷子也另有方便的地方，所以只好决定留京疗养。

今年北京气候倒不错，最高不过三十一二度，很多时候在三十度下。但我病情迄无显著进展，加之哮喘对睡眠影响极大，因而经常困乏不堪。苘甘兄，在京时曾说过他咳嗽、多痰，这千万得及时治疗，主要在加强抵抗力，预防感冒，而且切不可放松感冒于初发之时。凡此，便中最好要小林多加注意。我现服一种新药"牡荆丸"，对祛痰、镇咳、平喘，颇为有效，不知苘甘兄用得上否？前天欧阳带来十瓶，如用得上，望您问明函告！祝潭安！

子青

七、廿四日

从这封信错落字之多，您也可想见我的精力如何了，幸而刚宜勤于照料，供应也不错，不久当可好起来的。又及

790805

济生兄：

手书奉悉。多承关心我的健康，至为感谢！

请便中转告小林，艾芜长篇交《收获》没有问题，他因前列腺肥大，尿道阻塞，住了二十多天医院，近始出院抄、改，因而就推迟了。

他说，他的病老年人常有之，遇到小便不常通畅，就得诊治，而多吃水果蔬菜，则可避免，望将此意告之苇甘兄。

还有，马识途同志也答允为《收获》寄稿，唯是否《夜谭十记》，则未明言。高缨那个长篇，李致抓得很紧，要他勿先发表，以免影响单行本销路！望均转告小林。祝

你们大家都健健康康！

子青
八、五日

师陀同志过去写了不少小说，都很有特色，你们怎么不请他搞一本选集呢？又及

790830

济生兄：

收到您八月中旬来信，不觉已经半个月了！虽在病中，日子看起来也是容易混的，可是除了看报，几乎什么事也没做。

五四以来的小说创作，李劼老的作品确乎值得推荐。前些时候，小祝来信，说"上影"已将《死水微澜》列入计划，并决定请陈白尘同志改编，要我事先与之联系，这倒着实使我高兴了一通！可惜白尘因其他任务繁重，推谢了！

近两三月来，文艺界可说够活跃了！经过一些公开论争、座谈，目前看来已经告一段落。全国文代会的报告初稿，已重新写成了，现正在修改中，日后打印出来，还将广泛征求意见。凡此，苇甘兄很可能已经知道，我就不多写了。至于会期，则仍为十月国庆节后，不过据说业已进一步确定，时间将不迟于十月上半个月。

不是您提起，我倒忘记了，师陀的《谷》曾得过《大公报》的小说奖。其实，在年事较长的作家中，不止他未得到应有的重视，比我和

师陀更老一辈的，如沈从文，恐怕青年一代已经不大知道他曾经写过大量的小说了！而且他早期有不少好作品。……

想说的很多，但就此带住吧，等病好了再说。请代问候苗甘兄全家！敬礼！

子青

八、卅日

问候您爱人。

790914

济生兄：

十一日信收到。现在让我告诉您吧，我住了一个来月医院，是前天出院的。罗荪同志曾去看我，我要他写给苗甘兄信，不要提我住院的事，以免你们为我担心。

我一回家就接到"文联"寄来的文代会报告征求意见，并限我本日退还。弄得我瞎忙了两天，忙匆匆写了点意见。他们催得这么急，看来下月初开会已成定局。我提的意见虽然有些不知所云，但对报告总的印象较为清楚，我觉得写得不错。

因为医生要我继续服药，全休一月，下月的文代会势又非参加不可，所以目前尽力避免同外界接触。只是三十号邵荃麟同志的追悼会，尽管有些同志劝我不必去参加了，看来感情上还难于通过。听说，葛琴现在友谊医院，不过病情尚未好转。

年龄大了，一有病就得抓紧治疗，拖下去很不好！我这次的病，如抓紧治疗，是不会住院的，健康也将少受亏损。就是给拖糟了！进院之初，步行三五分钟，都很吃力，情绪也坏极。《倾吐不尽的感情》中有的篇章，我翻阅了好多次呵！因为他们总是引起我不少美好回忆。……

住院时只有一件事使人不快，《死水微澜》看来不可能改编成电影了！文代会期间，等艾芜来了，我还想同他琢磨一下，是否可以在四川找人改变成电影脚本？我已经考虑了两三位同志，但都未见恰当。

克非同志对川西北农村很熟悉，也有写作才能，前年吧，看了《春潮急》后，我曾当面向他许过愿，一俟我获得"解放"，当较详细地同他谈一谈我的"读后感"。文代会期间，我想会有机会还这个愿。

人已相当困乏，就写到这里吧。祝

你们大家都健健康康！

子青

九、十四日

又刚宜他们收到《红与黑》后，都很高兴！下月稍闲，当再汇点钱给您代买书籍！

791114

济生兄：

您寄刚宜的信、书籍，他都给我看了。我要他让我简复您几句，因为我好久都不曾给您写过信了。我最近也并不怎么忙，每天只去参加半天会。来客也少，一因开会忙，二则由于有的同志知道我身体差，且交通不便。同巴公倒见过好几次，不是开会，是私人会晤。算认识师陀了，想不到他那样苍老！

克非也会见了。可惜有一天他来看我，我忙着校改一篇旧作，并限当天交卷，未能深谈，或者说细谈。主要是劝他对《春潮急》加一番工，就这样印下去，太可惜了！当然也对主要缺点、不足之处提供了一些参考意见。看来他愿意加工，着力改造一番，所虑者只有一点：怕书店不同意大改。我当即胆大包天，主动承担起通过您向书店提出这一要求。最近两三天我还这样设想，如果你们担心赔钱，我可以劝他在一定定额内不收版税！如果这也不行，就自己赔一部分损失，他不能全部负担，我可设法帮助部分。

老兄，搞一本像样的书不容易啊！而《春潮急》的基础真也不错。上海教育出版社将印行三本散文选，有我的一点东西，也惹了点小麻烦。……匆祝

编祺！

子青

十一月十四日

因下午将去开会，不多写了；克非事盼大力相助！

791115

济生兄：

因为忙着去参加会，昨天的信，写得太匆促了。当然，下午还得参加街道选举，需要赶紧午休，只想再谈一件事情：以后译文社如果出巴尔扎克的短篇集，梅理美、果戈理、普希金、托尔斯泰的中短篇选集，请一定设法帮我各买一套，其他可以不买。别林斯基、车尔尼雪夫斯基、杜布罗留波夫的论文集，我也需要，赫尔岑的书，更不必说了。最后，《春潮急》的问题，务请大力玉成！

敬礼

青

十一月十五日

教育出版社印行的那套散文教材，收辑了我的《随军散记》（即《记贺龙》的初版本），但排错了一些字，有些地方，又得稍加删改，因而校样弄得有些模糊，弄得我很担心出版单位马虎从事。您如有熟人，肯帮我打个招呼，拜托拜托校对科的同志否？然不方便时也只有由它去了！又及

791128

济生兄：

信收到好几天了。小林回上海前夕，她爸爸和她都和我通过电话。但是，前天叫刚宜打电话竟然没找到他。晚上我打电话给罗荪同志，打算约他一道去看巴公，他又将去南京！昨夜又叫刚宜打电话，京西、一招都问过了：京西说没有住得有人大常委，西苑屋子里没人接电话。刚才又打电话问王仲晨，但王仲晨出街了。主要我想知道他是否明日飞沪。

我寄您《过渡集》想已收到。这本书我只送了些给上海的熟人，北京、外地，凡得送的，尚未寄出。老实讲，这本东西，我踌躇好久才开始分送你们的。因为在十七年我所写二十多个短篇小说散文中，有一两篇错误十分显然，我没有收，但在收入集子的作品中，《假日》一篇，仍有挨揍的危险，因为它把作为背景的食堂写得太美妙了。而在当日，我却有意为之，因为赫光头①骂我们三个人合穿一条裤子呵！这不是为自己辩解，是实情；更不是反对干预生活。而且，无论如何我的做法是不足取的，值得引以为戒！

老兄！"文化大革命"前，我也是"凡是派"呵！因而也受过"愚弄"、"出过丑"，乃至到今天思想还有点僵化！一笑。匆祝
选安！

子青

十一月二十八日

仰晨来电话了，原来巴公住的一招，并非京西，您看我这个记忆力多糟呀！又及

----

① 赫光头：指赫鲁晓夫。

791212

济生兄：

巴公咳嗽，不知已痊可否？至以为念！

您的信，收到好几天了。因为最近一向文学所评级定职，调整工资，制订明年各室科研规划，经常开会。而这些会，又都重要，总得择要参加几次，因而您的信就回迟了，乞谅！

您女儿从云南调回上海一事，不知办得怎样了？这事，我也很想知道。巴公离京前夕，我曾建议，用不上他亲自出马，找吴强同志代他办就行了。不知是否找的吴强同志？找过没有？结果如何？统望见告！

我最近还没病没痛，情绪也还不错。刚宜总算开始在科学院"遥控研究所"上班了。地址在中关村，来去得骑两个钟头自行车！黎明即去，晚上六点半回来，据说连个午休的床位都难找到。当然也给我带来少许不便。阿姨是四川中江人，说话土音很重，也不大听得懂普通话，因此，有电话，我都得带上助听器自己接了。

好在同一单元，有两三位文学所的同志，一向就肯帮忙为我办些事，现在也更关心我了。闲话到此为止，有件小事，麻烦您办办如何？刚虹要一册旧版本《汉语词典》，不知上海能买到否？当然新版也行。灌县造纸厂杨刚锐的小子读厂办初中，要我买些数、理、化供考高中学习用的教材给他，如这也能代买代寄，无任感荷！匆此拜托，敬祝阖府安泰！

子青

十二、十二日

考高中需要复习的数、理、化教材，刚宜跑了两次，都未买到，《汉语词典》也买不到，所以只好麻烦你了！又及

791227

济生兄：

信收到好久了，迟复，乞谅！昨得李致同志来信，催我交选集文稿，说是可先将"三记"校改后交去。我尚未回信，因为我对出书问题，已经没多大兴致了，甚至连写东西都缺乏冲动！稍缓，我也将这样回答他。当然，现在我也不会就让"上艺"出书。

我辞退所长职务，虽然还将等些时候才能得到正式批准，看来问题不大。有同志提出将调我去作协负责一项具体工作，我已辞谢。因为年事较大，精力太差，只能做些力所能及的工作，而徒拥虚名，又易误事，于公于私，两俱不利。

请便中转告小林，《敌后七十五天》需要查对的一些代号，正积极查对中，决定争取下月内定稿，前言则已经写好了。定稿后即寄《收获》，但是否能用，则请吴强同志认真审阅，并请她代我先为致意。

嫂夫人病，能稳住就不错，请代我问好！祝

苔甘兄和您府上新年快乐！

子青

十二月廿七日

800102

济生兄：

因为很久没给您写信了，我就未叫刚宜代笔，可也为此耽延了时间，直到今天才来作复。

得小林信，欣悉苔甘咳嗽已愈，国燊调沪事，不知已将手续办妥否？尊夫人病况，谅来不严重吧，凡此，均时在念中。我近两月来倒还可以。

李致同志主持四川出版社后，出过一些好书，这是大家所公认的。

不少作品都具有地方色彩，或出自川籍作家手笔，这可说是一显著特点。他真也算得眼疾手快，今天，我就又接到一本《献给陈毅同志的诗》。不过偶尔也搞得粗糙一点。那本悼念郭老的文章选集，就叫人有此感觉，不仅正文前将我的名字搞成"沙丁"，目录也滴水不沾，照样把"汀"字排作"丁"！

文代会期间，我们谈过两次，虽不能说不欢而散，看来不很理想。主要原因在我，不该将我一本旧作抽回，又没有新作品给他们！而四川出版社二编室都曾为此劳神费力。我抽出旧作的主要原因是《琐记》尚差三篇未曾搜齐，《闯关》得认真加工，可又苦于没有时间。大约他在湖南开会期间，高缨同志来信，谈了些他的看法，并反映了些二编室的情绪，我早已回信，同意仍旧听其出版，不收回了。

因为最近刚好处理了那本书的问题，来信恰好提起李致，我同蒂甘和您又相交有年，累承关注，因而也就不免哇啦哇啦起来，话匣子一打开，语言洪流便滚滚而来。但在一般场合，毕竟年岁老大，我已经习惯于沉默了。

现在谈点具体问题吧。给我在灌县那个孙儿，就买您说的那套准备考高中的复习书吧。《汉语辞典》果能买到，或有人转让一册，实至感荷！请寄成都东风路慈祥里四川科学情报技术研究所杨刚虹收。匆复，敬祝

新年快乐！

子青

八〇年一月二日

济生兄：

有件事想再麻烦您一下：能将我那本短篇集中《祖父的故事》《龚老法团》和《消遣》三篇各打一份清样寄来吗？因为那本集子一时恐难

付印。前一向，有位熟人，即许觉民同志，代香港一家书店约我编一册选集。我已选定了十二篇，其中三篇，在"上艺"那册选集中，也就是我上面提出的那三篇。当然，如果是太费事，也就算了。等个两三个月没关系。

这是我一时心血来潮想起的，千乞勿太费事！

子青又及　二日夜

800113

济生兄：

前日得小林信，我就想给信了。我所托诸事，简单方便的就帮帮忙，否则就搁下不管。因为嫂夫人住院后，在确定病情前，您心绪不会怎么安静。同时，我也想劝劝您，千万不用焦急。首先，焦急于病人毫无好处，其次，于自己健康极为有害！

不料一再因事拖延至今！本日奉到手书及清样三份，只好摒却其他杂务，简单写上几句。我希望您见到此信时，尊夫人的病情已查实了，不是什么重症！即或病情不轻，上海医疗条件，远比外地优越，安心治疗好了，并没有什么了不起！上星期看见屠岸同志，才知道君宜同志也因脑血栓生病了。不过比文井同志轻微，未住院，近日谅已痊可。

三天前，我参加过《人民文学》短篇小说评选首次会议，耽搁了半天，因为发了次言，结果疲累不堪。有时我真担心，设不注意，总有一天我会因为过分激动马上报销！实则报销并不可怕，可怕的是报废。请不要笑我神经衰弱吧！

请便中转告苇甘兄，得知周扬同志返京后，我就打电话反映过他对从文同志房子问题的关注了。荒煤同志明即返京！安仁指郭安仁，即散文家丽尼。同志爱人索还旧居问题，一定催他设法解决。凡此两

120

事，均将从旁促进，请他安心写作吧！匆复即颂

近佳！

子青

八〇年一月十三日

苕甘兄寄赠的两本书、《收获》赠的月历，本日均已收到，我就不另写信了。十四日

800210

济生兄：

前天我给小林一信，还提到嫂夫人的病情，今午接奉手书，证实了我的担心。当然我并非先知，只因小林早已向我透露过一点预感了。我真不知道怎么说好，但我大半天来老是想起苕甘兄为我爱人生病所作的无微不至的关怀，而我呢，却帮不了多少忙！……

看来只有讲空话了！上海的医疗条件优于四川，现在的医疗设备更远较十四五年前进步，控制病情的发展，我相信是办得到的。然千万要镇静！既要细心谨慎，又得毫不在意。在病人面前更应充满信心，切忌走漏消息！

昨天，稍一不慎，我感冒了，嗓子哑了。但是温度正常，消化也还可以，下午，之琳同志还来聊了阵天，现已不参加任何活动了。

敬礼！

沙汀

八〇、二、十日

请代我向嫂夫人问好。

我也常服银耳，可惜蛤蟆油难买。我已同李致通过两次信了，请释念！

耀邦同志、周扬同志明后天都将向文艺界做报告，我都决定请假。
又及

济生兄：

　　下午花了近一个钟头时间，没有找到来信，晚饭后又找，很快就找到了！重读一遍，就再添写几句。我给《十月》那篇稿子，前年来京前就应《人民文学》之约，写好了。但因为不合当时潮流，编者似有为难之感，我又自动讨回来，并曾先后交吴组缃、严文井和西彦诸位鉴定。西彦寄回后，我改了改，准备照组缃的话，不发表，将来再说。后因《十月》累次索稿，无以为应，就交给它了，算是沾了"二百"方针的光，得以发表，也许还沾了点年岁的光，多少受到一些照顾。

　　事情始末就是这样。千万不要以为我还有余力搞创作呵！因为我并非"老骥"，只是头"老毛驴"。去年也试了试，看来不行。一气呵成，慢慢修改，这办法原极不错，可惜一时尚无此条件。其实，去年我初步拟订的提纲、计划，有两三个，但望今年能有条件，择一个来个一气呵成！否则，恐怕只有写回忆录、杂感、随笔一类东西了。这倒还有点把握。

　　蒂甘兄给自己规定的任务，我总觉太大了，有长篇小说两部，每年一本《随想录》，还有百万字的翻译！可能我右倾保守，兼之有些主观，自己才力、修养有限，便认为他的任务大了。我倒有个建议，最好先集中精力搞两部小说，请赫尔岑那部长著靠边站。因为小说毕竟需要更大精力，特别需要集中精力来干。翻译当然也非易事，但我觉得总比创作好搞一点。《随想录》，一俟对小说进行加工时，然后边改小说边写。您看，我又胆大妄为了，不过巴公一定不会见怪！

十日晚又及

800227

济生:

　　十五日信,收到。苗甘兄已见到过了,还跟他一道去新侨吃了家宝同志一顿,这是好几天前的事情了。虽然只见过一次,却每日都想到他,想再去看他,但未成为事实。昨天想给他打电话,也因桂林有人带了稿子来谈,闲扯了近半天的时间,弄得人头昏脑涨,没有打成电话,今晚将设法同他联系。……

　　刚写到这里,卞之琳同志来玩,他后日将去上海开会。说是戈宝权已在昨日动身前去,缓两天,冯至同志也要去。据说是参加一次翻译工作会议,想来,苗甘返上海后,又会够他忙的。我刚才同之琳还谈到他,他到上海一定会去看苗甘的。荒煤从昆明来信,他月初也将去上海小住,参加"上师"中文系有关当代文学史提纲的讨论。去上海前,他还将到成都住三天。我真有些羡慕他!要是我能年轻个七八年该有多好!

　　有人已看过《忆萧珊》,大为赞扬,可惜我还没有机会读到!他的《随想录》如果能在《作品》连载,那很好!因为我有《作品》,发刊后从未间断。《长春》我只见到一期,想来也将长期见赠。我倒很希望能早点读到赫尔岑的本文,不知已经译成的部分,今年能出版否?我近年来较喜欢读散文,特别回忆录一类文章,对小说,兴趣倒大不如前了。因为一般说,散文总还是言之有物,读来亲切感人,在历史上,不管古代、现代,我们又都有优秀传统。近两年,有的散文过分注重词藻,读之颇感不快。行文贵在自然,散文尤宜如此,雕琢之迹触目,就失去散文的本色了。

　　创作回忆这一栏目,搞得好!《人民文学》也开始刊载这方面的文章了。我也还准备写,看来先得拟定一些篇目。已经写了不少,就此带住吧!祝

您、您爱人安好!请代问候琼如、瑞珏两位!

子青

二月廿七日午刻

才说晚饭后给芾甘通电话，他却先来了电话：他明天一早即将返沪。看来他是坐飞机，那么此信未到，他就早到家了！

廿七日午后五时

800310

济生兄：

手书奉悉。我好久没有给您信了，也不好东问西问。而既要写信，就不可能不接触到尊嫂的病情，以致增加您的烦恼。当然，你们的情况仍常在念中，得来信，总算知道一个究竟了。我为国煣调沪事着急，也与此事有关：她可以在给芾甘兄做些秘书工作之暇，常去探望一下妈妈。

周扬同志的秘书告诉我，她为了省事，已直接去信小林，也许芾甘，请其写一信给周扬同志，以便他据此拜托一位即将去沪的负责同志，想来已经写过信了。其实，也许我将小林给我的转去，事情早就办了，由于小林信中提到我随芾甘去日访问问题，而当时去日人选又未定，感觉有所不便，故而未将信转去。昨日罗荪同志来，我将此事告诉了他，他说，将给芾甘兄一信，至于从文同志房子问题，经催促后，院部拟拨一套五间的屋子给他，比原早拨给的多两间，但望能较快解决。祝

健康。

子青

八〇、三、十日

请代问嫂夫人。

昨天，连罗荪同志在内，接待了五位熟人。这且不论，李季同志因心脏病逝世了！五日我们还一道开过会，七日并一道听周扬同志的传达报告呵！苇甘兄也一定不胜震悼，因为为访日事，他还专门去过一次上海。……又及

800322

济生兄：

信收到好几天了，因为最近相当困乏，迟复了，乞原谅！西湖之游，虽然不免疲劳，但愿情绪已经松弛下来，全力以赴地进行工作。可惜我日益衰老，虽欲工作，每每力不从心，颇以为苦，其结果颇难设想。

两周来同李致同志通了两次信，无可奈何，选集算定下来了。他同意了我的方案，长篇不收，出个三卷集。两卷建国前的短篇小说和散文报道，一卷内容为建国后中短篇小说（短篇小说以选人民文学出版社的一本为主）。三卷合起来当在七十万字以内，约定至迟下月初交第一卷稿和序言，争取年底出书。

来信提到的拙作《钟敫》，我几乎连题目都遗忘了。反复回忆，也记不起发表于什么刊物上，由此您也可以看出我精力之差了。这几天为写序言，尽管存心力求简短，可照样弄得很苦！心里似乎已经没有一滴墨水了。

除开偶尔同卞之琳兄有点来往，我几乎已经无所谓和人交往，只是在未正式下台以前，文学所有的会仍得参加。短篇评选工作，也不例外，幸而廿四日即告结束，可以松口气了。苇甘兄不知已去杭州否？今年又是否能去故乡一游？乞代为致意！祝

健康！

子青

三、廿二日

125

800423

济生同志：

《祖父的故事》样书。早收到了。能有精装本，令人喜出望外。《淘金记》竟连一册精装本都没有，颇为不快，也未告以原因何在，当然也就只好由它去了。早就该回您信的，因为忙于整理行装，以致延至今日，请原谅！

我是前日，二十一号飞抵成都的，仍住新巷子旧房。省委有关部门，照顾甚周，看来可以得到应有休息。当然，若果干扰过多，我还另有准备。事实上，组织上已另为我安排了住处了，但我总觉旧居安适一些。

尊夫人病情既然稳定，且有进步，足见目前的治疗方法是得当的，尚乞代为问好！祝

健康！

子青

四、廿三日

我在灌县那个孙儿已经收到您代买的书了，非常感谢您！

800424

济生同志：

昨晚艾芜同志已平安到家，小林托他捎回的东西，也收到了。特别欣悉蒂甘兄健康如恒，感冒到日本后就痊可了。请先代我问候，稍缓，我当直接给小林写信。

《祖父的故事》出书后，请分寄两处：北京和成都，我准备立秋后返京！

如果五月内、或六月初旬付邮，属于书店寄赠部分，大部分请寄成都，因为送上海等外地同志的，我都准备从成都付邮。

如果六月中旬以后才能付邮，寄十多二十本来就行了。六册精装本。

敬礼！

子青

四、廿四日

800504

济生兄：

手书奉悉。嫂夫人病情稳定，至感欣慰。头发脱落，这是化疗中常有的现象，也是治疗见效的明证。在此暂停化疗期内，能找老中医看看，倒不错，但望病人能心情舒畅，无所牵挂，就更好了。

芾甘兄八月去瑞典访问，老艾回来后已向我讲过了。不知是否仍将带小林去做些秘书工作，颇以为念。老艾的身体确乎最好，我在四天以前，还穿棉裤、棉鞋，真正已老朽了！所幸到此后组织上颇多照顾，一般还算安静。阳友鹤同志来坐过十多分钟，川戏还未看过，甚至连大门也少出！

《祖父的故事》的稿酬，请暂勿汇寄，因为单是这本书，我自己就还得买一些送人。请代买精装本三十册，十册寄北京，二十册寄成都，成都还得二十本平装本。寄外地友好的，我想于签名后即从成都寄出。精装本月底能出书就好了。匆复致

敬礼！

子青

五、四日

请向嫂夫人问好！

800521

济生兄：

　　信早收到。寄来的拙著一包，昨天也收到了，谢谢！

　　蒂甘兄去瑞典事，我过去不知道，只是听人讲过，法国一些研究中国文学专家，曾一再向诺贝尔奖金委员会文学部门推荐过茅公和他的作品。年愈七旬出国旅行，在我想来，真非易事，幸而他健康情况良好，又曾多次出国，且有小林做他的生活秘书，不仅能以胜任愉快，将来一定还有不少文章可写。

　　我服了几剂中药后，食量略有增加，昨天并已开始去川医检查。既然住在家里还算安静，能够得到休息，我已无心住院，决定按照医生安排，分别去医院检查好了。因为组织上照顾甚周，用车还算方便，只是心里未免略感不安而已。

　　谈《许茂》那封信，完全是逼出来的。离京前，我还赶了篇漫谈《湖边》的短文，则是出于义不容辞，迹近于"逼"，因为作者是立波前妻的儿子，书出版后一无反响，我曾一再表示要谈一谈。就写到这里吧！匆致

敬礼！

子青

五、廿一日

　　请代我问候嫂夫人。

800717

济生兄：

　　信收到好久了。因为准备在任白戈同志得云南回信后，再回复您，不料直到今天，他来看我，才说得刚虹电话催问后，他又写信去了。我之迟迟未能作复。也因为智齿问题恰好告一段落，因为气温反常，犯了感冒，哮喘又发作了。任来，也因为听说我病倒了。

我已病了将近两个星期，现由一位老中医诊治，药已见效，请释锦注！江南已是黄梅天气，尚乞芾甘兄，您两夫妇以及芾甘全家多加保重。特别嫂夫人更应多加保重，经常注意寒暖。

我回川时间已不短了，可是，除校正了一本七万字的日记《敌后七十五天》外，几乎什么事也未做，身体反而更虚弱了。这本小册子，到了时候，一定寄交《收获》，这是早已答允过小林的。我还有个想法，如果您社觉得可以，可以交你们出单行本。

当然，这会牵涉到一个一次发表，分期发表的问题，实际也是你们会想到的销路问题，幸而为时尚早，只有等将来再说了。因为您社帮了不少忙，不给你们有点过意不去；但取舍之权则在你们！匆复

祝

芾甘兄全家，您全家人都好！

子青

七、十七日

800804

济生兄：

七月廿二日信，早收到了，而且，想说的话不少。但是，因为未悉国燦事结果如何，又不便再一次催白戈去信，同时心里却老嘀咕，白戈怎么连回信都没有得到呢？难道有的负责同志连件事都搞不通吗?!

今天，得二十日来信，这一向的思想结瘩之一，算解开了。芾甘兄去京的消息，前天得荒煤同志信就知道了。全国人大会将在八月开会，而且这次会很重要，已有所闻，全国政协会也将同时召开，原是惯例，但我已决定早则八月底，迟则九月初返京了。两三位老同志也劝我把身体认真搞好再说，而医生也要我继续服药。因为实际上，我的哮喘尚时好时歹，这位老中医对我又很热情。

小林上次来信，说，苐甘兄有这样一个意思：准备明年约我一道来川避暑。我早已向省委有关同志提过，深表欢迎，并保证既能让他得到休养，又能从事写作。拿我来说，的确就很少受到文化界的牵扯。

　　最近，人容易困倦，暂时就写这一些吧。《编译参考》六期倒想看看，但也只有等返京后再说了，我目前是束书不看，安心养病。匆复。祝

您两位姐姐、您和尊嫂及小端端安好。

子青

八、四日

望催促望阳同志早日赶办商调国燦的手续！又及

800815

济生同志：

　　挂号寄上《故事》一包，都是签了名的，请用贵社名义代为分送，实至感荷！上海的情况，我多少了解一些，想来想去，还是麻烦您一下比较为当，分别付邮，又太麻烦了。

　　精装不够用，所以小林、师陀、志鹃诸位，只有送普通本了。别人可不必提，见到小林、小祝请代解释几句。

　　国燦商调手续，不知已办妥否？至念！

　　我病况时愈时发，全国政协会，看只有请假。返京时间。也将推迟。只是错过同巴公等一次聚谈机会，不胜怅惘。

　　请致意嫂夫人，望能安心静养。

　　问候您两位姐姐、小祝及端同此间好！匆致

敬礼！

子青

八、十五日

800920

济生同志：

九日手书，早收到了。昨日又收到您社寄来《现代散文选》两套。信，我早就想回了，只因两日后即将返京，来客骤然增多，以致迟复，乞谅！

嫂夫人病情未见更多好转，不意瑞珏姐又因脑血栓出问题，导致半身不遂！幸经及时治疗，已有好转，尚乞代为致以慰问之意。丹参针剂看来不错，总之中药似较化学制剂少副作用。我近几月来，也以服用中药为主，不轻易用西药。

前日张秀熟老人来看老艾和我，他说，因为巴公住八大处，他们只见过两面。《随想录》他也大半读了，对于《怀念萧珊》一文，印象、感受都深。

昨天有人从绵阳来，收到克非同志《山河颂》一册。据说他精力充沛、干劲十足，正在写一中篇。匆复。祝

健！

子青
九、廿日

国烨已返沪，实属可喜！

801119

济生兄：

我已于十七日飞京。经过近半年的休养，健康情况较离京时好些了。您相信吧，在成都的五个多月中，我未看过一次川戏！也很少出街，仅应张秀老之邀，同艾芜一道去逛过草堂寺和文殊院。临走前一天早上，单独去一号桥看了看集市贸易，因为这是我"四人帮"垮台前经常去的地方。

我是回来交班的。文研所的工作，实际上我早已退居第二线、第三线了，目前条件已经成熟，不久即可实现。当然，即便如此，也还说不上就能重理旧业，杂事仍然不少！有些可以推脱，有些照旧也得亲自处理，文学界有的问题也无法一概置之度外，至少思想感情上得受一些影响。我这个人修养差，一向又喜欢哇啦哇啦，也会招来一些麻烦。秉性难移，真也办法不多！

拙著《涓埃集》已由出版单位直接用我的名义分赠各地友好，另一部分，我准备亲自签名后寄赠，托他们寄一批到北京。奇怪，我回来一问，至今犹未寄到！由于我自己偷懒——实际我当时旧病有复发之势，我没有看清样。兼之，散文部分又经过复制、抄写以及我修改加工时也有疏忽，以致错误不少，而且，有的字错得太岂有此理！在看了样书后，我曾建议：寄赠部分，就免了吧！出版单位却已经寄发了！

您工作忙，特别家里又有重病号，您看，一来我就是一大篇！当然，您比茅甘兄毕竟年轻，也许会原谅我的啰唆吧。烦便中告诉小林，艾芜正加紧修改他的长篇，可勿以为念。我曾经向她提到的那位贵阳的作者石果，问题业已得到合理解决。谢谢你们于刚宜出差上海时的关心，这小子还懂事，他没有多去打扰茅甘，他可多次去西彦同志家里，请代先为致意，容缓再给他写信。

但望瑞珏同志和尊夫人早日康复！匆祝
茅甘兄和您全家安好！

子青

八〇、十一月十九日

您社所寄散文选集，其中所选我那篇东西，没有任何错字。《涓埃集》中，也有三篇东西，我改了三处，有两处可改可不改，有一处倒改错了，另一处标点错了，他们查对后，也说是我加的，可见我的脑子已大不管用了。不久当可寄赠你们，以博一笑。又及

801223

济生兄：

手书奉悉。苇甘兄的感冒谅已痊好。听刚宜说，您的工作已经够繁重了，特别还得为治疗嫂夫人昼夜操劳，真也够您辛苦，千乞多加保重！

因于出版拙著，您社来的两位同志我已经会见了，并告诉了他们我的一些想法，我这里就不多讲了。我上半年谈到的那本小书，并非新作，是一册幸被保留下来的我在冀中敌后写的日记，并已问小林谈过，先交《收获》审阅，如可发表，发表后就交你们出一本小书。

这册日记业已抄好，题目叫《敌后七十五天》，因中间有部队代号，需要做些查对、注释，大致本月内写点前言，就可以完工了。

《涓埃集》前天才从成都寄到，即将寄三本给小林，烦她分送巴公和您。看到这本书是难受的，早知如此，即或病得再厉害些，我也该自己校阅一遍！祝

苇甘兄和您府上大小均安！问候瑞珏同志。

子青

十二月廿三日

810211

济生同志：

来信收到好几天了，因为最近我也感冒了，病了两三天；接着又得加紧阅读初选的全国优秀短篇小说，所以未能及时作复，望能原谅！

苇甘兄的感冒。想来也痊愈了吧。上了年龄的人，就是不能在日常生活中稍有大意，因为一不对劲，就犯感冒。像我，还会引起哮喘。春节前夕，我去看望过茅公，我到他卧室时，他还正在写东西呢！也可能是写信，因为见他走路那样困难，我未敢同他久谈，但我临走时，

他已感到疲累，在床上躺下了！

嫂夫人病情，个多星期前，小林已告诉我了。每一念及，只好这样作想：对病人，正在经受考验；对亲属来说，则是一种锻炼。人之一生，仔细想来，真也不简单呵。上星期，有人来信，希望我能将自己的爱人介绍给他，因为他想了解我过去的生活经历，同时却又怜我年老，杂事又较多，准备通过我爱人来进行了解。这事引起我思绪如潮，郁郁不乐者多至三日。本已逐渐淡漠的往事，为什么要来触动它们呢?! 真活见鬼！忘却，忘却，真那么容易呀?!

您看，我倒向您诉起苦来了！由此您也可以看出，我在私生活上，也并不怎么快活呵。所幸我的小孙女相当可爱，这一向幼儿园放假，有时闷得发慌，我就领她一起玩耍，聊以解忧。至于社会活动，两个多月来，除开参加了一次"评选会议"，文艺界春节联欢我都未去！以后，我也决定照此办理：不参加任何茶会。

越来越感觉来日苦短，同时又感觉应该赶办的事越来越多，有时真不知如何是好！

我信手写来，也不知胡说了些什么，就此带住吧！祝
芾甘兄和您府上各位年安。

子青

二、十一日

810306

济生兄：

廿七信，早收到了。老想作复，可不知道怎么说好！今天收到《十日谈》选读了两个故事，特别第三日第八个故事，心胸陡然开朗，感到乐不可支。我相信，现在来给您写信，当不至于说些彼此大感不愉快的话了。因为我最近情绪也不好。但望您上班以后，悼亡之情，已

趋于平静了。

文学所在学习中央工作会议文件中,对我虽多照顾,一般的讨论都可不必参加。但是,短篇小说评选工作分量却不轻,特别我还做了些笨事,有些得票不多的作品,凡是作者名字较熟,特别第一次露面的作者的作品,我大都选来读了。同时,日益感觉来日无多,又不能不考虑一下自己的事。

上星期在所里开会后,和荒煤同车回家,他劝我抓紧时间写回忆录。我也准备争取上半年先把《雎水十年》写成,已经有个提纲式的东西了,但也充实细节,却也并不容易,记忆力衰退了!同时还想搜集、整理一下旧作,我写得并不多,但是建国以前写的,至今还有两篇没有下落。

我记得,六十年代初,寄你们《祖父的故事》时,其中有一篇,编辑部认为内容单薄,我后来抽掉了。经过十年动乱,不止底稿散失,竟连题也模糊了!不知你们社编辑同志中尚有人能记得否?还有一篇《渣滓》,也遍寻不得。前者发表在抗战胜利后,后者则是三十年代中期发表的。当在"八一三"前,可已忘记刊物名称了。

译文出版社将来出版有什么好书,我还想买上一些,书款稍缓当即汇寄。任干同志去年回上海前,曾经来过一次。闲谈中,我拜托过他,希望他以后能帮我买几本译文出版社的书,并说明您当日的处境,实在不愿意再给您增添麻烦。现在,将来若果有什么好书,我将照旧只好麻烦您了。当然,我也将尽找文学所买,刚宜要的《简·爱》就是文学所代买的。

上星期得吴强同志信,才知道他也有两三种病!芷甘兄任文联全国委员后,肯去四川休息一段时间否?从吴强同志信,以及别的同志谈话,倒是离开上海休息一段时间较好,就是写作,换换地方,也可摆脱一些杂务。

艾芜偕同高缨同志到云南旅行去了。他的长篇,说是还得修改一

次才能发表。匆复祝

健康！请问候苄甘兄全家。

子青

三、六日夜

810406

济生兄：

信收到好久了。老想作复，老是感到想说的太多了，无从说起！近两年体质大受亏损，最近茅公去世，更叫人感到，正像大病一场之后那样，虚弱多了。脑子也终日昏昏，连为李致同志搞三卷本选集一事，竟也抓不起来！

我现在只能择要写上几句：由您社出集子事，多承热情关注，我还有什么话好说呢？一切当争取照您的设想办吧！我说争取，并非尚还三心二意，只是拙著大都需要认真校阅，加一点工，这就得看时间和精力如何了。当然还有个程序问题，"三记"改动不会太大，部分短篇亦然，其他就难说了。目前正在为三卷集校订《闯关》。

三卷集第一册，已初步选定建国前短篇小说二十篇，其中四篇选自《祖父的故事》，有四篇建国后尚未出过集子，其余都选自"人文"出版的那个选集。《闯关》也决定塞在这个集子里，合为一卷，约可得二十三万字左右。若果按时间排列，二卷应是散文特写，三卷则是建国以来所写作品，真可怜！如果不收编《青枫坡》，这一卷真不容易编好，序文则已经写成了。

吴强同志同我通过一次电话，闲扯了几句。看来。中篇小说授奖大会，巴公非来不可！但愿他到杭州的消息未曾外传，否则他也不会得到较为合格的休息。依我看，要休息，要写作，都以前去四川较好。李劼老在世时，他那次去四川，不是既得到了休息，同时也写出作品来了么？我准备夏天回去。

最近，我不止精神、情绪欠佳，文学所的事也相当纠缠人！但是，为了认真摆脱，却又不能不抓一下，以期做到善始善终，而不管如何，上半年定能辞去所长职务。尽管各方多所照顾，帽子既然还压在头上，有些事就不能不管，不能不动下脑子。而且，帽子本身也会招来不少麻烦！

好吧，就写这一些吧。原想一张信纸也就行了，不料还是哇啦哇啦了这一长串！还有件事，因为有时耿耿于怀，回川以前，一定展把劲试一试：谈谈我对《春潮急》的看法，自己没有精力时间，当请由文学所的同志为文介绍，这笔账太拖久了。匆祝

健康！

子青

八一、四月六日

《往事与深思》不知已出版否？

810824

济生兄：

信早收到。只因每天上午都得去医院理疗，下午，又常有客人见访，因而迟复，乞谅！

我对《风萧萧》的意见，每次都是托人转告的，转告的人已将记录寄我，我也把它们连缀起来，加以增补、删节。寄往北京，请他托人抄写一通，直接寄《小说界》或老兄了。

您前日来蓉，没有详细向您谈谈家常，至今犹感怅惘。幸而我的基本情况，您已经知道了。近来常感困乏，想好的事情，无力进行！而每天八至九时才能起床，从医院回来，一个上午就完成了！昨天看《新体育》上蒂甘兄谈他的保健要则、写作计划后，大为振奋，我今早

七时就起来做运动了。

而且，决定从今日起，认真改变一下生活方式，争取尽力做些事情，不要为病魔苦恼不堪。因为仔细想来，这不仅无济于事，反而使精神、情绪承受更多负担，既然说不上干点正经事情，健康则反而会更坏下去。回来已三个月了，除了编了选集的第一卷，修改了第二卷中的《困兽记》，写了两篇短文、两篇序文、题记，以及有关《风萧萧》那封信，简直什么事也未做。

蒂甘兄修养高，心胸开朗，毅力、勇气因而也就远胜于我。我自问，虽不如他宽厚，也不能说怎么苛刻，但是，对于文艺界有些同志一时一地的表现，总是看不顺眼，容易激动。这当然同我长期从事文艺界的行政组织工作有关。今后，决定超脱一些，尽量减少，乃至消除一切杞人之忧。

蒂甘兄想必早已从莫干山转来了。我何时返京，刻尚难言，因为刚宜来信说东罗圈那座新楼尚待完了，另一座新楼又开始修建了！而且刚好在我们前面。……

请代我向蒂甘兄、您两位姐姐、小林夫妇、小棠和"小兔子"问好。祝

编祺

子青

八月二十四日

810910

济生兄：

九月七日来信奉悉。蒂甘兄今明日即将前去法国，但愿他一路平安！小林谅必仍旧随他一道去吧？若果作协没有做出这样的安排，那就太岂有此理了！老实讲，我得北京友好来信，还对他们让巴老出国

有微词：虽然也认为他去恰当。

自上次读了《新体育》上的访问记后，我一直争取早起，并做适当活动。中国的干晒参较易得，中医也认为疗效不错，我将买些来每日酌量服用一些。适当运动、充分休息和服用祖国传统补剂，看来对年逾古稀的人，实属必要。在你们的殷切关怀下，我一定将三者坚持下去！而且尽力不以病魔为意！

我将几次谈《风萧萧》的记录稿连缀起来，并酌加补充、改正后，早已寄北京原记录人，请其查对后抄写一份寄给你们。这事已办妥了，只因蒋和森同志说，梅益同志也准备写一篇，拟于梅稿完成后一并付邮。延缓的原因显然正在这里。再隔几天，我将去信催问，而若果梅文一时难产，就先将我的付邮吧。

手书所言，甚是。我还得尽量改变一下生活方式，不为专职、杂务所累。我前日又一次去信要求免去我文学所的职务了！这一向是忙于编选集，其内容，李致同志想已告诉您了，《困兽记》也于他返蓉之次日将修改本交他。此书初版有一"题记"，不知上海能找到否？

川大一位研究生为我收集了好几个短篇，有的我自己连题目也都记不得了！但对《困兽记》初版题记，却连线索也没有搞到！匆复。祝编祺！

子青

九月十日

请代致意两位姐姐。

这里也开始在省委宣传部学习三十号文件了，每周一次。省委宣传部要我参加，我已去了一次，今下午还得去，所以此信只好草草结束。又及

810928

济生兄：

手书奉悉。给《风萧萧》作者信，务请你们在审阅中多加指正。得作者信，知道他寄你们的信稿，前后两份，最初一份是抄件，最后一份是我亲笔写的。那份抄件，是一位经常代我做些秘书工作的同志，在我的委托下，将我几次的谈话记录连接起来，然后由我加工、修改，再由他抄写过的。

那封亲笔信，则是我回成都后，仅就记忆所及的一些问题，直接写信告诉作者。虽不如后者完备，而主要意思大都有了。前一信，因为争取时间我未审阅，也无我的签名，但我相信，它不会有错漏和不当之处的。因为那位经常为我做些辅助工作的同志，有一定水平，也相当认真。如我兄有工夫，不妨两封信都看看，给予指正吧。

我近来为口腔病弄得很苦，气情也愈益急躁和容易激动了。终日烦恼不安，因为经过月余理疗，收效甚微，上星期起，又改请针灸医生治疗了，但也决非三几天能见效，至少也得三个星期。因此，何时返京，也遥遥无期了。不过，年内回去也不好过日子，楼前正大兴土木，您就休想得到安静。

川大、西师两位青年同志，又陆续帮我收到好几篇文章，且有四五篇小说，全是解放战争初期写的，有两篇，我连名目也都早忘记了，不过都已来不及编入选集。李致同志曾提到出文集事，我的条件是，等选集出来看，但是"三记"却都已编入，总算满足了他的要求。

《困兽记》的题记，我一直没有找到。你们图书室既有初版，敢烦垫款代为抄寄一份，实至感荷！

国际笔会既已结束，蒂甘兄月内即可返京吧。祝
府上各位欢度国庆节日！

子青

九月廿八日

刚去扎针回来，信写得乱，请原谅！

我正需要几本书送人，可是你们寄赠的拙著迄今犹未收到！今年天气太异常了，秋分前反而热了两天，昨晚天气预报，今天北京天气高温为二十一度，说有冷空气来袭。不知苐甘兄带得有足够衣服否？北京冷起来也要话说！又及

811016

济生兄：

《困兽记》题记，竟然麻烦您亲自动手抄写，真是无任感谢！《祖父的故事》上星期已经收到，并已分送给友好了。其中一位，是正在为我扎针的中医，因为理疗见效甚微，月初我就改为扎针了。

我的毛病，如系虚火上升，那就太幸运了！倒霉的是，由于前年在京拔取智齿三叉神经受了损伤，发病已一年半了。看来扎针即或有效，要完全恢复常态，却也不容易了。

苐甘兄想已返回上海。上个星期天，罗荪同志来一长途电话，说趁他从瑞士返京之便，特开一主席团扩大会，讨论、决定一些问题，问我能否参加，有什么意见，是由刚虹代我接的。

也许是心粗气浮吧，曾有气功医生来教过我一次，可我无法坚持，您信上一提，我倒还想试试。口腔问题虽叫人大不快意，胃脾倒不错，请释念。祝

府上老、中、小均安泰如常！

子青

十、十六夜

看来只有在成都过冬了！正在修整屋子，期能稍减风寒侵袭。又及

811107

济生兄：

手书奉悉，《小说界》及得奖小说选，也收到了。残羔多承关注，至感！所谈文艺界情况，因罗荪同志夫妇业已来蓉，已有进一步了解，看来作协理事扩大会，至早也得十一月底才能召开。我可能返京参加，全国政协的会，准备不参加了。

口腔后遗症，经中医针刺，又一个月出头了，效果仍不显著！可能搁下来由他去了！能吃东西就行，不舒服就让它不舒服，人生一世，总会不断碰到不舒服的事情的，学一学阿Q吧！目前的问题是住屋防寒设备差，燃上煤炉，温度也仅仅比室外高两三度！如果没有炉子，则冷不可支！省文联负责人如不事先改建一下，情况将会更糟！

省委宣传部原本已为我另觅一套新式楼房，防寒设备较佳，因为距离刚虹夫妇办公地方远得一点，我辞谢了。他俩现在非常过不去，看来还得厚起脸皮向省委宣传部表示接受组织上的照顾。前日，葛洛同志等由西藏返京经蓉，曾小住三日，他看了我的住房后，根据我的健康情况，曾建议我去西双版纳，由他托苏策同志代为安排。但我光棍一名，儿女既非同行，又都有工作，这个怎么行呢！

据罗荪同志说，周扬同志两夫妇现在福建度冬。我倒有点想去，但一想到无人做伴，去了，徒然增加他们的累赘！结果又只好望洋兴叹。看来，此生此世，都无法旅行了！倘有艾芜那样好的身体，也不错！……

我曾向李致同志提出，是否让他们出"文集"得等"选集"出版后说，现在我还不好意思断然向他提出，前天曾试探了一下，他的口气十分坚定，看来得等"选集"出版后再说了。脚冻手僵，就写这一些吧！问候芾甘兄。祝

府上老中小均安

子青

十一月七日

142

811203

济生兄：

大示早收到了，多承关注，至感！百花潭的房子，前日去看了一下，"社院"也同意拨一套房间。但我决定仍住原处，不搬去了。因为距离刚虹夫妇工作单位确乎太远，还有人地生疏等不便之处。

昨晚听天气预报：上海今天最高气温，是零下三度！真为你们担心，因为我知道您同蒂甘兄两家，都没暖气设备。成都今天是零上九度，室内又生了火炉，我都感觉有点不好受啊。昨天，曾有同志劝我回京，但我决定坚持原定计划。

成都尽管保暖设备差。但仍然可到室外走动，在北京就只能成天关在屋子里了。还有，这里蔬菜多、副食品丰富，同时胃口也好，倒霉的是吃得愈多，口腔的肿胀感也愈加凶！但也只好吃些喝些再说。

为《书林》写的稿，总算赶出来了，可能缮写好后明日附于此内投邮。但望上海的降温时间很快过去！祝
冬安！

子青

十二月三日

附件是我女婿抄的，我又增改了不少，但他也忙，我不叫他再抄写了，请您看后转给《书林》吧。如需改正，望能见告，并转托他们在校对上多加注意！

青又及　四日

811220

济生兄：

日前奉寄一稿，拜托您审阅后代转您社出版的《书林》，久不见复，

颇以为念！如已于审阅后转去，请再费神转告《书林》，如果采用，盼能让我看看校样！

　　上海近来气温怎样？成都虽不暖和，日常气温总在八度左右，并不算如何冷。可是我住的穿斗房子！生上火炉，也只能使室内温度上升二至三度，较之北京，唯一优点是，缠上围巾，仍能去室外散步。

　　今天是二十号，儿孙们全回来了，当然，在外地工作的不在内，否则那更热闹非凡。作协理事会将在明天结束，荑甘兄很快就会返回上海。祝你们两家人愉快地迎接新的一年到来！我的牙神经病毫无起色，我已率性不管它了！

敬礼！

子青

十二月二十日

811230

济生兄：

　　您寄北京的信，上星期才收到。那篇有关修改《青枫坡》的文章，谢谢您已代转《书林》！但不知您审阅过否？是否需要修改？叮嘱过送清样给我否？因为牙病烦人，脑子更不听使唤了。总担心出差错！

　　我最近又经牙科医师检查了一次，确系牙神经受了损伤，如用"旋磁疗法"，因为年龄关系，最多有百分之七十复原的可能。可是，此种理疗器械，北京三〇一医院才有！因此将争取回北京过春节，然后设法去三〇一求治，这一点也请转告《书林》。

　　荑甘兄谅必早已回上海了。四川作协分会参加理事会的同志，已经向我谈了些会议情况，荑甘兄的讲话，周扬同志的发言，他们都录了音，今天又收到协会一批文件。只是因病请假，至今犹有歉意！

　　既将返京，什么"空调""电褥"也就用不上了。祝蒂甘兄全家您府上新年快乐!

子青

十二月三十日

820105

济生兄:

廿五日信收到后,原想发一电报,请您费神订正,又觉这一来就更麻烦您了,所以迟疑一阵,决定不发电报,回封信顺便提提,也就行了。不料昨天正想回信,张秀老派他的秘书坐车来陪我去省医院口腔科会诊,瞎忙了整个上午!下午,又来了客人,以致到今天才来回信。

我想,兄如能代为校订一下拙稿,将其欠妥字句斧削一番,固然很好,否则看看校样也就不错,如您忙不过来,就听之可也。你们社的校对工作,从来是认真负责的,我信得过。我是担心,由于脑子已不够用,可能在行文、造句上尚有欠妥之处,所以不无顾虑。特别因为倒霉的口腔问题,弄得人往往注意力不够集中,说话、作文容易走火!就连看书也成了难题,只能看看《文摘报》上的一点短文。

理事会上巴公、周扬同志的讲话,这里前往参加会议的同志都录了音,只是尚未听进而已。但是,今天一位参加民间文学会议的同志,下机不久,就来我处,把周扬同志在理事会上、作协理事会上的讲话大要向我谈了。因为他在北京听过录音,认为这讲话不错。在听了他的传达后,我也认为不错,对五四以来的新文学的成就应有正确充分估计。那种认为《讲话》传世以后的文学高于一切,或者新文学运动应从《讲话》算起是欠妥的。我认为《讲话》之所以为世推重,成为经典著作,正因为它正确总结了五四以来的文学业绩。

您看,我又自不量力,哇啦哇啦起来了。这不止因为我识见有限,也因为我精力有限，写完此信，又会感到疲累。前日得黎丁同志来信，说理事会期间，他见到巴公几次，健康情况还好，又说曾陪巴公一道去郊区看望一位八十多岁的老友，可能是顾均正吧！但未提到他曾患感冒，得此信时，想必已痊可了。我也最怕感冒，因为它很可能引起其他疾病。幸而冬至已过，只有立春这一关了。

我原想回北京过春节，因为这里虽可小做室外活动，双手可已开始生冻疮了！晚上没有热水袋可能会终夜不暖。这种穿斗房子不便于搞空调，电褥省事省心，如不回京倒可一试。我说如不回京，因为今日得到一位同事来信，说干面胡同正加紧修建楼房，到处都是坑、沟、材料，噪音也非常大，叫人犹豫起来。

就写这一些吧！如返京，决定行期后，再函告。祝
巴公和老兄府上老、中、小安吉！

子青

八二、一月五日

820118

济生兄：

两信都收到了。迟复，乞谅！刚宜到上海开会的事，他早已来信告诉我了。感谢您对他的款待！恐怕他没有过多干扰苇甘兄吧？这小子还相当灵醒。

照片早已寄交《书林》的编辑金同志了，谅必已经收到。您能挤时间校正一下拙文，很好！如果时间太紧也就算了，你们的校对工作是信得过的，如果文章本身原有错漏，出出洋相也罪有应得！

作协理事会上周扬同志讲话的内容，特别有关对苇甘兄作品和人品的评价，北京已有人来信告诉我了。上星期张秀老来，我曾向他提及。他认为恰当，随后李致同志来，我一提及，孰料也早知道了。您

说吴强同志在上海传达理事会开会所有讲话时有斗争，那是可以理解的，不足为怪，一笑置之可也。

牙病除药物按摩外，最近我又同时开始进行旋磁疗法，荒煤、刚宜都劝我不必急于返京，我已决定留下来了。祝
苇甘兄和您全家安吉！

子青
八二、一月十八日

北京菜蔬少，又不能做室外活动，这是荒煤同志及刚宜要我暂缓回去的主要原因。梅益同志来信，说将没法为从文同志掉换房子。又及

820219

济生兄：

信收到好久了，迟复，乞谅！

成都蔬菜丰富，又可作室外活动，且医疗方便，但因空气太潮湿了，两只手给冻坏了！而且跟一般青年不同，只冻指尖！连指甲盖也变乌了。

刚才一位医生来看过说，这是老年人生冻疮的特征，药物固然重要，而更要紧的是用热水袋增加温度。因口腔问题未得解决，手又冻坏，终日更为烦躁不安，容易生气。昨天因午休不慎，凉了胃，又大吐两次，幸而未出大乱子，今天已痊可了，幸释锦注。

原定明日返京，因北京作协总会几位同志劝阻，怕我适应不了北京的气候，以暂缓回去为佳，又因尚需继续治病，只好推至三月初后返京了。房子不保暖，也可说是我生冻疮的原因之一，好在文联已于前几日将板壁改换成了砖墙。

我那篇给《书林》的稿子，承您愿为我校正，十分感谢。昨日已抱

病将选集第一卷校完了，费时约两星期。当然，这两星期中，还接待了些来客，做理疗，否则也不会拖这样久！中间还写过两篇短文。

回来半年以上了，只去过一次三洞桥，吃了邹鲢鱼的拿手菜，还应李致同志之邀，伴同艾芜夫妇去过一次杜甫草堂，此外只有两三次社会活动。想做的事，全部都落空了！

请便中转告一声西彦同志，我得三月初才回北京了。未改建住房前，有两起人曾劝我去锦江宾馆住，太花费，没有去。今天雨水，上海也该暖和起来吧。祝

蒂甘兄、您的两位姐姐和您都安吉！

子青

十九日

820305

济生兄：

信收到。我在成都虽然也做了点事，写了点东西，而同时却也惹上一些麻烦，再住下去，可能会弄得天怒人怨！因为社会主义事业是人民的事业，党的事业，有些看不顺眼的事，又喜欢哇啦哇啦一通。……

去年，百花出版社提出，由他们编选一部有关我谈创作的文章，然后送我修改、订正后他们出版。可是至今没有下文，您要如法炮制，我当然同意，但我以为应先问问百花。或由你们说明原因，我决定让你们搞了呢？

若果将有关序文、题记以及我未曾发表的两篇东西编入，出一册小书，是可能的。我决定十二飞京。祝

蒂甘兄和你们都健健康康！

子青

三月五日晨

其实，照茅甘兄写"随想录"的办法最好！免去口舌之争，少生些气，至于别人如何看法，只好管他妈的，由它去了。要进行反驳，当然也可以再写文章！又及

820323

济生兄：

三月十九日信，早收到了。茅甘兄接见意大利大使及记者的电视，当夜放映，刚宜就叫我去看了。他还旺健嘛，得但丁奖，是值得高兴的事，这是我们文学界的荣誉！至于您提到的"趣闻"，我问过葛洛同志，答以不曾听到什么。

我的口腔问题，进行旋磁疗法，已两个多月了，不仅收效甚微，返京后且有加剧之势，尽管治疗并未中断，因为此项机件，在未买到前，医院借用了一具给我。明日已约定去北医口腔医院检查，且看诊断结果如何，而有一条却极为肯定：我决定不再动手术了！

这里的气温也变化无常，我的口腔肿胀感加剧，可能与尚未适宜这里的气候有关。作协还为我联系好了三〇一医院，准备月底或下月初住院一个时期，除治牙疾外，还打算做一次全面检查。都认为三〇一设备较好，医务人员工作周到、稳重，我想让他们摸摸底！

我离开成都那天，一起床就给石果同志写信，劝他将向"人文"讨回的《沧桑曲》再认真改一改，加加工，然后交"上艺"即你们单位审阅。您此次去贵阳，就去看看他吧！匆祝

编祺！请代问候茅甘兄。

子青

三月廿三日

"人文"告诉我，有些章节写得不错，精练，有的则需加工，所以就在提意见后退还他了。又及

不知能为我找到一册《困兽记》否？因为李致同志他们认我交去的修改本，得由他们"过一道"，以后付排。请便中见告，另则直接寄交四川出版社。同时我也请"人文"在找，但是我没多大把握。三及

那一期发表我《敌后七十五天》的《收获》遍寻不得，请小林同志剪寄一份给我吧。因为校改后交四川出版社，它是第四卷的内容之一。真太麻烦您了！四及

820403

济生兄：

牙病真把人烦够了！今天得到复示，我才记起，我两天前就该告诉您：八一年的《收获》二期，已找到了。只是《困兽记》仍得请您托人搜寻一下！

有关但丁奖的"趣闻"，早已弄清楚了。现在岂有此理之事不少，称之为"趣闻"倒也恰当。我的行政关系转到作协后，书记处已为我申请到一点房子，但得看五月份是否能拿到钥匙。

我去看过沈从文同志，他的住房确乎较差！他本人到武汉去了，该地发现一座古墓。

敬礼问候苇甘兄

子青
四月三日

820627

济生兄：

昨天参加作协主席团会议回来，得到你们社的纪念品，而最重要

的，是得到您的信了。欣悉苇甘兄的疮已动手术，正愈合中。上一天蹇先艾同志来看我，就谈到这点，但不如您的详尽。他坐了一会就到李健吾同志家里去了，而不幸在返回旅舍途中，竟然被自行车撞倒，碰掉两颗牙齿！不过治疗情况尚佳。

我在前些日子就听李致说苇甘兄生疮的事，也谈得详细。后来老想写信慰问，并致怀念之意，因为担心他又会挤时间回信；小林呢，好长时间未通信了，她又得照顾她父亲，也不便写！您又去西南出差，估计一时不会返回上海，也没有写成信。而想念之情，则无时不在，于今算放心了。

苏灵扬同志前旬冠心病发作，进了医院，我叫刚宜去电周密探询，但得到的回答是，已有好转，要我放心！但不肯告诉我住的哪家医院、病室、床位号码，但云医生禁止会客。今上午我又去作协开会，回家后见周扬同志秘书留一字条，说灵扬确有好转，周扬同志可又住院了！

我在本月三日就结束了内科、神经科主治大夫要我做的几个项目：钡灌肠，超声波检查肝、胆、胰，颈部照光拍片，可是至今未会诊，作出论断！叫人终日心意烦乱，正如等候判决的囚犯。这个钡灌肠真难受，无怪《好兵帅克》中那些将军用它来收拾逃兵，我现在算有点体会了。

我的病情是，左边口腔肿胀麻木感未稍减，乃至延及下颏、颈脖，以及整个脸面，手指去年在成都冻坏了，北还后指甲变了形，指尖麻木。食量不错，但是腹部却终日闷胀！如此而已，乞释念！

苇甘兄，您两位姐姐，小林姊弟、您的孩子统此问好！

> 子青
> 六、廿七日

木樨地的房子，大体已落实了。文联全委会我一次未去，一连开了两个上午，也请假了。

820712

济生兄：

手书奉到已久。因为求医甚难，病情未有好转，而精力则似已消耗尽了，终日困惫不堪，以致迟复，乞谅！

蒂甘兄动手术后，伤口既已愈合，令人欣慰。虽至今未曾会诊，只去门诊部内科看过一次，据说检查结果还不怎么样差，神经痛则已肯定脊椎骨骨质增生，现正进行醋疗，隔日去一次，电梯不开，得自己爬上四楼，真是够呛。

荒煤那篇文章，发表前他就告诉我了，发表后当然很快看了。的确如您所说，他说了真心话，也有那么一股热情。阮文则尚未拜读，我没有订《文汇报》。这里我顺便告诉您，周扬同志夫妇，已出院了，他秘书昨天来过。

我的房子也分定了，复外××号楼×门十三楼，不过水电尚有问题，除开住二、三楼的，多未搬去，我也等电的问题得到可靠解决后才能搬了。住那样高，电梯一出毛病，就会弄来上下两难，只好困在半空中了！

记得三十年代初到上海，看过一部好莱坞影片，叫《七重天》，女主角是真妮·盖诺，七重天者，七层楼也，我现在是十三层楼，就不止"更上一层楼"，而是更上六层楼了！

这里的气温逐日高升，已经有点吃不消了。明知心烦意乱，不利于养病，而秉性难移，看来也是罪有应得。

便中请查询一下，杭州有一种名菜，方老请我们吃过，我日记上写的"三刀鸡"，显然错了，但它确又非"叫化鸡"。祝

阖府安康！

子青

七月十二日

书信以交沙滩作协为好，搬家后再函告详细住址。又及

820824

济生兄：

尊况如何？至以为念！苇甘兄想来还不错吧。我住了二十多天医院检查，三天前才出院，住的是海军总医院，您看怪吧。出院以后，忽然感觉自己真的是衰老了！

肺气肿是旧疾，口腔问题看来无法解决，肠胃病、骨质增生也几与入院前无大差异，手指仍旧麻木，写字手颤，医生断定我前列腺肥大，小便果然不如入院前顺畅了，这也叫人莫名其妙，更叫人莫名其妙的，是医生的主观、固执！

若果不是搬家，我也许不会住院、全检。现在，家总算搬定了，是复兴门外大街××号×门××号，但是，除少数朋友，我一般都不告诉这个新住址。

这里较干面胡同十一号清静，特别护城河就在附近，离玉渊潭也不远，只是未便往游，只能远远望一望护城河及其两岸绿草如茵而已，附近树木也不少。

未进医院前，李致同志曾至干面胡同聊过一次，回川至今未见来信，所托之事，也无下文！他真算得上忙人。

奇怪，眼睛也大不如前了，就写这一些吧。祝
苇甘兄健康长寿，府上各位安康！

子青

八月廿四日

820905

济生同志：

昨天上午，任白戈同志来，说他于经上海时拜访过巴公，认为他虽然满头银发，健康情况却很不错！十分令人欣慰。

八月号《人民文学》那篇《在巴金花园里》，读后真叫人感动。我还读了两遍，这是极少有的情况：读罢这篇文章后，很想有人谈谈，单同刚宜，就讲过两次了，他也看了。

《小说界》也已收到，几篇"微型小说"，巴人，即王任叔那篇，真写得好，很感动人，叫人联想起不少三十年代农村的苦难生活。契诃夫那篇，读后，则叫人笑个不停，他的嘲讽是深刻的，但又何等温和，仿佛只开了点小玩笑。

我记得，从海军总医院回家后，曾经给您一信，告诉我新的住址：复兴大街××号×门××号。电话是：××局××××。还叮咛过，可以不必告诉其他的人。一般问起，就告以作协会址好了，当然，比如西彦同志，我将直接去信。

我住院时过磅，连皮四十二公斤，出院时无增减。病情呢，也几乎原封未动！看来只有吃闲饭了，想起深感惭愧。但望休养几月后，能写点回忆录的东西，这里比旧址空气好，眼界也开阔。

请问候苪甘兄，我也和那三位小家伙样，近年一直怕干扰他，虽然原因不尽相同。我的社会活动愈来愈少了，阿弥陀佛！祝

秋安。

子青
九月五日

我记得，还托您打听两件小事：杭州是否有种名菜，叫"三杯鸡"，总之是鸡做的，此其一。另外，杭州饭店旧址是一座寺院（凤林寺?）是何名称。老为这些事麻烦您，请原谅！又及

821101

济生同志：

手书奉到已久，您的职称问题谅必已确定了。其实，咱们只要问

心无愧地做了工作，倒不在乎职称，想有同感。

现代文学资料馆挂牌子那天，我因病没有得到通知，没有参加。据说在北郊，是一座较大庙宇，虽已朽败，但规模不小，将来该地将作为文化区，树木又多，倒比选在城内好！资料馆将来外部保留民族形式，内部现代化。

昨天西彦、罗荪两位曾来舍间闲谈了很久。西彦同志返上海后，对于资料馆有关现状、改建规划，必将详告巴老和您。我这里写得相当简略，因为我前两天跌伤了，虽无大碍，多少总不方便，一天忙于按摩、涂药。

我的选集一卷样本，已见到了，错得相当可以，但也只有两处较为重要，糟糕的是来不及校改了。匆复，祝
芾甘兄和您冬安。

沙汀
十一月一日

821113

济生兄：

读罢八日手书，震惊不已！万万没料到芾甘兄也跌伤了！而且还比我摔得厉害，以致骨折，而且恰巧是在您转告他我的跌跤情况的当天夜里！……

这一向我都常常想念到他，设想他很快就会来京开人代大会，并对请他吃点四川家乡味而做准备，看来短期内我们是无法晤谈了！真是糟糕，刚宜也争着把信看了。……

想说的很多，思想也有点儿混乱，这里我只谈一点：最好请中医治疗！如果必要，不妨给省政协任白戈一个长途电话，托他在成都体育学院附属医院派一名较有经验的医生飞上海会诊。当然，给李致打

电话，要他去找任也行。不过我相信白戈一定会帮忙的！

检查结果如何？盼早见告！我想起来了，北京中医骨科，据说也多富有经验的大夫，李眉上星期来我家，说她母亲前年跌跤后就是在北京请中医治好的，朱子奇同志可能出些主意。

我基本上已痊可，至于骨质增生，只好慢慢将养。匆祝

冬安！千万转恳蒂甘兄安心静养！

子青

十三夜

信写好后，我打电话找罗荪，准备同他交换一下意见，是否拍个电报给您，建议请中医治疗？可他外出未归，他回家后就来一个电话。现已十点半了！我得上床休息，只好明天再看。又及

昨晚上床后，孔兄回电话了。因为我已服安眠药，又睡上床好一阵了，刚宜未让我起来。他代接的电话。孔兄说，他下星期一即去上海，怕打扰他今晨暂不同他谈了。

十四日晨七时

821205

济生兄：

晚饭后收到三日手书，读后令人高兴，因为最近一周，尽管孔兄返京后备悉一切，仍然想及蒂甘兄的病情。前天在政协小组会上碰见萧乾同志他也向我介绍了些情况，但是心里总不踏实。

来信未谈及健吾同志事。我曾几次设想，应该给您招呼一声，不要让蒂甘兄知道那个噩耗，免得波动他的感情，以致不利于他安心疗养或者影响疗效。昨日《人民日报》已发消息，尚乞多加注意为幸！

我因早已同宣武医院口腔科和按摩室约定，三日上午得去治疗，

且已耽误了一次了，故未去首医与健吾同志作别，只是托人去了一个电话，因而至今犹有歉意，只希望他的家属见谅。

我只去参加过政协的开幕式，列席过人大的开幕式。政协的小组会在友谊，我至今也只去参加两次。看来还得去一两次，并参加政协的闭幕式。作协配有专车，不是交通不便，每周得去两次医院，最担心的是怕感冒！精神也差。张秀老、任白戈兄都到过舍下，他们谈及苇甘兄时，也都十分祝望他早日康复！

孔兄去沪前我就同他通过电话，要他转告有关将菱窠保留下来做纪念馆事，已经没问题了。因为我知道，苇甘兄颇为关心此事，谅已转告。

明天上午去宣武，下午去首医，我得休息了！祝
阖府安泰！苇甘兄早日康复！

子青
十二、五日夜

十四号至十八号作协将座谈有关近年来长篇小说问题，并在此期间召开茅盾文学奖金授奖大会，想来此事你们已知道了。

六日晨

830103

济生兄：

十一月您就一再说，下月底来京，恰好家里捎了点菜头来！于是厉行节约，准备请您尝试。可是，由于这里干燥，也有点口馋，新年吃了约一小半，剩下的也将陆续干掉！因为再不吃势必枯萎得不成其为青菜头了！

苇甘兄谅已康复，至少可以在床上翻身了。刚虹来信说他气色很

好。一直仰卧病床固然颇不舒服，但是得了较为充分的休息，此真所谓塞翁失马，人世间全好全坏的事是没有的，倘能利多害少就不错了。

荒煤同志昨已飞抵上海，当会告以我的近况，因为他一定会去看望苕甘兄的。家宝同志不知是否已经去了上海？茅盾文学奖金授奖大会那天，我俩坐在一道，几乎一直嘀嘀咕咕，有时又借笔交谈。而话题呢，是苕甘兄作品、人品，以及最近住院的情况。他劝我一定得使用手杖，而不两天，周扬同志又摔伤了！

一个人到了一定年龄，真也得服老。当然，这不是说躺下来凡事置之身外，但得注意保健事宜，不能大而化之、漫不经心。我几乎极少上街，但每日一定散步两个钟头，两年来一直如此。换房以后，做起来更为方便。

这里气候干燥，而南方又潮湿，昨年在成都真把人冻坏了！苕甘兄家里的暖气谅已安排好了吧。匆祝

阖府新年吉祥！

子青

八三年元月三日

830207

济生兄：

早该回您信了，因为八二年短篇评选工作，文学所评定职称工作都不能不参加，骨质增生的情况又日益不佳，就一直拖下去！今天感到非简复几句不行了。《文集》编辑工作，文学所现代室已经动手干起来了。张大明同志明日即将编选方案寄您，以后一切具体事务，就由他负责同你们联系。我想，你们也可指定一人，做联系工作。但我有个奢望：您来做责任编辑吧！可望多加照顾，委托他人，我总不放心。我春节后即可全力以赴地进行一些必要的文字加工工作。

张秀老前日来信，说李致同志讲，巴公有返川一游的计划，他以为我也能同时回去一趟。他将陪同我们到九寨沟、黄龙寺一游，而时间最好是六七月间。巴公果能成行，我倒一定奉陪！盼转告。

希望巴公已能下地走动，同你们一道欢度春节！本日午后文联举行联欢茶会，我辞谢了。赠书收到，谢谢！

敬礼！

子青

八三年二月七日夜

马良春是文学所现代室负责人。张大明为我做了一年多秘书工作。陈厚诚为川大中文系研究生，曾在川大编选过我的著目，现在川大工作。另一人是文学所现代室，我不大熟知。又及

830222

济生兄：

荒煤同志返京，曾来舍间谈及他两次去医院看望荑甘兄详情。现在，为时已不短了，不知是否能以在室内行走？时在念中，乞代问好。

我颈椎病毫无好转模样。前日在首医碰见刘开渠同志，他说，铁路医院有一按摩大夫，对于文艺界的同人，十分乐于尽心治疗。而该院又在复外，拟于大破五后前去求治。

张大明同志寄你们的拙著文集编辑计划，谅已收到，尚希指定一人好在一些具体问题上同他联系。我前想求您做文集责任编辑，显然太欠考虑，因为您工作繁重，怎么有余力做一部文集责任编辑呢！但望能在您的关怀下，有一较有经验的同志负责，余愿足矣！

李致同志返川后，我曾去信介绍一位青年木工所搜编的四川成语，希望能得到出版社的支持，可是毫无反响！我要的选集一卷，也老不

见寄！只好等下去了。

敬礼

子青

二月二十二日夜

830227

济生兄：

您看我脑子真不大管事了，因为您信上提到家宝同志和您通电话，我以为是长途电话。今晨去参加八二年评选会议前，曾两次给他电话，都占线，而司机又在楼下等我，只好匆匆前去新侨。发言后，我又给他电话，仍未接上！我是迟到早退，就匆匆回家了。

回家后，我又给他打电话，是在生活上帮我办些杂事的那位小青年代打的，算接通了，而这才知道他已在半月前就到上海去了！是从李玉茹同志家给您打的电话。我想同他谈话，无非想告诉他您来信的内容，特别是拜托他，如去上海，向我多多致意巴老，真的，如果倒转去三五年，我会到上海看望他。

的确，我们现在得胆大、心细，从最近一些情况看来，若果没有那个小青年管我，有多少事我真对付不了！比如昨天，八点半去北京医院口腔科装义齿，十点去首医六楼中医科，接着又到五楼神经科看颈椎病，最后还得重上六楼取药！如果没人扶持，这不容易出问题啦？连打个电话都不行呵！

昨天得邮政代办所通知，要我去取两份包裹，我又以为是四川出版社寄书来了。结果，那位小青年取回来的，都是另外一些东西，不是朝夕想望的拙著选集！前天我还发现一件莫明究竟的事，从《书籍》报上看到《淘金记》的广告，我买了两册，一看，是去年七月在重庆印行的，共四万册！……

这个颈椎病，比起苇甘兄骨折来，算是轻松多了，只是周身都有肿胀、麻木感而已，并不怎么痛苦。有时心烦，就写一两页毛笔字，借以忘忧，或者看点轻松愉快的小品文。《市场报》《北京晚报》经常让我忘掉病苦。

文集事，当然算定了。他们已着手收集资料，我已把自己手边所有的东西，开了个单子给他们了。苇甘兄既然已不能去九寨沟，我也将作罢。祝
编祺！

子青
八三年二月廿七日

830324

济生兄：

手书早已奉悉，赠书也早收到，最近较忙，迟复了，乞谅！

文集一卷和二、三卷的目录，已拟好了，包括短、中、长小说和一个电影剧本，不按写作时间混合编的，每卷各为三十二三万字。

编辑组同志准备在年内完成任务，问题就看我加工进行快慢了。不过我将尽力配合，求其不致拖延过久。看来九寨沟之行只好作罢，其实我也没有时间赏玩风景。

最近得成都市委一位负责同志来信，说他曾到通顺街看了看，府上旧址已建了一些楼房，只有一小庭院依然故我，两株银杏也长得不错。他们决定把这个庭院保留下来，此事白戈同志已经向军区说过了。

信中也提到修复菱窠的事，因系木结构，所有梁柱已经被白蚁蛀空了，而不管工程怎么大，市领导决定拨款重建，还其本来面目。

下午得去参加三个文学品种的授奖大会，我就不多写了。请代向苇甘兄问好！并祝他健康长寿！

又，有关文集事，以后就由张大明同志同你社联系吧。祝

阖府均好！

子青

八三年三月廿四日

8304××

济生兄：

尊况谅必佳胜。苕甘本月如能出院，是所盼祷！

其实，住院，也有好的一面，可以避免掉一些不必要的应酬。近来接待过三两起来客访问，因为口腔问题，就感觉很吃力。其中一起，素不相识，是来摄影，则更令人恼火！

我现在正忙于整理过去到农村的杂记，虽较零乱，但其中也有不少动人的事迹。因系临时忙乱中写的，文字相当粗糙，有时得添改字句。最麻烦的是归类，因为一人、一地、一时的事，都得按性质统一起来，这确费事，但弃之又太可惜。

这些杂记，记录时，是准备写作小说的，不料一回机关，行政组织就把时间占了！剩下来就是这一些材料：这还是十年内乱中侥幸保住的一部分，大部分，抄家时失散了。

除去医院，很少出街。这里就医可也不容易呵！祝

编祺！请代问候苕甘兄并祝府上列位佳吉。

子青

八三、四月

830503

济生兄：

　　芾甘兄想已出院了吧？请代我向他致以节日的敬礼！当然，同时我还要向您，向两位大姐和小林同志等问好。

　　阳翰老带起全国文联访问团，于上月三十日晚到成都去了。本想随行，回家乡住段时间，无如颈椎病相当烦人，到成都后又不可能避开一些社会活动，而成都文艺界也不简单，且是我工作最久的地方，所以只好留下来了，九寨沟之行更无从谈起。

　　每一事都有利有弊，芾甘兄骨折后虽然吃过不少苦头，但是避开了一些不必要的干扰，健康情况可能较前更佳。因为小女刚虹曾来信说他气色很好，但愿现在更进步了。

　　张光年同志前去上海，会一定去看望芾甘兄，盼能将他的住处、电话告知师陀同志，因为他可能去访候光年。

　　附信，尚乞代转光年同志，谢谢！敬祝

编祺！

子青

八三、五、三日

830521

济生同志：

　　来信收到已久，只因杂事多起来了，颈椎病又弄得人很烦心，以致迟迟未复。收到来信前一天夜里，就看到芾甘兄受勋的电视了。但见他一直坐在沙发上，我就感觉他尚不能行动自如。由总统亲自授勋，而且是在我们国家里，这还是少有，不，是没有过的事情，真是可喜可贺！

　　从电视上我只看到小林，因系新闻，镜头不多。得来信后，才知道整个授勋活动的梗概，医院及各方面的照顾真也周到。王晓明同志来信说，作协正为武康路住宅安排一两张地毡，以防日后不慎，又出事故。我觉得还有一事必须注意：以后外出，一定得有人陪伴，不可单独行动。

我前三天出门，不仅有人做伴，而且开始用手杖了。因为是私人活动，又非去医院，不便向公家要车，是坐地铁去的。五年前我坐过地铁，这是在北京第二次坐地铁。可是，两相比较，尽管这次既有手杖，上下梯坎还有人扶一扶，可就吃力多了。要不服老看来是不行的，但要我啥事不动脑筋可又难以办到！……

昨天得到四川一个请柬，要我回成都看全省川剧调演。此事，李致同志前日来信也提到过，我真想跑一趟！可是，二十三号这里要开郭老全集的编辑座谈会，不能缺席。特别颈椎病已发展到步行如踩棉花，眼睑也常有肿胀感，并出泪水，乃至有时周身都有麻木、肿胀感的程度，怎么敢轻举妄动呢！

光景本月底苕甘兄未必能在医生同意下出院吧。依我之见，起、坐、步行如果还得叫人扶持、担心，多住几天倒也不无好处。

有件事我想提醒您：出院消息传出后，拜访可能川流不息！敬祝阖府均安。

子青

八三年五月二十一日

830713

济生兄：

手书奉悉。北京今年也气候异常。我已暂时停止扎针了。因为由西城到东城，从家动身，得半点钟汽车。而一进汽车，有如进了蒸笼一般，非常难受。而前一周，咳喘不已，担心哮喘复发，服用螺旋霉素，消咳喘后，大体已平复了。乞释念！

吴强同志也曾来坐过一会，也说苕甘兄的健康情况日有起色，甚为欣慰。瑞珏姐等对来访者把关，也成绩显著，这都是可喜的事。四川出了拙著选集第一卷后，至今没有下文。昨天着实忍不住了，给责任编辑一信，不免发了两句牢骚。青少年时代，在故乡听到过一句成语："眼大肚皮小"，这对他们说来倒颇恰当。

您给张大明同志信，他已将内容转告我了。能在今年将文集编成交卷，至少将前三册编成，我特别对后一办法毫无意见。而可虑的是，四川出版社算盘一敲，率性不要继续出选集了！这将在读书界造成混乱。凡此，尚乞事先彼此通一通气，妥善解决。

我大女儿刚齐拖儿带女，前天从成都来，只好将客室暂作卧室，成天闹得天翻地覆。老兄，要享天伦之乐，也得付代价呵！匆祝
府上老、中、小均吉！端端早已上小学了吧？

子青

八三年七月十三日

谢谢小林！她代我买的负离子产生器不错，对睡眠有良好效果。恕我不另写信了。又及

830727

济生兄：

手书奉悉。前一向，真想去上海跑一趟，看苇甘。如非颈椎病尚需继续治疗，加之，年岁不饶人，可能早已到过武康路了。因为按摩大夫手重，治疗一次，人几乎快垮了，要两三天才能恢复。现在是扎金针，已有显著疗效。

昨天，在《人民文学》编委会新旧编委交接会上，碰见茹志鹃同志。我们曾谈到巴老。可惜人多，语焉不详。聚餐后回家，意外地得到师陀同志手书。他对苇甘兄的近况倒谈得较为详尽。说是大小解已经不用人扶持了，且能随意上下台阶，这一来叫人大为放心。

师陀同志还讲到，他曾从吴强同志处看到《解放日报》的内部参考材料，说来访者甚多，瑞珏姐她们深以为苦。这是意料中事，您还记得吧，巴老未出院前，我就料到这一着了。现在，既然吴强同志已经注意到这一点，瑞珏她们如能严格把关，问题便可解决。

　　川剧演了好几场了，我可至今未曾欣赏，只去看望了一次演员同志。所歉然者，小艇他们录音去了，只见到罗玉中。看戏也得有精力呵！您这次在成都倒看了不少好戏。今天《光明日报》已有报道，看来阵容甚盛。敬祝

府上老少均安。甚望瑞珏姐们把好来访者这一关！

子青

八三、廿七日

830816

济生兄：

　　信收到好久了，迟复，乞谅！迟复，先是天气燥热，小女又拖儿带女，每天闹得人不安宁。您在绵阳见过的是刚俊，她的儿子今夏确已婚配。这来京的是刚齐，大的女儿下季才进初中。她们走的前夜，我又感冒发烧至四十度！至今已一星期，尚在服红霉素。好在体温已经正常，白血球已从一万四降至六千几了。您说我掌握素材不少，倒也近乎事实。但要写成小说，精力时间可都不容许了。单是投交《收获》那个中篇，便已叫人感到精疲力尽！莅甘兄健康情况，实令人欣慰！乞代问候。敬祝

府上老、中、小入伏后日益安泰！请特别代我致谢小林同志！

子青

八三年八月十六日

830902

济生兄：

　　手书奉悉。您肯挤时间帮我审定拙著校样，真是不胜感谢之至！小林他们真也周到，对它提了不少有益的建议。最可笑者，由于精力不济，我把县委两位书记的名字都弄混了！不是她提出更正，发表后岂不是大笑话？稿子写成后请荒煤同志看过，他于百忙中看后提了不少有益的建议。最后一章后面部分就是根据他的建议改写的，而且反复改了三次！但都未曾交他看了。他很忙，也未说过发表后将写文章评价。他只是肯定了它有一定现实意义，对基层干部写得不错而已。我目前精力仍差，草草作复，意在向您表示感谢。务乞苕甘兄注意劳逸结合！

　　请向府上各位致问候之意！

沙汀

八三年九月二日

831020

济生兄：

　　信收到好些天了，迟复，乞谅苕甘兄住院后情况如何？至以为念！后遗症总会有的，但望能迅速减轻，能完全治愈，当然更好。我的口腔问题，光景算定案了！而且是"铁案"。《木鱼山》，小林他们在校订上真也花了不少工夫。您这位"自愿军"更是劳神费力，我都非常感谢！至于少数不妥之处，责任在我。因为原稿就是那样，幸而只是措词上欠准确。当然，这是我的看法。除荒煤那篇评价文外，文学界，特别四川党政方面的反应如何，则颇难逆料。《巴山秀才》剧本、演出，均属不可多得。想来前次成都会演，您已经看过了。问候府上各位！

子青

八三年十、廿日

我前几天又感冒了，虽已基本上痊愈，但很困乏，我就不给小林写信了。请代向她和《收获》编辑部同志致谢！又及

济生兄：

昨天牺牲了午眠时间，去看了老艺人的演出，从两点直演到五点。竟连叶圣陶老人也带上助听器，由叶至善同志陪同，看完了四出戏。特将剧目表附上①。

子青

八三年十月二十日

831023

济生兄：

十九日手书奉悉。昨晚又去看了一场老、中、青川剧演员演的四个折子戏，以阳友鹤导演的《放裴》最佳。小生是一位青年演员，慧娘是田卉文演的，名字很熟。可能是中年演员。杨淑英、许倩云的《双拜月》也不错。其他《射雕》和《花田写扇》，尽管博得不少掌声，但我并不怎么欣赏！《木鱼山》发表后，荒煤那篇评价文外，我还没有听到别的反应。在将原稿送交吴强同志前，还曾请卞之琳同志看过，他认为不错，写得简朴、精练。您提到克非的那篇小说，我还未曾拜读。只是昨天读他引起争议的《头儿》，虽然下了最大决心，可是至今才读了四分之一不到！他生活基础深厚，词汇丰富，也长于讽刺，但他似乎有点不大节约文字，使人感觉繁复，太冗长了。不过我一定要读完

---

① 剧目表略。——编者注

它，然后给他一信。

《木鱼山》你们若果愿意出版，就出个单行本吧。最近准备挤时间尽力校订写作中不够恰当的地方，就可寄你们审阅。可出即出，否则就搁一搁再说。在《收获》发表时，若果不是您、小林和她的同事几次提出修改意见，这篇东西可能改动更多。因为它政治性比较强，我至今犹有点是冒风险的感觉。最后，我祝愿苇甘兄住院后更加健旺！匆致

敬礼！并请代向府上各位问好。

子青

八三年十月二十三日

831029

济生兄：

花了三四天工夫，《木鱼山》算改出来了。这篇东西，若非小林和《收获》其他编辑同志，特别您这位义勇军提出那么多修改建议，改动必将更费时日！我这里又一次向你们表示感谢。

我对改动较大，又模糊不清之处，请人抄写好附在稿内，以便你们审阅。如认为它可以出单行本，就出吧！如需多听听反应再说，亦无不可。《作品与争鸣》一位编者来同我商量，他们准备选刊五六万字，与荒煤同志的评价文一道发表。

我没有同意。但建议作详细介绍，介绍时可以摘录原文。因为如果整章选载，诸多不便。来人已同意了。当然也要我谈了谈创作意图和经过。匆致

敬礼！

苇甘兄住院后，情况如何？时在念中。

子青

八三年十、廿九日

李致同志昨天来，说《巴山秀才》将在上海演出。苻甘兄如能去看看，倒也是件快事！又及

831205

济生同志：

苻甘兄近况如何？至以为念！因为近日很忙，既要看四川寄来的选集校样，又得学整党文件，竟连上月奉读来信，也至今才来作复。

那个中篇的单行本，何时能出版，乃至是否能出，我都毫无意见。能在《收获》与读者见面，也算不错了。不过最近读了少奇同志在七千人大会发言摘要，恩来同志在福建组的发言摘要（见政协学习资料），我倒更安心了。当然，迟些日子出单行本，可能较好。

我于上月底开始，连楼也很少下了！怕犯感冒，引起哮喘。但每晨必步行下到六楼，然后再慢慢往上走。虽有手杖，但只借以取平衡身体作用，可以省不少气力。匆祝

选安。府上各位，统请代为问好！

子青

八三年十二、五日

此信已写好八九天了，因为怕您误认为，我急于想出书，而且情绪紧张，故而未发。但我说的全是实话，且甚想念苻甘兄，今天只好付邮。

十二月十四日　又及

831220

济生兄：

手书奉悉。芾甘兄住院后，健康情况又有新的改善，令人大为放心，很欣慰！

前一向，好多人都有点条件反射："又来了！"据传，上海更是如此。近一月来，界线越来越加分明，也越来越细，人心已逐渐平静，不那么一惊二诈，波涛汹汹了。不过，我前日那封信上所言，倒是实心实意，何必为自己、为他人多添些麻烦呢！

安县的读书会已开过了。据省社院文学所张庆信同志来信，省专区和安县作者参加的有二三十人，临时到场的听众约有七八十人。克非同志也参加了，并对他关于《淘金记》发言表示赞可。此文已发表于川大学报，克非的发言也刊于该期川大学报。张已寄我一份，并已看了，还写得不错。他一篇评价《困兽记》则见于省社院文学所的《抗战文艺研究》。他还准备写若干篇，将来出版一本二三十万字的专集。此公早年毕业西师，已经是中年人了。

前天蒋和森同志来信，说他在上海您社改《风萧萧》下卷，不久即可返京。他信中谈到《木鱼山》，准备回到北京后来舍下摆谈。此公居住条件很差，但仍努力写作、研究，且有才气和一定成就。他的《风萧萧》下卷如能保持上卷一样的水平，实在是历史创作中一大收获。

《木鱼山》寄出以来，我又想到好几处需要改动的地方。既然我们都以为明年付排为好，我想，最好能寄还我，容我趁此时机再改一次，以免将来在校样东涂西抹省事多了。我保证明年至迟二月内再寄交您审阅。你编务虽轻，家务却很繁重，这不会太麻烦您吧？

我最感苦恼的，是口腔问题一直未能得任何改善。今天算已同北医口腔医院王洁泉大夫联系好了，明上午去诊治，可能另换一副义齿！

匆祝

阖府康健如常！小林同志可能紧张过一阵子吧？一笑。

子青

八三年十二月二十日

我有专案组退很多苻甘兄给我的信，正请人抄写，然后将原信交文学馆。

840107

济生兄：

《木鱼山》校订稿、大札，都收到了！稿子争取二月内改订后寄还。

来信读后，颇为愉快。感到不足的，是您指明苻甘兄是否已经出院。但您不必为此事再写信了，我可以向孔兄探听。再则，他人好就叫人心安了。

已去北医口腔医院，检查结果，王医师认为，左边下牙龈已不可能恢复常态了。只能将义齿修补一下，使之更为合用，以减少吃饭、谈话时的肿胀感。他修补后，我又请做一副。但他担心我吃不消，只肯做下面的。上边的，可以照常使用，因为并非全是假牙。做起来不仅麻烦，可能使残留的几颗牙受伤，只得作罢。

"又来了"的反应，这里也大为减少。只是少数早就挥刀上阵的角色，似有扫兴之感。还有些正在擦拳磨掌的人，也不大满足："怎么就收啦?!"但我，还有不少本行中人，则都为杠杠多几条，框框小一些，于国于民都大有益。幸而此间尚未闻有勇士手持利剪，在大街上剪去男士女士的喇叭敞裤脚一类的趣闻！……

那些争先恐后表态的同志，固然有"秋后算账"派，也有想趁机"更上一层楼"的，但更多的是条件反射：过去不久的"十年"给人印象太深刻了！去年全国人代会起，直到年底，这几个月的变化真也不小！……

就写这一些吧，已经感觉有一点困乏了。匆祝

172

阖府康乐，神清气爽！

子青

八四年元月七日

840220

济生兄：

您和苷甘兄及阖府想来都安健如常。

我已在首医躺了一个月了，每天靠输液过活。胃给割去大半，今天开始拆线，我也停止输液，下床走走了。这也是我入院后第一次执笔给您写这封信。

这封信，我早就想写了。因为我是担心小秦前次寄还《木鱼山》时，有些话未见全都交代得十分清楚。其实，千言万语，归结起来只有那么一点意思：校改得相当忙迫，可能尚有一些改错了地方。比如，对于彭德怀同志的称谓就前后不一致，凡此都得劳烦您费神使之一致。

此外，我还想向您表示一点奢望：《木鱼山》能在今年上半年出书。因为我在病床上反复思忖，回忆，这本小书真也花费了我不少心力，发表后反响也还可以。今后，我也不可能再写小说了。所以切盼早日能有单行本问世。

我还得在医院躺一两月，回家后尚需静养一个时期。今年上半年算全部付给倒霉的胃溃疡了，这也是无可奈何之事。

荒煤同志前天来，他告诉了我吴强同志所知苷甘兄的近况。听候颇觉愉快。千乞代我问好。祝

编祺！

沙汀

八四、二月二十日

840226

济生兄：

昨天得苐甘兄信，令人惊喜交集，大有从天而降之感！近几月来，他吃的苦头远比我多，且尚在疗养中，可对我还那样关怀备至。本拟作复，但怕他又要回信，因此只好简复一电，聊表寸衷。

以后，我的病情、行止，如有变动，将依两三年来例有做法，由我给您写信，您可以乘便让他看看；他有什么叮嘱，特别他的尊况，即由您写信见告好了。这样，既可节约精力，用于写作，而且目前，更有利于他安心疗养。我呢，年岁虽仅小于他三五月，则一向较他顽健。

我已于三日前拆线后，从首医转到三〇五医院来了。这里邻近北海公园，房间大套，室外可以看见不少苍松翠柏。可惜现在尚不能到室外走廊上散步，但已感觉比古老的首医舒坦多了！也安静得多，十分利于疗养，千乞苐甘兄、您、小林放心！

我在首医做的是胃空肠吻合术。据说，十二指肠全切除了。现在但看营养能否跟上，每日六餐流质，每次约有一小饭碗。在首医，最恼人的，是输液，日夜不停地输，也日夜不停地小便，还尿了四五回床！真是贻笑大方！行动不便，更不必说了。现在算是解除了精神枷锁。

还有件事，请转告苐甘兄。我现尚保存的他部分书简，两月前已交文学所设法复制。因为他有的信是两面写，复制、裱糊，都不易为，于是我要他们觅人抄写。不久即可竣工。我准备留下抄稿，原件交文学馆，如何？

这批书简，可惜都只署有月、日，没有年代，而信封又全失落了！

匆祝

阖府安康！大儿杨礼、小女刚虹十一日飞京，今天又飞还成都了。

沙汀

八四年二月廿六日

老兄廿日来信，刚才收到。读后，对于您和苇甘兄的关怀备至，真不知道怎么说好。因为我的心情，绝非一般感谢的言辞所能表达！……廿六夜又及

《巴金春常在》一文，读后给人不少鼓舞！他去东京，是大好事，但望如期实现。周扬同志也将去日休假十日。

840307

济生兄：

廿七日信收到。这几天，病情显然又有进步。只是由于十二指肠全部切除，吃食不能不多加小心。既然有能多吃，又要营养能于跟上，且不能在用饭时饮水，颇以为苦。还有就餐后必躺一小时，方可散步，否则食物不可能在胃中久留，使胃功能逐步得到恢复。汤汤水水不能多喝，也是如此。

苇甘兄说，我的字比他写得好，主要由于我的病情比他轻松。这也是我拜读他的来信后，感谢之忱不能抑制的原因。本想写信，但是话太多了。而且，我若写信，他势必又得回信。最后才决定拍发电报。这些年我极少直接给他写信，主要是怕耽延他的写作时间。因为他曾向我谈过，他准备还要两部长篇。前两天，《人民日报》发表了一篇日本友人的文章《巴金先生》，也谈到这件事。而这却正是头等重大的事。我一个小孙女，高中生，曾写信给我，说她看我的小说，感觉我自来就是一个老头儿。她读巴金爷爷的作品，却感觉巴金爷爷永远都那么年轻，充满了激情！她说得多好呵！

苏联对外文协曾为苇甘兄八十大庆开纪念会的消息，您当然也知道了。若果没有记错，我一直认为苇甘兄这样意思的话是真理：作家是因为作品而存在的。所以，作为一个作家，写好作品是第一义的，

其他的台衔虽也不无意义，终究没什么了不起！

去年夏秋以来，感慨不少，但又何必老记着那等烦人的事呢？！由它去吧！匆复。祝

府上欢欢喜喜迎来又一个愉快的春天！刚宜附笔问候。

子青

八四年三月七日

茆甘兄如果能去东京参加笔会，实至切盼！因而更加祝愿他早日康复。又及

《化作泥土》一类散文，如便，以后望能剪寄。寄剪报就行了，不必写信，以免占用您过多时间。三及

840330

济生兄：

二十四日信收到。经过这样久的治疗，写字又一笔一画，十分困难，没想到《随想录》第四集，即《病中集》又发排了！如此说来，我自己可以说是懒虫。我的文集约可编八卷，共约二百五十万字，真会没有茆甘兄的标点符号多。无怪李劼老在世时，一次全国人大开会，他曾向茆甘说："老巴，拿点标点符号出来吃嘛！"

当然，写作的丰欠。与是否勤奋有密切关系，但也同修养、写作年龄有关。不是客套，懒散而行，修养差固不必说了，尽管年岁相若，在写作上他却是我的前辈。写到这里，我又想起四川社院文学所和作协分会发起的"三老学术讨论会"（现又加上阳翰老，又叫"四老"了）。据我所知，他们准备得很认真，预计在本年五六月举行。不知茆甘兄是否能去？愿去？我个人的想法，只要健康情况许可，他去，我一定奉陪。至于东京的会，他当然应去参加！这不是他个人的问题，也不是由于他是中国作协主席；可惜有的同志还不理会这点浅显道理，

以为一做主席，就什么都有了。但愿这是胡说八道，一笑。

《文集》一、二卷务请费神审阅，我病后就没有管这件事了。一切委之于文学所编辑小组，张大明同志管得具体一些，其他两三位，只是议论议论而已。川大的陈厚诚同志，也参加了编辑组。因为他搜集过一些资料，对于拙著也较有兴致。许多文章我都在文字上做过润色，大明找人抄写后要我过目，我不曾看，只提了一点要求：但凡他们认为不恰当的地方，必须提出，我将认真考虑。

《木鱼山》不知已发排否？今年第二季度能出书就万幸了。当然，您一人也作不了主，而对于您，我也才能直言无隐，表示表示我一点愿望。

想说的太多，又已夜静更深，得准备睡觉了。就此带住。祝
工作顺利，身体健康！

子青
八四年三月三十日

小林当然为服侍苕甘兄也将去日本。望代致意府上各位，都请代我问好吧！

840411

济生兄：

本月四日信收到。前信所言，都是事实，也是真心话，不是客套！您从我引用李劼老的也可看，如系客套，"标点符号"的话，我是不会说的。正因为没有对你们见外，所以才乘兴幽默一下，深信你们不会见怪。

苕甘兄先回家住住，作一过渡，我很以为是。今日报上《读书》的目录中有他一篇文章。他这种精力，坚强和提笔即能成文，把写作看成生活重要组成部分的本领，的确令人羡慕！不过，这能说与修养无

关吗?!《病中集》出版后,真渴望先读为快。怀念老舍的文章,读后令人想起许多同老舍的交往。可是未为文悼念,我的笔越来越生疏了。

七日,我看悼念宋之的同志逝世七年诞辰纪念报道,想不到年刚五十就写了四十个剧本!连同杂文共约二百五十万字,而我年已八旬。当他发表《一九三五年春在太原》时,我正在做《光明》的编委,负责看小说散文稿,从事创作也已好几年了,而我的文集编出来也不过二百五十万字左右!

上个星期天,我儿媳领她的妹子、妹夫来探望我。我向他们说,最近北京剧院将演出曹公改编的《家》,我真想去看一次,因为我至今还没看过它的演出。不料客人提起影片的《家》,认为那些美国人演得好,原来她也未发现演员是中国人哩①!病院每晚都有电视,但我从未看过,不知怎的,我有点不愿同生人交往了。

只是每天看报。对于农村以及集市贸易的情况的报道,总是激动不已,很想下去看看!可已经感觉无为力了。艾芜也来信劝我回去走走,说是旅游可以改善人的健康。如果不是这次重病,也可能要好些。

《文集》印行问题,千万费神审阅。大明同志又忙,水平也有限,我实在不怎么放心,但因力不从心,自己又不能直接事事过问。至于出版时间,我感觉关系不大,但求不要弄得来太不像话。《木鱼山》二季度不能出也关系不大。匆复。祝

苇甘兄家和您家大小安康。

子青

八四年四月十一日

请转告苇甘兄,他东京会见竹内实、桑原武夫等人士,可顺便告诉他们,李劼人旧居,已修复了。我还将托人摄影,以便将来转他们。

---

① 原稿如此。可能谈话双方有误会。

不过此事暂勿提及，因为目前仅有这样一个想法而已。又及

840528

济生兄：

五月十七日信及《木鱼山》初校付样，早收到了。因为想看过校样，并做完修订后，再奉复，以致拖延到今天。乞原谅！

病后的恢复情况，进展较快，较好。但是事情并不简单，别的不说，这个每日六餐，实在太消耗时间了！因为早、午、晚三顿，饭后得上床躺一个钟头；三次"打尖"，也得躺三十分钟。这样，就没多少时间供我校订《木鱼山》了！至多，每天只能校订两章，有时还要做点打杂工作。

拙稿我虽校订了两次，而仍感觉不可能怎么恰当。功夫差劲，年岁也大了，实在有点无能为力之感。因此，千乞对于修改不当的地方，从段、句、字，乃至标点符号，都不要客气，重加校订。至于应加校订而偏偏遗漏了的不当之处，同样希望一一校订！这不是讲客气话，这一点，我相信您是能理解的。对我说来，您不止是一位责任编辑！《文集》的编校工作，更需要您鼎力支持，因为我实在无力照顾！……

荑甘兄不知已回国否？前天，我派刚宜去看过周扬同志，健康情况同出国前无大差异。既如来信所言，荑甘较他健旺，想来必不会因为社会活动多得一点，也不会比之出国前差多少。他的发言，从报道看过几句，而我多希望早日读他的《病中集》！

四川省文联的马识途、李少言同××三位，一到北京就见到了。马、李都满腔热情地希望巴老九月能回故乡参加"四老"学术讨论会，说是省委、省人委都全力支持。可能八月后筹委会派人前往上海邀请。匆祝

府上各位身体健康！

子青

八四年五月廿八日

《光明日报》《人民日报》都先后报道了邓大姐在政协文艺联组上的发言，对照起来一看，很有意思。前天《人民》那篇《今日谈》很好！又及

840604

济生兄：

两次手书，都收到了。不料末一章您很快就发现了一个错漏地方，并予改正，谢谢！如尚有新的发现，务请照样校订！

我将"干毛侧"改为"贺家梯坎下面"，因为审情度势，干毛侧离刘大旺家较远，且不当道。即由城里到木鱼社社管会并不经过那里，所以非改不可，而前面改了，后面保留，实一大疏忽！

蒂甘兄健康情况不错，我就放心了。不住医院，在家里疗养，饮食起居较便，我之急于回来，正是这个原因。不过，上礼拜又新添了一点病情，口腔更不适了，眼胀多泪，左边头昏脑涨。二号，由于一时大意，竟然又在室内摔了一跤！相当重，是小秦把我扶起来的。幸而未造成骨折，脑子也无大影响，请释念！

今年九月，蒂甘一定得回家乡小住。文研所、文联，打从去年起就开始筹备了，不去一下不行。活动也不会多，开幕、闭幕式上简单讲几句就行了，其他的会无需参加。回去，可能住金牛坝。我可以保证他不受多少干扰，让此行变成休息。可是，只有他回去，我才回去，否则我也将照旧留京疗养。

当然，港行也很重要。转瞬香港即可归还祖国，这是目前国内国际重大事件之一，且是中国近代史上的重大事件：它表明中国人民的确站起来了！他去一趟有必要，最好先在时间上协商一下，使其能同故乡之行有个适当距离。匆祝

府上老中小均安吉！我家里的人都不错。

子青

八四年六月四日

请代我向校对科的同志们致谢！多看一次校样，这真是麻烦事儿！
又及

840630

济生兄：

手书奉悉。本就该回您信了，因近一月来，常感昏眩，最怕戴眼镜了。这封信，我就未戴眼镜，只是估计着信手写去，不计其他。脚掌骨质增生，也日益严重，走起路来，就像踩在棉花上样，加上有时昏眩，稍一不慎，就摔跤。上次就是这样摔倒的！

我现在连沙发也怕坐了！因为动荡起来就易昏眩。去年叫刚宜为我买来的席梦思，更不好受。有一次差点从床跌下来。前两星期才换了木板床，也就用不上担心吓怕了！有人从床上跌下，结果造成骨折。跌一跤，我算讨了回乖，现在每一步我都要站稳后才向前跨。……

这里有一件事，早想要您转告芾甘兄了。我还保存有他几十封函扎。前些日子，我请文学所代为复制一份，以便将原件送文学馆保存，以免散失。但是，由于不少是信纸两面都写得有，复制不易，就又退还我了。艾芜一些信，是水纸写的倒可复制，但已虫蛀。

这事，我早已告诉罗荪。上月又向吴福辉同志提及，他很高兴，恨不得马上接手。我已约他们最近来取，故而特别告诉你们一声，打个招呼。匆祝

编祺！此信，明日让秘书校订一下，方可付邮。

子青

八四、六、卅日

840718

济生兄：

手书早收到了。我也正准备写《创作回忆》之类的文章。先写"三记"，写好后当寄陈请教。

您提到××，他有篇叫《××》的小说，不知您看过否？去年，他当面要我看看，随后，算硬起头皮读完了。两万多字，连续花了我两天多时间。今年他来京参加全国人大，随马识途、李少言两位来看我，我简要提了提意见。

《××》内容有问题，而语言上的卖弄，较以往更严重。上一月，文部内部刊物上刊载了浩然一篇发言，《鸣锣起鼓重新拼搏》（？）他承认自己在十年动乱中"受了内伤"，准备总结经验教训，继续创作。

××首先需要的，正是这样的勇气。我已不署名将刊物寄给他了。依我看，他相当自负。生活底子厚，社会知识广博，可惜的是，自负使得他停滞，乃至有一点掉队了！而由于有人对他赞扬，因而更忘其所以。

上月当四川一位同志来信，说他正在撰写一部反映农村新形势的长篇。他曾随一位省委负责同志视察农村，对于当前形势必有正确认识，但看如何表现。你们的刊物，不是正好向他约稿吗？

苇甘兄安适无恙，令人欣慰！近期《小说选刊》有一幅他的画像。谅已看过。从神态说，勉强表现了他老迈的一面，但对他的坚毅、凝重，表现的却太少了！……

吴强同志前次来京开会，给我出了一个题目：写一三千左右的短篇。初稿算写成了。可能报废，等慢慢润色后看吧。祝

编祺！并祝苇甘兄、府上各位安泰！

子青

八四年七、十八

840725

济生兄：

手书奉悉。您和苄甘兄都很关心我的健康，非常感谢！

我可谓一身都是病！上，头昏眼花虽不利害，而口腔的肿痛感却日胀一日，真把人苦够了！下面的假牙平时无戴，因为一戴上就不断满嘴口沫，饭后即须去掉，以减轻肿胀感。中部，胃切除部分后，虽已五个月了，饭后腹部、腰部老是闷胀不堪！乃至喝点茶水，也感不适，需要躺上一阵。

下部，脚掌骨质增生尽管想方设法治疗，效果却不显著。步态不稳无需说了，每晚左腿每每抽筋，有时几乎难于忍受。本月初，曾特别请一位按摩医生治疗，去了三次，又搁下了。此公真有本领，但他是专治跌打损伤的。每次去得行车约一小时，爬六层楼，因而又搁下来了。

因为成都潮湿，住处也有困难，下月是否能去，尚难决定。原想借住白戈家里，他又旅游去了，不知何时可回成都。他已到过上海，估计还将去蛇口看看。

苄甘兄显然已不回成都参加为他祝寿的盛会了。这也叫我多少有犹疑。您或者小林，总得去一趟吧？祝
夏安。并祝府上老小安康！

子青

一九八四年、七、廿五日

希望《木鱼山》下月初能出书。如回川，自当事先函告。

840801

济生兄：

信收到几天了。昨接王晓明同志来信，他说，曾随西彦看望苄甘。

说他精神不错，人胖了，杵着手杖可以随意步行，这叫人很高兴！但对发胖一层，则多少有点担忧。因为据我所知，人老了，发福并不好，当以清瘦为佳。希望能在菜蔬上多注意。当然，营养是需要的，但宜少吃动物脂肪。

今年九月，看来他不会去四川了。多休养一段时间也好！但我有一点建议：一定得搞个讲话稿去，由他人在讨论会开幕式上宣读一下。因为省委相当重视这个会，大家又一早盼望他去，不表示一下是不行的。也许我主观，但这至少可以满足一点群众、领导的愿望。您或小林能去一趟，当然更好。

只要健康情况稍好，我将前去参加。成行前当写信告诉您。《木鱼山》不知何时可出？我准备请你们直接寄卅册交成都省文联温舒文转我。当然，如我动身时尚未出书，就直接寄我。我想，卅本可能够了，北京也需二三十册送人。

为《收获》写的短篇，上周即寄吴强同志。至今尚未收到他的来信，想来文代会把他缠住了。因而望即转告小林，帮我问问，并复我一信。东西是逼出来的，寄出后陆续从原稿发现有两三处得修改。务请告诉小林，千万从严要求，不要拿去"示众"！匆祝

编祺。并候府上各位康乐。

子青

八四年八月一日

正在准备撰写有关《淘金记》的创作经历。

840917

济生兄：

手书奉悉。您接到此信时，李致同志谅必早已见到。他这次来京开会，会前见过一面，会后通过一次电话，是刚宜接的。因为刚吃过

饭，我躺在床上。这次会据说开得太好，可惜参加没有传达任务。

我今年不回四川了。曾想随他一起去上海看望苇甘，因为日常生活一离家就困难重重！只有想想而已。学术讨论会我也听说推迟到明年了。彼时但望苇甘兄健康完全恢复，能回成都小住，我也将回去住个时期。推迟讨论问题，我确曾作过建议。因为我始终认为，苇甘兄不参加，总觉会使四川文艺感到失望。

我为你们社即将出版的《长篇小说季刊》写了篇《漫谈〈淘金记〉的创作经验》，是不曾戴眼镜赶写的。写好后戴上眼镜一看，行距很不规整，不少字就连我也得就上下文猜测！所以只好又戴上眼镜校正。似乎把多余的事都带出来了。政协去年散发的记录册子，行距宽，写起来会好些，可惜又买不到手！

您对《淘金记》校改本看得那么仔细，作为责任编辑，令人大为放心！可是，您在139页十行"太太"之上加那个"何"字，却不恰当。因为您忘记314页十行教育局长曾经担心回去迟了，无人领孩子，太太会抱怨"淘气"。不过，我看以照旧本付排为好，改后确也易生误解。《木鱼山》不知十月能出版否？颇以为念。敬祝

苇甘兄、您两位姐姐、您和小林、国燦秋安。

子青

八四年九月十七日

由于健康欠佳，时间也紧，我不可能看校样，这得全靠您呵！老实讲，现有《文集》编辑者，很令人不放心，务恳详加校雠！

抄好后，还得加一加工，初稿约万余字。又及

8409××

济生兄：

我一个小孙子杨浩，现在重庆沙坪坝建筑工程学院土木系工业和民

用专业学习，很想有一册英汉科技辞典。刚宜未能在北京买到，如上海有这类辞书，盼费神代购一册，由书店直接寄去。这个爷爷真不好当！……

子青

八四年九月

840924

济生兄：

廿一日手书奉悉。因将"设"字写成"没"字，我倒忘记了！足见有些事自己往往不免粗疏，如何处理，由您决定吧！我信任您，我也的确仰仗您在文集校雠上鼎力相助！这绝非套话。《后记》抽出来另编集子吧。

荒煤同志昨夜见访，告诉我《文艺报》那位为苘甘撰写传记的同志，将随他前往香港，小林也将前往招呼。得此信时，可能已首途了。我这里遥祝他一路平安！他目前去港，倒也正是时候。

那个座谈会，开幕前夕，曾引起不少猜疑，座谈中间，也听到一些传闻。而闭幕后的正式报道，则大出咱们这些局外人望外。李致同志显然也会守口如瓶，一切根据报道发言，其他无可奉告。

四川出版我的选集，前年交的稿，至今才出一册！字数不及全书四分之一，太叫人不快了。那夜同李致同志通电话，曾请其代为催问，且看下文如何。匆祝

阖府安健如恒。

子青

一九八四、九月廿四日

谈《淘金记》写作经验一文，写得潦草，尚需大大加工！

明春苻甘去成都，不管彼时我的健康情况如何，一定奉陪！《病中集》不知已出版否？很想得到一册。《木鱼山》十月至十一月能出书吧？又及

841008

济生兄：

手书奉悉。想不到上海气温还高达三十二度！这里前几天已降至二十度，近日回升了三四度。

苻甘兄本月中旬赴港，倒正是时候。香港归还祖国问题，中英双方的谈判好告一段，英国首相即将来京正式签署协议。而草案发表后，各方反应良好，真是件大喜事！

我为《小说界》写的《漫谈有关〈淘金记〉的一些问题》，本拟直接寄该刊编辑同志，因他最近寄刊物时附有一信。但我对此文是否值得发表信心不大，内容扯得太无边无际了！当然都是实事、实感，并不是有意卖弄。为了慎重起见，特先寄您，务请费神审阅一下。行，就转给《小说界》；否则，请提修改意见寄还。这篇东西，我是随手写的，请人照抄后只改了一遍。

《木鱼山》本月或下月能出书否？至念！最近，日本爱智（？）大学一位教授，托人要我对《淘金记》中一些方言加以注释。不久当请张大明同志抄一份寄您。

敬礼！祝苻甘兄一路平安！

子青

一九八四年十月八日

最近才知道师陀同志仅有两间住房！我已向冯牧同志提过，他可能给上海分会写信。我想，是否麻烦苻甘兄就近向于伶、吴强两位提一提更好呢？至少也得再分一间给师陀才合理。他本人也要求不高，

但求有客人去，能打得过转身就行了。又及

841026

济生兄：

十七日信收到。明天是二十七，但愿您明日见到由港归来的苇甘兄，健康情况较前更佳！并代为问候。

文集二卷需要手稿，恰好上个月四川文联寄来一批信件、杂记，是"清仓"查出来退还我的。尽管信件多系往年一些同志写给我的，但有一个破旧信封，内装二十多张各色纸片，写的创作构思。大明同志已选了几张摄制去了。因为这些纸片，大的也只有手掌大，小的不到三个指头宽，完全是四十年代我在睢水写的。倒也蛮有意思。

我之所以希望早日见到《木鱼山》单行本，因为有两三位老同志想看看而不可得，我已经买了好几本送人了。特别四川，据说，发表后反应强烈，所以我也就不免想到单行本能早日问世。因为修改过，可能更完善些。其实，在老兄关怀下，迟出有迟出的好处。十二月能见到书就不错了。

我原本拟集中精力写点《漫谈有关〈淘金记〉一些问题》的，最近忽然想搞小说了！老实说，《漫谈……》真的可以用吗？匆祝
府上老、中、小清吉平安。

子青
八四年十月廿六日

济生兄：

脑子真的不够用了！这里还有件事，大小子杨礼，前日参加四川一个教育界考察团前去美国，时间只有一个星期。因为回国时将在上海逗留数日，临走时，我嘱咐他，到上海后，一定代我看望巴老和您，

望能予以接谈。苐甘兄如需静养，不便会见，由您转达好了。谢谢！祝

健康

子青

八四年十月廿六日

841103

济生同志：

　　昨天马小弥带起三位简阳同志来访，才知道苐甘兄因留港时间延长，得今天才能返回上海。谅必您收到此信时，他业已平安到家了。小弥见到过他吧，说他身体比我健壮。

　　昨天一气会了三起人，真把人累够了。上午，荒煤从广西归来，前来见访；下午，中宣部干部处负责同志来谈作协代表大会有关问题；谈话将结束时，小弥就领起一伙人来了。她很健谈，受了阵疲劳轰炸后，又忙着摄影！……

　　这一向闷得有点发慌，逛了一趟圆明园后，更加感觉成天闷在家是不行了！准备离京去外地跑一个月。先拟去鼓浪屿疗养。可是，因为语言不通，对于福建风习人情了解更少；同时也不能躺下来休息，因而最后决定回四川住一个月。半个留成都治病，半个到过去熟悉的几个县的农村走马观花一番。

　　荒煤同志十分赞成这个计划。我已决定在十号左右飞成都了。现有一件小事顺拜托，前日读报，据说英雄金笔厂有一种新产品。不必吸水，而用储有墨水的芯心，且一支芯心就能写四万字，真是再痛快没有了！请您帮我买一支吧！并多买两三支芯心，交我儿子杨礼或其他便人带到成都。费钱若干，将来在稿费中扣除。祝

工作顺利，府上各位康乐！

189

子青

一九八四年十一月三日

如《木鱼山》能在本月底或下月初出版，则请寄三十册到成都，交我女儿杨刚虹收。我看就是还得缓些日子出，也请您这么办吧！又及

841108

济生兄：

得手书，欣悉苇甘兄返沪后人还不错。疲倦一点，那是意料中事。闭门谢客，休息几天，就会很好。

上海文代会情况，早有所闻，我也有一定看法。吴强同志，算是进一步有所了解。我想，上海的会，若果中宣部召集的思想座谈会后开幕，情况可能不同一些。不过，这样也好，取得了经验。

师陀同志恢复"文革"前待遇事，是我向张光年、冯牧同志提出，在他们参加苇甘兄接受法国勋章时去上海时，向当时有关负责同志建议的。与乔木同志无关。至于那篇序文撰写经过，我已向吴强同志谈了。

上星期我曾给您一信，说将于日内回成都小住。现因秘书同志病了，无人做伴、照顾日常生活，决定不要去了。英雄牌那种新型自来水笔，买到后，盼交便人带京好了。祝

府上老、中、青安泰如恒！

子青

一九八四年十一月八日

投寄《小说界》那篇稿子，千万烦您拿点用神，不要勉强发表！我自己把握不大。我把时间记错了，小儿杨礼要近两天才能回国。又及

841213

济生兄:

您到四川组稿的对象,首先可能是××吧?请您对他多加帮助。去年看了他的《××》,我相当为他的长篇担心。我曾从内容到形式当面对他提过意见,但望能有一点作用。

您说我该到南方走走,我今年也曾一再这样想过。先在上海逗留两三天看望苕甘兄和您,还有其他旧交,然后到厦门鼓浪屿疗养住段时间。若果健康情况允许,我还想到海南岛跑一趟,长点识见。

但是,想起来很便当,有时还有点飘飘然。一考虑到具体问题,困难却愈来愈多,所有的想法全部无疾而终!首先,吃饭就是大问题:我并不妄想龙肝凤胆。可是,由于口腔问题,日益严重,再加上肠胃方面的后遗症,就连喝两口开水,也相当难受呵!……

《病中集》收到了,也拜读了几篇。从几幅照片看,除开西泠饭店门前拍的那张,其余,看起来都不错。想不到小端端已经长得那样高了!光景很调皮吧。

我想,作家代表大会,苕甘兄会来吧。很想看看他!祝
府上老、中、小都安健如恒。

子青

一九八四年十二月十三日

850102

济生兄:

首先,我要说的是××的长篇,经您帮助后,可能在发表后引起文学界的重视。他写得并不少,而影响却甚微。主席团在作协全国代表大会前夕讨论报告时,我曾提到过他,可是未被采纳。这并没有什么了不起,而对他说来,却也不是细故。

两三月来，我看了两三篇报道成都市容、副食品供应和饭馆小吃的情况，料想您这次的逗留，一定满意故乡几年来的进步，倒不在于自己有什么享受。我可真羡慕您！

今年三、四月间的学术讨论会，芾甘兄如肯前去参加，那多好呵！大家都保证他能够得到休息。大会上碰见翰老。他约我联名去了封信，劝说芾甘，因为他本人也很想回去看看。

我今天在家休息，午睡后写完此信。祝
芾甘、府上老、中、小，新年快乐！

沙汀

一九八五年元月二日

《木鱼山》出版后，请您寄五十册到成都。若有精装本就好了。寄书交我女儿刚虹收。又及

通顺街故居问题，不料又将发生变化。不过，一定争取尽早妥善解决！三及

850111

济生兄：

九日手书奉悉。西彦同志回上海后，将去看望芾甘：肯定他会详细谈到这次作协代大会的经过。我们曾经长谈一次，对于上海文代会，我算是了解了。

王元化同志也同我交谈过。我曾概括地向他说，如果没有上海的文代会，没有什么思想座谈会，乃至所谓"安排小组"的一再安排，新的领导班子，可能不会有大会前书记处召开的工作会议，这次大会将不会开得这样好。而耀邦同志的讲话，可能您已经知道了，我这里就不再重述了。

这次的选举，的确民主。而原来的主席团副主席，有三名落选了。

据我所知，其中有两位，都做过精彩表演。可见代表们是明白事理的，而对于"左"倾顽症深恶痛绝。我之连任，并非名高望重，不过不曾"左"的可爱而已。

××一来就四十万字、五十万字！我相信，如果他能压缩，准确说提炼到二十万字左右，将是一大进步。写了那样大两本书，而竟未能引起重视，为他着想，总也不是味道：不知他自己作何感想？诚如来信所言，《许茂……》写得并不完善，但他有一大优点，写出人民的力量。而不像当日一般反映十年动乱的作品，调子低沉。……

我同阳翰老写了封信向苇甘兄劝驾，因为开会耽延。今天可交给他签名去了，明后日当可付邮。《木鱼山》出版后，寄五十册交我女儿，我看够了。我这里，也请寄五十册来。如果不够，又再买好了。辞典收到，谢谢！

暂时就写这一些吧！今天突然便血，相当困乏。祝
苇甘兄、您两位姐姐、小林、小棠及小白兔（端端）安好！还有国燦，想必也安好。

子青

八五年一月十一日

关于周，有很多话想说。但请您看看《文学报》上流沙河那篇《我也访问周克芹》吧，此人本朴、善良，在写作上是有进步的。《桔香，桔香》《果园的主人》，我感觉值得一看。又及

850112

济生兄：

最近两天，有件事很叫人不痛快。××为"人文"和"三联"准备的一套丛刊编了我一本短篇选集，"三联"在香港排印的，已经出版了，印刷考究。可是，稍加翻阅，不痛快也就跟上来了！

因为精力差，我只看了看"生平"一部分，错误就有好几处！最突出的，是把我母亲的事情，挂在了我祖母名下！谈创作一部分，我不想看，由他去说好了。前天，偶尔翻阅作品部分的《消遣》最后两面，更为吃惊！一句重要对话错了不说，倒数四行一句叙述又竟然狗屁不通！真把人气肿了。

幸而"人文"尚未付印，可以改正，但我担心的却是文集。这文集编辑者虽有四位，可以他为主呵！难处在于，我自己没有精力、时间校阅，另外找人编吧，又太伤感情。看来只有把希望寄托在您这老友兼责任编辑身上了！老兄，千万接受我的信赖和拜托吧！

搞了近五十年创作，成绩既差，如果《文集》更弄得不三不四，真是冤哉！在此拜托。

顺祝

冬安

子青

八五年元月十二日

850124

济生兄：

我上星期三病了，是感冒引起的，哮喘有复发之势。而周身酸痛，肠胃不适，加上口腔问题，这几天真叫人够受！

我一向六时起床，接着是爬楼梯。近来，得八点才起来。楼梯也不爬了。昨天请了中医到家，诊脉后认为病情还不算坏，主要是肺胃出了问题。今天已开始服中药了，前几天是服西药。

虽在病中，因为受人之托，交卷期又日益迫近，还是勉力赶写了两篇短文。可见我的脑子照样管事，精力也还可以支持。得来信前，我还为××同志编的集子写了十多行注释。

在我恳切地叮咛下，他又把香港出版的那集子通校雠了一遍。而不止提出好几处得加注，还订正了正文中十多处错排、漏排的地方！看了真是叫人吃惊。这书"人文"将在国内印行，如不校订，那才糟呵！

《文集》在我的督促下，编选工作他们已分了工。但是，一、二集是他编的，又早已交卷，所以我还要□唆一句，务必烦您和编辑部其他同志严加校阅。××同志这次是以四川出的四卷本选集作依据的，大体还可以。

我忙着回这封信，因为昨天医生告诉常服枸杞好，但得设法直接到宁夏买，北京全是河北产的，吃多了还可能有害。因而我想知道采臣兄是否尚在宁夏工作？以便汇款请他代购，否则另外设法。

《木鱼山》会印十七万，颇感意外。你们编部几位同志，一俟书寄来了，当即分别签名各赠一册，以酬答他们为出版小书付出辛劳。

苇甘兄得到我和阳翰老信，您未谈他作何表示。而我最近却都经常念及这事呢。匆复。祝

府上诸位健康愉快！

子青

八五、一、二四日

850127

济生兄：

两包书都如数收到了，我当即乘兴签名。并催小秦同志尽早寄出。

书的装潢、印刷不错，真太麻烦你们大家了。内容尚未详阅，只是昨天偶尔发现了一处，而错得相当可观。在一百九十六页，其最前面的几行，弄混了。应该这样排才对：

"刘胡子回答时顺手指指身后那两个年轻人，准备接下去做些必要

解说。汪达非可没有让他多此一举。"

可能还有些排错的地方，可我没精力都通翻阅了。因为咳嗽服药后虽已缓和。口腔、肠胃则依然不释，弄得人成天又困乏、又心慌意乱，相当苦恼。

苔甘兄复信已经收到，他的健康情况毕竟如何？实在悬念之至。倒霉我是病号，否则真想跑趟上海！我已经两三年没有到过上海了。

除了你们编辑部几位同志而外，我将寄赠吴强、西彦父子，还有柯灵的，都包在一起了，乞费神分送。至感！匆祝
编祺

沙汀

一九八五年一月二十七日

850213

济生兄：

您前日来信说，我又发表文章了，可能是在文学报看见《散文世界》三期的预告了吧？那是陈货，六十年代在四川农村生活时写的一段杂记。东西倒想写，可已跟不上潮流了，精力也不足。……

当然也还是想写，而且精神、情绪好就来一点。但也属于"冷饭"之类，因为是写回忆文。近两年，算把四十年代的经历陆续写完了。最近已托人抄写好，也校订过一遍了。约十一万多字，题目呢暂定为《雎水十年》，包括两次在重庆的逗留。

四川人民出版社早就约过要出版我的回忆录，《新文学史料》的牛汉，有一次也提到过。直接出书，当然不行，得听听反应；但我又不愿交《史料》发表，你们的《中国现代文艺资料丛刊》如肯于审阅后刊发，我倒十分愿意。就烦您同该刊负责人联系一下见告，如何？

西彦兄来，欣悉苔甘兄精神相当充沛，尚能大谈某一中篇得失。

至于夏秋之去四川问题，阳翰老看他前次复信时表示，等到日期定了，我们再联名劝驾。他健康情况，想较巴老还差，准备带他女儿和一位小保姆前去招呼。他今年八十三了。

寄京的几十册《木鱼山》，只剩下三本了，看来还得买几本才行。匆此，预祝

巴老、府上各位春节快乐！

子青

一九八五年二月十三日

又：《木鱼山》正文末我忘记写年月日了！如能再版，烦即补上。

850228

济生兄：

手书奉悉。芾甘兄和您两家春节都过得不错，令人欣慰。我家里也老小粗安，幸释锦注。不过，入冬以后，我就很少到水渠边散步了。只是早上爬八层楼、晚间爬四层，锻炼锻炼。

前夜荒煤来谈，说芾甘兄将于三月来京开全国人代大会。果尔，我们又将有畅谈机会了。我们大约有两年没有见面了吧？可能时间更长一些，他骨折后我们就未见过了。《中国作家》创刊号上有一幅他的雕塑摄影，题为《受难中的巴金》。我觉得这个造像颇有深意。

我月初曾复您一信，谈到我已将四十年代的回忆录写完了，准备在报刊上发表后，听听反应，然后交四川人民出版社出单行本，或径编文集。曾托您代为探问，您社出版的《现代文艺资料丛刊》是否需要这十一二万字的回忆文？因为我不愿意交《新文学史料》发表。那封信如果失踪了，此信您总会收到吧。望于查询后见告，实至感荷！

《木鱼山》看来还得买十五册。其中五册，请书店直接寄赠贵州省作协分会的蹇先艾、石果各一册，广西省作协分会林焕平、陆地各一

册，上海，可赠罗玉君一册。她也住武康路，可惜里弄名称、号码全忘记了。

我想了想，师陀、于伶，也请分别代赠一册吧！这样，就得买十七册了。十册则请寄北京。稿酬已收到，此十七册书费、邮费若干，看以如何处理较便，我无意见，只是太麻烦你们了。

此外，还有件小事要麻烦您。我想买一册《瞬间》，译文社出版。曾托人在北京买过，没有买到，又托人在上海买，也一无所获！不知您能设法代购一册否？当然也不必为此太劳神了。因为我也只因有人大加赞赏。

就写这一些吧！匆祝

选安。

子青

一九八五、二月二十八日夜

850520

济生兄：

信收到好久了，因病迟复，乞谅！我在四月一日就遵医嘱在首医住院治疗，直到四月二十七才回家疗养。精神欠缺，什么事都摸不上手。政协会议期间，同蒂甘兄见过三次面，其中一次，算是畅谈了一个多钟头。原说还要去看他的，并有在他离京返沪时前去送他的打算，结果都告吹了！

现在，我已定于本月二十五日左右，回四川疗养。本想参加文代会后动身的，因为蒂甘兄、阳翰老都因健康问题不能参加以蒂甘兄为首的"四老学术讨论会"，我呢，虽然也是病号，但腰腿尚可；特别我长期在四川工作，儿女又一直都在成都，文化界熟人更是不少，不去参加，有点难乎为情。当然，我已经得到四川社科院两位同志的同意，讨论会二十二日开，二十八日结束，我可以迟去几天，而且一定设法代我推谢诸般社会活动。因而，我的参加，无非应景而已。会后我将留下来治病，疗养，不参加文代会了。

我准备住它两三个月，秋凉后回北京。彼时，果能康复少许，我准备先到上海看望苇甘兄，您，与同其他一些老友。听社科院的同志讲，小林同志将去西北组稿，不知已成行否？请便中告诉她，她曾为苇甘和我在北京饭店畅谈时拍摄了好几张照片，望能寄赠我一份吧！

真怪！昨天邮局从东城干面胡同转来好几份《萌芽》《青春》和《上海文学》！……

祝

苇甘兄、您、两位大姐、小林、小棠、国燦均安！

子青

一九八五、五、二十日

我住院检查结果：胃切除后内脏下垂，贫血，冠心病，肺气肿是老毛病。

850629

济生兄：

您和苇甘兄及孩子们都好！所谓学术讨论会后，休息了五天左右，我就回安县去了。因为县里党政领导同志去年就邀约我回故乡小住。讨论会后，又派员到锦江相邀；实在我也想回去看看，我离乡二十多年了！

在安县住了五六天，又顺路在绵阳、德阳分别住了一天至三天。直到本月十五日才返回成都。这次在三个县做了些力所能及的参观访问：大开眼界增长了不少知识，对于近四五年农村的改革、发展，印象很深。特别故乡安县城，完全变了。不看街道路标，或经人指点，简直就连自己十分熟悉的街道，都弄不清楚了！

回到成都后感到十分疲乏，因而回来不久就收到手书，可是直到今天才来作复。彼此非外，且兄了解我的健康情况，当能鉴谅。幸而文联、《现代作家》编辑部，对于来访多方为挡驾，尚有时养息休。不过，前天去川医一位治疗消化系统病患的专家私宅就诊，他力劝我住院检查治疗，且已定于七月二日进院了。我准备住它十天半月，然后回家请一位老中医诊脉处方，服中药。

近日接读北京的金丁、上海的西彦两位来信，提到上个月讨论会，似乎都相信了中国新闻社的报道，以为讨论会开得不错，同时也对巴、阳二老没有参加不怎么满足。不知您的印象如何？现在，我对讨论会组织工作愈来愈加不愉快了，有时简直是些气恼！而且从这次讨论会可以看四川文化界存在不少问题。而且，有的情况简直出乎意外。

上一星期，曾专为邀请巴老，随又到北京邀约我赴会的同志来访，我提到闭幕会上我的发言，要求他们给我一份记录。若果发表，必须由我作校订后方可。而我得到的回答是："没有记录。"再一追问，回答更加气人："录音机坏了！"而据文联的同志说，他们曾经问过社院，是否还需要什么？意思是，人力物力，他们都可尽力相助，可就是插不上手！……

真太不痛快了，还是谈点别的吧！锦江有个"四川康复中心治疗室"，专为老弱宾客进行治疗. 主任是川医副院长张光儒，副主任姓刘精于按摩，曾多次为我治疗：这样就混熟了。因而他们要我，特别要我约请巴老、翰老、艾老我们四人参加其募集资金，修建康复中心大厦的计划。这里省一级的负责同志，和中心一些同志，就都是赞助人。

修建计划相当庞大，他们将向国外华侨募捐。这是修建费主要来源，同时也想请一些知名之士，如巴老者，象征性地捐助五百或一千元，扩大影响。我意我不说了，但望芾甘兄、阳翰老、艾老，都肯赞助其事。稍缓，章程即可付邮。又，文集六、七两卷，我已将抄件校

订过了。匆复。祝

编祺。问候府上老、中、小均安。

沙汀

一九八五年六月廿九日

香港的李辉英提到《中国新闻》的报道，不是金丁、西彦。又及

请转告巴老，我将不另写信了。三及

850808

济生兄：

信都收到了。我的亲家（即刘兆丰同志）曾去医院看我，说他路经上海时特别去看望过巴老，说他精神好，只是步履相当困难而已。而不管如何，纽约之行，他是应该去的。因为他多年来他就代表中国人民、全世界人民呼吁和平、反对战争，这也正符合我们的国策。

我八一前夕就出院了。因为护理工作不如北京协和。设备也差，加之，肺气肿是宿疾。此外，内脏下垂，消化不良，贫血，则全是胃切除后留下的新病，得靠长期疗养。首先让营养跟上去。但是，四川尽管物产丰饶，价钱之贵，却也令人吃惊！鲢鱼会卖八元一斤，这您想得到吗？而且还不易到手！……

我八一前夕出院，参加作协分会文学院分会成立典礼，也是原因之一。不料半天不到，哇啦哇啦的时间更短，——只是过于激动！就把人拖垮了！接着哮喘复发。据说，三日前成都的气温，只有三十多年前有过一次。这个日子真太不好过了！下过两场雨，昨天又立秋了，气温已开始下降。否则，真得花费一点去锦江住几天。

我现正请一位老中医治疗。疗效如何，尚不可知。只有张秀老虽然今年就九十了，走路也很不行，可仍大谈其九寨沟！

李致同志至今尚未见到。聂书记，他讲话那下午我未敢去文学

201

馆。祝

巴老健康长寿！并问候府上老、中、小各位。

沙汀

八五年八月八日

850925

济生兄：

弟已于二十二日飞回北京。原定绕道上海的计划没有兑现，不无怅惘之感。原因也极简单：回川四月，就住了两次医院！第一次在川医治疗消化系统上的宿疾，住院一月：但也只是进一步摸清了情况，对于内脏下垂毫无实效。

第二次住中医学院附院，治疗多年无可如何的内外痔。经三个星期的套扎、注射，问题基本算解决了，治疗中且无痛苦。前年，有人介绍我到有名的二龙医院治疗过。经过检查，医生认为情况严重，人又老迈，已经无法根治！想不到这一次，居然消除了便秘的主要隐患。

离京蓉前一日，本来预定去东通顺街看看府上旧址。因为忙于收拾行装，接待来告别的亲故，没有去成。但是，市文化局两位负责同志拉我去菱窠之次日前来舍下时，曾经较为详细地谈到谭某那篇文章引起的一些反应。

一周前，张大明同志写信告诉我，我的文集一卷，他们校后已寄上海。他们还相当认真，但我所依靠的却是您这位责任编辑。我自己想看清样，但为精力所限，因而也就更加依靠您了。祝

芾甘兄、府上老、中、小都健健康康！

沙汀

一九八五年九月二十五日

851202

济生兄：

廿七日我刚好寄信之光，催问他们用四川文联、作协分会名义所写那个有关东通顺街府上旧居解放后战旗文工团历年来改建的情况，以及由政府收回后的几项建议，是否已经寄交作协总会？因为他回川已三周了！

在作协召开工作会议前，我就向党组个别同志提过，而后他们派来一位秘书处负责人，到舍间表示，总会打算写报告给耀邦同志，或者尚昆同志。由于成都市文化局给我写的材料太简单了，而我离开成都前夕安排的调查材料又未寄来，让他空手而回。

作协工作会议前夕，经过催促，他们把材料打印稿寄来了。相当详尽，只是接管的步骤，以及其他具体工作，尚未拟定，就这样交总会也不行。不久，之光、王觉来了，我提出了五条，他们也大体同意，并于一次茶会上，介绍之光与那位秘书处负责同志相识。要他们交换意见，共同写一个正式报告。

可是，散会时之光告诉我，会议期间大家都忙。会议一结束又得走，还是回去后大家商商量量搞吧。我当然同意了。事情既然改由文联、分会出面，我也不便坚持己见。可是事情竟然又拖延了这么久，他们写信给您，是查对材料吧？我想，您不能对我有什么保留，就率性抖包包告诉我吧！我负责不会张扬。

上星期五，我已经把自己保存的苇甘兄解放前后所有给我的信，由秦友甦，我的秘书，送交现代文学馆了。其中有萧珊同志的三封，是舒乙同志亲收的，他答允复制两份。一份交我，一份寄四川文艺出版社选印。

稍缓两天，我还将去函龚明德同志，四川文艺出版社负责人，选用后全部妥为保存，将来作故居恢复后展览品之一。快吃晚饭了，就写这一些吧！祝芾甘兄、您、小林、小棠、令嫒国燊、小端端安吉。

子青

一九八五年十二月二日

济生兄：

《文集》能由您做责任编辑，在校订上我是放心的，只是太烦劳您了。为了减轻您的负担，我前天还叮咛张大明同志，要他们交稿前一定得认真看一遍，力求减少错、落字、句……

您两位姐姐都好吧，请代我问好。子青又及　同日夜七时

85××××

济生兄：

航信收到。周扬同志病情好转甚缓，有熟人去探望，就很激动，乃至流泪，可又短言少语。在这种情形下，如去找他作序，太不该了！

无奈，只好动笔，但又不知是否合用，务请多加审阅。要作必要删改也行，但望能来函相商。本来，也想过请芾甘兄或夏公随便写上几句，但我实在不愿麻烦他们。

近得友人函，说芾甘兄已经在写十年动乱的长篇了。题目是："她那一双美丽的眼睛"。是以萧珊同志为主角吧！当然，可能是误传，瞎猜，并非事实。

昨晚为参加庆祝夏公的会，回来晚了，今天精神特差。不多写了。

匆祝

编祺

盼复

沙汀

八五年冬

851214

济生兄：

复示奉悉。所谈各节，主要×××那篇混蛋文章在××发表后您的驳斥，以及苕甘兄但愿能将那座小院子保存下来也就行了的说法，我未返京以前，就在成都了解到了，当然不及您写的那样具体详尽。

您来信所言苕甘兄的意思，我还能体会，但这决非一人一家之事，它涉及精神文明的建设和国际影响。我也从未设想过东通顺街旧居能在三五年内恢复，看来也不应该如此急躁。我向之光提的几条建议，就说得很明白。主要尽快把产权定下来，由政府委托文化部门，以及文联、作协把它接管下来。至于改建等问题，则应从实出发，分作几个阶段进行。

老兄，在产权问题上，不能拖啊！我就担心十年二十年后，要想恢复旧观更困难了。即如将苕甘兄全部给我的信捐赠现代文学馆，主要也在便于保存，其次是应出版社之约，复制一份，寄他们供其先编影印本书简集之用。至于说全部保存下来供展览之用，那将是若干年以后的事了。千乞代为解释！匆复。祝

阖府安吉！

弟　子青

一九八五年十二月十四日

我不是好搅事，建国后，我大部分时间在川工作，直到现在也还负了个名义，为恢复府上旧居，是责无旁贷呵！其实也只是出点主意，呐叫几声而已。又及

信札一部分已经破损，虽经裱糊，效果仍然不佳，文学馆有专人照理，比放在我手边可靠！又及

总会已经给习仲勋同志写了报告，要求拨款、拨地皮修建现代文学馆。此事想来定已不远了。又及

所附文学馆要我赠送的几本书的书目，上海旧书店是否有。如不太花费时间，即请代为各买两册，如不便就算了，当另请人在四川搜寻。又及

860102

济生兄：

昨天晚上收到序文校样，就赶着看了一遍。上床后和凌晨醒来，作了一些考虑，一个上午，算把它定了。只是增、改较多，又乱；而且，是否都妥当，没有多大把握，可又得赶快付邮！看来，又得依靠您，麻烦您了！谢谢！……

为改这篇旧序言，我又取出搁置已久两份张大明同志他们拟的文集编辑计划看了看，一份叫《目录草案》，一份叫《小说部分分卷设想》。我觉得，《设想》不错，按发表年月编，附上电影脚本也可以。只是《木鱼山》呢？我认为得编进去。

《草案》把"三记"集中在一卷，恐咱不妥，我以为像《设想》那种编法较好。而且六卷，七卷把"日记"也编进去，我感觉杂乱一点。我感觉他们有些贪大图多，我倒觉得倒是编得精一点好些。本来就没有写多少，真值同读者见面的，更少！因而贪大图多，结果引人嘲笑。

您是行家，又关系不同了。务请不要客气，多多在编辑问题上帮帮忙吧！最好直接同张大明、马良春交换意见，提出建议。我呢，时间、精力有限，又急于想把中篇写完、改好，赶着写回忆录，实在空不出手来！又是外行！

如果另外换一位同志，我不会提出这些苛求，您不同了，乞盼大力相助！祝

冬安。

子青

一九八六、一月二日

860125

济生兄：

信，文集封面设计两幅，都收到了。我看后，还交刚宜夫妇评阅。刚宜以为红色封面较好，小孙女却喜欢那张黑色的。几经斟酌，我以为黑的那张，文字明快简洁，但又感觉纯黑是否会唤起读者一些不祥的错觉。

最后，以将二者综合一下：以红色为基调，顶端可用黑的那张，即文集名称、出版社名称，则全部采黑的那张的样式。书脊照红色那张，添上文字！而这么一来，就两全其美了。只是不用拼音文字，同时去掉"1"字，把它放在书脊上。当然，最后，还是由您作出判决来吧。

中断久了，杂事又多，中篇尚差两三万字才能结束，并进行加工。春节后我也决定实行"三不"主义，集中精力来写完它！祝

府上老、中、小安吉。

> 子青
>
> 八六年一月廿五日

封面，李季文集如需奉还，盼即见告。又及

济生兄：

复信刚刚写完，这才想起，还有件事忘记提了！那篇序言，我希望能看看校样，或请人抄一份给我。因为我想在适宜地方加上两三句这样意思的话："我提到的具体作品，都可说是我的佳作，文集中的次品却占多数，就不一一列举了。但愿读者能从中看出我的写作历程，经验教训。"

当然，如果您以为加上这些意思较好，可以减去王婆卖瓜之嫌，并愿代劳添补个三五句，那就拜赐多矣！意思是我的，措辞、行文，

但求上下通气。……

子青

八六年一月廿五日

很想早日拜读苆甘兄的回想录。您翻译的书，出版后盼即惠赠一册。　又及

济生兄：

事情太多，想说的更不少，只好再补写一页。"序"，兄肯代为增两三句，是所望也。如既要抢时间，同时又认为可以不增添字句，那就由它去吧！

政协报上那一束日记，约有三万二千字。我手边尚有一篇杂记，约五万多字，是写农业合作化高潮期回故乡所见所闻。只因不是写当前农村现实生活的，字数又较多。未敢轻投寄那一家刊，免去彼此为难！不知老兄可否向小林探听一下，他们肯审阅此类稿子否？

因为我想将这两篇东西合为一册出版，当然"上艺"如果愿出，一定优先考虑。

敬礼！

子青

八六年一月廿五日下午

信将付邮，又收到廿二日手书，只好遵命将封面两张作信件航寄。

廿五日下午二时

860320

济生兄：

　　信早收到，只因近来一再小病，故未即复，乞谅！其实，近半年来，肠胃、口腔，经常磨得人苦不堪言！昨日读冰心悼丁玲一文，感慨不少。对丁玲遗体告别那天，我早决定要参加的。不料十四日大淌鼻血，幸而复兴医院派人来舍间急诊，血很快止住了。无如次日午休后又出血！只好草一短简，向其亲属表示吊唁。

　　我一向自以为不错，同志们也是这样看的。实际上，我并不比苻甘兄健康呵！文集事，务请鼎力协助。昨天我又向大明同志叮咛过了。匆复。祝

府上老、中、小均安。

沙汀

八六年三月廿日

　　政协会是否能参加，很难说。但望开幕式能去一趟。又及

860403

济生兄：

　　读罢来信，不免大吃一惊：您怎么就退休了?! 首先，不能不想到您的健康情况：难道您已经不能坚持工作了?! 其次，我的文集，您这个责任编辑才审定了两卷呵！您如就此放手不管，我真为以后各卷的质量担心！怎么办呢？

　　但望您的"还得留下，把一些工作继续"包括出版我的文集在内！听听我的呼吁吧！

　　小组长荒煤于政协开会前三日来舍下，见我体弱、衰惫，劝我不要参加会了！乃至连开幕式也无需前去应景。所以我就一直蹲在家里养病，除医院，哪里也不曾去。

苌甘兄我原以为会来的。开幕那天，就注意主席团名单，结果未曾发现他的名字，我还担心他病了呢。读来信，算放心了。

　　上午跑了医院，相当累，就写这一些吧。祝

府上大小均安。

子青

八六年四月三日

860417

济生兄：

　　四月十日信收到。既然您还能坚持到天翼同志和我的文集出版后才能退居二线，我总算放心了！

　　因为心中无私，您能对评级等问题淡然处之，令人佩服！真所谓"心底无私自然宽"。其实，有些事关名誉地位问题，认真说来，争执起来，也实在太乏味！

　　××先生，我一直是钦佩的。但是，来信所说有关追悼会问题，我才第一次听到，引起不少感慨！您前日来信不是说过某人去世后，上海有过些谣言！而据我所知，其家属确曾提过些非分要求：悼词要怎么写，先搞遗体告别，然后举行追悼，乃至得用党旗掩盖遗体！结果一一被驳斥了！

　　但其家属不仅不反省，不自愧，却还责怪协会不给予支持！真是太岂有此理了！令人齿冷。

　　最近，因为校改一个中篇初稿，被拖得很困乏，就写这一些吧。

　　苌甘兄那封信拜读了。代我向他问候吧，真也很想念他。祝

阖第安吉。

子青

八六年四月十七日

济生兄：

信写好后，一看，叫人大吃一惊！而由此您也可以看出我的健康情况。目前所苦的，虽然文联、作协乃《现代作家》的同志尽量帮我劝阻来访的老同志，可也大有挡驾不住之势。不过这两天也已接近尾声，来访者已经少了。

前天为《甘肃日报》写一悼念莫耶的短文，曾提到苻甘兄的那项建议：搞一座"文化大革命"的博物馆。离京前，曾见《新观察》有几位作者做出强烈反应。但望能早日实现，那就好了。刘□瑜的文章您看到吗？

离京前，现代文学馆的负责人告诉，他们将为苻甘配备一名秘书，因为想不到，就连国糅也当编辑去了！真是这样吗？

子青　又及

860625

济生兄：

手书奉悉。我这次回来，主要是想同家人团聚一番。我前后六个儿女，刚俊在绵阳市，刚锐在灌县，其余全在成都。其次是请老中医治病。五月最后一天夜半抵蓉后，已经亲友推荐过四位中医了。病情也有一些好转，而病则几乎集中于消化系统。稍缓，还想试试针灸按摩。

说是回来避暑，也可以。您知道，这里一雨便成秋。您不会相信吧，当北京热到三十八度时，我却还得仰仗棉毛衫、毛线衣过日子。我住在新巷子刚虹家，她的孩子还不错。多承关注，谢谢！祝苻甘兄和你们两家老、中、小夏安。

子青

八六年六月廿五日

您知道吗，我家刚俊，去年就当祖母了，杨礼两个孩子也在去年婚配。

860722

济生兄：

真是出人意外，因为得到北京家里来信，说首医体检结果，其中血沉一项需要复查，而我到川医复查，竟然高于首医的三倍！由二五跃升到八十三！于是就住院检查，我的血沉猛增的因由。因为血沉变化多端，原因也极复杂，最坏的是与恶性肿瘤有关。

经过月余日的检查，结果尽差强人意，可把人拖够了！伙食不行，又多蚊子苍蝇，其后勤工作，比首医差多了。现在是服用中医调理，效果相当缓慢。我的病情，主要是消化不良，排便十分困难，而医生又多劝我不要服用番泻叶！直把人难坏了。加之口腔的肿胀感又日益加强，咀嚼十分困难。

昨天李致同志来，谈了不少苤甘兄的情况，令人艳羡不置！更叫人感到慰藉。真想不到，他还能大啖夫妻肺片！我可只能享受又碎又软的菜蔬了，肉食品也只能吃圆子，而经常则只能享受点蒸蛋花。而且睡眠也很差劲，非服安眠药就不能入睡，但又不敢长服，怕的更受亏损。

我回来，原想写三十年代的回忆文的。现可只能养病了，连街也极少出。这里人多车多，街道呢，除人民南路东西干道，又都较窄。幸而住处有点树木，否则真把人闷坏了。

回川后，我只订了《四川日报》，北京的事，特别文化界大都不甚了了。匆复，问候

苤甘兄、您哥子、府上各位。

子青

八六年七月廿二日

212

860805

济生兄：

手书奉悉。承芾甘兄和您对于我的健康的关怀，十分感谢！特别芾甘兄的健康虽然还不十分理想，符合千百万读者和友好的愿望，而他还为我的宿疾担忧。

天府开发公司在北京向各界人士介绍四川特产魔芋精的消息，想来您已从《人民日报》上知道了。前两星期，我已从安县的乡亲得到一些。用它做成豆腐，吃后确乎有效，近两天可又不见效了。准备试一试"清宁丸"。

我的便秘，可能夹有一些心理因素。因为逢一两天不能排便，就终日不安，仿佛大祸即将临头！这同我的性格也大有关系：克事！只要认定一件事必须完成，就在完成之前，朝朝暮暮都牵肠挂肚！我也知道这是不行的，但总改不过来！……

作协书记处对修复府上东顺通街旧居事，我在北京时，鲍昌同志就为此事找我谈过一次。离京以后，他又要我的助手，将家里的有关资料，特别省委的批示复制了一份。因为他感觉四川分会给他们的材料太简单了。

鲍还希望了解那个有关小组能提供一些工作进展情况，我已向有关单位反映过了。好在为参加全国青年夏令营事，鲍已来川，必将就近向作协探听。

已经有点累了，今天就谈这一些吧。祝
芾甘兄、您、府上各位康乐。

子青

八六年八月五日

《人民日报》八月一日那篇强调反封建的文章，很不错呢，更同艾芜谈了不少这个问题。又及

860902

济生兄：

您好！手书已收到好久了。由于任白戈同志在川医处于九死一生关头，上星期逝世了，心情一直不很平静，因而今天才来作复，乞谅！

我前次向您提到《人民日报》上那篇文章，主要是因为想起了《家》，以及荪甘兄一系列大作。同时也不免联想到建国以来一些文学上的"倡议"，以及目前那种还在"强调"所谓"时代精神"、"当前现实生活斗争"的论者，他们把一切都绝对化了！当然，目前文艺方面的评论，比前两年活跃多了。《新观察》上那个有关"双百方针"的特辑，有议论，就为过去所未有。来信提到"清除精神污染"问题，也提到对周扬同志的批判。昨天看到荪甘兄在《新民晚报》上发表的那篇有关"文革博物馆"的问题，叫我想起他前年在北京医院去探望周扬同志的情景，以致终夜不眠！

为了出版何其芳逝世十周年的回忆文集，刘再复同志曾给我一信。要我在出版方面加以协助。同时表示，他目前虽遭围攻，情绪却好，要我放心。然则，他在上海的讲演，也就很自然了。这篇讲话的内容，我倒希望他能发表出来。昨天去看望张秀熟老人，他对荪甘的健康、心情非常关心！并转述了荪甘给他一封信的内容。

这里还有件事，作协书记处鲍昌同志曾与李致同志当面大体谈妥，关于修府上东通顺街旧日第宅，由总会、四川军委的国防部各出五十万元，四川分会也讨论过。《怀念何其芳文集》出版事，成都四川出版社已推却了！李致同志似也无能为力。我已托人转请重庆出版社出版了，而结果如何，则尚不可知。再者，您说的"清宁丸"，这里的药店似乎连名字都不知道，幸而已不急需。

荪甘兄、您、府上各位安吉。

子青

八六年九月二日

860922

济生兄：

手书奉悉。《巴金近作》，即《心里话》，昨天随张秀老应李致同志之约，前去百花潭参观《家》中"慧园"的模型，就得到一本，正拜读中。

而在参观当中，每逢停下来休息时，特别刚到的时候，我们就曾经大谈巴老的《随想录》。同行者还有艾芜和马识途两位，他们当然也各自得到一本《巴金近作》。而谈得最多的是张老和我，李致同志还取出录音机，让我听了在陈书舫清唱后苌甘兄的谈话。

有关刘再复同志在上海那次报告，据说《文汇报》早已全部刊发。《人民日报》也摘要刊发了一版。但我至今不曾见到！托人搜求，也没有结果。来信中提到的座谈会，不知是否也刊发了？我回川后，就只订有一份《四川日报》了。

想说的还很多，但因本月二十四日即将飞京，而健康情况又未大见好转，这里只想再告诉您一件事：《沙汀文集》我只需买十部就行了。请即转告您社发行科一声。

匆此拜复并祝

苌甘兄健康长寿！府上各位安吉。

子青

八六、九月二十二日

861001

济生兄：

我已于上月廿五日回北京了。这里每天都阳光灿烂，比成都暖和多了！特别一早可以下楼散步，其乐无穷。只是健康情况无大进展，精力照样欠缺，看来该搁笔了。

近几天，正集中精力看有关笔谈《随想录》的一些推崇的文章，以及笔谈双百方针的杂文。就是一再托人借阅您前日来信提到的×××同志在上海那篇讲话，某单位座谈《真心话》^①的记录！

《真心话》，那次应李致同志之约去百花潭"家"中那座宅第的模型时，曾他赠送了一册。可是给刚虹夫妇抓去了！这本书，还有上面提到的两份材料，千乞给我各寄一份来！匆祝

苇甘兄、府上老、中、小安吉。

子青

八六、十月一日

两份材料，阅后可以负责寄还。书呢，缓一步寄也行。又及

济生兄：

今天精力还不错，就再写几句吧。我飞返北京的前四五天，曾应李致同志之邀，到百花潭参观"家"里面描述的那座宅第的模型，应邀的有张老、艾芜、马识途。

想不到经过修建，百花潭全园占地竟有七十余亩！将来园林届拟从中划出二十多亩来修建"家"。我们曾提过不少建议，可惜我还没参观过"大观园"是个什么模样。去百花潭前三天，张老还请我们在文殊院吃了一餐素饭，比"功德林"高明多了。那天李致还为我们摄制了好些照片，他说将寄几幅给你们。

在四川，只有这两次活动非常愉快。而返京之后，失眠、便秘，又开始折磨人了！但是心情还算不错。您说的"清宁丸"，不知此间能买到否？准备试试。

---

① 即《心里话——巴金近作之四》。——编者注

子青　又及

真怪！魔芋精豆腐，在成都还有效，一到北京就不灵了！又及

861004

济生兄：

二十号手书奉悉。首先让我告诉您吧：这几天我正在阅读，并思索《文艺报》三十九期上几篇笔谈《随想录》的文章。但是，我想看的那篇×××同志在上海的讲话，至今不曾找到。

我原以为北京可以买到四川出版的《真话集》①的，想不到至今还没到手。李致同志送我的那本，我还没看，刚虹他们就抓去了。今天我已写信要他们另买一册寄来。无奈，有时只好看看《随想录》第一册。我刚才就又看了一遍《谈〈望乡〉》。

在要刚虹另买一册《真心话》寄我的信上，我还告诉她，在收到我的《集》一、二卷后，不要张扬。因为我还没确定一个名单，得赠送哪些人。不过原则上以为主要是赠送有关单位的图书资料室，尽量少送个人。因此，既然赠书有三十册（三十册内，可搭配五至十册精装），我自己定购三十册就行了。明年六月以前可寄北京。

在几篇笔谈中，要言不繁。我对汪曾祺的那一篇最为感动！我希望芾甘兄已经到杭州去了，而且能够得到一些安静、休养。匆复。祝芾甘兄健康长寿，府上各位安吉。

子青
八六年十月四日

有关《文集》的校订，务请一帮到底！我对张信心不大。又及

---

① 应为《心里话》。——编者注

861031

济生兄：

《文集》一卷十册，上星期就收到了。对于封面设计，我觉得好。因为十分显眼，把它和《冰心文集》放在一起更为明显，谢谢你们！

我还没有让什么人知道，因为我还不曾拟就赠送名单。而且，一共七卷，全部如果都得签名寄出，真不简单！最近，帮我做些日常工作的那位青年同志又因为胃出血病倒了，可能还得动大手术。这一来我就更难于应付了，其实，目前我已经到了寸步难行的境地！连上医院看病都困难，刚宜夫妇呢，又太忙了！一般总是早出晚归。

这几天我老是想，如果有的个人、单位，能由你们直接付邮，我只盖个章就行了？——以上的话，是昨天午休后写的。起床不久，就下楼取报纸，而却意外地接奉大札。我最为高兴的，是对《文集》的装潢彼此所见略同。不过，对于寄赠问题，尚乞多加考虑！莳甘兄的《心里话》，如尚未付邮，就不必寄来了，因为刚虹前两天已托人带来了。《小端端》一篇，很有意思！……

莳甘兄不知能来参加作协十一月八号举行的理事会否？又两三年没有见到他了。开会的地址是京西宾馆。在上海，既访问他的同行不少，不如就来小住几天吧。

啊，我想起来了，"清宁丸"这里也未搞到！还是麻烦您在上海帮我买一点吧。

昨晚终夜失眠，今天人很困乏。匆复，祝

府上老、中、青都好，端端可能更会用"大人腔"说话了。

青

八六、十、卅一日

杨苡的《忆萧珊》写得真切动人，想来这两天您也正在看吧。

十一月一日

861124

济生兄：

　　好久就该回信了，只因作协理事会后，又接二连三有人见访，特别文化部要我提供有关当年延安鲁艺教学情况，又录音，又录像！此事未了，陕西一位教师，又要我讲述《在其香居……》创作过程，兼及对鲁迅先生印象，又是录音录像！真快把人拖垮了！……

　　寄来的《文集》，都收到了。我计算了一下，得需要六十部才够分配，还得留三五部在手边应急。当然主要是平装，精装有二十本就行了。赠寄办法，就照您的话办吧！一至三卷，由我直接寄，其余就麻烦你们代寄了。现在我只送了周扬同志一册。

　　我记得，我曾经为《小说界》写过一篇《有关〈淘金记〉的问题》，底稿已散失了，不知能找一份寄我否？劳神之处，谢谢！《真心话》，刚虹早已寄给我了，苇甘签名赠您的，稍缓即挂号奉还。祝
苇甘、您、你们府上老、中、青各位安吉！

子青

八六年十一月廿四日

861208

济生兄：

　　信前几天就收到了。书呢，收到更早！可到今天才清理了一下，《文集》一卷，计有精装本十五册，平装九册；二卷，精装本五册，平装本二十四册。你们寄成都的，刚虹来信未说明精、平装各若干册。而据我初步计算，精装本，单是北京，就得七册，四川五册，上海呢，我准备送苇甘和老兄精装各一册，其他平装。

　　而平装本，据我初步所拟名单，约为三十册至三十五册，宽打窄用，就算三十五册吧。而我的估计却也未见准确，我又特别要我儿子

清查了一次我所收到的一、二卷《文集》精、平装本的数字。兹将附陈一阅。你们寄成都的，可能尽是一卷吧？而不管如何，您帮忙再买平装一卷十本，直接寄北京吧。麻烦您帮我计算一下。

昨天看了《光明日报》叶延滨的文章，今天又从《文摘报》读了苇甘兄《我绝不能宽恕自己》，十分激动，想起不少往事！匆祝

苇甘、您、暨阖宅老、中、小安吉！

子青

八六年十二月八日

小秦病了，多少事都由自己动手，真太糟了！又及

款已收到，收据签名附上，请将费转财务部门。三及

《沙汀文集》

  出版社扣书款：精（一）、精（二）10 册

        平（一）、平（二）20 册

  成都收到的： 平（一）21 册 平（二）1 册

  北京收到的： 精（一）15 册 平（一）10 册

        精（二）5 册 平（二）24 册

  两地（成都、北京）共收到：

      精（一）15 册 平（一）31 册

      精（二）5 册 平（二）25 册

书店既赠送 30 册，我又各买 30 册，精平应为 60 册。查阅十二月四日来信，才知道赠书是 25（平）册，全部寄往成都，而成都可只收到一卷 20 册。在这之前，则收到平（一）平（二）各一册。还有精装 10 册，平装 20 册阻于邮路，至今未到，都是二卷吧。

我粗粗计算了一下，单是平装，就得四十三册！那就再买十套平

装吧，寄到成都。但望您说滞于邮路的，不久可以收到。前寄成都的平装一卷，究竟是多少？也望查问一下。

　　单是北京就有三十册平装才行。

861220

济生兄：

　　这两三天，为清理北京收到的《文集》，拟定赠送人名单，把人弄得精疲力尽！成都究竟收到多少，今天也算得到了回信。我把两地先后收到一、二卷，平装、精装各若干册，也将你们扣去书款列在一起，还摘录了你的来信，以及其他意见，一起都记下来。

　　我记录它们，原是为了给您写信，麻烦帮助我查对一下。可我已经没力气重述了，只好写上几句，将原件寄您，这太不客气了！幸而我们并非泛泛之交，当能鉴谅，也请您多加原谅。单人独马一个老头，当一想到还得一一签名、分送、交邮，真太糟了！幸而刚宜愿意日内工作稍稍缓和，就全力帮助我。我那位为胃出血所苦，在家等候协和入院通知的秘书，也一再表示，入院治疗以前，一个电话，他就立刻到舍下帮助我！……

　　周海婴在《新观察》的文章看了。他怎么把萧珊称为"李太太"呢？还提小林学步时的情状！祝

府上老、中、小安吉。恕我不多写了。

子青

八六年十二月二十日

　　单是失眠、便秘，每天就弄得人很不安泰！您介绍的那种排便的丸药又无处可买！您能告诉去信上海邮购的门路吗？盼见告！又及

861221

济生兄:

又失眠了!因为来信提及周扬同志,我想起上月底,灵扬同志突然来到舍下,说一位成都中医来信,说他能治好周的病,等他去广州为人治病后就来北京。

灵扬将信交我看了,要我托人转请刘医生立刻飞京。路费到京住宿问题,都由她解决,临行前来一电报,将派车去机场迎接。我忙了一两天,托人同医生洽商,并建议坐火车来,较为迅速。接着得我女婿和一位同志来信,医生已定好本月九日的票,于是我又通知灵扬。医生曾得到过周的帮助,所以非常热心,也确有一些本事,于是就天天盼望了!

十三日,刚宜去周处探问,出乎意外,医生忽然表示他无能为力了。因为他不知道周是大脑软化,血脉不通,过去只以为是一般瘫痪!不幸灵扬又跌了一跤,虽只筋骨受损,可也叫她够受了!

子青于十二月廿一日晨五时半

要不是我请灵扬写了一张病情说明,恐怕医生会来京了,但也绝无办法。因为周已几乎失掉知觉!又及

861227

济生兄:

寄来的书,昨天算收到了。是刚宜请了半天假到城外去取回来的。因为不便要我的秘书去,担心他的病情发生变化。

书取回后,由于一时高兴,我就于下午配备了几份签名。虽然不过十套,约二十册,可把人累够了。而我之所以如此性急,因为拟趁青年文学工作者的代表会闭幕前夕,分别拜托各省来的同志捎带回去。

幸而明天是星期日,在刚宜协助下,可以较为省力地把问题处理好。你们这次寄来的书,我没有清点,光景用不上清点,也无法清点

了。因为昨天，全叫我弄乱了。

　　刚才作协邀我参加下星期二的青年作者代表会的开幕式，我辞谢了，行动太不方便。

　　前几天凌晨写了页信，兹将附上。祝

苇甘兄、您全家新年快乐！

子青

八六年十二月二十七日

861228

济生兄：

　　为了趁青年创作会议之便，今天又单枪匹马为赠送各省市的同志分别签名，可把人累够了。

　　特别是牵涉到清点全部一卷二卷的数目、配套，以及前后北京、成都两地所收到的册数，以及这次送外省的共多少套，北京、成都两地又还得多少套。……

　　幸而今天是星期日，刚宜见我困惫不堪，接过手去由他清理、配备，并协助我初步拟定赠送名单，尽量让我休息。

　　为了不致发生差错，给您老兄和书店增加麻烦，我又要他向您汇报一下前后两地收到的《文集》各卷多少，而如果无误，则又还需要多少，请您裁夺吧！祝

新年快乐。

子青

八六年十二月廿八日夜

　　夏公那篇有关"样板戏"的通信，已经在《文摘报》看到摘要了。

又及

又，信将付邮，得廿五日信，我又找出成都本月十四来信查对，刚虹照样说两次只收一卷平装二十一册，平装二卷一册。这两天为清点弄得困乏不堪，不多写了。

廿九日午后

870113

济生兄：

本月三日手书，早收到了。原想回信，刚宜建议，等几天吧，看是否还有一批书未寄到。直到今天，我也忘记了最近一星期是否收到文集没有，只是刚才又全部清点了一下，精装六套，平装十套。另有平装二卷十二本，尚需平装本一卷十二本，才能配套送人。

至于成都，查问了两次，来信都说，前后两次，只收到平装一卷二十一册，二卷一册。我看，那四册的书款，由我照付，但务必请批发部门按二十一册一卷补足成套。当然，上次附有刚宜的那封信上说得清楚，就费神叮咛下发行部门，按照他提出的要求将书分别寄京、蓉两地吧！此外，我曾托人捎了两平二给云南文联的李乔和李鉴尧，因而还多寄两本平一给我才行。

本来还有不少话想说的，清理书，查赠送名单，就弄得人劳累不堪，只好等下次谈吧！祝

阖第康乐！

子青

八七年元月十三日

多几套好！我有儿女六人，名单上可没有他们的名字！也不知把他们计算在内没有？真糟透了！又及

各地少数学生游行、贴大字报，名流些[①]的呼吁，嚷闹一阵子后，中央最近也有同志讲话。事情早就该结束了！因为它不利于安定团结。今天各报转载的《红旗》社论，很好。家宝在《人民日报》海外版上的文章看到了吗？三及

“人文”出版我的选集《沙汀》，只赠送了二十册。我想买五十册。可是，虽曾再三托人催问，连信息都没有！“三联”也岂有此理！我的回忆文《睢水十年》，交稿一年多了，几经探询，才说已经在湖南排版了！四及

870121

济生兄：

三日大札，收到已半个月了。老兄真可算预言家。目前，我正忙于学习中央文件，作协还将座谈当前形势。可我决定请假，要求在家学习文件。我前面提到的文件，是第一批，不久还有一批需要学习。

有些事真非始料所及。这只怪自己水平低下，孤陋寡闻，年岁不饶人，恐怕也只能如此了。只有张秀老令人钦佩！昨天他寄给我一份两万字上下的大块文章，联系到去年的所谓“文化热”畅谈了一番他对中国文化传统的看法，是为一本专著写的序文。这本专著，是研究廖季平的学术思想的。

《红石滩》发表后，我才发觉方言俚语太多，且有不少薄弱环节，必须加注、修订，发表得太匆忙了。这得花很大功夫，但我决不听之任之。

有关增购《文集》一卷、二卷的信，谅已收到，便中尚乞复示，是所盼感！匆祝

芾甘兄、您哥子阖府春节愉快！

---

① 四川话，“些”为“们”的意思。

子青

八七年一月廿一日夜

《红石滩》中，有一个形容川剧中旦角的台步的字，读作"踹"。但查了几种词典，这个"踹"字，都只作用脚掌踢的意思。但我一向都把它做扭扭捏捏讲。过去旧社会，特别在袍界，是用来讽刺一个人对某一请求半推半就、扭捏作态和摆架子而言。如有工夫，帮我查一查怎样。有些个□，我实不忍割舍！又及

870210

济生兄：

"小破五"那天接到手书，拖到今天才来回信，望能多加原谅！这几天，真也有些劳累，加之两个多月未沿二里河散步了，成天都捂在室内，直有闷人！……所幸得到党小组、支部的照顾，开会可以经常请假，由秘书把文件带给我在家里学习。这一向有关反对资产阶级自由化的学习，真也叫人获益不少。

当其一批批名流学者向大专学生进行呼吁那阵，我也多少有点担心。乱子可能不小，而"左"的偏差又可能冒头了！而通过学习，这点担心早已一扫而光。

您看过，而且注意过《光明日报》本月七号那篇评论员谈反对资产阶级自由化的文章吧？它对中央在这个问题上的政策界限传达相当准确详尽。若果您没有看，就补下课吧。

正写到这里，我的助手把《文集》二卷取回来了！我倒还想催问您一声呢，谢谢！我单赠送二卷的同志，这下我可补上了。就写这一些吧！祝荑甘兄和您哥子阖府安吉！

子青

八七年二月十日夜

870218

济生兄:

"清宁丸"两瓶,昨天已收到了。多承关心,谢谢!

《文集》一、二卷,凡送北京的,昨天算全部签名,由友甦同志分别送去。只是成都地区的,得我回去度夏时,才能签名赠送。然后将前后收到赠书的同志,开个详细名单、地址,请您估计一下,这不会太迟吧?乞复!

寄您的剪报,谅早收到。您既已经听过传达。最近,报刊上又不断有文章解说,想来上海也同北京一样,紧张气氛已经松缓了。不过,还有一些×××的重要言论,似乎尚未透露。我看过一份他的历年言论选编。其中,于我印象最深的,是他在南开、黑龙江两大学的讲话。

他在黑龙江大学讲演时,引用过一位老农民的诗。文曰:"亩产万斤假丰收,家家停火泪暗流。人肩当作天梯踩,坟头筑起升官楼。"因为这位老年农民向他解释,他的长子务农,是瞎指挥风时期饿死的!小的一个是干部,结果步步高升!因为这家伙很会整人,动不动就给人上纲上线!

前几天看到《华人世界》预告,芾甘兄又发表了两篇散文。看来健康情况尚佳。我最近买了一只"长效应治疗仪",他何妨也买个试试?

昨天下午,一位同在"昭觉寺牛棚"里生活了几年的女同志见访,一气谈了两个钟头,太疲乏了。匆祝

芾甘兄和您府上老、中、小安吉。

子青

八七年二月十八日

870315

济生兄：

　　二十五日手书，早收到了。只因牛病不发马病发，每天都得用场效治疗仪进行治疗，而仍精神欠缺！同时还有无可推脱的差使，由于拖延得太久了，得赶赶工。主要是江西景德镇教育学院一位教师的《细节论》的几万字初稿！

　　我入冬以来，只下过三次楼。每晨，每日午后，虽也从未停止过室内运动，但却极少晒过太阳呼吸过新鲜空气！而北京风沙之重，真也往往出人意表，可以说是无孔不入！尽管把窗户关闭得严严的，仍然随处都是尘埃！实在烦人。

　　来信所谈各节，我也颇有同感。主要问题的确是经济问题。您想得到吧，瓢儿菜都会卖到四五角一斤！我每年必回四川休整三五个月。就是成都蔬菜、淡水鱼品种多，价值又便宜。

　　因为一不对劲就会病倒，政协开会我准备请假。但望我也能在四、五月回成都就好了！匆复。祝

芾甘兄、你哥子阖家安吉。

　　　　　　　　　　　　　　　　　　　　　　　　子青
　　　　　　　　　　　　　　　　　　　　八七年三月十五日

　　赠送《文集》名单附上，请检收。并转您社有关单位。又及

870328

济生兄：

　　三月十九日信，已收到好久了。因为应文学馆同志之约，前去看望冰心老人。吴组缃兄，就便让馆里派人为我们的会见录像，整整忙了一个上午，真把人累够了！

　　当然，因在民族学院停留最久，主人也向我谈了不少往事。她对

萧珊同志非常喜欢、怀念。说有一次萧为《收获》约稿，竟然调皮到这种程度："您再不来稿，我可要上吊了！"说罢大笑。

有件事，因为耳朵早已成了"摆设"，我不知道确切：小棠已经用李晓的笔名在发表小说了，称赞他笔墨精练，善于讽刺。我找随我一道前去的小秦查对，他当时却只忙于拍照，没听清楚。而我如未听错，您当然最有资格判断了！

那天我去文学馆，由于那位馆长同志相当机灵的提示，前天我赠送了一部，当然只是一、二卷给他们。另外，我还送了王朝闻同志一套。他的工作单位是中国艺术研究院，居住于朝阳区小庄北里文化部宿舍×××楼×单元××号。

另外，还得麻烦您寄两套给成都杨刚虹。郑志超地址将有变动，也请改由杨刚虹收。匆祝
芾甘、老兄全家安吉！

子青

八七年三月二十八日

如能在成都碰头，我将约您去文殊院吃素饭。万一我回去时间过晚，我也希望您能约李致同志一道去尝试一下。那比功德林、觉林好得多！请尝试之吧！又及

870422

济生兄：

因为来信证实了冰心老人的话，我就托人为我借《上海文学》，结果算在作协借到一册合订本。上面有一期刊有《机关轶事》这篇作品，把我国目前机关臃肿、人浮于事的现状，真是讽刺透了！读到"灭鼠"一役，竟然忍不住放下书捧腹大笑！乐不可支。

从人物刻画说，那位利用保险箱保了每天必不可少的饼干，素有

胃病的"刘老老"而外，日以进行气功疗法的高老头也不错。那位办公室的头头，虽只顺手描绘了几笔，一副昏庸老朽的面目也活现纸上。若要指出缺点，花去不少笔墨的包打听，则多少有点差劲。

我一读完，很快就先后介绍给刚宜和秦友甦，要他分享一番尖锐讽刺激起的轻松、愉快之感。当然，轻松、痛快，只是一阵风就过去了，接着来的却是深思、愁闷：这样下去怎么行啦？而且，消极现象何止这一方面？前几天，吕正操同志那篇公开谈话，算把假借名义游山玩水、大喝的歪风进行了一次抨击，而他的建议可能付之实施。

这里的气温还未稳定下来。今年成都也乍暖还寒，张秀老来信说他上一月还在烤火！我准备六月回成都疗养，这里风沙太重。但望我们能在成都去文殊院一游。匆祝

蒂甘兄、您老兄府上都健康安吉！

子青

八七年四月二十二日夜

作协的其他一两年的《上海文学》，送去装订去了。我将争取把李晓的几个短篇都读一读。我自己没有《上海文学》，《收获》倒有，可凑不全了。否则，他的几篇作品我通读了。又及

870519

济生兄：

真没料到，您已经去过成都，回上海了！文殊院的素斋，看来今年您无法享受了！深感歉然。

刚虹也没有招待您。您的成都之行，我记得我是写信告诉她的，只是时间是六月份，而且还说我也将在六月份返回成都休养。北京的风沙有些叫人难受，而如果您去成都之前给我一点信息，也许我会争取提前回成都去。

莆甘兄想必已回家了。腹泻并不是什么疑难病，怎么会弄到输液呢？百思不得其解，总不是赤痢吧？但愿他早已经康复了。走路脚步不稳，最好能有专人扶持。魏帆走了，国燨又做了编辑，是雇佣一名服务员呢？这类由农村到城市的青年不少。

作协，以及其他各协的政组、重建的情况，您知道吗？前天去协和体检，碰见光年，彼此都有些激动，可都只说了这样一句话："过两天去看您！"真的，如若用车方便，我早就去了！匆复。祝

莆甘兄、您、你们全家都健康愉快。

子青

八七年五、十九夜

体检刚才开始，过几天还得去。而不管结果如何，我决不背包袱！又及

冰心读《病中集》那文章，您看过吗？《再忆萧珊》，我一直没有看过！您能帮我要一册《病中集》吗？《十年一梦》出版后，就在《人民日报》① 出版，这倒好办。三及

870520

济生兄：

我差点又忘记了！我儿媳刘小漪要我拜托您代买一套《上海文学》杂志社出版的《写作参考系列》，书价、寄费，将来由她奉还，或者，将来在我的《文集》版税中扣除都行；或将书款先汇寄您，亦无不可。您认为怎样方便，就怎样办吧！千万不要客气。

《中国新文学大系》，我早已收到一册。其中，有我的小说两篇。全书是二十册，每册五元五角，如果全部购买，当在百元以上。其实，

---

① 指人民日报出版社。

就是买来，我也没时间、精力翻阅。你们真有气概，比之良友的《大系》丰富多了！

这是我顺笔提提而已，我的确不需要。至于苇甘兄的序言，买到《十年一梦》后，就有机会拜读，我记得其中有这篇序言。匆祝
健康！

子青

八七年五月二十日

870610

济生兄：

总算盼到您的信了，特别欣悉苇甘兄已经出院，并惠赠《病中集》一册。冰心大姐评介文见《散文世界》本年度一期，我曾经读了两遍。她提萧珊同志约稿信，真如见其人。

自前此问作协、光年的情况，看来您已经知道不少，我就不啰唆了。上月底在协和体检，我碰到光年，因为无从谈起，却又十分激动，只默不一语地同他拥抱了两次！这在我是没有过的。本月三号，原定去看他的，但他出街去了。

我这段时间什么会，乃至纪念《讲话》发表四十五周年的各种座谈会，也都没有参加；作协的党组扩大会，也都没有参加，只是在家里学习中央文件。小平同志同西班牙副首相的谈话，对我启发很大。因为他指出，从五七年开始，"左"倾已成为一种习惯势力，至今，在制定和执行具体政策时都有表现。……

作协四川分会有几份学习反对资产阶级自由化的简报。若果写上名字，公开发表，肯定会着批。因为一般多认为问题是"解放"不够，不是自由化的问题。有的则说，现在不是搞创作的时候，有的乃至于说，还是暂且"打打麻将"吧！……

想说的太多了！明天可就得同李劼老的女儿飞返成都，她是参加菱窠故居开馆典礼的。写到这里，我又想起本月二日分会来信，经他们根据前几年省委批件，以及你们旧居的简况向文化厅联系后，现已决定，由市文化局承办，先挂上牌子保护，后图恢复。省委那个批件，在我书桌抽屉里躺了几年了，前几天已交作协。

　　我回去，当然要去菱窠。随即将去中医学院住几天，因为五号早上，我循例到中联部院外树林里做运动摔了一跤，把腰给扭伤了！经过电疗，现在仍然隐隐作痛，很烦人！

　　邓伟为我所摄照片随信寄陈，请查收。匆祝
苇甘、老兄两位全家康乐！李晓有新作否？至念！

子青

八七年、六、十日

　　邓的《影集》，他的助手，去年在法院把他告了，法院曾派人来找我查询，还要我在证词上签名。又及

　　他给我的一张，费了好大劲才托吴雪搞到。他说，如出书，得送他一册。我意以后印在《文集》内，较为合宜。

870614

济生兄：

　　弟已于十一号夜七点四十分飞返成都。幸有李老的女儿、女婿扶持，否则上、下飞机简直无法应付！

　　一到家，就老有熟人见访，我也只好勉力应付。有的因系多年老友，我倒可以来一个不拘形迹，躺在床上同他们叙旧。不过，昨天新加坡周颖南先生来访，却把人累够了。回答问题，而且其中有个批判×××的问题，回答则不免大费脑筋。他带着自己的女儿一道，我同其父谈话，她就不断抢镜头拍照！……

233

他送了我两本书,《颖南选集》,还是苕甘兄题签。我呢,送《选集》颇多不便,只好送他一册《雎水十年》。他还送了两包高级点心,我呢,只请他父女俩清茶两杯。他是作协分会一位同志做伴来的。送他们走后,我翻了翻他的选集,正文前有不少我国当代名流的题字!……

我明天就得去体育医院了。因为自从四日晨在北京摔了那一跤后,腰部不止是隐隐作痛,在床上翻翻身,更是痛不可忍!看来无需住院,而且,只需去三五次就痊可了。

送书的事,也伤脑筋,看来必须加以调整。因此,三卷出书后,请暂不向四川寄发。等我最后把书送了,开个名单给您再送。但望七月以前能将此事办妥,也不能拖久了。

前夜,想不到刚出院的老艾来了。他不但上下三层楼来看我,而且又开始晨上菜市了!饭呢,照样还是他煮!深为慨叹!匆祝
苕甘兄、老兄全家安吉!魏帆会留在上海吧?至念!

子青

八七年六月十四日

又,李劼人故居,已定本月二十四日开馆。前天李眉曾来商谈有关开馆事宜。又及

870623

济生兄:

手书奉悉。读后,想谈得太多了,只因医嘱不能过劳,明天又得去参加李劼老故居开馆仪式,还得讲几句话,所以不多写了。

单人照片寄上四张,请查收,并盼妥为保存。我就担心邮寄中损坏,所以收到后一定得见复,以免悬念。是至切盼!

李致同志从日本回来后,曾来舍间闲聊,可惜同来者有四人,有

些话不便谈。您所谈光年、光远的态度，与我所知道颇为一致，我就不赘述了。据说，巴老将于十月来成都，我将改期于他来后，再回北京了。原定是九月底。

昨天张老来，也为巴老能来成都非常高兴！劝我晚走，饭端来了，匆祝

选安。

子青

八七、六月二十三日

手稿都在北京，将去信大明查阅。

870627

济生兄：

读来信，想谈的太多了！这里只谈点事务性的琐事。这次送赠《文集》，真是够烦人了！而昨晚清查存书，《文集》竟有十三册一卷，却无相应二卷配套！麻烦查一查，很可能我自己购书时弄错了！

如果真是这样，我准退还一部分，另请你们补寄一部分二卷，以便配套送人。离开北京时，我家里只存有两套备用，亦无二卷，但我已去信做进一步清理，看看有无单本《二卷》，但是希望不大！

我腰痛已好大半，只是二十四日冒雨去李劼老故居参加开放仪式，一直坐了四个钟头！十二点动身，回家时，已经下午一点了！午饭也吃不下，一到家倒头就睡！躺了两天，生活这才正常。医嘱我每天只能上、下午各坐两小时，您想想这个情节吧！

但我并无悔意！苦头更大一些，我也该去！那天张老、魏老都去了！魏时珍九十二了！但在发言中，竟然那样赞扬琼瑶的爱情小说！一位九十二岁会被"琼瑶热"熏烧得那种程度，真叫人吃惊！

黄裳常与苾甘大讲笑话，很好！这是剂妙药！祝

茚甘兄、老哥暨府上都身心健康！

子青

八七年六月二十七日

照片谅已收到，还可用吧。手稿，我已去信北京，要大明到我家里去找。又及

870720

济生兄：

今年天气异常，上海不会例外，未知茚甘兄和您尊况如何？时在念中，尚祈多加珍摄！我经过三星期推拿按摩，腰痛已经好了。只是气候很难将息！

得刚宜、友甦从北京来信，家里也没有《文集》二卷了！成都现有一卷，显然是我离京前请你们寄书出了差错！这个责任应该由我担负。因此，我准备现存于我手边的一卷，全部寄回上海你们社邮购部，但我决不接受这批一卷退款！

因为凡是该赠送《文集》的，我都已赠送了。而如果见人就送，则迹近自我宣传。想必老兄也一定同意我这点想法。可千万不能退款呵！……

两报一刊的座谈会，确乎惊人！列宁则早就指出"习惯势力"的可怕。现在只有寄希望于十三大了。匆祝

茚甘兄、您老兄全家安泰如常！

子青

八七年七月二十日

870724

济生兄：

日前给您一信，谈及《文集》一卷十二册处理问题，想早已收到了。今天，请来作协一位同志相帮，总算分两包将十二册一卷付邮了。昨天，我自己包扎了两三次，可惜都无能为力！

收到两包书后，盼即转交你们社的邮购部门。这里我要重复一遍，错误全是我造成的，因此请勿扣除书款。而我甘愿受罚！人老了，记忆力锐减，真也没有办法！

成都近日也热得可以，常在三十二度以上。刚齐带起儿女前去昆明作一周旅游；杨礼则带起全家去了乐山。我也想去灌县小住，可是，因为肺气肿、口腔病，却又未敢轻举妄动。得刚宜信，北京也骄阳似火。不知上海怎样？念念！

苇甘兄十月初是否能回川小住？如果能来，我一定等他。否则我想九月底回北京。

我要输氧去了，就此带住。祝

苇甘兄、您、府上老、中、青健康！

子青

八七年七月二十四日

附四川赠送《文集》名单及其地址，请收存。又及

省委宣传部：李致（精）、邢秀田（平）

云南省委：安法孝（平）

四川省文联：李少言、李焕明、黎本初（平）

四川作协分会：陈之光、唐大同、流沙河（都是平装）

成都市政协：肖菊人（平）

成都市拐枣树街××号×单元×楼×号：刘兆丰（精）

成都市文庙前街 92 号红军院：华逸（平）

成都市七中（新南路）：杨礼

致民路幼儿师范：杨刚齐

成都市红星中路新巷子××号：杨刚虹

绵阳市顺城街××号×单元×号：杨刚俊（以上四位，平）

安县图书馆（精）文化馆（平）

济生兄：

真糟！信发出后，夜间在室外乘凉，弟想起把杨刚锐忘掉了！他在灌县火车站青城造纸厂工作。就请您在我白天寄给您的那份四川送书人名单上添上他吧！今天真累，我得准备睡觉，不多写了！这次赠送《文集》，想起真不痛快。自己吃苦头不说了，还给您制造麻烦，务请原谅！祝

晚安！

子青

八七年七月二十四日夜

杨刚锐：灌县火车站青城造纸厂（平）平装

870802

济生兄：

七月二十六日信奉悉。真糟！我手边的《文集》一卷，分作两包，共十二册，已于上周付邮了！在此以前，还曾写信给您，看来信，您收到了。书呢，得到此信后，才可能到上海。

您的设想自然不错，留两三套在手边，自有方便之处。不过，我为赠送《文集》真伤透脑经了！您从我前后给您的信中，无疑也能体会。我倒感觉赠送选集《沙汀》方便得多，一次解决问题。这本书，

我买的也最多。而如果您接到此信时，请即向邮购部招呼下吧：不要补寄二卷了！北京，我倒还准备了两套，已经在必要时可以应付一下。

《新文学大系》第二部分，即三七年至解放前夕部分，要我写小说部分的序言、题记之类的介绍信，我尚未见到。得到来信，见到来人后，问明究竟，自当尽如嘱办理。但求不要过于繁重，精力、才能、时间容许我干得像样一点。

我也经常遍身发痒，生些痱子一般的细小疙瘩。不得已时，只好求救于"老人乐"。原想去乐山小住，但据昨日由该处避暑归来的杨礼说，该地游人如织。即便"大佛"、"凌云"，每天也像赶场一样！而乐山出名的"肥头鱼"，饭馆里竟卖三十五元一斤！真令人咋舌。

刚齐也于昨日从昆明回来了。该地气温常在二十度以下。但是，两天火车却把人热得够呛！看来只好在成都耐下去了。匆祝

苕甘兄、您哥子两家老、中、小均安！

子青

八七年八月二日

870812

济生兄：

手书奉悉。上海气温已逐渐正常，可喜可贺，你们不会再受酷暑煎熬了。八日以后，成都已大有秋意，昨、今两天更甚。昨晚睡觉，我已经盖棉被了。

而与此同时，哮喘也像真的发了！每天输氧两次而外，还得服三次"消咳喘"，因之已经有了提前返回北京的念头，至少不愿意久留了。肠胃问题、口腔问题也叫人很苦恼，不过这在北京却也无法解决。成都的好处蔬菜多，而且鲤鱼、鲫鱼和黄鳝只要您肯花钱，也很容易买到。

上星期去看望张秀老。恰好前两天由于偶一不慎，睡眠时一翻身从床上掉下来，把额头摔伤了！幸而只伤了皮肉。而我一见他头缠绷带，开始时倒不免大吃一惊。我们照样上天下地谈了不少，从四川党的十三大选举谈北京的选举。谁料到那位新上任的中宣部部长竟落选了。这可能与两报一刊的座谈会有关。

且谈谈那十二册《文集》的问题吧。不管如何，我一切听从老兄的劝告了，拿其中六册一卷换成二卷，一起寄到北京好了。万一真有人赏光，要我赠阅，我就奉送一套。这不是套话，完全出自本心。匆祝蒂甘兄、您哥子两家老、中、小安康！

　　　　　　　　　　　　　　　　　　　　子青
　　　　　　　　　　　　　　　　　　　　八七年八月十二日

870825

济生兄：

接到八月九日手书后，我当即复信，表示赞成您的设想。将前寄还您社的《文集》十二册一卷配套成一、二卷各六册，寄交北京。前日又接手书，却说十二册一卷，全部由您社邮购部接收，不配套了。是否由于我措辞欠妥，以致开罪于老兄，因而打消了您那样周到的关怀和建议呢？假如我的猜测不错，尚乞多加原谅，就照您的建议办吧！

真是"有一利必有一弊"。实际生活中，当然并不完全如此。但有一点可以肯定，完全"有利无弊"的事，是很少有的，只有个谁多谁少的问题。而我之所以侈谈这种常识性的议论，因为成都早晚的确较北京、上海凉爽多了，入秋以后，更是如此。可是由于气压低，哮喘又复发了！

特别最近两天，每日天昏地暗，密云不雨，有时洒几颗又停歇了。一天都要增减一至两次衣服，因为稍一不慎，就会感冒。上海恐怕也不会太好。

为三七年以后的《新文学大系》中篇小说集写序的通知，已收到了。看来必须同编选人面谈一次。祝

莆甘兄、您哥子暨府上各位健康！

子青

八月二十五日

与中篇集编选人面谈，当然只能在北京进行。又及

870906

济生兄：

九月三日手书收到了。欣悉《家》《春》《秋》已经拍成电视剧了！而拉您去做摄制组的顾问，真也再适宜了。您有这份条件。前些日子拍摄《死水微澜》，我也是顾问之一，逼得我只好一气进行了两天准备。因为我尽管喜欢它，也与作者李劼老交往较多，可说是忘年交，但我直到四十年代才与他相识。

泸州召开的，是四川文艺出版社对王朝闻、柯岩等四五位作家的授奖会。因为这几位作家都有一部作品新近在该社出版。萧乾同志是被邀来参加授奖会的，或者也有一部作品在该社出版，因而前来受奖，我不清楚。因为我也曾被邀请，但因路途太远，气温又高，未敢去凑闹热。出版社邀请前去参加的人，看来不少。北京方面的冯至、艾青没有到会。成都，李致同志当然去了，此外有马识途、陈之光等作协分会的同志。我曾经探听过，为什么要在泸州召开这个会呢？据说是该出产"老窖"的酒厂知道信息后，把出版社拖去的，因为酒厂也要开什么会。萧同他夫人一道，上前天就到成都来了。我曾去旅馆看望过他，前天又应作协之邀，在文殊院陪他两夫妇吃素席。李致因事未去。这次作陪，真把人整倒了！又因为误服了番泻叶，昨天去中医院求治，今天开始服药。祝

241

茅甘兄、您老兄两家老、中、小均安。

子青

八七年九、六日

《文集》的问题，决定保留六套备用，谢谢您的关怀。为《新文学大系》"中篇集"写序事，尽管自不量力承认了，待与编选者对话后全力以赴。又及

想说的很多，可惜昨天病了，只想再来几句。前天在文殊院晚餐，闲谈中曾提到茅甘兄来成都小住事。大家都说，如果他真能来成都小住，决定保证他安安静静小住几天。也不去九寨沟，就到新都桂湖一类风景区看看。上星期我曾应张秀老之约，到新都去了一趟，很不错！三及

因为牙齿不行，好多菜无法享受。可因连日便秘，夜里又服了不少番泻叶，把肠胃搞坏了！四及

870924

济生兄如晤：

前日李致同志来告诉我，他同小林通过电话，茅甘兄预定十月五号直飞成都。他刚从张秀老家里来，说张老听了十分高兴！准备茅甘兄来成都后我们一道去九寨沟。这在去年，他就一再提谈过了。

我向李致同志表示，九寨沟不便去，新都的桂湖、蒲江的朝阳湖、彭县的银厂沟，倒不妨前去观光一下。这三处都只有四五十，多则六十公里，个多钟头就到达了。还有茅甘兄来后，一定保证他不受干扰！

我原定本月底返京的，茅甘兄既然要来，我决定推迟到十月初。李致还说，十月一号他还将同小林通次电话。因为他担心茅甘兄因其他原因不能来了。但望不致如此。

又，聂荣贵同志奉调将去云南，赠送他的《文集》请改寄云南省委

办公厅。匆祝

编祺

子青
九月二十四日

又，康濯同志已调北京作协总会作家出版社，赠送他的《文集》也请改寄北京作协总会。

这里近两天阴雨连绵，气温由二十七度一下降低到二十二度，苕甘兄最好来时多带点衣服。又及

871023

济生兄：

您好！房屋的修缮工程，该早结束了吧？我飞京前一夜，曾到金牛坝陪苕甘兄聆听了川戏、扬琴等清唱。他临别时告诉我，他到自贡恐龙馆参观后，将于二十号飞返上海。昨天我去看望夏衍同志，他说，据《新民晚报》消息，苕甘兄尚未回沪。可能又延期了，也可能是去江油、平武两县旅游，因为这两县都邀请过他。

在金牛坝话别那夜，苕甘还叮咛过我，为《收获》创刊三十周年写点短文的事。前天，我算全力以赴，写了好几百字。可是，是否可用，我却没有多少把握。因而趁他和小林返回上海之前，先寄给您，请您审阅一番，看看是否可用？如基本上还可以，也请在文句上加以修饰，然后转交苕甘兄，或者就转给小林吧！

因为初回北京，气温、居处，一些日常生活条件，还不大能适应。特别是气温和吃食方面，到此天天吃瓢儿菜、大白菜，实在不大受合。除了坐作协的小汽车去拜访了两三位老同志，只是昨午下楼走过一转！匆祝

编祺。

子青

八七年十月二十三日

再者，我将赠送一部《文集》给社院文学研究所蒋和森同志，乞便中告您社发行科。又及

871028

济生兄：

昨下午魏帆来，欣悉苆甘兄已于二十号平安返沪。同时才知道"巴金文学创作生涯六十年展览"已于我回到北京那天在北京图书展览厅展出，至三十号结束。

魏帆来，主要是组织这次展览的北京图书馆、中国现代文学馆拟于展览闭幕前邀请一些作家开一次座谈会，希望我能参加。我当然允诺了。此外，魏帆只匆匆告诉我，金丁也将出席，就忙着去送请柬去了，不曾多谈。

我为《收获》创刊三十周年写的那篇短篇，这几天我都在盼望您能将审阅结果见告。如果经您大笔润色后尚未便发表，我也好趁早努力以赴，另写一篇。这几天经过休息，又回复了一批积压的信，我时间较充裕了。

如果见到小林、鸿生，请转告他俩，苆甘兄在成都期间，我们一起拍摄了不少照片，如果能帮我弄几张来，不胜感谢！我仿佛记得，除了四川电视台外，还有上海去的摄影记者。

不尽欲言，静候复示！匆此。祝

苆甘兄、您哥子两家老、中、小冬安。

沙汀　八七年十月二十八日

871104

济生兄：

复示奉悉。您的房子，尚未修缮完工，颇出意外。而更为意外的，上海的气温竟然还那样高！北京可已降了一次雪了，风也大，以致很少下楼散步。但却照样做点自控气功，不过但在室内进行而已。

我清问了一下刚宜、小秦，我走后他们都不曾收到你们社寄来的《文集》一、二卷，可能还在路上吧。幸而并不急需。我粗粗计算了一下，收到后，至少还有三位同志都得补送，过去我算漏了。我倒觉得选集《沙汀》送人较便，可惜已脱销了。

我为《收获》创刊三十周年写的那篇东西，复信但言蒂甘兄看过，并已转交小林，却未有一字说明它是否可用！您又是否润色过，因为我对那篇东西很不放心，写得潦草。

我刚从民族文化宫十省市中老年服装展览会回来。原想买件羊毛衫，可是没有，结果倒买件药物背心，说是穿上可以平喘、止咳、化痰。一切向"前"看，因而花招也越来越多了！幸而每件二十元不到。祝

蒂甘兄、您哥子阖宅清吉平安。

子青

八七年十一月四日

871113

济生兄：

昨天上午去北京图书馆参观蒂甘兄创作生涯六十年展览，随又参加座谈。我前两天花了不少时间翻阅资料，准备发言，自觉尚有他人不曾谈过的看法。结果。由于参观图片后便已疲乏不堪，发言的人又相当踊跃，我只好尽我的孙女：在西安交大外语系的学生去年、今年

两次谈她对她巴金爷爷的感受，就草草结束了。

回家午饭后，只躺了一会儿，就破例起来校阅我为《收获》创刊三十周年纪念写的那篇短文。将最后一段做了修改，这是近一周来第三次修改了！说起来真是笑话，我将第二次改正稿寄给国烁时说，此后，我想也不想它了！统共四五百字，竟然，一改再改，太不像话了！……

好吧，还是谈点正事吧。《文集》一、二卷，手边尚有一份，昨晚，我托人送给文学研究所毛星同志。你们寄来的几套《文集》我至今尚未收到，如果不曾交邮，可代送一份给柯灵同志，南充师范学院雷家仲一份，不必由我签名后再寄了。看来还得送王晓明同志一份，谢谢！祝
芾甘兄和老兄府上均安康如恒！

子青
八七年十一月十三日

信刚写好，秦友甦同志就把寄来的《文集》取回来了。单据他未交我看过。我当然只好签名及分别寄上述各位了。又及

友甦不止收回《文集》，还捎来一封国烁的信。看来她还未收到我前天寄发的信，——也可能是昨天寄发的。但她显然已估计到我还得修改，说是将来校样出来，一定寄我校阅。请代我谢谢她吧！三及

请费神帮我查一下，雷家仲我已经送过了。过去，凡送过的，我都告诉过您。四及

871126

济生兄：

信收到好久了，由于精力欠缺，杂事又多，故而迟至今天，才来作复。您看，因为来信提及萧乾同志那篇为纪念《收获》创刊三十周年

那篇文章，我又重看了我那一篇的草稿。

不看犹可，一看，这才发觉最后一段尽管已改三次，仍有欠妥之处！《收获》只有主编和两位副主编，并无编委，而我居然循惯例"捏造"了一个"编委"，强加给《收获》！如果刊发出来，这不是地道的笑话么?! 我真该搁笔了！

幸而国烁心细，说将把校样寄我一份，这样我才算放心了。当然，我为纪念册书写的那一段，但望转告国烁，千万别忙制版，因为我写的正是该文的最后一段，得另自写。

下月十号作协主席团要开三天会，苄甘兄恐怕不会来吧？这里今天零下五度，昨夜雪也不小。我只准备开幕式去一下。匆祝
苄甘兄、您哥两家老、中、青冬安。

青

八七年十一月二十六日

信将付邮，得文学所毛星同志信，他指出《文集》一卷序言第二页第九行：错误出"文化大革命前夕"，他不懂。翻看之下，连我也不懂呵！这些编辑同志竟然如此粗疏，千乞把把关吧！即日夜。又及

871206

济生兄如晤：

上次我兄来京，竟未得一晤！这也难怪，在北京，要想走动一下，确非易事！地方太大，单位上交通工具又太少了。我在成都倒较方便，否则今秋不可能与苄甘兄多次晤谈。

×××竟然自吹自播，令人长叹。我虽从未读此人的作品，但却看过评介其作品的文章。由于精力短缺，时间有限，有好几位青年作家的作品，我都想读而终于至今未读：如贾平凹、王安忆……

有关《文集》三、四卷校雠事，千乞多把把关！我对它的编选人

员，已失去信心了！而自己无力承担，即或挤点时间、精力校阅，也不敢保证不出错误。我为祝贺《收获》创刊三十周年一文经过，既是明证。

务请转告国烁，那短文，我一定得看校样！祝

苇甘兄、您两家老、中、小冬安。

青

八七年十二月六日

猪肉四元一斤还排长队！元旦起要定量供应了。淡水鱼已经成了珍品。还是咱们天府之国不错，刚虹前两天出国，路经北京，捎了些青菜头、油菜苔来。在这里也算得是珍品。可惜没有便人，否则分送一点给您。所幸上海的供应，据说比这里好多了。又及

871208

济生兄：

今天才发现六日回您的信，尚未交邮！恰好，我为《收获》创刊三十周年写的那篇短文最后一段，昨晚，算把它改定了。

其改正文如下：

"最后，我祝愿通过主编、副主编和全体编辑同志的辛勤劳动，在全国作家热情支持下，《收获》办得更好！为读者提供更多更好的作品，对创建社会主义精神文明作出更大贡献！"

千乞赐与指正后连同此信一起转给国烁，请她就按照您审阅润色后的这最后一段加以校订，无需再寄我校样了！我信任她，当然更信任您，所以您也不必再回信了。

一篇六七百字的短文，竟然老不放心，改过来改过去竟达四次之多！而且，有时竟然寝食不安，——该不是脑子有毛病啦?！祝

冬安。

子青

八七年十二月八日

　　信将付邮，又得四日信及《文集》序文校样，原来我校改时脱了一个"在"字！我却认为是××同志的疏忽。还将毛星同志信转给他。——更是错上加错，可叹！劳兄反复查对，更是且感且愧。最近，竟连撰写回忆文章也不行了！而又不甘心就此搁笔！……又及

八日正午

871219

济生兄：

　　我那篇短文的末尾那段的正文，经您审阅润色后，谅已转交国烁。太麻烦您了，谢谢！

　　看来，我不止得停笔墨，还得尽力不参加社会活动。因为尽管只在开主席会议第一天去了，而迟到早退，却也令人疲累不堪：特别耳朵早已成了摆设，对于同志们的发言难以听得清楚。其次，瞧见一些长久不见的老友，很想聊聊，却又诸多不便，相当怅惘。

　　作协开幕式那天，回家后我还苦恼了一两天。因为我是在邵燕祥同志发言中间，带着抱怨情绪走的，乃至还嘀咕了两句，怪他发言长了！回家以后，向我的助手秦友甦一了解，可就大为失悔！因为邵的发言，主要是批驳在开除×××同志党籍时《光明日报》发表的评论员文章，措辞尖锐。……

　　的确，我对文艺界"自由化"的问题，一直对于有的论调表示怀疑、不满，仿佛一切不正之风，都来自文艺界！这不符合实际，当然也不公允！好吧，就这样带住吧，我又夸夸其谈了！祝

蒂甘兄、您两家老、中、小均吉！

249

子青

八七年十二月十九日

又及，这里还有件事，我说准备赠送《文集》给××，可以不必送了。××同志，也不赠送。因为在上海，以他为例，可送、应送的还不少。您的话对，还是留几部在身边应急吧！真糟！大明说，四卷校样尚未收到。

上午将此信写好，封好，午休后又得十五日来信，阅后，想说的可多了。特别苕甘兄还乡一事，但望明年夏秋之交，他能再来成都小住，就更好了！本想拆开此信，补写一页，但细一想，还是稍缓再作复吧！

子青

十九日午后二时

871228

济生兄：

首先我得谢谢您！我为纪念《收获》创刊三十周年所写那篇短文，老不放心，既已经您校订，思想包袱这才甩掉！

想说的太多了！苕甘兄说提到建国以来，说是办了不少"红白喜事"。对我说来，倒可说是这方面的专家！当然，我没一时朝鲜，一时越南，东奔西驰，忙于反映现实生活中的重大事件，但却无法坐下来写！

艾芜则为了反映工业建设从四川去鞍钢，刚才写完初稿，却又赶往大庆油田！他在大庆搜集了不少资料，尚未动笔，由于修建十三陵水库更为重要，于是又到水库深入工地生活，还准备在创作上放"卫星"。"卫星"没放出来，人却给累病了！……

主席团会议，我原想做个发言，认为要总结经验，最好总结建国以来的经验，不要只限于"四大"以来的三年。可惜精力太差，只是在开幕那天参加了两小时左右的会，就退席了。可是，幸而没有再去，更没有发言。因为我有时也好放言无忌呵！

前信我不是提过邵燕祥同志的发言吗？近日我听人说，那天参加开幕式的一位诗人，在向中央打报告辞去宣传部副部长职时，曾经提到邵的发言，希望中央下令作协整理一份邵的发言呈送中央。作协可未照办，也可能中央并没有像诗人样灵感大发。……

写得已经不少，这里我还要拜托一件事。我的《文集》，从三卷起，请寄一份给云南昆明市："云南民族学院汉语系"教师×××。此人我并不怎么高兴，有些浮夸，但他既然来信要我送他一套，也就只好照办！做人真不容易。

四川尽管先后来过两批人开会，都没有给我带蔬菜来，真叫人失望！祝

芾甘兄、您哥子两家阖宅安泰！

青

八七年十二月二十八日

880103

济生兄：

廿九日信奉悉。我赠送《文集》的名单，一时找不到了！七八年以前的，无变化，即或其人已经去世。如黄药眠，也应继续赠送。只是去年我先后提出的几位，我还记得清楚。因有变动，我在这里重述一遍：上海×、×两位，决定不赠送了。其他，北京文研所的××，云南昆明云南民族学院汉语系的×××，四川南充师范学院中文系的×××，就请从三卷起你们代为寄赠。此外，还得寄我多少，我相信没有错。太麻烦您了，谢谢！

您所说的情况，真可说比比皆是！举不胜举。有些领导，不止轻听轻信。而且，讲话、发言，乃至写文章，太依赖秘书了。我曾听到一项传说，在批判"人道"、"人性"、"异化"，一位我素所钦佩的老同志，居然声称：那位"异化"论者，如是党员，就该开除党籍！如非党员，则决不允许其混入党内！事后，有同僚怪他话太重了，而他爽直地辩解道："秘书是这样写的嘛！"

我是尊重×××的，但他逝世前个多星期发表的那篇悼念雪峰的文章，竟然出自一位女同志之手！最近，他的一本回忆文出版了。据说不曾收入这篇代笔。匆复。祝

苇甘兄和您阖府新年愉快！

北京今天又降雪了，但一般说来，还是往年暖和。

子青

八八年元月三日夜

880208

济生兄：

一月二十五日手书，早收到了。因为想等稿酬支付通知单到后，再一道作复。今天算盼到通知单了。钱虽不多，但对欢庆节，却也颇有帮助。

我因起居不慎，二月一日，感冒了。因为温度猛然上升到三十八度多，只好就近延医到家治疗，当然药费也得现金支付。好家伙，竟然花去七十元钱！其实，也只有罗旋霉素是进口货。三天以后，因为温度总是浮沉于三十八度，只好到协和求治。

今天，温度下降，周身也不感疼痛了。所感遗恨者，原定于昨日去安儿胡同向苏灵扬同志为周扬同志八十生日聊表祝贺的。结果只遭刚宜作代表了。据说，昨天去安儿胡同的，有宋任穷、秦川、张光年、

荒煤、冯牧、唐达成，作协还代苇甘兄送了花篮。

据说，冰心老人也感冒了，还住进医院，不过算已经退烧了。乞盼苇甘兄、您老兄多珍重！并预祝

府上老中小心情舒畅地迎接龙年！

子青

丁卯年十二月二十一日

880211

济生兄：

信写好后，次日即因感冒发烧。昨天，大体算康复了！乞释念！

前天，《参考消息》已将上海肝炎流行的情况做了报道，主要是说使馆、外交人员相当紧张，不断有电话给卫生部进行探问。昨天晚报上报道，一位副市长也敲警钟来了！

这才真正叫"一切向钱看！"光景您应该比我清楚。据《文摘报》报道，一位美国大亨，《李·西科卡自传》，竟有七家出版社抢着出书，而每一家出版量都在十万册以上，且有供不应求之势。因为这个百万富翁原来是个穷小子，而他的自传正是传播他的生财之道。这书看来已远超过琼瑶的小说了。赵公明元帅毕竟要实惠得多。

昨天写了一页，就搁下了，有些累。今天，恰好邮来的《文集》三卷五册，于是忙着补写下去。我想，另外的八册，就暂存书店吧！容我细细搜索一下记忆，再说下文。

艾芜的处境，真是一言难尽！有些情况也一下说不清楚。他不止入冬以来经常生病。约莫半个月前，还把腿跌伤了！而且说粉碎性的骨折，至今还躺在医院里。他每天既要跑街、做饭，还要写作，其困乏可想而知。因此半夜去卫生间，就跌倒了！

在老朋友中，周扬的情况当然更坏，但是原因却很两样。本月七

日是他八十生日，他夫人谈及苇甘兄赠送的花篮时，神情十分激动。那天，文联、作协的负责同志都到安儿胡同去了。我因感冒初愈，是叫刚宜去的。好吧，就到此为止吧！

子青
丁卯十二月二十四日

880219

济生兄：

今天，龙年正月初三了。首先，让我给苇甘兄、您拜个晚年吧！

自从除夕前感冒发烧后，我最近一直感觉相当困乏，工作摸不上手，可又无法休息！因为时不时心烦意乱，感觉不能再混混了！

想说的话很多。今晚，我主要只准备拜托您一件事。贵州一位中年作家石果，五十年代初，我在作协总会工作时，曾经向《人民文学》推荐过一个短篇。可是，不久竟然因有叛党嫌疑，就被扔在一旁静候审查！

直到"文革"以后，问题算是搞清楚了。这个人看来相当坚强，在进行审查中，尽管处境艰窘，他却写了一个近百万字的长篇：《沧桑曲》。我前年曾向作家出版社推荐。结果，说是资金短缺，无力印行，径直退还他了！

这部长篇，共分三卷。每一卷都可单独出书。其中，第一卷，重庆出版社算决定印行了。可是，二卷、三卷，至今没有着落！他来信说，已经直接向您提出，希望上海文艺出版社能予审查给他出版。

上星期接到他来信后，我就准备向您推荐《沧桑曲》的二、三两卷。在我向作家出版社推荐时，曾经翻阅过好几章，感觉写得不错。据石果同志本人说，第三卷是写人民公社时期的"三风"的，主题思想是反"左"，批判"三风"……

我觉得此公生活基础深厚，文笔也朴实流畅，特别他的遭遇值得同情，所以务请对他的两卷小说进行审阅。如果您没有时间、精力审阅，则请转托您的助手看一看吧！祝

编祺！

子青
戊辰正月初三

《红石滩》已经出版，只等收到，我就寄苇甘兄和您请教。不过，我翻了翻样书，遣词造句不甚精当之处不少。将来校订后，不知是否可以编入《文集》。又及

880220

济生兄：

昨夜信写好后，已经九点了。

吃了硝基安定两片，算是美美睡了五个钟头！因而今天就再写几句。关于赠送《文集》的事，真有点伤脑筋！有的想送但又感觉不便，可是，礼尚往来，不送可又感觉歉然。

如罗荪，阅读、写作，都无能为力了！赠送吧，可能增加他的负担。××同志倒一再赠送我的大作，看来得回赠《文集》。从三卷起，就赠送吧！罗荪的，也请从三卷起赠送吧！

子青
正月四日

送××的一、二卷，我将直接签名邮寄。此外，还请寄广东广州作协陈残云一份。又及

据《人民日报》消息，上海的肝炎已经控制住了！可喜可贺。但我仍然十分关心老兄们的健康，尚乞多加注意！电视片《巴金》，现代文

学馆放映时，因在病中，没有去看。作协直属党委春节团拜，我都没去，就一直揢在家里！三及

茆甘兄在成都旅游时拍摄的电视，据说不错。可惜我不曾看过！四及

880322

济生兄：

信早收到了。石果也来信，对您的关注表示感谢。我之迟至今天才回您的信，一是精力的差，一些近来杂事较多，还有，我总想探问到郑志超的住址后作复。

前天，我表弟志超，终于因其他的事来了一信。但地址仍不具体、详尽，是成都一〇九信箱。我有点怀疑，信箱一般是否可靠？我想，不如寄给我大女儿杨刚齐收转较为可靠。只需在书附一便条，也就行了。

今天，收到茆甘兄赠我的《随想录》，太令人高兴了！因为我就听说三联已经将过去几年出版的《病中集》等合起来印行了，一直希望能得到一本。现在算如愿以偿了。

不知他能来京开政协会否？至念！匆祝

茆甘兄和您府上老、中、小春安！

子青

八八年三月二十二日

880323

济生兄：

昨天因为下午要去参加"抗战时期大后方文学系列"扩大编委会闭幕会，上午给您的信，未能畅所欲言，至少太简略了。

在会上碰见西彦、杜宣两位。因为同西彦较熟，交谈了几次，欣

悉蒂甘兄健康情况良好。老实讲,在闹肝炎那些日子里,我实在想念你们,多少有些担心。几乎每天看报,都特别注意这方面的报道。

有关去年蒂甘兄在四川所摄照片,我也曾托李致同志为我设法洗印一份。他回信说,他已经嘱咐过陈之光了,可是至今未见寄来!

倒是在李劼老故居的摄影,倒早已收到。

八八年三月二十三日　子青又及

880416

济生兄:

信收到好久了。老想回信,可是,两会开幕以来,每天单是阅读报刊,就得花不少时间精力!结果一直拖到今天!乞谅!

两会不乏精彩的发言,不复再是举手、拍手的会议了。当然,还得看会后的具体措施。在人口问题上,曾经有人为马寅初大鸣不平,还有代表孙冶方叫屈。其实,如果要算细账,又何止于马公、孙公?!

当然,我也不止看两报一刊,也看其他书刊。《群言》上那篇有日本东芝公司以一亿多美元卖给苏联的一种改造潜艇的仪器纠纷的文章,值得一看。特别文章的后一部分联系到进口各种小轿车的情形,真正叫人感忧!苏联可以出高价买仪器,可就不准进口汽车!反观我们,只要有名牌车,每每就争相进口!

好吧,现在就谈点近期我看的其他书刊。您不是向我介绍过一篇有关梁漱溟的文章吗?我对这位老先生的著作越来越有兴致了。另外,我还看完了《傅雷家书》。这位曾被划为右派的名人,原来学识非常广泛!……

有时我也看点中青年作家的小说。您说到过的《烦躁》,我可读完第一章就卡壳了!没有再看下去。倒是李晓的《关于行规的闲话》,虽是中篇,我不止一气就读完了!刚宜、小秦看后,也大为赞赏!……

妙在上午去看冰心老人。我一提起"闲话",她不止是赞同,还说比茅甘兄写得好,并已写信告诉了茅甘兄。随又简要分析了两人风格的特点,谈得相当准确。

　　好吧,暂且就写这一些吧!此外,有关石果的长篇问题,千乞鼎力促其印行!他是在极端困难的条件下写成的。也写得不错,□以支持。匆祝

茅甘兄、您哥子两家老中小安康!

子青
八八年四月十六日

　　我决定端阳后回成都,中秋后还京。茅甘兄如能再度去成都小住,就太好了!又及

济生兄:

　　脑子不够了!下午写的信,晚上这才记起,有件事我忘记提了!前年,因患脚气病痛痒不堪,经人介绍北京按摩、脚病治疗研究会副会长张延芬为我治疗。来我家五回就治好了。孰料今年又有复发之势,我又劳她诊治。

　　她不收费。而且不止对我如此,对不少老人都是这样。她曾是市府干部,"文革"中才学医的。上星期我坚持要她收费,她说,费是不收的,但望我能转请茅甘兄为她写一幅字。我当然同意了。因此千乞转请茅甘兄写几句鼓励她的话吧!

子青
八八、四月十六夜

　　能写较大条幅,当然好。如他不大乐意,就写两三张信笺大小的一张,也好!青又及

880430

济生兄：

廿四日复示奉悉。较之以往，两会的透明度、民主气氛确较以往大不相同。而不止是举手和鼓掌了，而单就报道来说，真也叫人忧心忡忡。天津那位代表的事，却太令人叱怀了！

不仅此也，有的报刊所载会外一些议论，同样叫人感到惊恐。其他不必说了，本月二十八日《文摘报》两篇文章，就叫人深感不安。一篇是揭运输方面的陈规陋习，一篇则揭露了大肆喧嚷的所谓"劳务出口"问题的弊端。而一想及所谓"竞争机制"真令人啼笑皆非。

两会开幕以来，我几乎把整个时间用在有关会议报告、发言，以及有关刊物对我们现实生活有关评论、报道方面。而从上星期起，我已初步决定，每天只读两种报纸，《人民日报（海外版）》《光明日报》的大标题，以及某些摘要了。继续写回忆录。

说起来真叫人寒心！不是已经禁止各省市继续修亭台馆阁了么？而最近重建华侨大厦却成了社会上的热门话题。也许这是重建，所以业已获得批准。至于重建的原因，主要是该建筑出现了歪斜、裂痕。而一些内行则公开表示反对，认为尽管出现了危机，这座合资饭店还可维持三十年！

前些时候，《群言》召开的一次座谈会上，刘开渠同志的发言倒也值得一看。令人感觉建国以来，我们许多事，都多少带有运动形式，往往一哄而起。而有的领导又喜欢但凭己意大搞起瞎指挥，因而好事变成坏事。

您看，我又犯禁了！还是用一件正事作结束吧：那位医生叫张延芬，就烦苻甘兄签名送她一本书吧！谢谢！匆祝

苻甘兄、您哥子两家老中小安康。

子青

八八、四、卅日

济生兄：

前天读《文艺报》，见有介绍上海新秀一文。其一就是李晓，还相当中肯地谈及他的风格。不过所举篇名《继续操练》，我却还没读过。而我读过的，只有我向您提到过那两篇。

有件事还想麻烦您查一查。我这里多出三册《文集》三卷三册，精装本三卷一册。我真不知道如何安排为好，是否罗荪、文学所的毛星忘寄了？如能抄一份送书名单，至感！

匆匆，不尽欲言，但也够啰唆了！ 子青 又及

有关单位已经宣布，"五一"起，肉价、蛋价又将提价了！四川不止物价平稳，品种多，花钱不多，每天都可吃到淡水鱼，缺点是天气比较潮湿。三及

880511

济生兄：

小儿杨礼明日将参加一个教育代表团去美国访问，回国后将在上海逗留几天。我要他前去看望您，并请您代他向苇甘兄问好。尚乞赐予接见，如有需要您作何帮助，请尽力予以照顾，实致感荷！匆祝

编祺。

沙汀

八八年五月十一日

杨礼约于二十三日到达上海，他将打电话同您联系。又及

880516

济生兄：

拜托您照顾一下杨礼的信，早写好了，同时，我还给于伶同志一信，因为担心您不会有多余时间。

这封信早该交的。因为这几天忙于体检，杂事又较多：特别送书的名单尚未抄好，就拖下来了。同时，想说的又不少！……

最近看到两会期间一个材料，不顾都未见报，直想向您聊聊。比如，有些顺口溜颇有意思："拿雕刻刀的，不如拿剃头刀的！"川医两位教授的工资，加起来不及一个卖黄鳝的！

北大丁校长的发言，您看过吗？报上记得太简略了！真谈得不错。

匆祝

芾甘兄、您府上大小康乐！

子青

八八年、五、十六日

《继续操练》将设法找来看看，得奖的消息我倒早知道了。六月回成都后，当然会告诉您。艾芜还在继续治疗。又及

880603

济生兄：

因为最近杂事较多，又经常小病，前两天拉肚子，昨天才痊可，所以信回迟了，请原谅！至于芾甘兄送那位医师的书，也早收到，还有《收获》的纪念册，也已收到。

尽管时间、精力欠缺，日记早停止了，可每天看报，仍然得花去不少时间。来信提及的那位民盟负责人在七大小组会上的发言，近期《群言》上又全文发表了，值得一读。报上记载得太简略了。

我一般只对《文摘报》《报刊文摘》《川报文摘》看得较为认真。因为它们摘录文章、报道，都较为重要。五月底《文摘报》上有一篇上海市崇明县某乡一个农民的呼吁信，看后叫人久久不能忘怀，至今犹能记忆。另期上，可能是日报上也有类似报道，不过，毕竟还是那位农民的呼吁信最突出。他买了架手扶拖拉机用于农业，农闲时就跑短脚

运输，每年收入可观。可是，不到一年，种种捐税不断增加，单是税务局的就有三种！其他，养路、筑路，都纷至沓来地向他伸手，这一来，他搞运输的收入全花光了！这事使我想起旧社会，大约防区制时代两句打油诗："自古未闻粪有税，于今只有屁无捐！"闽东八百多教师转业经商，致使万多所中、小学校关门。这个报道也叫人吃惊！

就到此为止，否则就变成老鸦了！杨礼没有去找您，可能他单独去杭州的计划没有取得团长同意，也可能他怕打扰您，乃至打扰巴老。转而拜托于伶、西彦，乃至直接去了。匆复。祝

芾甘兄、您老府上安吉！

子青

八八年六月三日

880624

济生兄：

我已于二十一日飞返成都，可也把人折腾够了，今天尚感疲惫。我午饭后稍事休息就赶往机场，因为这次航班，将在两点半起飞。可是等我赶到，时间变了，得六点四十分才能起飞。等到六点，可因广东的飞机晚点，得八点才能走了。

而八点是否能走，看来也成问题。于是我留下来看守行李，要小秦、司机去吃晚饭。半点钟过去，一位在我身旁平躺睡的老太太醒来了，她是随丈夫去沈阳的。而她一醒来，就赶忙去问讯处，当她转来时告诉我，去成都的都在交行李了！您还不赶快去?!

而对一个胀鼓鼓的大箱子，我真搬动不了！两次拜托工作人员帮帮忙，又都毫无结果。幸而两位前去晚餐的人，也终于转来了。而他们探问的结果，恰好不是我们等候的班机，于是我鼓励他们去设法挤上这次航班！

虽然前舱票变成了"敬陪末座",终于挤上去了,十点到双流机场。因为换了班机,家里无人来接,到家时快十一点了!匆祝

蒂甘兄、你们两位府上老、中、小安康!

子青

八八年六月廿四日

艾芜还在医院,行动得坐轮车,大小便都无法自理。据说,骨折虽已愈合,腿子却短了一寸多!现正由中医按摩。我困乏,天又热,尚未去看望他。又及

由于困乏不堪,又想早告诉您,我已平安到家,我只简单划了个轮括。其他的具体情节,等我精力稍好后再谈吧!三及

880720

济生兄:

十一日大札奉悉。每次通信,我们似乎谈到物价。刚才我女婿为我买了些黄鳝回来,您猜,多少钱一斤?三元八!剔去骨头,可能要合四元多钱一斤!无怪全国政协会上,有人说,两个教授的工资,抵不上一个卖黄鳝的了。因为即使一天只能捉五六斤,也就很可观了。

蒂甘兄同您都十分关心艾芜。我这里就再简谈谈他的近况:不幸,他的前列腺又出问题了!七十年代他曾犯过一次,在二医院施行手术时,据说还因感染痛苦五六天才治好。而最近才发现并未治好,而且,还多出一个包块!现在进行探索,这个包块属于何种性质,但愿不是什么瘤子!……

前列腺的新问题,是作协分会办公室主任告诉我的。分会看来对老艾照料得相当好,那位服侍他的人,乃至经常为他按摩的师傅,都是分会在医院和他本人的嘱托下安排的。而据我所知,过去,大致前年,安装起搏器,动手术时,都是分会代他家里人向医院签的字呵!

真是一言难尽。

常言道，"家家有本难念的经。"他家里的经，可能最难念了。起搏器得由病家自己出钱，这一万元闹了好久，才没有听到说了，可能已经解决。我去北京之前，准备认真打听一下，若果还在那里挂起，当向总会反映，并请书记处解决。至于目前，因为好多问题都较为具体，又相当零碎，我看分会是能予解决的，请放心吧。

您提到的那个电视剧，我不曾看过，也不曾读到《光明日报》上那篇有关文章。我返川后一般只看《四川日报》和《文摘周报》。但我也要向您推荐一个电视剧《阿Q后传》，真太有意思了。阿Q不止从法场跑掉了，还同吴妈结了婚，生了个儿子。

Q老的儿子叫阿T，阿T结婚后也生了儿子，并将阿Q接上街供养，还要为他治疗秃疮，而阿T的儿子也满头秃疮。阿Q拒不治疗，说它曾被周老爷赞赏过。要建议不要他孙子全部治疗，得留下一两块！

匆祝

编祺。问候苻甘兄。

子青
八八年七月二十日

这里的天气也够受！高温，又相当潮湿，我哮喘又复发了。下月初争取前去西昌住个时期，真不简单，不带家小去不行！又及

济生兄：

这里还有件事请您考虑并促其实现。荒煤的秘书严平为他编了一部文集，共三卷，"小说""理论""电影"，约一百万字。文稿交四川出版社。已经快一年了，可是至今没有消息！

文集的编成，是严同该社一位编辑同志几经周折，才告成的。迟迟不出版，乃至去信也不见复，可能与责任编辑出国有关。可荒煤、

严平都一再托我设法解决。

老兄怎么样？上艺能出吗？盼复！

青　又及

880808

济生兄：

三日手书，奉悉。这是我的疏忽：上个月通过李致同志探问，尽管责任编辑出国，总编室却已决定将于明年发排荒煤同志的三卷本《文集》。这个消息我竟忘记及时告诉您了！以致烦劳您为他的《文集》出版操心。明年是他开始发表作品的五十五周年，他也正希望能在明年出版。我倒早已转告他了。

我大约本星期四去邛海疗养一段时间，由杨礼夫妇陪同我去。立秋了，成都天气更凉爽了，只是过分潮湿，哮喘因而有增无减。前天，全国作协书记处张锲同志约我去锦江主持一次宴会。半中腰我就吃不消了！喘得连气都出不来，因而只好向客人告罪，退了席，乘车回家输氧。

张锲，还有基金会一位女同志，是来四川选择一处山清水秀的地址建立"创作之家"的。已经选定于乐山市，地点不错，正同大佛寺对峙。乐山市委、政府都很支持，但他们认为还得争取省委、省府、省人大、省政协的协助，兴建工程才能顺利进行。因而一从乐山回来，他们就设宴招待上述各单位同志。

是分会的负责同志陪张去乐山的。当时他们可能不知道我在成都，而且就住在作协的宿舍里。他们约我参加宴会，还要开宴前座谈时来几句开场白。既然负了个名义，又恰好在成都，当然同意了他们的要求。不过我也提了个要求，开场白得由张锲同志拟稿，我将照本宣读。

出席宴会的有一位省委副书记、副省长和秘书长、人大常委主席、

265

政协主席。而尽管那位副书记座谈时、宴会都挨着我坐，我可至今连姓什么都不知道。可以说，开场白一完，张的汇报、各位贵宾的发言，我几乎没有听清多少！只是同张一起鼓过两三次掌！李晓知道倒可写篇小说。

想不到一气就写了，就写这么多，我得停下来服用鱼腥草片剂了。还有，上面提到一些情节，应以不告诉李晓为佳，祝

苕甘兄、您哥子及府上各位夏安。

子青

八八、八月八日

880809

济生兄：

昨午收到来信，午休后，就在暴雨声中给回信。由于兴致佳好，就跟窗外的阵雨一样，而错别字一定不少，我不想校订它了。

这里我倒想谈谈老艾。我前天参加宴会前去看过他，尽管瘦得跟栏杆样，现在行动还很困难，杵根棍儿也得有人扶持，但他情绪还不错，并接待过一位由北大中文系介绍来的美国学人。

看来他家里也经常有人去，主要为他送些书刊以及营养价值较高的食物。其实他住在高干病房倒也不坏，少听些废话，还可免去各项家务劳动。

《文汇月刊》（见《文汇月报》五月号）有一篇记述美学家宗白华逝世前治病经历的文章，值得一读！

子青

八八年八月九日

给您写后我才记起，参加作协宴会的省委副书记叫顾金池，副省

长是韩邦彦。记忆力越来越不成了！却还胆敢写回忆录！有一点狂妄吧？奈何！奈何！又及

880823

济生兄：

我今晨刚从西昌乘火车回来，是八月十日由杨礼夫妇陪同我去的。去时是坐飞机，因为正当雨季，西昌气候变化太大，乘飞机难免一再延期，火车较为可靠。

我准备多住些时候，西昌真也叫人留恋。一则杨礼夫妇得赶回来迎接新的学年，没有他俩招呼，日常生活难于应付。再说，正同我的估计相反，西昌虽然远比成都干燥，但海拔却高于成都接近两倍，因而缺氧，一住下来，哮喘却比成都严重多了！

回成都尽管未及一日。哮喘却已松缓下来。不过，看来还得找医生诊治一下，单靠咳嗽净之类的成药，不会根治。当然，就年龄说，根治似已不可能了。

还是回答提问吧，稍事休息后再聊天吧。

《归来》中"麻郎翅膀"确即薄如"蝉翼"之意，可加注。

《假日》中有关食堂的记述，就据尊意加一字吧。

我还相当累，余容稍事休整后奉告。祝

苇甘兄、您府上大中小安康。

子青

八八年八月二十三日

《文集》一、二、三、四各册，如能找到一套，望便中示及。因为我想送西昌图书馆一部《文集》。又及

880901

济生兄：

连日阴雨，今天更下了一整天，现在五点过了，尚未停歇！风也时作时停。

我现在只简略告诉您有关赠《文集》的事。张秀熟老人已经搬迁到指挥街省人代常委会宿舍大楼九楼去了，寄赠他的《文集》盼即寄交新址。

还有郑志超的地址是：南光机器厂。上次因将"南光"写作"红光"以致退还，随后还是另寄幼儿师范杨刚齐转交，以后就直接寄"南光机器厂"好了。

最近几天抢购物资的情况相当怕人，经省府解释澄清一些谣言后，已有好转。不过蔬菜仍然很贵，毛毛菜都得三角一斤！

但我已准备搬回成都，年岁大了。每年往返一次，实有点吃不消了！匆祝

苻甘兄、您哥子府上各位安康。

子青

八八年九月一日

我没有戴眼镜，错落字一定不少，我也懒得重看了。这个鬼天气真叫人厌烦，请原谅吧！又及

880913

济生兄：

手示奉悉。昨天，李致同志来，他也提到苻甘兄胆有问题，正诊查中，还不知道究竟。奉读手书后，算放心了。我前几天才拜读了他为《冰心传》写的序言，看来他想停笔还不大可能。

成都从十一日起，已经结束了阴雨连绵的天气，放晴了，今天还

268

红火大太阳，为成都所少见。四川也有水灾，比如西昌市我离开不久，因为安宁河洪水为患，西昌市区也进水了，还有几个县，不少庄稼，也被洪水毁了。

我万没想到上海竟也连日暴雨，竟至淹没了街道。苇甘兄全家人几乎都患感冒了，他本人该不在内吧？我衷心祝愿他健康！

送西昌凉山文联的书，我已经搞到一部精装四卷本《选集》，您不必再搜寻《文集》了。

祝苇兄和您两位阖府安康！

青

八八、九月十三日

我已定中秋节后回北京。又及

艾芜住院七个月了，虽然前列腺已查明无大问题，但行动仍很困难，不过情绪尚佳，有时还写点回忆录。看来他倒乐于住院，乐得个清闲自在。三及

881007

济生兄：

真是出人意外，刚见一面，您就到九寨沟游览去了，害得我天天盼望您肯移至寒舍闲聊，吃顿便饭。

我是十月四号飞北京的，谅必您也回上海了。张秀老近几年都要向我谈九寨沟。去年，苇甘兄回成都，他还鼓励过我们，您算是去成了。

这两天清理来信、书籍，真把人累够了。说点正事吧，杨刚俊已迁往绵阳市委第一干部休养所，她不曾收到《沙汀文集》二卷，我已经补给她了。刚虹则未收到三卷，也由我补给她了。北京原来尚有平装两套一、二、三三册，望能补全。祝

茆甘兄、和您府上老、中、青、小安康！

子青

八八、十月七日

济生兄：

这里还有件事，得麻烦您一下。

我在成都四川医院学院口腔医院治疗时，医生给我开了个处方，只有一味药，名字叫"雅仕口腔净"。用后可以消炎，减低食后齿龈的肿胀感。可我临行前再去买，却因缺货没有买到！

此药系上海口腔医院与一专制口腔科用品的工厂合作制成的。而北京竟然也买不着。如有便人来京，如果不大费事，乞为我代买三四瓶捎来，功德无量！

系塑料瓶装，体积很小，因每次只能用四五滴就行了。名字可能有误，但"雅仕"二字却给我印象很深。劳烦之处，谢谢！

约三元一瓶，能多带两瓶更好。如《文集》尚有版税，可在稿费中扣除药价。又及

881031

济生兄：

信收到好久了，《文集》四卷也已收到。只因积压函件较多，人也相当困乏，以致迟至今晚才来作复，尚乞原谅！

您算不错，居然到九寨沟跑了一圈！尽管近几年来张秀老都希望茆甘兄、我能同他一道前去观光，看来这辈子没指望了。

您去九寨沟后，我总以为您回成都后总能见次面的，陪您品味一下成都的小吃。没想到在我返京前夕，尽管您已回到成都，而且会见了周克芹同志，竟然因为怕干扰我准备行装而未得晤谈。

返京后我只出去了两次。一次去看望苏灵扬同志，想从她那里知道一点周扬同志的信息。她送了两份有关评介周扬的文章，都是复制稿。其中，李子云同志一篇，且是港报摘要。

李文发表于《文汇报》，题目是：《良知的痛苦，艰难的挣扎——周扬同志印象记》。香港《明报》的摘要十分简略，我很想看看全文，曾一再托人找该期《文汇报》，至今没有找到！

除看望灵扬而外，我还去郊外看望过冰心谢老。我们免不了又谈到苇甘兄和李晓，并对他们的文笔进行了简要商讨。她还告诉我，端端已经成了大姑娘了，从她口中，我才知道李晓的女儿叫作□□。她每天饭后都要躺个多钟头，那天午后我在她会客室里等候了约半点钟她才起床。

下个月文联、作协都将陆续召开这样那样会议，看来苇甘不见都能参加。我呢，也准备只参加几个会的开幕式，其他只好缺席。今年什么事都没有做，大部分时间都浪费了！真不像话。

师陀同志的逝世，太意外了。我八月份还接到他的信，他说我看起像个瘟哥！要我保重。没想到他竟先我离开这个世界！金丁同志前几天告诉我，师陀早就想住院治疗，因为他肺、心、肾都有问题，可是华东医院每天伙食得花八元！他就只好留在家里赶写他的长篇小说了。

我现在每天早晚都要下楼，沿复外大街散步，健康情况勉勉强强，而且在睡眠、排便方面开始不服任何中外药物，准备坚持下去。只是物价涨得太可怕了！农贸市场的猪肉竟然涨到六七元一斤！

好吧，暂且就写这一些吧！祝
苇甘兄、您哥子府上老中小安康！

青

八八年十月卅一日

苕甘兄的译文选集序言，已经拜读，只是曾敏之的访问记还没有找到。又及

881127

济生兄：

三通大札，早已陆续收到。可是，由于气温不断下降，导致哮喘复发；原已好转的失眠、便秘，又逐渐令人烦恼不堪，以致迟复，乞谅！

参加会议较多，也是迟迟未复的重要原因。而且，作协理事会闭幕那天，荒煤的闭幕词尚未结束，我就支持不住了，只好中途退席！一到家里，虽已到了午饭时候，我却仍然不得不上床躺了很久，这才起来进餐。

上星期，总算争取去协和请一位西医求治：除肺气肿外，一切都相当正常。还有，就是皮肤干燥，手指，特别脚掌经常出现裂痕。除开治疗哮喘的一些常用药外，医生给我开的处方主要是螺旋霉素，看来有肺炎嫌疑。

不过，尽管如此，我仍然坚持每天早晨、中午、夜晚下楼散步约一刻钟。因为再过个多月，我就只能在楼上散步了。苕甘兄既然胆的问题不大，又经常在室内散步，令人感到欣慰。虽已宣布停笔，可又表示必要时他还得同封建幽灵进行斗争，更叫人受到鼓舞！

近来看了些报刊上谈到当前社会现象的评介文章。有揭发"官倒"的，报道万元户中盛行的修坟祭祖、吃喝赌博、宿娼纳妾一切坏风气的。因为这些暴发户"脱贫"了，可是没有"脱盲"！一旦小财多了，只好跟地主、老财学！

本年十月三十日《参考消息》上有篇梁厚甫的长文，不知您看过没有？我认为值得参阅。上期《新观察》纪念六君座谈纪要，也不妨翻一翻，我相当欣赏发言中这一论断："我国改革开放的危机在于群众的愚

昧!"匆此。祝

苇甘兄、您老兄两位府上老、中、小冬安!

青

八八年十一月二十七日

881129

济生兄:

昨天刚草草作复您两次来信,今天又奉大札:因为涉及的问题都需立刻作出回答。

首先,谢谢您的关心,增编一册《文集》,合为八册一事,无论如何不要提了!其实我也多少知道一点出版方面的困难情况,不过偶尔向大明提及增编一册,信心不大。重庆出版社最近印行了我一本小书《回忆·杂记》,上星期收到样书,真是意想不到:才印了一千二百册!

至于我大女儿刚俊,最近她搬迁了:绵阳市马家巷绵阳市委第二干休所。麻烦您改寄新址吧!

我前信忘记告诉您了,我一向很少看电视,本月初我告诉刚宜,从七号起,《家春秋》一放映就叫我。可才看了两夜,就没有再看了。简单说,它对不曾读过原著的人可能不错,对我说来,实在乏味!匆祝

冬安!并问候苇甘兄。

子青

八八、十一月廿九夜

魏帆捎的药至今犹未送来,不过我已从成都我女儿托人捎得了。我相信稍缓她自会送来,乞释念。又及

激流三部曲,就我看过的电视说,有些镜头不错。譬如,觉新的

273

妻子怀孕，经中医当着老太爷诊脉后的断口一场。少奶奶接着暗中缝婴儿衣服，孩子生下不久，就头戴红结瓜皮，身着长袍马褂，给打扮成一个小绅士，看了都令人高兴。只是这些镜头跳动得太快了，有点像卡通片，叫人感觉可笑、乏味。……

由文学作品经过再创造改编、摄制电影，看来短篇容易取得成功。解放后，苏联拍摄的契诃夫所作《带阁楼的房子》就很好嘛！三及

三十年代我看过好莱坞摄制的《复活》《安娜·卡列宁娜》，也觉远逊色于原著。舞剧《鸣凤之死》我觉得不错。看来从长篇中括取一个人的遭遇来摄制电影，可能要好一些。四及

881218

济生兄：

本月十日信，早收到了，尊恙谅已痊可。

我上次乘兴向您所谈对电视剧《家春秋》的观感，说得极不完备，因而难免给您的要求过高、过严之感，若果正式发言，那可又不同了。因为别的不说，单就能将严肃文学移植于屏幕，就值得赞扬。

现在有件事得麻烦老兄，盼能将《文集》中的两个中篇《青枫坡》《木鱼山》改正稿为我分别复制一份，所有复制费用，由我个人负担，而且最好能在年内挂了号寄来。你们可能就有复制人员吧。

事情是这样的，建国以来，"文革"以前，由于长期陷没在文艺团体的行政事务中，只写过一些散文报道、短篇小说。而"文革"中尽管吃了不少苦头，"四害"灭止后却陆续写了三个中篇，颇有敝帚自珍之意。现拟合为一册，交作家出版社印行。千乞予以支持！祝

芾甘兄、您、你们两位府上均安。

子青

八八、十二月十八日

明年建国四十年，我出版这个集子，也有聊想纪念的意思。

《百花洲》上的《乌托邦祭》谅读过，不知能为我寄一本来否？据说已禁止发行了！买不到。又及

三个中篇已经由友甦同志从书柜里清出来了。已经不需复制。

十九日上午

890114

济生兄：

收到去年十二月二十九日信后，我就托人借来《×××××报》二十六日的那期：×××那个发言，读来太痛快了！为近年来所少有，我也逢人就介绍了。

前天同社院文研所一位同志谈起，才知道×××同志原系哲学研究所所长。批×××时，他也未能幸免，挨过整，好像从那时起，就没有做所长了。

去年第四期《百花洲》不知您已从江西出版社找到没有？我借来的一册，至今尚未读完，可已被熟人借去了。有的听说我有，就跑来借。

我之不曾读完，因为刚读完贺子珍在庐山同老伴会面一次，次日一早就有人向她诳称老伴已经下山，当夜再谈之约无法兑现。就又忙匆匆走掉了。原因呢，您当然知道，就不说了。

老实讲，看完这一章，感觉不是滋味，就搁下了，让刚宜夫妇去读，而他们尚未读完，就给人借走了。再说，我近来忙于赶写回忆录，也顾不上看，只有等过了春节再说了。有人建议打印若干份，可是字数太多，恐怕难以兑现，否则倒也不错.

苕甘兄近来想安健如常。他看了我送您的照片后，感觉邛海有点像西湖，实际邛海野趣较西湖强多了！范围也大得多。据讲沿湖有三十五公里，面积三十一平方公里，平均水深十四米。而由于即在严冬，

水温也不低于九度，所以鱼类最为丰富。我在那里，每餐都要饱餐鱼虾。而在北京，就连吃大头鱼也十分难得。……

张秀老三番两次谈约莳甘兄去九寨沟，我倒觉得，能有机会去西昌留住个十天半月，倒挺不错。尽管海拔高，对支气管炎不利，我也愿奉陪。

夜已深，不多写了。小林夫妇想已由香港回到上海了吧？祝莳甘兄、老兄两家老少安康。

子青
八九年一月十四夜

拔牙后情况不错吧？念念！又及

890209

济生兄：

读元月三日《光明日报》，惊悉莳甘兄又摔跤了！尽管只是软组织受了伤，从年龄说，可也够他受了！看来，对于他的起居，还得格外小心，应该经常有人随侍左右，不能疏忽。

我每天早晚仍然下楼散步一刻多钟，可是格外小心，不像过去那样快步行进了。而且，中间一定要找个地方坐下休息一阵。幸而去冬天气暖和，否则也不敢下楼。

原想集中精力，一气写完三十年的回忆录，可是竟然难于一个劲写下去。因为报刊上不少信息、文章，总不断叫人情绪激荡，思考一些问题，有时两三天无法动笔！

要谈感想，可太多了。近来看了一篇《文摘》剖析毛主席思想作风的变化，说他在延安如何反对个人崇拜、迷信，到了成都会议，由于工农业取得了一些成就，一下变了，说是全班人不服从班长不得了！从党说，不服从正确的领导，也不得了，因而提倡服从、迷信。……

原上海华东局那位一把手更加说得露骨，主张要迷信到盲目的程度，服从到盲从的程度。尽管他在庐山也显过身手，相形之下可差远了。

《文汇报》有篇杂文《毛病鉴》也很有意思，不知您看过没有？也还值得一读。作者魏明伦，《巴山秀才》的作者，好像经常在《文汇报》发表杂文。他那篇挖苦姚雪垠的文章，想必已读过了。去年底他还有篇揭露封建主义在男女问题上的差异问题，尽管还不无片面性。

他从鲁迅先生的《我之节烈观》说起，一直拖到景宋、宋庆龄和贺子珍。这篇杂文也值得一读。

好吧！暂且就写这一些吧。但望您收到此信时，茆甘兄早已康复！
祝
府上春节愉快。

子青

八九年二月九日夜

不知注意到没有，于光远去年底在一次座谈会上提出，希望大家不要只注意经济、物价问题，也该注意政治社会动向。而动向之一，有人开始为王、关、戚翻案了。首先是王力，其为之翻案的文章见于《文汇报》。

前天，《文摘报》又摘录了王元化一篇文章，希望赶快抓紧整理、搜集有关十年动乱的资料，迟了，会散失，更会走样。同时也透露了已经有了为某些角色进行翻案、申辩的苗头，可能也是指为王力辩解而言。

茆甘兄建立"文革"历史博物馆问题，已经搁置多年，没人提了，我倒觉得它比创建现代文学馆重要。所幸《文革十年史》终于解禁，总算保留了一部分资料，可说差强人意。

子青

八九年二月十日晨又及

随手翻阅了一下昨晚给您的信，怎么会连自己的名字也写得不清不楚，但或也懒得添改了，乞谅！又及

890217

济生兄：

还有件事，我觉得先向您打个招呼。我的孙女杨阳本届即将在西安交通大学外语系毕业，而毕业考试之前，得到上海外贸单位实习。

时间约在本月底或下月中旬。她向我提出，到上海后，希望我介绍她去看望一下巴金爷爷。她在高中时就读过芾甘兄的著作，还向我十分天真地赞扬过。

孩子相当聪明，尽管她在上海可能实习两三个月，在我的叮嘱下，她当不至于经常去打搅芾甘。但望她到上海后能赐予接见！

子青

八九年二月十七中午

890226

济生兄：

十五号手书早已拜读。只因最近肠胃经常出点毛病，每天又忙于翻报刊，往往一混一天就过去了，以致迟复，乞谅！

真没想到，魏明伦的杂文竟然使得上海文教界那位人大动肝火，为文驳斥！当然，把细一想，却也不足为怪：此公原来就是一个腹内空空、而满脑子却又有无法计数的"左"的可爱的狂言妄语。……

而不管如何，魏是有才能的，值得爱护。最近，四川《电影与戏剧》上有人评介他的去年发表、并由一个川剧团演出的《夕照祁山》，

认为远比他的《巴山秀才》《潘金莲》写得好。这是诸葛亮的重新评价，指出他杀魏延杂有一些主观意图。而评介人根据史实，认为他有根据，分寸也掌握得好。我还没有看过演出、剧本，就谈这一些吧。苇甘兄前年在自贡可能见到过他。

最近一个时期《群言》《新观察》，还有《光明日报》，可读的文章不少，深感论政议政的民主空气日益浓郁。尽管花去不少时间，可也十分欣喜。不过，我仍将尽力克制，力求早日写完回忆三十年代一段经历，以便写些《随想录》一类文章。

苇甘兄谅必已经出院，千万记住，以后的配备专人，最好是小祝、国燦照顾他的起居。祝府上大小安康。

子青

八九年二月廿六夜九时

890227

济生兄：

我早就想告诉您，并请您转告苇甘兄了，去年底作协四川分会陈之光来信告诉我，省委已拨了一笔专款，责成市文化局负责整修你们东通顺街旧居，只是语焉不详。我想，李致同志可能有较为详细的函札，因而我也就未去信清问了。

去年我陆续看了两篇访问梁漱溟老人的文章，深感作为一位对中学①的文化，以及佛学研究，特别他的经历十分值得重视。最近，看了《文摘报》摘录自《文汇报》（也可能是《文汇月刊》）记述他五十年代初，在政协会议上顶撞毛泽东的经过，希望了解他一生治学、为人的心情，更为高涨。因为尽管他顶撞引起严重批判，他可毫不让步。

---

① 中学：指相对于"西学"而言的国学。

据《文汇报》陆续发表的那两篇文章说，当时空气十分紧张，弄得何香凝、张表方等都为他惴惴不安，希望他能做适当检讨。周总理乃拍电报给杭州的沈尹默，请其劝说马一浮先生到北京劝说梁，因为总理知道他们是莫逆交，马可是拒绝了。认为梁性格倔强，极不容易自认理亏！

我很想看看《文汇报》那篇文章的全文，如果方便，希望您能搞一份掷下！

子青

八九年二月二十七日上午

890326

济生兄：

大札收到已久，只因最近经常都出一点小毛病，以致迟复，乞谅！

苇甘兄不知已出院否？至念！好久以前曾读过李晓一个中篇的缩写稿，令人欣喜，可惜尚未读到全文。本月初魏帆捎来若干印得有苇甘兄画像的信封，要我签名，说是文学馆四月间将去成都展览苇甘兄六十年来的成就。这些信封可能是赠送来宾的，其中一部分冰心、萧乾已经签上名了。

我最近一向不仅经常得点小病，同时，一些国家面临的大问题，人口爆炸，粮食减产，文盲越来越多，社会风尚越来越令人担忧。那首"全民炼钢，全民度荒，全民下乡，全民经商"的顺口溜，可以说大体概括了五十、六十、七十、八十年代我们国家的大体情况！

今天，周克芹乘休会来看我，大家谈起文学界为了开辟财源的情况，真叫人哭笑不是。去年一位四川作家也向我说过一些文艺团体的经商热，我曾经说过几句情激之言。我说，"开妓院可能最赚钱了，何必还挖空心思找门路呵！"而目前，尽管还没有堕落到开妓院，五花八门的生意可更多了。一位专业作家竟成了商界能人，大受领导赏识！难道这就是所谓精神文明？真令人痛心疾首！

《回忆录》也好久写不下去了！想起就很烦躁。主要的困难是我采取的写法每每受到时间、空间限制，不如一人、一事写去自由、方便，已经写好的八九万字，真想让它报废，另起炉灶。同时，《左联》时期，主要后期，人事关系复杂，确也很难处理。而《睢水十年》之所以能一气呵成，也同当年的处境相当单纯，大部分时间远离文坛。

好吧，想说的太多了，而时间已经八点一刻，得准备睡觉了，以后再谈吧！我已拜托柯灵同志捎带《杂记与回忆》若干，其中有两册送您和苇甘兄。

祝

苇甘兄、您老兄阖府安吉。

子青

己巳二月十九日夜

今天翻阅了昨晚写的，似乎有点语无伦次，但我也不想添改了。真想就此停笔，不必勉强搞写作了，不服老看来不怎么行！

二十日上午

890412

济生兄：

四日大札收到，大作《一点感想，一片希望》也已拜读。文章写得很及时，值得广为流传！尽管一直都两个文明并提，而谈论得最多却只有"物质文明"。特别在谈成绩和希望时，往往离不开孔方兄：收入增加多少，展劲①再增加多少。经济过热倒主要表现在收入消费上，以至不少灵魂工程师也丢盔亮甲，一切向"钱"看了！

我已忘记是否告诉过您，四川作协一位专职干部，去外县深入生活。由于丧偶，期间同该县一位商业局长结婚了，可能由此得到不少做生意的绝招。后来放弃创作，由分会任为办公室副主任，于是为本单位广开财源，颇得领导赏识。我所租赁的新巷子院内，草木茂盛，还有不少盆景，是过去那位房东多年经营的结果。很不错。

我说不错，因为休息时可以观赏，同院住的作协职工也大有同感。可是，那位商业局长夫人，却比我们进步多了！似乎以为独乐不如众乐。一天，她带了两园艺工人到院内来，停留、嘀咕一阵，后一问，原来她准备以院内的盆景为基础，发展盆景，供一些宾馆、饭店购买或租用，乃至向港澳推销。为此，她准备在我卧室外走廊上安排一个把花进行加工的基地。这一来，我炸了！

我素有失眠毛病，日常生活也怕外人干扰，怎么经受得起花工、顾客们将会带来的各种声响呢？幸而作协领导照顾我，把这项转移到前面那个院坝里去了，而后面这个花圃中的盆景也随之转移前面去。至于以后的生意如何，当然不得而知，可能生意很不错吧。因为有时上街，经过那个新辟的花圃时，但见盆景有增有减，可能出卖一些，随又增加一些。财源相当舒畅！……

单为这个向"钱"看的故事就写了这么多，尽管缺乏细节，且有不尽准确之处，可已叫人感到厌烦、劳累和不快了。还是掉转笔头，谈点别的吧。可容我再补充几句：四川分会个别实际负责同志，为了开辟财源，还硬把一位诗才有限，经商却满有办法的青年诗人扶上副主席的位置上。我想，西彦、柯灵诸位之所以连理事也没有当上，不至于是昧于经商吧？而我的推测，未免对上海作协的选举太不敬了！千

---

① 展劲：川语"加把劲"的意思。

万不要外传，否则必将受到谴责！

在收到来信前，我曾看一则报道，即将出版一册怀念沈从文的专集中，有芾甘兄一篇万字长文，那时我就对他的健康情况放心了。来信虽然说他尚未完全康复，但是日有进境，特别思路清晰、敏捷如故，同样令人欣喜。至于生活已大体不能自理，对于一位八旬多老人说来，也属寻常。至于我，虽然勉强支持，多半由于伏案写作时间不多。可也因此成就平平，比他太差远了。

前天读四川寄来的《文摘周报》，第三版有两则消息。一，摘自《社会科学报》，说一位姓陈的教授认为近现代影响中国民众有十本书，《天演论》《饮冰室文集》《孙中山著作》等而外，文学方面有《水浒》《三国演义》《阿Q正传》《激流三部曲》。一则是摘自《上海家庭报》，主要是谈芾甘兄的家庭生活，特别对萧珊同志的深切怀念，想来您已经读过了。

孙女杨阳，因为参加"托福考试"成绩较好，现在为争取一笔留美的助学金，又在准备参加另一种试卷来自美某大学的有关单位，因而去上海的实习，就延误了。而如果能去，她一定会去求您领她去看望她的巴金爷爷！匆祝
芾甘兄和您哥子府上老、中、小均安！

青

八九年四月十二日

我看到一则消息，上海有两本书，《四种主义在中国》《第四代人》轰动一时，北京可买不到，能帮我各买一份否？还有，我这一届政协榜上无名，这倒是件好事，以免老要请假，老是于心不安。又及

89××××

济生兄：

　　小孙女杨阳前去看望您，请赐予接见。并请您带她去看望她早已渴想亲聆教导的巴金爷爷。当然，我已叮咛过她，芾甘兄有病，即或已经出院，年岁已大，精力有限，在沪实习期间，断不能常去打扰。这孩子相当听话，她一定不会过于麻烦你们！祝

夏安，并请向芾甘兄问好。

　　　　　　　　　　　　　　　　　　　　　　　　子青
　　　　　　　　　　　　　　　　　　　　　　　　八九年夏

890714

济生兄：

　　您好！我已于本月十号深夜回到成都。由于飞机误点，双流当天又下了雨，尽管家里人去了不少，有人扶持，可也把我累坏了。今天还很困乏。

　　特别一时还难于适应新的环境，不管气温、散步，都一时难于合理解决。不过，终于是故乡嘛，家人也大多在成都，且有不少老友、前辈，很快就会适应起来。

　　北京市长向人大常委所作报告，想来已看过了，多少也有点吃惊吧？祝

芾甘兄、您哥子两家安康！

　　　　　　　　　　　　　　　　　　　　　　八九年七、十四日

　　中宣部文艺局召开作家座谈小平同志讲话心得的报道，也看过吧？其中无一作协成员参加！

890725

济生兄：

我回成都已经两星期了！您七月十三的信是一个星期前收到的，今天，正拟回信，又收到您给刘俊光同志写的介绍信，以及刘去木樨地扑了空为我留下的便笺。

先说"中篇小说系列"吧。我看了看目次，简直感觉迷茫，几乎没有两篇我还有清醒印象。尽管除少数作品，比如徐讦的《鬼恋》，有的我还相当喜欢过，如萧红和郁茹，更不用说苐甘兄的《憩园》了。可是要我写序，简直无从下笔。而如果不愿另请高明，则非提供资料不可，万一你们以为可以提供一个初稿，更好！

以上，千万代为向刘同志说明我的实际困难，早已到了停笔的年月了，要他多加原谅，设法解脱我这项重任！

现在，就随便谈谈心吧！得十三号手书后，对于我因出现的那一场还在冒烟的、惊心动魄的局面，真是思绪纷繁，感觉自己对于现实政治情况，所知太有限了！而且感觉非常迟钝。……

想谈的太多，人已累了，余容他日再谈。祝

苐甘兄、您哥子两家安康！

子青

八九、七月、廿五日

890820

济生兄如晤：

来信收到不久，我就因前列腺肿大，以致尿道闭塞动了手术．安上人工输尿管。而因在家疗理不善，输尿管滑落了！于是又住院再动手术。这次，因为输尿管安插困难，医生就在肚脐钻个洞安插！

第一次安插人工输尿管时，已经痛得令人难于忍受，这一次更痛得人狂呼乱叫，大出洋相！而这两次手术，远比我前几年在北京协和医院割腹治疗十二指肠还疼痛若干倍！现在，痛苦尽管已经过去，由于人工输尿尚未拔除，行动可困难极了！

我住的省人民医院，趁此时机，我又开始治疗痔疮。这不怎〔么〕痛苦。而每天下午可得坐轮椅，由家里雇来护理的一位五卅①的雇工推着走将近半里多路。幸而省医院满院古老香樟，倒也相当叫人高兴，可惜成都近来阴天太多，而一落雨，就寸步难行了。

据主治医生昨天检查，认为尿道问题，尚得一些时候才能解决，也就是拔除人工输尿管，看来还得受十天左右的活罪呵！也许由于性格急躁，我有些过甚其词。既来之，则安之，我应该像芾甘兄那样，拿出全部耐心来渡过这一难关，不必自添烦恼。

由于以上原因，复信迟了，乞谅鉴！至于为中篇小说集写序问题，我当按照来示所言，努力以赴。只是担心是否会延误该书出版时间，因为何时出院，尚难预料。

病中草草奉复，匆祝

芾甘兄、您哥子府上全家安好！

沙汀

八九、八、二十日

891006

济生兄：

赠书收到，谢谢！真想一气读完它，只因青光眼妨害过大，以致一切认遵医生劝告，暂时不要看。不写字了。而且是否短时期能动手术，最后解决前列腺肥大问题也难于判定了！可能也会像辛笛那样，

———————————

① 指年龄五十三岁。

长年挂个尿袋打发日子了!

正因为上述原因,"小说系列·中篇小说卷"选稿入伍加伦、钟德惠、潘显一三位虽然长谈一次,并他们体谅我的苦境,由我根据该卷内容口述了序言的格局、措词,请他们拟一个初稿,然后由我核订。

可是,一晃两个月过去了,至今没有下文,故而特以奉告,专此。

顺祝

编祺。请代问候苇甘兄。

沙汀

八九年十月六日

891030

济生兄:

大札、剪报《巴金的近况》都早已收到了。剪报甚至已经看了两遍,且已介绍给刚虹了。因为她也向我谈过一些巴老的近况,当然非常有限。

李致从上海回来后,曾忙忙匆匆来病室同我见过一面,说他到北京开会后到过上海,见到过巴老,一俟他传达了北京开会的内容,就来找我谈谈巴老的近况。可是至今还未向我摆谈过!而寄来的剪报却使我知道了不少巴老的家庭情况,特别小棠夫妇的情况。

本该早回信的,只因大病初愈力不从心,以致拖到今天。可我下月初旬又将去北京了,一俟到京,再给您信吧!

巴老、您老兄两家老中小安康!

沙汀

八九、十月三十夜

891222

济生兄：

有关茝甘兄寿辰盛况，已在《人民日报》（海外版）得之大概，无限欣慰！

茝甘兄的寿辰，我记得是十月十六日，当时我尚在省医院。也曾预定想当天去百花潭一游。可惜那天气温低，又不曾同李致联系上，而医生也一再叮咛我严防感冒，延缓康复时间，以致未能如愿！

前天，得吴福辉电话，说他曾陪王瑶到上海参加茝甘兄的学术讨论会，可因感冒回来不久就病逝了！而北京近来也有不少人患感冒。今年气候太坏了，因而尽管返京即将两个星期，至今尚未敢下楼散步！当然，人也相当困乏，有气无力。

我没有订阅《开放》，该刊也未寄赠。倘蒙复制一份大文寄我一读，以便能较为详细的知晓茝甘兄寿辰盛况，那太好了！有关茝甘兄学术讨论会上，有什么详细记录、重要文章，也希望能于便中寄赠我一份，以广见闻！

此外，如有便人来京，请为我买三四瓶"雅仕洁口净"捎来。因为这里无法买到，而它用起来又远比牙膏方便，我又有口腔病。谢谢！

今晚就写这一些吧，余容稍缓再谈。

祝茝甘兄、您哥子全家新年快乐！

子青

八九年十二月二十二日夜

900123

济生兄：

读了剪寄的《病中巴金》后，本来就想给您写信的，无如青光眼来了个恶性爆发！肿胀，成天热泪盈眶，视线模糊，医生判断，若不抓紧治疗，又有报废可能，并应停止写作同阅读，尽力保护目力，轻下来了。

现在虽然已能勉强写点必要函札，一般仍然很少动笔。因为眼压虽已正常，肿胀流泪也已减轻，可是却累疲过度。虽在成都省院的眼科医生就断定我右眼是青光眼，而由于病情并不严重，仅只视力模糊而已，不大在意。回京不久，药用完了，也未再备。同时加紧写作三十年代回忆录，这一来也就□死！

目前正在协和青光眼专科，那位教授自谓抗战期间在四川住了十年，读过我一些作品。作家一般都敏感、热情，容易激动，而这一切对于我的目疾却大不为利！

大札所谈文艺界一些情况，我亦有所闻，且有同感。然而，我已经吃八十六的饭了，且有顽症缠身，只好不闻不问！

写的不及想说的十之一，颇为怅然。祝

苻甘兄、您哥子两家阖府春节快乐

子青

今日的文坛，我感觉可能是王副主席的座上客，大名鼎鼎的诗人在进行策划、安排。

此信写于春节前四日。又及

900217

济生兄：

大札、废稿都收到了，谢谢您！这篇"文革"后回忆贺总的文章，您能代我抽掉，特别对其他一两篇文稿中的错误加以删削，真是糟糕，我自己太粗疏了！

目前，我写字、看书都大受限制！这不仅由于青光眼尚未根本好转，精力也特别差，晚上往往整夜失眠，以致白天精神特差，老想躺在床上！

前日《中国老年报》刊发了一则消息，报道上海铁路中心医院老中医颜德馨，研制了一种适用于老年抗老延年，乃恢复气血的中成药"衡记二号"冲剂。由于他讲的较为合理，上海电视台加以推荐后发生了较为深广的影响。

兹特将这篇报道剪寄给您，务请分神帮我探听一下其疗效究竟如何，以及药价及邮购办法。当然如果纯属吹嘘，那就算了，谢谢。

祝苘甘兄、您哥子健康、愉快！

子青

九〇年二月十七日

900313

济生兄：

近好！前信谈的那位左得可爱的名人，我上星期听一位长住北京的同志谈起，才知道他在"文革"搞得热火朝天时就有名。因为他在一家刊物上主编了好几期轰动一时的"大批判"专辑，影响不小！……

好吧，对于此公就谈这一些吧，其实我也所知不多。我写此信，主要是想告诉您，马小弥至今尚未将"口洁净"送给我，而口腔病则日益严重！……

"青光眼"虽然可怕，但是，即或右眼报废，我仍然能活下去；而如果口腔弄来无法吃喝，则有丧命之虞！至少，像现在样无法吃足够食，身体也会更加虚弱。千万代我催问下马小姐吧，谢谢！祝

您哥子、苘甘兄两位阖府安泰！

沙汀

九〇、三月十三日

900317

济生兄:

昨晚写的信，今晨付邮，催问"洁口净"何以尚未送来。中午，吃完饭刚想午眠，没有想到小马来了!

不过不是小姐，而是少爷。这只怪我对他两姊弟的名字一直含混不清，差点写信，去找魏帆，要她代我催问一下她妈妈捎的"洁口净"!好吧，现在总算盼到了，但望有便再寄赠少许。"多病所需唯药物，余生此外复何求"，我年来的情况，几乎与此相近。

当然，我之所以多方追求治疗宿疾的药物、保健器械，不只是想多活一些年月，也还想写一些"回想录"之类的文章。但却不想参加文学界一些活动，其实也不会像那位东山再起的名流，会约我参加什么活动，可以说，年来几乎被遗忘了!而且不止是我，就是光年、荒煤、冯牧，他们也很少出头露面了!何况是区区呢?! 您注意到没有，近来不少座谈会都没有他们!

就此带住吧! 祝

苇甘兄、您哥子阖府安康!

子青

九〇年三月十七日

我最近由作家出版社印行了一个中篇小说集，包括《青枫坡》《木鱼山》和《红石滩》。因为都是"文革"以后写的，因而我提名为"走出牛棚之后"。一俟精装本装订好，将赠送苇甘兄和您，请求指正! 又及

文集赠送者变化情况:

草明:若她未转告新址，则将书寄中国作协转。

周扬:已去世，可将书转我这里，到时设法给他女儿。

周克芹:已去世，书可不再寄了。

聂荣贵:已从云南调回四川，书可寄至四川省委。

900417

济生兄：

原本送茚甘兄和您精装本的，催之再三，昨天算得一个相当确切的答复了。说是书店家底薄，精装本成本高，而且他们将来还要印一批作家的选集，这一来问题就多了。因为都非印一部分精装不可？所以最后决定一律不出精装本了！

因此，现在只好送你们平装本。另外，务请设法代我赠送《沙汀文集》全套给"左联成立旧址纪念馆"，谢谢！祝
茚甘兄、您哥子全家康乐！

沙汀

九〇年四月十七日

茚甘在府上接受苏联授勋仪式，《文艺报》的报道，早读过了，很激动，很高兴！又及

失眠愈来愈加严重，简直弄得终夜不眠！但又不愿服安眠药，怕上了瘾后效果全无。看来无药可医！奈何？三及

济生兄：

上午，刚给写好信，并在《从牛棚出来之后》二册上分别签名，准备明天托振亚同志捎给您，从医院回来就奉十四日手书。

我已不大过问时事了，所述两会花絮，倒也有点意思。近来，此间的热门话题是"亚运"！几乎遍街都是迎接"亚运"提的广告，似乎只有开好"亚运"中国才像一个近代国家，或者像一个国家！真快把人弄糊涂了！也许自己已经落后多年！

还有个偶然听来的消息也令人不解，大专学校不必说了，不少文化单位也都得到通知："五四"前后几天，当日不必说了，都不要去天安门广场。当然它要叫人联想起去年五六两月发生的政治风波，脑子

太迟钝了。

王瑶之猝然逝世，我倒是知道的，有位熟人曾经陪同他到上海参加那次学术讨论，但却不知道他为女儿遭通缉、乃至失媛万般痛苦。……

天气虽然暖和起来，可是，除开去医院治青光眼，仍然未敢轻易下楼，因此连"文学馆"开馆纪念都未参加。我不曾看过荇甘兄受勋的电视，我早已不看电视了！

子青　又及

"雅仕·洁口净"刚虹又从成都带了两大瓶来。是在四川口腔医院买到的，以后还可以买，您就不必从上海为我买了。如有便人，上海制药一厂的"清宁丸"倒不妨捎两瓶来。协和有的，是西药做法炮制的，我老感觉疗效较差，谢谢！

900430

济生兄：

二十日大札奉悉，五卷《文集》样书也收到了。平装、精装，还是照以前各卷样，过去多少，五卷也多少。而且，凡是由出版社直接代我赠送友好的，照样由出版社寄发，其余的，则请分别寄北京、成都舍下。

上海连日阴雨，这里一般天气晴好，只是仍然感觉相当冷，前三天还来过一次沙尘暴！大半下午、夜间，黄沙蔽天！尽管窗户关得很紧，室内仍有黄沙侵入！想必已在报上看到了。

我至今仍然未敢下楼散步，也照样穿着两件毛衣，还有薄统绒衫、背心，同过冬差不多，除了每隔一星期去协和治青光眼，必须下楼。此外，只分别看望过夏衍、冰心、吴组缃，并去卞之琳家祝贺他八十诞辰，简直不曾走动！

最近将进行党员登记，自报去年五、六两月活动，看来还得去作协开几次会。祝

苕甘兄、您老哥府上全家安泰。

子青

九〇年四月三十日

曾托"左联"成立会址纪念馆的邓振亚同志拙著二册、一封信，不知已否收到？信上我想托您代我赠送纪念馆我的《文集》一套，谢谢！又及

每夜服三十六粒清宁丸，便秘问题解决了。对失眠，可服过多种药都无效应！三及

900506

济生兄：

今天终于把小马盼望来了！药当然也收到了：四大瓶洁口净！加上您上次送的，还有刚虹来的四瓶，尽够今年一年用了！

可是，我却一直以为小马送来的，将是目前需要的"清宁丸"，却落空了！据小马说，这种中成药只有上海才能买！因而只能立刻写信向您呼吁了！

再三再四为些小事麻烦，请原谅！祝

苕甘、老兄健康、愉快。

子青

九〇、五月六日

本年《延安文艺研究》一段值得一看，保定讨论会的报道已看过了，增长不少识见！又及

901102

济生兄：

我请秦友甦同志代我回您的信，谅必已收到了。尽管出院已经一个星期，我还未下楼散步，不光是腰间吊个尿袋太不雅观，虽然这也算得顾虑之一。老实讲吧，尽管专家要我从回家那天起每个月还得去换一次输尿管，因这管子是用来使经手术后扩大的尿道固定，并可以自主地蓄尿排尿的。但结果如何，尚难预料，光景我得带起它一道去火葬！此外，肺气肿、失眠、四肢软瘫更叫人觉得已经到了生命的末途。这不是丧气话，我已经很难看报、写字了。这次是我的一个大胆行动，而写好还得让秦同志抄一份给您。

主要是谈你们几家出版社决定的作家自己推荐一个比较满意的短篇小说，合印成册，介绍给我国和外国读书界。本可选《在其香居茶馆里》《代理县长》《丁跛公》《防空》的，还有《兽道》，而我却选了过去很少有人提及的《在祠堂里》。因为我感到它触及到问题相当深广，环境、气氛又那样阴暗，而就在这种气氛中，由那些落后的家族七嘴八舌地评论，而这篇小说的女主人公却只是在活活被钉进棺材前简简单单说过两三句话！这不仅仅是两三句话，而是新女性的英雄的乐章！它表明人是有生命力的，它绝不会永远被埋葬在地层的深处，永远不见天日。而胜利终必属于新的一代！

当然，可能这是头脑一时发热的呓语，因而先寄给您请代为进行考虑，若果不行，就由您另自代我选一篇吧！《其香居》《防空》《代理县长》都行。而且不必同我往返商量了，我绝对信任您！万一挨起骂来，也绝不会往您哥子头上推。敢于承担。

当然，若果不太麻烦巴老，也请他对选稿表示点高见吧！还有主要的，请方便时告诉他，若果明年夏秋之间我体力稍有恢复，我就同他到杭州小住，再吃杭州的"三杯鸡"。

李晓这样久了，怎么不见发表小说了呢？是在经营长篇巨著？我

祝愿他早日完成！请向他转达我对他的评价、期望！祝
您老兄、巴老府上全家康乐！

沙汀

九○年十一月二日

又：所附三十年代照片，家存仅只一张，用后切望退还！

910205

济生兄：

手书奉悉，承关注，谢谢！不过我不止口腔毛病深沉，眼睛也不行了！右眼青光眼，可说已经报废！左眼白内障也相当严重！现在，看书、阅报，都得用扩大镜！真太不痛快了，一切都别扭扭！

幸而尿袋早取消了，还不曾发现有多少不便之处。此外，饮食也已大加改善，已经存在令媛所见的情况了。而且早上银耳、晚上牛乳，一般说健康情况逐渐好转。不过，菜蔬，特别鱼类，太稀有了，也贵得吓人，而鱼几乎已不知其味了！而有些蔬菜，则全靠刚虹供应。

回成都定居，不再北京、成都一年来回奔波，目前正在同京蓉两地子女商筹中。而不管如何，每年夏、秋两季将坚持在成都住！飞机不行，就改乘火车！……

今年，关于苔甘兄国际学术讨论会，他本人当然会去，希望老兄也去百花潭看看吧！其他面谈吧！

《沙汀文集》在老兄的帮助下，总算快出齐了！赠书，我自己购买多少，谁平装，谁精装，一概照旧。祝
苔甘兄、老兄全家春节愉快！

子青

九一年二月五日

910305

济生兄：

茅甘兄和您哥子春节过得还不错吧。我近来一般说还不错，只是便秘、失眠，弄得人很苦，您两三次寄赠的清宁丸，原本效果很好，竟也不中用了！

因此，昨天又去协和找中西医治疗，尽管带回好几种药，效果如何，尚不可知，看来得从日常生活中想办法，加强食物治疗。

杨刚俊早已迁居于"绵阳市马家巷市委干休所"，赠周克芹的书，可以不寄了，改赠吴福辉。匆祝

茅甘兄、您哥子全家康乐！

沙汀

九一年三月五日

910307

济生兄：

是忙中有错？是脑已经不大中用了？看来是后者！今天，我同我的助手小秦谈起将赠周克芹的书转赠吴福辉，要他查一下我现存的《沙汀文集》还有哪些？他笑道："用不上啊！吴福辉有你的文集。"

是呀！他写我的传记，难道会连我的文集都没有吗？而传记中评价了我好几篇文章，则是明摆着的！因此，还请继续寄他文集，赠周的当然照旧不寄。祝

编祺！

沙汀

九一年二月七日

四月清明节于悼念周扬苏灵扬后，我就回成都了。是否定居成都，

则尚未决定。刚宜夫妇似不愿离开现有工作岗位。不少家具、书最不易处理！还怕交际多起来！又及

911220

济生兄：

两次手示奉悉。小丛书序文，黄曼君、吴福辉两位中，任随您约请一位撰写，都好！

我的生日，也冷冷清清，连菜都没有多加两样，只是刚宜忽然警觉用高价买了条花鲢供我享受，而因为口腔问题，吃起来也麻烦透了，十分小心！

茆甘兄的生日，我不知道，只记得他长我一月左右。而若果确知他的寿辰，至少，至少我会举杯遥祝他寿比南山！

我们常去医院，奈何！祝

茆甘、您老兄全家新年快乐！

沙汀

九一、十二月、廿日

920224^①

济生兄：

元宵之际，惠书寄至，阅后甚感亲切。你和茆甘兄春节过得都很愉快吧！

节前给你的回信没有收到，是不是新年前后信函、明信片太多，误投遗失，也未可知。只是让你和诸多关心我的朋友惦记，心中实为歉然。

------

① 1992 年的信都是由沙汀口述，秘书代笔。——编者注。

十多年了，这算是第一次回家乡过年吧！小儿刚宜一家也从北京回到成都，除一个孙女在美国留学外，一家老小都到齐了。合家欢聚，热闹非凡，虽然偶感疲乏，心情还是非常高兴的。

济生兄，你的心那么细致，连吃饭说话这些小事情你都想得那样周到，关心备至，真是叫我说什么好呢？你离开成都之后，经过调养、休息，我对成都的气候和环境已经基本上适应了。你来时我每天还要吸两次氧气，不然就喘不过气来，现在已有个把月不用吸氧了。特别是成都的东西既丰富又便宜，我胃口也不错，身体又长肉了，精神也感觉好多了。对于眼睛和口腔的问题，已联系了一些专家，待天气暖和之后，再去检查诊治。最近脑子开始想些事情，一是想尽快把"回忆录"整理出版。另一点是呼吁有关方面尽快把"四川李劼人研究学会"成立起来。

通信不畅让蒂甘兄费心了，感谢他的关心问候，代我向他问好，注意保养身体。向西彦、柯灵、于伶等老朋友问好，谢谢他们的关心。即颂

安康！

沙汀

一九九二年二月二十四日

920427

济生兄：

先后两次寄来的《木鱼山》都已收到，你待人真是太实心了，让我怎么感谢才好呢？信中谈到巴公对我的关心，很高兴。最近身体还不错，想不到这么快就适应了离开十几年的家乡气候和环境。眼睛失明我已不在乎，也习惯了，只是口腔不能戴假牙很糟糕，最近天气好了，就去医院找专家看看会好些的，切勿挂念。

《收获》上的那篇文章《一生不悔》确如你说的，由我口述录音，秘书整理完成的。像这样一两千字的文章我已搞了三四篇，感觉在还不错。所幸北京和四川给我配的秘书都很不错，再则思维和记忆都还很清晰。最近又写了和《校园文学》主编的谈话，给"马烽、西戎、孙谦、李束为、胡正创作五十周年学术讨论会"的贺信等等。关于编一本《作家应该到前线去》，一来纪念《讲话》五十周年，二来对那段生活十分怀念。内容主要是炒陈饭，把在延安时写的报告文学、散文收在一起，有几篇是最近才找到，解放后没发表过的。这本书由北京的秘书编，我写了一篇后记。

　　关于日记的出版，四川文艺社登门索去后一年多了，开始说能出这样的书荣幸得很，最近又以经济效益为由搁起，实在讨厌，想不到现在出一本书竟如此困难。明年我就满九十了，想出一本《沙汀自选集》，收中短篇小说、散文、报告文学。待篇目确定之后，再向你请教。

　　听说李晓在写长篇，作品出来没有？他过去的作品我读它很不错，相信他一定会写得很好。小林还在编《收获》吧！够她忙的了。

　　我的乡村小说出来之后，除了赠书之外，我再另买二十本。

　　问蒂甘、柯灵等上海的朋友们好！

　　即颂

安康！

一九九二年四月二十七日

920603

济生兄：

　　来信和样书一一收阅，有你、蒂甘这样的老朋友关心我，心里有说不出的高兴。尽管眼睛看不见了，有时不免寂寞，但一想到蒂甘和你，想到几十年的友谊和感情，心里就充实了。你们都称赞《一生不悔》我很惭愧，我知道你们是在鼓励我，非常感谢！

《文集》七卷出齐了，真不容易哦！我最近碰了几次壁，才知道出书如此之难，长此以往我们的文化事业怎么发展呢？这部长达七卷、历时这么久的《文集》终于出版，全赖老兄的全力相助，非常感谢！特别是这最后一卷中收入的文章，有的我已记不起了，你们悉心搜求，编入集子，想来费了很大精力，实在令人感动。

现在我手里还有一些存稿和重要信件，待整理出来之后，再送你审阅。

最近张秀熟到家里来看我，本该我去，他非要来，让我很是不安。张老后年百岁，我、芾甘、艾芜也满九十，张老说到时请芾甘回家乡，大家好好团聚团聚。到时你也回来大家高兴高兴。

祝全家安泰！

沙汀

一九九二年六月三日

920619

济生兄：

《乡镇小说》十五本昨天刚刚收到，听秘书说印刷、装帧都很精美，我非常高兴，真不知道怎么感谢你才好。

这部书我想再买三十本，十五本寄北京（复外大街×幢××号，刘小漪、秦友甦收），十五本寄成都。书款从版税中扣除。

今年11月是郭老诞辰一百周年纪念日，四川要搞比较隆重的纪念活动，最近我为《纪念集》口录了一篇三千字左右的文章。

最近我到华西医大的口腔医院找专家给我镶牙。由于长时间不戴假牙，牙梗已有些萎缩，医生尽量想法安，若能成功，就不用再吃糊糊了。

芾甘近日还好么？天气热了，请转告他多多保重身体，九十岁的时候我们几个还要好好团聚呢！

　　即颂

安康！

沙汀

1992.6.19

920718

济生兄：

　　来信悉知，迟复，乞谅！

　　我的文集和《乡镇小说》能顺利出版，全赖老兄竭诚相助，我深知现在出书太艰难了，感谢之情无以言之。邮购书款已汇出数日，请注意查收。

　　纪念郭老诞辰百年的文章，我已酝酿好长时间，所以回忆口述起来都还顺利。秘书又将一些史实、时间找来资料进行校定，最近已经完稿，约三到四千字。眼睛看不见，就好回忆、思索一些问题，因此只要精神还好，总想再写一点东西，哪怕三五百字。这也是我们爬惯了格子的人的一种惯性吧！

　　近日成都气候很糟，连下一个星期的绵绵雨不断，忽冷忽热，很难将就。15号我肺气肿的老毛病又犯了，住进了医院，不过病情很快就控制住了，望兄勿念。

　　上海的天气怎么样？芾甘的身体还好么？往年夏季都要去杭州避避暑，今年去了没有？请转达我的问候，多多保重。

　　于伶从事影剧六十周年的活动我从报上也已看到，代我向他表示祝贺！

　　《乡镇小说》的稿酬我还没有收到，也许快到了。有空也请过问一下。

匆祝

撰安!

沙汀

一九九二年七月十八日

921028

李济生同志:

你好!

我已于十月二十六日出院,回家后生活正常,心情也好多了。

《沙汀文集》已出了七集,不知你还能继续帮助我编辑出版否?从你来信中的口气好像以后你不负什么责任了,是否连编选集子都不管了,对此事我十分纳闷,我真希望你能帮忙到底,不知你的意见如何,盼来信明白告诉我。

请向巴金好友问好,请他多多保重。我们都是同龄人,愿友谊给我们以温暖。

你的身体近况如何?盼早日康复。祝

安好。

沙汀

1992. 10. 28

921106

济生兄:

收到来信我很高兴,但得知你跌伤了左臂又十分担心,你也是年过七十的人了,饮食起居都要格外小心才是。

进入七月盛夏之后,我的日子就不太好过了,住了三个月的医院,最近刚出来（10月26号）。主要还是肺上和支气管方面的毛病，输了大量的液和抗菌素，手上扎得血管都找不到了，痛苦不堪，简直害怕继续在医院待下去了。现在回到家，有暖气可以保持恒温，身体恢复也比较快，感谢你和苈甘等老朋友的关心。医疗费的问题，前段时间是遇到一些困难，见报之后省委很重视，立即拨了五万元，现已解决。请转告苈甘，他让小林打的电话已知道了，谢谢老朋友的爱护。

苈甘也从杭州回来了吧？转告我的问候，不要太累。我们这个年纪，干什么都要量力而行。中秋前夕我去看张秀熟老师，他今年九十八了，对生活充满信心，身体也不错。他鼓励我，要活过九十，他要活过一百岁。我很感动。

据说我的文集，七卷出来之后，就编完了。不过"文革"后写的《青枫坡》《木鱼山》《红石滩》没有收入，不能不是一个很大的遗憾！我想请你向出版社领导转达一下我的愿望，再搞一本第八卷，将这三部中篇收进去，这样整个文集就完整了。如果经济上有困难，我出一点钱也可以。此事烦兄多多相助。

郭老诞辰百年，我写了一篇文章，分别交《四川文学》和《文艺报》，将于近日发表。我心里还有很多东西想写，只是身体拖了后腿，只有慢慢来吧！

即颂

撰安

沙汀

一九九二年十一月六日

致李小林

小林：

　　来信刊物都收到了。你参加《浙江文艺》编辑工作的事，你父亲已来信提到过，并代为你约稿。我已早为《浙江文艺》记上一笔账了。但我目前一时尚无法偿还，因为我正着手写一中篇，支气管炎又发作了，既不能把中篇搁下来，更不能在病中同时又另外写稿，而且年老身衰，脑子精力都大不够用！每天只能写千余字。同时我另外还有账得还。加之长期脱离实际，可写的东西也并不多，何况经过无产阶级文化大革命，读者的要求提高不少，不能不采取较为严肃的写作态度。你看了前面一席话，可能大为失望！最后我不能不向你预约：至迟我一定争取明春寄篇稿子向你们请教。

　　问候你和你爱人及你们的小宝宝！

子青
七月二十六日

小林：

　　前信谅已收到。谢谢你们寄来的虾干！

　　王朝闻同志已去重庆。他和其他两位美术方面的同志，将由渝直接返京。我去车站送他们，又叮咛他为《浙江文艺》写稿的事。这是我在此第三次叮咛他！他说，他将专为你们写一篇谈《十五贯》的文章，并将写信给您。您的通信处我已开给他了。等阵，您直接同他联系吧！《记贺龙》已付排，我曾要济生转告您，意在提醒您，我那篇回忆文不宜久搁。如领导批准，最好早点发表。祝您和小祝新年快乐，工作顺利！

汀
一月九日

人民出版社三编室那位同志，一直不曾来信。你们可以不管它。但如你们先发表我那篇东西，最好在后面加两句说明。你托王仰晨打听没有？又及

780430

小林：

您的信收到好几天了，因为近来相当疲累，故未即复。徐迟同志已回武汉。但我已托人捎信给他，代您催稿去了。而且五月初我也将去武汉出差，还将当面代您催问。我不止将去武汉，还将到上海、南京和杭州跑一趟。我希望能鼓动您爸爸同我一道去杭州住几天。但不知他挤得出时间否？他忙，我也忙，瞎忙。我好久没给他信了，也有意不打扰他。罗荪已来京好几天了，只通过一次电话。他住友谊宾馆，太不便了。祝

您和小祝安吉！

沙汀
四月三十日

小棠能考上复旦我很高兴。又及。

787011

小林同志：

最近一个时期，很少，简直没有给您父亲和您写信，但却时在念

上。之所以未写信，实在由于担心会干扰您父亲，以为倒是让他多有一些写作时间、休息时间为好。他的任务、活动已够多了。

《收获》复刊后，当尽力为它写稿，组稿。艾芜有个长篇，明年定可改好，当他于下月由东北转京时，即先向他打个招呼，我相信他定会支援《收获》。高缨将来如写成"冬岩初暖"二部，也将代《收获》约稿，劝他投寄《收获》审阅。

抗战时期，我在晋西北、冀中有三本日记，现在尚存一本。住医院的时候，我精神稍佳时偶尔就翻阅两三页。一直考虑：如果根据引起的回忆，实事求是地加点工，是可以作为回忆录发表的。这一册所记事实。多为从晋北进入河北后的经历，共约六十七日。如能改好，我准备题为《在敌后的六十七天》。日记本身约五万余字。加工以后，可得七万多字，这不正可向《收获》投稿吗？

现在的困难在于字迹太小，真可谓蝇头小楷，又系在战争环境中随手写的，不免潦草，必另抄一份，才能加工。这是目前困难所在，我自己呢，时间精力有限。我的儿子、媳妇虽然可以抄，但是他们又得忙于联系工作。现在正设法物色适当人选，问题总可以解决吧！

不久前得济生兄信，他说您父亲在做体检，不知结果如何，颇以为念！立波同志，我国庆前又去看过他，虽因"化疗"头发脱落甚多，情绪却很不错。他毕竟是在出生入死的斗争中生活过来的人，所以尚能对所患病症等闲视之。可惜我家里去三〇一医院太远了，所里车子少，坐车的人却不少，我又几乎处于休养状态，不便随便要车，否则我想每周去探望他一次。

文研所的工作，我几乎三四个月未多过问了。因为院领导和荒煤同志他们多所照顾，不愿拖住我不放。看来，我将逐渐争取到一些合法的创作时间，只是来信较多，有时且有来稿，还多少有些社会活动，比如近十天，因为参加了三次社会活动，人又像快垮了。

不知不觉一下竟写了三页，他日如能同你父亲和您见面，一定会哇啦哇啦不休。因为已好久未通信，未见面了。望多多照顾您父亲。主要设法减少他的社会活动。

问候您父亲、您两位姑姑、小祝小棠。我的小孙女叫涟儿，两岁不到，比端端还调皮。

子青

十、十一日

现在已经不敢随便乘公共汽车、电车了！因为身体已远不如去年了。又及

781026

小林同志：

十八日信，收到。《创作回忆录》当尽力而为之。此事看似易，怎么个写法，却还得认真想想。《六十七天》，因为那册日记尚未找到人抄写，因而何时能已交稿，就难说了。《创作回忆录》当写信给艾芜代约他写。夏衍同志等见面时也可代为约稿。周扬同志身体既差，工作也较忙，他又不是搞创作的，看来就约了，也不大顶事。再者夏、艾两位我代约后，你们还得写信去约，去催。还有孙犁同志年来写了不少回忆文章，他也能写。是否你们也约约他呢！

我近年早晚都做点轻便运动，看来还得向您爸爸看齐，加强一点。最近作协三个刊物的编委开了四天座谈会。我去"远东"住了三夜四天。因为不便做必要运动，日程又紧，昨晚回来，人又感觉不大行了！看来行动必不可少。但愿您爸，持之以恒！

问候您的全家！

沙汀

十、二六日

我现在虽仅有小屋三间，但可能较小马处宽一点，下次您如来京组稿，欢迎您到我家里住。——真是可喜可贺，我毕竟有个所谓家了。听说王蒙有个长篇叫《风景这边独好》曾向济生提及，前天又向罗荪谈起，他说你们已经写信给作者了。见了吴强同志，乞代问好！又及

790121

小林：

信前天就收到了。前天去看了立波，提了提要他为《收获》写创作回忆的问题，他有些迟疑，我就未再提了。主要是因为背后打听了下，他的病表面平稳，实际却已加重。不过他自己不知道。各方面都对他保密而已。

夏衍同志处，曾见一面，但因脑子日益不管用了，竟自忘记提及，虽然过去已告诉过他，今天我写了信给他，是叫刚宜送去的。作协春节茶会，可能还会看到，当再催问一下。艾芜我当面向他提过，要他将长篇写好后给《收获》发表，创作回忆事没提过，因去年来京以后，我极少与川中熟人，特别文艺界的熟人写信，就连家也少去信。这同生活忙乱，有时情绪欠佳有关，但也仿佛怕招惹是非口舌。

这里降雪以后，我几乎连门也少出了，散步也在楼上两三间屋子里胡乱走走，同时楼上楼下上下各四五次，凑足四十分钟算事。因为风寒太重，担心感冒，更担心由感冒引起哮喘，乃至肺炎那就太糟糕了。

校样尚未收到，等我收到时《收获》创刊号可能已出版了。不过，我相信您的话，那篇东西不至有毒，至少不至于有剧毒。你们出国，如从北京起飞，是所望也。祝

您、您爸爸、姑姑们、小祝和端端出门见喜。

子青

一月二十一夜

任白戈住成都文庙前街××号。

荒煤的文章我倒催过，可能已寄给你们了。会时见面当代催问一下。他将于下月初去昆明主持文学所的规划会议，我不想去，已请准假了。又及

790211

小林同志：

上午正在阅读《灵与肉》时，您来了电话，我今早给你济生叔信中谈了点这两天的情绪，这里还想补充一点：这几天读初步评选的优秀短篇小说，有几篇作品。也使我很激动，这《灵与肉》就是其一。看了这些新人新作，真叫人高兴！这篇小说中的秀兰竟是三年困难期间到西北逃荒谋食的一位四川少女！叫人想起当年不少情况……

还得赶着看作品，简单说吧，我那篇东西如何安排，就烦您全权处理吧，不过这两天，我对那篇东西是否值得发表更加没有把握了。可以问心无愧的是我没有对自己做任何粉饰！那里面出现的就是我，以及我所见所闻和所感的一切。

当然，仍然不排斥读你们的任何修改意见。（任何意见我都愿意详加琢磨！）因为未能直接和您通话。特于济生信中附上一页。祝
您爸和府上各位安健！

子青

二、十一日夜

艾芜将于本月十三同高缨同志一道，应云南出版社之邀去旅行一月，不知他的长篇已寄交《收获》否？请代致意吴强同志。又及

790214

小林同志：

自从得到你长途电话后，也许既得学习中央工作会议文件，又得赶着看群众评选的短篇小说吧，心情一直很不安静，因而也老是想到我那几十天日记！本已附一信于您济生叔函中，一切都拜托您全权处理。但有一点我尚未提及：如果编辑部同志有不同意见，认为不宜刊用，也请您全权处理，千万不能因为您爸爸，你们全家同我关系深远而碍于情面，勉强引用！而且我也决不会因此不向《收获》投稿和拉稿了！！！匆祝

选安，问候您爸爸和府上各位！

沙汀

二、十四夜

如果真的可以刊用，当然就按你们的安排，分两期发表。我只怕你们碍于情面勉强刊用！

790528

小林同志：

您爸爸和你们回家后都很好吧？我最近照样忙，但因本日得艾芜信，他说，他的长篇将来一定交《收获》发表。还说，他已经答应小祝，就算是决定了。他一再修改，原稿改得很乱，现在正准备找人重抄一遍，他也谈了谈小说的思想内容，和他自己的一些看法。我准就我所见回他一信。但又担心自己的看法错误，这就会帮倒忙！其实，我们的看法基本上并无多少出入，只是想提醒他一些值得注意之点而已，所以也就不一定写。匆祝潭安！

子青

五、二十八日

7907××

小林：

　　来信收到，我已决定暂不回四川了，留京疗养。但已给高缨同志写信，为《收获》约他的中篇。同时，并托他代我看望艾芜、马识途两位，为《收获》约稿。艾芜稿，即那个长篇。我认为不会有问题。他给我信时曾说他前已答允过小祝了。当时他正在找人抄写，随后又因尿道阻塞进了医院，因而事情就拖下来了，至于马部长那篇《夜谭十记》，如尚未答允其他刊物，他会考虑给《收获》的。倦甚，不多写了。问候您父亲、您俩位姑姑、小祝、小棠、您和小端端！

子青
七月

附790302

小林同志：

　　刚才读完《上海文学》二期上的《独特的旋律》。感觉是一篇难得的佳作！正因为此，我才忍不住来给您写这封信。特别结尾读后忍不住敞声大笑，一蹦而起。《人民文学》通知我，过几天将在新侨开短篇评选委员会，尽管发表时间不对，我也准备提谈几句。当然，也许只在私人间聊聊。祝好！代我问候您父亲，姑姑。

子青
三、二日

　　这是三月间写的信，早过时了。现在也顺便附上。

子青　七月

790930

小林：

今天收到济生同志信及《收获》。从济生信中，知道您爸爸咳嗽一直没有痊好，又常感疲乏。您可得劝他加紧治疗，不要过劳。同时还得对付一下来访的人们。倘是非见不可的朋友，也可提醒一下，不要搞疲劳轰炸。我刚去看了茅公，坐了十多分钟，我就赶紧走了。

看到《收获》，我相当高兴。而拆开一看，才是"五月号"①，我可早就想看看"四期"了。为了想看"四期"，我还准备给你写信问问呢。因为想到您既然要参加《收获》的编辑工作，同时又要作您爸爸的秘书，工作分量是不轻的。结果没写。我现在才知道时间对一个人多重要！

刘俊民这名字很熟，很可能就是绵阳那个刘俊民吧？此人同我女儿很熟，我也和她接触过好几次，是能够写的。想顺便告诉您，我那本敌后的《日记》早已抄改好了，因为牵涉到的人和事太多，实在没有勇气给你们发表。而如果我思想再解放一些，我一定给你们。问候您爸爸、您两位姑姑、小棠、小祝及端端！祝节日快乐。

汀

七九年九、三十日

791025

小林同志：

您的信接到好几天了，因为情绪不好，未能即复。随又应《文艺报》之约，写悼念立波的文章。直到昨天才写成。我不做事还不错，一动脑子，或活动过多，就得吃安眠药才能睡！看来只有进养老院了，当然也还不甘心。

---

① "五月号"为"第三期"。

《收获》稿子相当紧张，也是意料中事。目前大刊物太多了，我倒觉得应该进行调整才好，旧的恢复已久，且有历史影响，应大力支持，就不必再竞相出丛刊、季刊了。不过这也只是我个人的想法，也只能私人闲谈了。

我是从未忘记给《收获》约稿的，昨天立波的长子周健明来，我还劝他将一部中篇初稿改出来寄你们看看。至于我那几十天日记，我将争取今冬明春做出最后决定。总之，只要有机会，我一定为你们约稿。我已经有对象了。您该来京照料一下您父亲的日常生活！您能来吗？祝你们全家安泰！

青

十月二十五日

周健明已有一部中篇，即将在"人文"出版。他已见到样书了。只是我尚未拜读。又及

据传，您万叔叔快要做新郎了，不知你们有所闻否？又

791113

小林同志：

今天清理积压下来的来信，来稿，对小说《新的一天》，没想到一气就读完了。我又有选择地重读了一遍，对个别用字，用语不当之处，用红铅笔画了记号。重要的是第七页追述主人公经历那一大段，我感觉不够明确，充分。似乎需请作者加加工。特寄您看看，《收获》如认为可用，请径与作者联系；如认为根本不可用，而又不可能提出具体意见，则请原件退还给我。祝好！

子青

十一月十三夜

791220

小林同志：

上个星期给您的信，谅已收到。毛星同志的稿子，已于今日寄出，不知是否能用，盼早见复。我希望能用，否则请直接挂号退我，由我亲自退还作者，因为文章是我约他写的，得善为解说。

周健明也回信了，诉苦说情绪不佳，一时难以动笔，我看他不写也好，万一触及家庭问题，不好处理。他的中篇倒寄来了，但他要我先看看，然后决定是否寄给《收获》。因为他自觉一则内容不合潮流，二则有些粗糙。没办法，只好我看后再说了。

您父亲咳嗽痊愈否？至念！今天去所里开了半天会，上星期在茅公家也开了半天会，只丁、刘二位请假。就此带住。敬祝

您父亲、姑姑、您和您爱人、弟弟及端端安吉。

青

十二、二十日

800218

小林同志：

前复一信，谅已收到。那封信上，我说王平凡同志告诉我，沈从文同志的房子问题，因在"友谊"给他租了两间屋子，已基本解决了。作协春节茶会上碰见他，才知道，我所听到的情况早已成为过去，可能是王调往文研所前的事，实则并未解决。历史研究所原也为他在崇内大街建造的楼房中分了一个单元，两间大的，小的一间，共三间给他，但因楼高，楼房也小，他不愿搬。幸好周扬同志恰好也在一道，说将另外帮他解决。因为您父亲一再关心此事，我前封信反映的情况又不确切，故特函改正，补充如上，请告诉您父亲吧！

匆祝

春节愉快！

沙汀

二月十八日夜

李季同志已将他拜访令尊事告诉我了，您□□也去□□日本吧。
又及

您婶婶的病是否已有起色？为评选去年短篇，我正开始逐篇阅《人民文学》送来一二十篇作品。您劝我不要拼老命，我的老命可不能由自己掌握呵，奈何？又及。

800229

小林同志：

昨天得来信，今天又收到您父亲的《随想录》，代我谢谢他吧！

读来信后，昨晚我就同周扬同志的秘书打了电话，要她向周扬同志谈一下沈从文同志的房子问题，同时也谈了谈国煤的问题，她告诉我，沈的房子问题，周已嘱托过院部负责人梅益同志了，催其火速解决。国煤的问题将即刻向周反映。

我也相当天真，上星期回黎丁同志信中，谈到您爸爸时，我还说现在好了。国煤已调回，做了他的生活秘书。因为一月底碰见罗荪同志，他告诉我没问题了。手续已经办了，完全忘怀了现在有些事办起来并不那么容易，关卡太多！但是您得好好劝劝您爸，不要着急，不必生气，一有机会，我一定会为这两事敲敲边鼓。

那次同您爸爸一道去日本，是很难忘怀的。去年我住医院，经常翻阅的书，就是您爸爸的《倾吐不尽的感情》。因为它让我重温一回那次旅行，感到无限喜悦。但要再随他去趟日本，看来是不行了，精力有限，近两年又容易生病，在国外躺下来实在不可想象。我这个冬天，可以说健康情况相当不错，但您知道我是怎么生活的吗？几乎同旧日的产妇那样，极少到室外去，怕招风寒，以至引起哮喘。这样一副身体怎么能出国呢？不是反给你们带去些麻烦么！

还有，再不写点东西，没日子了！我知道您爸爸为什么得去日本，而若果不是从大局着眼，我相信他也不会去的。李季同志已经将这事的经过，就其要点告诉过我了，文代会后，您爸爸临走前，我告诉他，我准备写一本十万字的小说，他给我打气，要写，就写它二十万字的！当时我暗中已经写好万多字了，但是文代会后，却难以为继了。因为有许多问题逼得您得动脑筋！……

您问我现在在干什么，要是您能看看我书桌上堆积的东西就知道了。单是《人民文学》送来的评选小说就一大堆，可我从未忘记答应过的事情，我准备写一篇回忆李劼人的文章给你们。好吧，祝

您全家安吉！

沙汀

八〇、二、二十九日

小林同志：

还有一件事我忘记了。请您代我问候问候您济生叔叔吧！我几次想给他写信，但不知怎么说好。因为我也算是过来人啊！深知他目前的处境很不轻松，写信可又不能不触及这事！

我多方探询，抄到夏斧思打油诗一首："六箱洋参到锦江，高师男女竟同窗。报馆无端遭封禁，威古龙丸引兴长。"这是为写回忆李劼人寻访到的，请让您爸爸叔叔看看，让他们乐一乐吧！

沙汀　又及

800427

小林同志：

日本之游乐乎？我在北京时就从电视上看见你们一些活动情况了。据艾芜说您爸爸身体健康，令人感到欣幸。我在这里组织上很照顾，尽管仍住旧居，文艺界的同志却很少来找我，有的来坐上三五分钟，看我十分困乏，也就走了。

李致同志来，倒谈了不少。当他讲到《在彭总身边》的续编时，我忍不住想大笑，看来《收获》已不便刊登，只能让他们已经印好的四十万册在国内销售了。他还对另一个问题做了解释，而主要是谈我的选集问题。他说，您爸爸、艾芜都将出选集，既然如此，我只好奉陪了，谈得较多的，是选集的内容问题。

五月内，省文代会期间，我将去医院检查身体，镶牙。去医院前后，得参加一次创作座谈会。省文代会开幕那天，也许还得去起点点缀作用。为《收获》写稿事，时在念中。看来只有健康恢复后才能兑现，请代致意吴强同志，并谢谢他寄赠大作。祝
您爸爸、您的全家安吉！

录音机已收到，劳烦您了。

沙汀

四、二十七日

800620

小林同志：

来信收到，前几天省文化会上碰见李致同志，他告诉我，他听到传言，你父亲最近情绪欠佳，但又不知底细。我听后一直纳闷。得来信，我算是了解了：可能正为国烁调动事又卡住了。现在，有时候办件事也真难！正如鲁迅先生说的，搬张桌子都要流血才办得到。当然

他是指旧社会而言。可是积习难移，在我们新社会也会出现，不过请你父亲宽心，也请您济生叔宽心，我已经想到办法了，而且希望不小。即将转托任白戈同志为云南的负责同志写信，同时我还将直接拜托一位在该省政协任副主席。至于情况及事情经过，特别调动的必要性，将由我在给任的信中说明，请其一并附去。

我跟周某可说糊涂虫，碰到糊涂蛋了。此公看来求成心切，也有点儿自满，因此在得济生兄信后，几经考虑。我已于昨日去函罗荪同志，我评介他一部小说的文章，得慎重考虑，是否就不必发表了，因为我既有肯定也有否定，而批评得是否太重一点？手中没有底稿，我拿不稳。我还做了一件笨事：把我反复琢磨那本书的优缺点时所随手写的简短评语，以及修改建议，原书寄给他了！这会引起怎样一种后果呢？我也只有准备挨骂好了！"人之患在好为人师"，真是活该！此事千万守口如瓶！

尽管我未曾参加小组会，又非代表，大会却为我安排了一个发言。虽经推谢三两次，看来无法推托，这两天我也为此感到头痛，因为我多少了解此间文艺界存在的问题，省委对这次会又非常重视，如果在发言中不接触实际，光说空话，问心有愧；接触实际吧，那就得准备让人骂一些"妈妈的"！当然如果实在非讲不可，总得考虑分寸，而且必须写成稿子，照本宣科，决不放言高论，不计效果。……

《睢水十年》看一遍之后，感觉讲得太粗放了，记录者又不了解当日社会情况。错漏也不少，还得认真加工，大量增加细节。我已经动手改了一小部分，全部改完还得不少时间，因为一天只能两三页，一是精力差，二是毕竟应以休养为主。不过那本《敌后七十五天》倒已经校改好了，并正觅人抄写。但是否发表，我还得认真考虑。我不是怕暴露自己在战争中一些软弱的表现，也决不删去这些表现。对于其他同志，则尽量采取姑隐其名，以及在措词上审慎从事，我是担心招致讥议。说我"不甘寂寞"，把日记都弄来发表了，至于在战争中表现出来的恐怖，作客思想，特别想念妻小，那我倒准让人笑话，特别让"英雄们"嗤之以鼻，我还得为国燦的事写信。就这样带住吧！

已代约了高缨，其他两三位，也将代《收获》约稿，代我问候您小叔和婶婶。祝好！多多劝您爸爸，注意劳逸结合！问候你们全家老青小安好！

沙汀
六、二十日

您父亲明年果能回四川度夏，我也一定回来，但决不干扰他。将力求能让他既能得到休息，也能写点东西。这里省委负责同志对他一定会作出恰当安排，旧地特别重游故乡，可以唤起很多回忆，他不是要一部二十年的作品吗？回来一趟更有必要！

二十一日晨

810108

小林同志：

当您接到我这封信时，《敌后七十五天》，可能已寄到《收获》编辑部了。我没有寄你，一则由编辑部处理较为方便，二则听刚宜说，西彦同志跟他讲过，您爸爸将去从化过冬，又久未得您来信，怕收不到。我六日曾寄吴强同志一信，可能他会转您一阅。

我经过近半年的疗养，健康颇有恢复，曾同您济生叔通过两三次信，我在成都的情况，想必他已告诉您爸爸和您了。返京后听刚宜说，您爸爸比去年——应该说前年差些，托他办这样事，那样事的人不少，他又来者不拒，勇于助人，言下不免有些为长者担忧。可他又说，您爸爸食量远比我强，这又差堪欣慰。

明年夏天，您爸爸如去四川，我一定奉陪，在成都接到您的信后，我就向省委文教书记反映了。返京前夕，我又向他提过一次，同样表示欢迎，并保证他既能安心工作，又可得到休息。省文代会后我之所以弄得相当忙乱，因为反右扩大化我有一定责任，不能不为一些同志说说话，解决一些问题，否则会很安静。

周克芹同志的通讯处是：四川简阳红塔区委员会。稍缓我也可去信，代您催他写稿。我去年向您提到过的贵州文联石果，已开始在贵州刊物上发表作品了，不知你们有意向他约稿否？祝您爸爸和你们的府上新年快乐！并请代为安慰您济生叔。

沙汀

八一、一、八日

为防感冒，以及引起旧疾复发，回来个多月了，我只出过五次门！文学所的职务，看来还得过渡一个时期才能摆脱。幸而。我目前的社会活动已大为减少，作协组织的茶会，我一次也未参加！稍缓将争取前去看看茅公，返京后我只写了封信向他问好。又及

810119

小林同志：

十五日信收到。拙作放在三期发表我毫无不同意见。个别稿件应该服从你们刊物的整体安排，我给吴强同志的信，不知您看到过否？我发表这篇东西，是准备让一些人笑话的。而我之所以直接寄编辑部，无非怕你们碍于情面，让其滥竽充数而已。既然可以备用，千乞你们将来付排后详加校雠！欠妥处还可协商解决。

年岁不饶人，一过七十，总是一年比一年衰老，希望您和国烁多为您爸爸日常生活分劳。来访者过多，至少可以于客人到达时打过招呼，请其不要进行疲劳轰炸。这是会生效的。

今年夏天，还是动员他去四川住住吧！一定可以保证他得到休息。

您可以告诉他。三洞桥邹鲢鱼已经在念谈他了:"这么多年巴金怎么都不来成都玩呢?"他也确乎久未回家乡了。

您济生叔的处境是可以想见的,因为我也是过来人呵!务请代我多加安慰。祝

您爸爸和府上各位安吉。

沙汀

一、十九夜

810131

小林同志:

周克芹的通讯处,所谓"红塔"是简阳一个乡镇名称。这个乡镇上有区署和区委会,所以单简单写法,看来写简阳红塔区委会就行了。他家乡间,经常赴场会去区委会的。我疑心这个"红塔镇"即"连贯镇"。

我在成都时,给过他两次信。因在病中,是我口述。因我们三人都较熟识的缘故,托其寄给他的。这封信写好后,为稳妥起见,我将亲笔写封信寄他,仍请那位我和他都熟识的同志代转。

《敌后七十五天》你们都认真看过吧?君子爱人以德,不要开玩笑呵!寄校样来时,如有任何修改建设,都请一并见告,千万不要客气。

今年夏天,一定劝您爸爸去四川住段时间,他的赫尔岑回忆录不知已出几册了?至以为念!

您小婶婶病情留连,想起来为济生和病人都感到痛苦。阖府春节快乐。

子青

八一、一、三十一日

致李致

李致同志：

今天收到你社送来两册成都会议时，伟大领袖和导师毛主席选的两本诗集。谢谢你们！我早听说过，也很想读读，直到今天算实现了。想你一定给苇甘兄寄得有，不知尚能找两三份给我送老冯等熟人否？我十三日动身，盼能早日费神送下。若不收费，当用你的名义带给老冯他们。匆致

敬礼

沙汀

九、十日

李致同志：

毛主席所选《诗若干首》，无论如何，请再代买五套，因为好多同志都得送。林林同志且已致函给我，要这一套书。今日见面后，又提及此事。因他做对外工作，需要这一套诗选。匆致

敬礼

沙汀

二十四日

77××××

李致同志:

　　人老了,脑子不够用了。您那天来,我竟自忘记将带上海的东西交托您了。便中望来取去。还有,如不便,一时不会去省医院,请将那张眼药仿单退我。我想自己再看看。就把该药用了再说。不能继续使用,也还可照旧用法可放。我怕搁久了会失效。

敬礼!

　　随手抓来一张废纸就写,太不礼貌了!请原谅。

　　　　　　　　　　　　　　　　　　　　　　　沙汀
　　　　　　　　　　　　　　　　　　　　　　　即日

　　我前天感冒了,正治疗中。看来尚无大碍!又及。

780116

李致同志:

　　人民文学出版社王仰晨同志要我代他买毛主席所选编的那两册有关四川的诗集,还有周总理的诗集。此公同巴公、同我都相识有年,人很不错。请你务必代买一下——各一套。能买两套更好!因为我的已经送了人了。该款若干,他日见面时奉还。你能代我先将送王仰晨的各一套挂号寄去,则更为感谢!因为近日冷冻较大,也较忙,我已多日不出门了。

敬礼

　　　　　　　　　　　　　　　　　　　　　　　沙汀
　　　　　　　　　　　　　　　　　　　　　　　十六日

780720

李致同志：

　　文联开会期间闻您曾来北京，竟未能一见，至今尚以为歉！你们派来的编辑两次我都见到了。第一次谈到鲁迅诗传问题，因而谈得较多。曾庆瑞同志如能做到他在导言中所提要求，这倒是一件值得高兴的事。他前日又有两封信给我，因为同志们照顾我，已由许觉民同志处理去了。

　　至于你们准备出版何其芳选集事，我们没有意见。而且由你们来办这件事也合情合理。因为所里的事务忙乱不堪，最近又将搬往东郊暂住，以便另建新的办公大楼，事情也就更麻烦了。因此，我们的意见，由你们先拟一个篇目，然后大家互相商酌，做出最后决定。如果由我们搞，那将拖延时日，不知要何年何月才能定夺了。

　　你们要我出一本从未收入过集子的小册子，我没意见，但是我没时间，这事也得由你们代劳搜集。但是，我想，就连"文化大革命"前两三篇新创作的东西全都编入，恐怕字数也嫌过少。那么，再等个年把，或者将其他未曾编集，而又勉强可以保留的东西，也收进去又如何呢？恐怕也太少了。看来还是搁一搁好。

　　我曾一再请托您帮我找一份文化部门揭批田禾那个发言，您至今没有兑现。因为我一直想搜集一些这方面的材料，写一个"四人帮"的代理人在四川的反革命活动的中篇小说，也有不少设想，只是苦于材料不足。仔细想来，"批林批孔"以后，四川的"帮派"所串演之丑剧，特别是革命人民群众的反映，可谓多矣！你们如果能在这方面帮我点忙，我可以为你们写个中篇！

　　当然，这首先得有材料：书面的和私人谈话记录。二呢，目前工作过紧，得明年才能根据所掌握之材料具体进行构思。而最决定的因素是材料！

　　高缨同志听说早下去了，这很好！

匆致

敬礼！

沙汀

一九七八、七、二十

780804

李致同志：

你们注意出版四川地方作家的选集，我觉得好。不少省区都出全国性的选集，就颇有重复之感。以我们现有的印刷能力和器材说，也是一种浪费。其实，可办、应办之事并不少啊！

《鲁迅评传》的导言，我早看过了，感觉作者的一些主要观点不错，并以之推荐给文研所其他负责同志。目前，作者已返北京，但因我正住院体检，将由其他同志约其面谈，提供一些必要参考意见。但我迟早总还得约他面谈一次。你们这项工作抓得好，是件大事。准备写鲁迅传的人，有，但最好能多有三两种版本。

有关我的选本，还是由你们先提个选目吧。我实在提不出来！如以"四人帮"垮台后写的为准，即将三篇悼念性的文章编入，字数也少。即或放宽尺度，把"文化大革命"前三两篇谈创作的文也收进去，字数上的问题虽然勉可解决，但已失之过杂。因为现已收集到七篇《敌后琐记》，如能再搜求篇把，将过去经过蒋记检察官删过的加以增补，倒还勉强像个样儿！但又恐东西陈旧，你们未必愿出。此书曾由艾芜经手，准备在桂林出书。后纸型放烂，就搁下了。

你们肯在材料上帮些忙，我确乎有决心写一个以"四害"在四川从嚣张到垮台为主要内容的中篇。今年因故以致返川之行一再衍愿，每年回家乡住段时间从事写作的计划则一直未变。因为我设想写的两三篇东西，地方多在四川，而且还必须在四川补充材料！

出一本陈翔鹤选集事，我很赞成，且已托人向冯至谈过了。他也很高兴，表示愿意和商量着编选这本集子。

疲累不堪，就写到这里吧。匆复，顺致

敬礼！

沙汀

七八、八、四日

780816

李致同志：

昨天接到你社二编室一份三年规划草案，我有以下几点意见。

（1）李劼人的作品，从内容到语言，最具有四川地方色彩。有《李劼人研究》，而无他的作品，看来值得考虑。

（2）出一册《陈翔鹤选集》，好。是否也可考虑出一册陈炜谟的选集、一册林如稷的选集呢？我记得，解放后林写过好几篇研究鲁迅的文章，不过并非"权威"之作而已。

（3）有关新的作品，孩子未出世前，不要先把名字定了，特别不要公之于世。一旦胎死腹中，作者岂不大出洋相？揭批"四害"的东西，我是决定要一试的，而成败则颇难预料。

（4）《近作集》，也不好编，前已有所陈述，并有出版《敌后琐记》建议。《电影文学剧本》大标题下，无具体项目，使我想起了拙作《嘉陵江边》，你们可否找来翻翻，大体尚可入选吧？

（5）川籍作者一般喜用方言、土语，考虑编一册辞典，如何？……

敬礼！并请致意二编室的同志。

沙汀

一九七八、八、十六日

耿富祺是否即松鹰？他那本东西，我看过初稿，加工后会很不错，是本好书。省委宣传部还有个李铁雁，写过一个中篇，你们社里可能有人知道。你们同他有过联系否？又及。

我曾向"人文"问过，他们准备重版《大波》，未提到是否还要出《死水微澜》，你们是否向"人文"联系下呢？作者还有《天魔舞》，只在报纸副刊上发表过。又及。

780916/17

李致同志：

来信及附件均收到。附件抄后即寄还。

我是前天才出院的。但尚在服药，医生及所内同志也都要我再修养一个时期。以后即上班，恐怕也只能每周去三个半天。但是，需得动用脑子，则当不止三个半天。

首都医院这次检查结果，还没有发现不可救治的"隐患"。主要还是肺气肿和慢性支气管炎，以及脑主动脉硬化。圣陶老人也住同一楼，毕竟年龄大了，一时尚难出院。

我现在算勉强有个所谓"家"了。但也无非日常生活方便一点、安静一点，少一点"作客"的气味而已。房子则是一位同志借给我的。

你说的对，巴公和我都有个"争分夺秒"的问题。他身体较我好，但社会活动较我为多；我呢，健康情况则比他差远了。上次他来京，未见到。我近几月来，也少给他写信：怕打扰他。和济生通信较多，因为他精力充沛，足以应付！想说的太多，十月间面谈吧！匆致

敬礼！问候你爱人！

沙汀

九、十六日

艾芜前天带队到鞍钢、大庆去了。这两处都是他旧游之地，又听了两位部长的报告，此行定获丰收。

曾君已将《鲁迅评传》上册交所里了。我同荒煤、党民都决定尽力给以帮助。我但希望他本文能与"导言"一致，或基本一致，感到更好！又及。

《青枫坡》下月出书。《短篇选集》早已付排；《过渡》及其他书也付排了，但今年内是不都能出书，就难说了。知念特及。

汀　十七日

781011

李致同志：

二编室寄来的《何其芳选集》编目及附件，早收到了。但我至今仍不能对选目中任何一项表示意见。因为对《选集》编目中不少作品，不是未曾读过，就是虽曾读过，可早已记不准确了。主要之点还在这里，文研所早已有个机构负责编辑其芳同志的文集，它既是组织批准的，又是其芳同志的家属同意了的。

即或我对某些文章的去取有意见，我也将先向这个专门机构的编辑同志提出，由他们进行研究后做出最后决定。其芳因自文研所创建以来，就负责主持全所工作，他的才能又是多方面的，著作甚丰；特别他本人去世了，在刊行他的著作上不能不慎重从事。而你们的选集，更不能不同文研所编辑的文集相配合，即在文集编目的基础上来确定选集的编目，千万不能操之过急！我认为这是一种真心爱护其芳同志，对一位全国知名的、党的文学工作者的负责态度。你们看来也正是用这种态度来从事选集的编辑工作的。

因此，我特别要求你们待文研所的文集编目确定后，彼此通过协商，来正确解决您社准备出版的选集的编目。并请告诉您社的二编室，

如有问题需要商量，请与邓绍基同志联系。专此奉复，顺颂

选安！

沙汀

一九七八年十月十一日

790207

李致同志：

信、书，前后三次的，都收到了。没有回信的原因很多，但我这两天却比较清闲了。原因到昆明去的，因为同志们怕我受累，家里又不能全走光，所以尽管干不了多少事，还是决定留下来"守寨"。

新年以前，我记得我曾回您一信。还拜托过您一件小事。如果您从我家里取去的书简中，有蒋牧良的信，就帮我复制一份，或摄影后将底寄来，因为我答允过牧良的女儿，这事不能失信！

《青枫坡》先后取了六十册，送光了！但前天又特别搞到十册，缓两天就一定寄您！其实，我寄回四川的，也只有五册光景。好多该向之求教的，都未送。这本书，看来琢磨太不够了。缺点和不足之处甚多，说不定还有错误。我曾向熟人戏言，这可能是我最后一篇小说！

您说的话极是。但才气、生活、精力有限，着急又有何用？与其老来出丑，不如另找门路。去年一年，真过去得太快了！但您不用发愁，我正在考虑为你们搞本东西。新的，得慢慢来，就是要给我充分的时间。总理六一年的两次讲话，想来已在学习。他讲得多好啊。在当前、今后都有极大指导作用！

我说正在为你们搞本东西，不用讲是旧作。近作可以稍缓一下，因为预感搞得来不如旧作结实。你们代我抄写的《敌后琐记》，一共已有七篇，正修改中。另外，我想从选入选集的三十年代的旧作中，选集个五六篇，进行认真加工，合为一册，名之曰《编余集》，你们要吗？

其芳的选集,为找茅公题签,我跑过两趟路。他很快就同意了。可尚未寄来。至于选集的题记,决鸣同志要我写,我已写出初稿。修改后还得打印出来,送有关同志审阅,最后才能定稿。时间可能在昆明会议以后。因为所里一些老同志都走了,又得让他们都审阅。

我一下就密密麻麻写了两页,我羡慕您信写得那样简练!祝
新春康乐!

沙汀

七九年、二、七日

790219

李致同志:

①我两本新出的小书,将由高缨同志转您。②《编余集》拟收三十年代短篇五至六篇:《汉奸》《撤退》《平平常常的故事》《我“做广告的”表兄的信》和《莹儿》(此五篇均见短篇集《航线》),其他是六至七篇《敌后琐记》,你们代抄的,目录就不写了。③所选短篇,按照当时的条件说,主题思想、艺术都还可取,颇有敝帚自珍的意思,颇多做了不少修改、加工工作,将来你看后,行,又行,不行,退我收了!④来日无多,谁不想多写点东西,但也得从实际出发,既不能撇开一切,不闻不问,也不能不顾死活地干,此点望能鉴谅!⑤《闯关》如不出,当付一定抄录工资。匆致
健康!

茅甘兄前晚已会见,谈话不少,但尚未尽所欲言!

沙汀

二、十九日

790302

李致同志：

　　前次寄您的编余集目录，你们审阅后觉得怎样？如以为可，下月即可寄出。这十二篇东西改得较多，也较乱，可又无法另抄，付排前只有麻烦你们想办法处理了。我杂事较多，有时颇以为苦。匆此，顺祝

健康！

沙汀
三、二日

790317

李致同志：

　　信收到。其芳选集题记，正征求意见中，修改后即寄您。李劼老该出个文集。艾芜同意，当然也应该出。我可不能同意，——等我翘了辫子后看吧。编余集所辑各篇，容我再看一遍，争取于月底前寄出。《闯关》的问题，已给青年出版社谈过了，他们还得考虑。专致

敬礼！

沙汀
三、十七日

　　我估计青年出版社可能让你们出《闯关》。我已同他们打招呼，因为我没时间改写！又及。

790411

李致同志：

　　您好！《编余集》已寄出多日，收到否？如不可用，盼即退回。《闯

332

关》如何处理，青年出版社尚无回音。我目前也挤不出时间加工。因你们二编室来信催还原书，兹特挂号寄还，抄件则暂时留下，如何处理，等以后再说。匆此，顺颂

编祺！

沙汀

四、十一日

790511

李致同志：

前两天正在给您写信，牟决鸣同志带了一位您社的编辑同志来，说您即将来京。她们走后，我就没有把信写下去了。写了几行，只好作废。到今天快一星期了，犹不见您来京，所以只得草草写上几句。至于您所询问各事，我同那位同志谈之较详，这里我就不赘述了。

敬礼！

沙汀

一九七九、五、十一日夜

790614

李致同志：

附信收悉。近患感冒，好在已经没问题了。请释念！集子的引言我直接寄您。给二编室的信，及《小鬼》改正文，因为横竖得由您审阅。老实说，我颇担心这本东西出版得太仓促了。内容也杂一点。匆致

敬礼！

沙汀

六、十四日

790624

李致同志:

　　寄您的稿件、信谅已收到。是否可用,你们有何意见?务请明白函告!如可用,何时付排,我毫无意见,只有一点要求,务必让我看看清样!

　　匆此,即颂

编祺!

沙汀

六、二十四日

790626

李致同志:

　　昨天刚才寄您一信,今天又来麻烦您了。因为看了《文艺研究》一期上我那篇东西,觉得倒数第七段:"当然,企图一次谈心就说服他"句"当然"二字拟改为:"对于其芳"。即"对于其芳,企图一次谈话就说服他,也不容易。"如该"题记"已付排,一定费神改正,实所盼感!致礼!

沙汀

六月二十六日

　　自然,你们如果不用我写的"题记",置之不理可也。又及。

790712

李致同志:

　　来信收到。因在病中,迟复,乞谅!我那个集子的清样,你们肯让我看看,很好。因为《闯关》不仅未大改,校对都没有得及校对!

《敌后琐记》等寄出后，才记起有几处还得斟酌。清样如本月二十前寄来，就直寄我家里好了。如月底或下月初方能寄出，寄出之前，请先来信告知，因为我准备离京疗养。还有一事，集名《涓埃》，请估计，一般说来是否稍嫌费解？若然，还是照你们的原建议改过来，叫作《朝花集》吧！怎样？请酌！致

敬礼！

沙汀

七、十二日

791011

李致同志、二编室同志：

　　经与冯至同志商酌后，我们已经请文研所临时抽调了白鸿同志负责专门集辑、整理陈翔鹤同志的作品，因为我和冯至同志对翔鹤同志的作品都不怎么熟悉。好在他的作品不多，他家属也信赖白鸿同志。在选编好后还得征求有关方面提出意见，不致发生差错，或较大差错。我估计，今年当可向你们提出编目。《何其芳选集》编目，大约年内也可确定。而且你们的选集，一定会在文集出版之前问世！致

敬礼！

　　关于翔鹤选集问题，请直接与白鸿同志联系。

沙汀

十、十一日

此信今日已给曹里尧同志一阅。

791128

李致同志：

寄赠的书及附信，都已收到。《闯关及其他》抄写好后，盼即寄来，我将尽快改好寄还你们审阅。《近作》亦当尽快使之能凑成个小册子。但主要还在中篇。可以说，我比您更着急！一瞬之间，一年就过去了！再这样下去怎么成呢？所以近来有时相当发烦。

川戏看过两场。本来很想多去看几次彩排，出些主意，结果未能如愿。一则最近较忙，二则我怕熬了夜会失意，所以只是向文艺界有关人士，——也仅限于熟人做了点联系工作。近日这里的一些群众活动，想来已从大参考上知道。我就不多说了。简单说，局面生动活泼，形势大好！匆致

敬礼！问候您爱人。

沙汀

十一、廿八日

《何其芳评传》是谁写的？我已经看过了。明日将向牟决鸣同志谈谈我的一点建议。我认为这本书作者已经花了不少功夫，基础不错，可以改好。又及。

791209

李致同志：

二编室寄来的抄件，已经收到。《闯关》何时能抄好寄来呢？至盼！

您寄来的剪报和信也收到了。写那个中篇，我也相当着急！可是仓促从事是不行的，还得进行一些必要的酝酿和准备。您寄来的两批材料，当然需要，但我更需要是，一，批林批孔以后一些大的事件的具体情节："四人帮"有关限制悼念总理有些什么条条款款？具体说法如何？何时、通过些什么渠道下达的？群众怎么自发追悼起来的？各

级领导对此又是什么态度？最好举一两个实例！除此而外，我最需要的是，普通干部、人民的生动反映。

我已经有过两三个构思了，但都不够理想。大的事件发生、发展的过程及其结果，是需要事先弄准确的，如我上面说过那些。但我想反映的却是群众的态度和看法，以及当时的一般风尚。请您注意这个，并望多方支持。匆致

敬礼！

沙汀

十二、九日夜

《何其芳评传》业已拜读。并已向牟决鸣同志提供了点参考意见，由她综合各方意见告诉你们吧！又及。

810313

李致同志：

三日信奉悉。经研究后，既然你们同意我对拙著选集的安排，我将尽力先将第一卷编就，并写好自序，争取本月底或四月初寄你们审阅。既是选集，应力求按我自己的水平说，编得精当一点。我估计约可二十万字。第二卷争取下半年编成，因为我准备认真校改一下那个中篇《青枫坡》。这本东西写作、修改，都过于匆忙了。不过也不敢于修改过多。第三卷的编选工作比较简单，《记贺龙》而外，决将《涓埃集》中的几篇《敌后琐记》收入。因此，《涓埃集》初版销完后就作废吧，已无需再版。此外，拟将建国后所写散文报道作为一辑加，看来也会接近二十万字。或者用我那篇《敌后七十五天》代替，使其在内容上更为一致。当然，究竟如如何，等到编选时再做最后决定。

创作五十周年，老艾著作等身，佳作不少，的确令人高兴！但即使对他，我也要求您和其他同志简单从事为好。对我，更宜不声不响。

特别当前正在大力恢复党的传统作风，更应多加注意。至要！至要！祝

健康！

　　请代问编辑部同志，我不另回他们信了。乞谅。

沙汀

三、十三日

810416

李致同志：

　　茅公逝世，叫人精神上很难受。加之，最近琐务又较多，《闯关》今天才校订好。序，选集的，也写好了。兹特附上一卷目录寄上。《闯关》则已挂号付邮。如果需要重抄，则请代为办理，费用由我承担。

　　二十个短篇，除开《代理县长》，我都不做修改了。目次则按写作时间先后排列。《访问》曾于去冬发表于《四川文学》。时间，即写作时间已记不清楚了。凡有目次上排错了的，务请编辑同志加以更正。如按时间先后出书，散文报道多属三十年代末、四十年代初写的（主要是《记贺龙》、《敌后琐记》），应编为二卷。三卷则选解放后的。不知你们以为怎样办较恰当？

　　巴老已会见三次。不久主席团开会，还会见面。而且，他离京时我已决定去机场送他。

　　《代理县长》需要改的地方，另纸附上。匆祝

编安。

　　向文艺编辑室的同志们问好。

沙汀

四、十六日

短篇，按近三年新出的版本付排。这一部分，除《代理县长》，可否不看校样？这次我一定要负责看校样！但望彼时我已回到成都休养。又及。

810417

李致同志：

解放后的一卷，我决定将《青枫坡》编进去。但必须大改，写得太匆忙了。我早已考虑过这个问题，又先后向两位老朋友征求过修改意见。改起来远较《闯关》费时费力。如需重抄一遍，以不就印出的本子改较便，就请代为重抄；只是你社的稿纸太单薄了。选集序文还得改，可能交《文评》先发。

敬礼。盼复！

沙汀

四、十七日夜

810507

李致同志：

今天突然一下接到你们三封信，及八〇年九月通知，弄得我午休也耽误了！现已五点，仍然非常激动。

寄出《闯关》这样久了，你们突然来这一下，令人莫解。索性不出劳什子选集了好吧？真不知道此后还得淘多少冤枉气！既然你们已公布要出三卷本，又非将"三记"包揽进去不可，我已编好的三卷又如何安排？

您的主意真太多了！巴公也曾劝我选一本长篇，既然您"三记"都要，就都编进去吧，作为第一卷。其余三卷，则请按我的编排，不必再干扰我了。当然这也可增选三五个短篇。那就出个四卷本才合适。

否则也可不必再考虑什么选不选集了。即一卷"三记"，二、三、四卷按我已定的编排，不能动。我已来日无多，不要只顾你们方便。

如果这样，就请先按"人文"新版本排《淘金记》《困兽记》，两月后交旧《还乡记》，争取今冬改出来。我为三卷本写好的序，只好作废，我也不准备另写了。

彼此非外，也请想想我的年龄、我的健康情况！盼复。祝
编祺

沙汀
八一、五、七日

若果您坚持出三卷本，那就只好抽出《青枫坡》，并抽出几个短篇。《青枫坡》我花了一个时间才改出来。

《淘金记》我既无增改，就准备不看校样了。这样，您该能在校对上保证质量吧？也望见谅。又及。

811007

李致同志：

你们如有胆量印行这样一本巨著，望即派人来取第一卷部分译文及导言。否则，请回我一信，以便向介绍人和译者交代。沈从文同志信，千万退还给我。匆祝
编祺。

沙汀
十月七日

830117

李致同志：

以一个木工，而能勤勤恳恳钻研方言俚语，我认为是值得给予鼓励和支持的。但我常在病中，实在无法作具体处理，所以只转寄给你们了。

我翻了翻，觉得有一部分不错，是否可以选录一些，刊于《龙门阵》，以资鼓励？其实也有一定现实意义之处。当然，无需您亲自处理，您批几句，由其他有关同志来处理也就行了。处理若果得当，这也是广开才路一例。

希望您能在中央、省委的领导、指示下，为四川文化艺术界开创一个新的局面！是所盼祷。致
敬礼！

沙汀

八三、元月十七日

830320

李致同志：

一月、三月两信，都拜读了。我只料定您会相当忙的，没想到您还病了一场！您去省委后，我希望您把出版社抓得更紧一些，不能放松。当然，不必事必躬亲，抓大政方针也就行了。而从我的感觉来说，当务之急，必须再物色一些同志充实编辑部。稿件多、人手少这个矛盾不解决不行。

十本精装选集一卷，还有几册平装，都先后收到了。稍后，我将专函李定周同志，这里我只是顺便提一句。高缨同志曾有信来，说是文艺界对您负责管文艺和出版工作，反映不错。我尚未回他的信，因为他谈到一位青年作者的家庭问题，我不了解情况。

凡是涉及私人生活问题，除了私交深厚，一般情节十分恶劣者，我都感觉不宜轻率发表意见。马识途同志来京开会，也谈及此事，我也未与之深谈。我一贯的态度是，人民、党，培植一个作家不容易啊！……

因为小说评选工作，筹备茅盾学术讨论会，颈椎病又弄得人心烦意乱。就写这一些吧！谢谢您对那位木工的关心。祝

大安。

沙汀

八三年三月廿日

我并不是介绍那位木工的书，但求能得到编辑同志的指正，或选刊几则。

请代致意高缨同志！

你们赠送的书刊，都收到了。谢谢各位同志。又及。

830512

李致同志：

寄出《过渡集》后，又给你们一信，要求你们简复我，收到没有？你们不是催我交三卷的稿子么？而《过渡集》还是费了好大气力才找到的，并抱病进行校订，编了目次。这也可说讨好之至了！可是你们竟只字不复！

你们是否不愿意续出这部选集了？千万不必客气！不出，就搁下来好了！我是在病中，仍在进行第四卷的编选工作，尽管我需要的最初版本，比如由林如稷、谢扬清两位在成都印行的《我所见之贺龙将军》，至今尚未找到！

总之，你们若果不愿意出书了，也望明白见告！

敬礼

沙汀

五、十二日

830928

李致同志：

阳翰老明晚即乘车率文联代表团赴蓉。本有随其回成都住个时期，因为三十年代一位老同志将由香港来京，颈椎病又相当烦人，只好过一向再说了。

兹有托者，文学所特派朱静霞、袁学慧两位同志前往成都收购抗战时期书刊，务请鼎力支持，并请予以接见，或者由文艺处的同志同他们谈谈，为他们解决一些收购中的困难。如写介绍信件。

这事当然会耽误您一些时间，但对文学所的研究工作都将起到应有的促进作用。

劳神之处，实至感荷！匆致敬礼！

沙汀

八三年九、廿八日

841009

李致同志：

上星期早上，碰见吴雪同志，言即去机场飞蓉看川剧会演。想台端近来一定很忙吧。

近日阅九月一日《川剧学习》，《重视对讲白艺术的借鉴》《川剧作家冉樵子》，都不错。前者叫人想起过去参加川剧现代戏改编的一些往事，也很悼司徒。冉樵子之名，我这个川剧迷第一次才知道，想不到《刀笔误》是他写的！而且写了不少好戏！我觉得此公的剧作应出专集。

我写此信，主要想通过您，能得到八二年的《川剧艺术》季刊。八三年和以后出版的，当然也希望帮我代购、代订一份。人老了，久居在外，总时常想念家乡。而争取每年回成都住一段时间，可已经两三年多钉在北京了！……

您前次在北京座谈，一定增长了不少见闻，这对省委宣传部今后必将大有好处。祝

工作顺利、身体健康！

沙汀

八四年十月九日

上海文代会后，听到一些议论，但是不知其详。您无疑比我清楚。但从所有议论看来，这次上海文代会的做法，倒是值得深思。又及。

841010

李致同志：

另外还有一件事情，我已写信告诉李维嘉同志了。现在特别再向您反映一下。国庆那天，冯牧同志向我说，总会拟提名周克芹同志参加一个访问团，去一次国外，不知四川会不会同意他去。

我因两年不曾回四川了，情况了解不多，只好说，克芹的家庭纠纷已在组织帮助下解决了，可能同意他出国吧。也没有再多问什么，就扯谈旁的问题去了。

当然，总会可能只有这么一点想法，最后是否决定提名他去，并向四川征求意见，尚不可知。我也从未参加过这类工作的讨论。因为克芹是川人，更不便问。

我想，不管如何，既然知道有这么一回事，事先向您反映一下，也属必要。祝

工作顺利！

沙汀

八四年十月十日

841108

李致同志：

　　昨天暖气已经来了，可叫人并不舒服！当一想到还将度过漫长的冬季，就有点闷气。原想到福建住一个月，随后一想，语言不通，风习人情毫不了解，住下来实在太不便了。因此，决定于本月十号左右，回四川留住一段时间。我预计住一个月。先在成都住十天，主要是治口腔长期不适顽病，也将请一位老中医看看内科。在成都的时间，我主要的希望是，能得到一些安静①，谢绝来访者，更不参加社会活动。十日后，就去我过去熟悉的几个县的公社看看。

　　新巷子本可以住，但有一大难处，三十五年了，那里的厕所依然故我。而今年龄大了，又动过手术未及一年，头脑平日就常感昏晕，排便时蹲久了，大有跌跤可能。如在乡间，还可以到田野间解决问题，可惜又是都市！所以决定到"锦江"住。

　　我写此信，是希望在住蓉治疾、下乡访问时，得到您的支持。详细见面谈吧！住锦江事，已叫刚虹代为联系。祝
工作顺利、身体健康！

沙汀

八四年十一月八日

　　能够为我提供一些值得访问的人物的有关书面材料。我也将量力而行，前往作些访问，尽管地区、对象陌生也行。又及。

850102

李致同志：

　　流沙河同志的访问记既已在上海发表，可能在《妇女生活》方面引

---

① 原信即有着重号。——编者注。

起强烈反应。因为有的人是不服输的。而如果这样纠缠下去，老实说吧，对于她们也未见有利。因此希望您尽力把这股火捂下去，就此结束叫嚷了两年多的宣传战！匆祝

日祺，新年好！

沙汀

八五年元月二日

850124

李致同志：

您好！这里有点事向您反映一下。我原本听说安旗同志到美国讲学去了。听戈壁舟说，并不曾去。但未告诉我何故未去。近日安旗本人来信，才知道原因颇不简单。

主要是，柯岗向中纪委"控告"她，说十年动乱时曾有谋害的意图。中纪委，也许是西北大学，接着派人到四川文联了解，而文联的回复似乎也多少证实了柯的控告。因而她出国讲学的问题，也就一直搁下来了。

据我所知，安旗参加过派性斗争，有错误。但是，她到西北大学有年，且对李白研究有一定成就，并不曾坚持错误，志愿以研究李白为终身事业，人才难得，应该加以爱护。我同她工作有年，对柯某也熟悉，两个人可说一在天上，一在地下，不能比！

她也并不想出国，但她对柯的诬陷很气愤。柯的为人，您也了解一下。二五日又及。

沙汀

八五年一月二十四日

850125

李致同志：

　　昨夜写信，只谈了安旗的问题。今天，准备再谈谈她爱人戈壁舟同志。八一年吧，我回四川不久，他也由西安到了成都，我们常相接触。

　　在接触中，每一谈起他们仓促离开四川的问题，我就不以为然，劝他们照旧回四川好。因为他们是四川人，亲属都在四川。他同意了。其时成都市正准备成立文联，崔华同志当然是欢迎他，而且立刻向肖菊人同志汇报了。

　　一切都很顺当。戈返西安后，当即向西安市委宣传部汇报了事情的经过。结果市委同意了他的要求，但等四川调函一来，就让他离开。可是直到于今两三年过去了，可是成都并不曾通过省委组织部或者直接去函商调。所以，去年他是以特邀代表身份参加作协代表大会的。前年，西安文联分配新居，也没有他这个市文联负责的份了！

　　这件事，也希望您费神查一查。如何？他两夫妇的年龄都不小了。从我的观感说，两人都相当正派，只是安旗心胸狭隘一点而已。四川文学界人才不多，这又不是向邻省拔壮丁，请您设法帮帮忙吧。

　　还有，阳翰老和我写信后，昨日已经见复。巴老一则说到时再说，最后却又认为我们可以不必一定要和他一同去，并望我们在会上代他说健康情况。您说这怎么办?!

敬礼

沙汀

一九八五、元月二十五日

851009

李致同志：

返回北京后，我就着手清理巴老历年寄我的书简。分量不少，只是纸张已经发黄，容易破损。因而至今拿不定主意：邮寄吧，势难免于损坏；就在北京设法复制一份给出版社吧，又担心影印时有困难。且不知这得花多少钱。因而犹豫至今。原想直接写信同出版社联系，可不知写给谁好！

于老想不出妥善办法后，因为事不宜迟，我又秉性急躁，就只好麻烦您将我的一点想法，也就是上面提的，便中转告出版社了。

北方秋高气爽，较之成都，是一优点。但是干燥，皮肤甚感枯萎，有一点不适应。而且，再过月余，早上就不敢到河滨散步了。

见到聂书记时，请代问候。我行前没有来得及去看望他，至今犹感歉然。匆祝大安。

沙汀

一九八五年十月九日

861007

李致同志：

我到京已十天了。可是直到昨天才出门参加社会活动：鲁迅先生逝世五十周年纪念座谈会。

在座谈会上，碰见社院中国文学所的刘再复同志，曾经谈及出版纪念何其芳同志逝世十周年回忆、悼念文集的事。四十年代，其芳在四川做了不少工作。他又是四川人，因此，我们都希望得到您的支持！切盼便中给四川出版社打个招呼，希望他们顾全大体，多加照顾！

前日得济生兄信，巴老已经到杭州休息去了。有关《随想录》的笔记，到京……（此信缺页。写信日期根据内容推算。）

861130

李致同志：

　　我虽远在北京，四川的工作仍然时在念中。作协理事会后，大同、克芹曾向我谈到四川分会可能近期召开代表大会，进行选举。今日得之光同志来信，知已着手筹备。

　　这事您当然知道。分会领导班子的团结问题，您更清楚。我估计，曾经一再制造纠纷的高缨，就绝不会因为不曾大权独揽而善罢甘休！单为房子问题他就已经表现得够充分了。当然，也许我的看法过于悲观。

　　然而，不管如何，您这位省委宣传部管文艺的部长，应该在代表大会安排领导班子前后，应用省委和群众赋予您的权力大显身手！正像抓川剧和出版事业那样。而我绝不是要您为现有党组成员打圆场！对他们的缺点、错误，也该择要进行批评。至于克芹，让他搞创作吧！

　　理事会闭幕后，我还曾给党组三位成员一信，提了些工作上的建议。主要是切盼四川能多出人才作品。在同大同、克芹面谈时，还曾大加阐发。我真想不通高缨是怎么想的！一个作家最优越的条件就是可以专心一意深入生活，进行创作。他却偏偏对搞行政组织工作不能忘怀！就拿房子问题说吧，他所分配到得房子，总比三十年代上海的街堂房子优越多了！叶紫一家人还三代同房！不是照样写出佳作?！

　　我返京后，因为来访者都认为您在文殊院为我拍摄的半身像很不错，我曾写信请您为我复制几张，可是至今连回信都没有！

　　当然，您工作忙，所托之事，又不足道，我这里不过顺笔提提而已。为李劼人故居事，我曾写信给文化厅，想来您已经知道了。匆祝冬安。

沙汀

八六年十一月三十日

请带我问候聂荣贵同志。

李致同志：

今天奉读手书，真是喜出望外，因为李眉前几天从成都返京，说您不在成都，出差去了。

李眉是李劼老的女儿。她回成都，是为了安排他们于劼老逝世后捐献给国家的故居、图书、文物诸事。因为"李劼人故居文物保管所"将于春节开馆，而内部却空空如也！

目前，主要是请求省图书馆、博物馆将其捐献的图书、文物转移至其故居，亦即文物保管所。为了求得各方面的大力支持，她曾经邀请您参加座谈，可是您出差了！而恰巧肖菊人同志、杜天文同志也都不在成都，甚至连张秀老也到西昌去了。

在李眉返川前夕，"保管所"负责人来找过我。为此，我很快就给文化厅杜天文同志去了封信，代"保管所"向他寻求支持。主要说明两点：一，这不是李家索还已经捐献的图书文物，而是为使"保管所"像一个"文物保管所"；其次，据说所有捐献的图书文物因为一直在库房里睡大觉，已经招致各种损害，何不如交"保管所"公之于众？当时还没想到进一步向您寻求支持。

这是建设精神文明的内容之一的大事，我相信，您准会鼎力促其早日实现！明年六月是李劼老的寿辰，具体时间虽然记不准了，据李眉说，将返川为她父亲默祷、致哀，我也准备回川参加。

巴老声誉日隆！来信所谈之事，我早知道了。近来，凡是有关称道他的文章，我都看了。读了他那篇《我绝对不宽恕自己》，更是万分激动，联想起不少往事。匆复，祝

槐安。

沙汀

八六年十二月十一日夜

我比巴老不过小一月半，写作时间又晚，东西当然写得又少又差！年来可也常感困乏。最近还去过两次医院，单这封信，您就可以想见我的健康情况。又及。

870203

李致同志：

我送您的《文集》精装本一卷、二卷，想来已经收到。作协四川分会的代表大会后，党组、书记处是由哪些同志组成？谁负责作党组书记？书记处又是以谁为主？

我有一点建议，不要让克芹同志参加党组了，当然也不能让他做书记处的书记，支持他专心做好他的长篇，然后继续深入生活吧！我们要保护生产力。同时，要鼓励负责日常工作的同志写作理论批评文章。去年总会召开理事会期间，我向大同就谈到过。

大同是写诗的，光景他还想继续写；之光呢，似乎也还不愿放弃创作。可是他们俩还比其他同志熟悉四川文学界的情况，而且进行创作的时间已不短了，这也就是说他们都有一定创作经验，那就改改行，搞理论批评吧！

从川西文联起，直到"文革"，我不全是抓文联、作协一类单位业务方面的组织工作过来的么？但我并不失悔！只是有时犯过一些错误，主要是"左"的错误，伤害了一些同志，至今想起还有歉意。但我自问还没有存心整过人。

许久不见，对于四川文艺工作又难于忘怀，因而今天特别向您提出一点建议，供您参考。同时，我更希望马识途同志发挥更多更大的作用，以期不负群众对他的信赖。

这里天寒地冻。去年下雪以后，因为担心哮喘复发，我只下过两三次楼，一般都捂在家里。可也什么事不能做，年岁不饶人啊！

今天已是农历正月初六，"小破五"都过了，让我给您拜个晚年吧！

匆祝

槐安。

沙汀

八七年二月三日

您答允给我去年我们在文殊院拍摄的照片呢？请不要忘记了。
又及。

870305

李致同志：

二月二十五日手书奉悉。真没料到，您会在川医住了那么久，病情也不轻，幸而现在已康复了！尚乞此后多加珍摄！我呢，两个多月来，几乎不曾下过楼了！怕感冒，致使哮喘复发。但是，失眠，便秘，有时还便血，也弄得人什么事摸不上手。

得克芹信，欣悉您、马识途同志，还有之光、大同，一致支持他专心创作，摆脱日常行政事务，这很好！可是，既然党组他还参加，我总不免多少有点担心。请您回顾一下建国以来，我们不少作家，几乎都变成社会活动家、文艺团体的行政组织工作者了，单这一点，就造成不少损失。因而这两年，我总爱谈保护生产力的问题。

当然，工作总得有人来顶起干，这种同志，最好是钻研理论批评。之光、大同在分工问题上意见尚未一致，恐怕都想能挤时间搞创作吧？匆复，祝

春安。

沙汀

八七年三月五日

去年冬天，我曾给李定周同志一信，向他介绍一部作品，我自己

还要买一册《沙汀选集》第四卷。可是至今不曾有只字见复！我介绍的那本书，曾在长江出版社印行过，是修正补充后的稿子，书店不会轻易接受，这是可以理解的；单买选集第四卷，当然也有困难！但该回我一个信吧？又及。

870510

李致同志：

您好！全国人代大会闭幕不久，我曾给马识途同志一信，我已动员仲呈祥同志回川工作，希望他能同意，并作出安排。这在仲到电影艺术中心之前，我就向作协分会党组的同志提过这项建议。无如小仲一心向往钟惦棐主持的电影艺术中心。现钟已逝世，我曾同他又一次提出，希望他回川工作。他大体已同意了。所以我才给识途同志写了信。不知他向您谈过没有？久未得到回信，切盼复示！

敬礼！

识途同志处，我就不另外写信了。

沙汀

八七、五、十日

健康情况欠佳，我准备六月间回成都疗养。济生也决定六月返川，为协助一位作者为巴老写传记。又及。

请代向聂荣贵同志问好。还有，您为我加印那次在文殊院拍摄的照片呢？三及。

文艺界不少同志都逐渐老化了。而我竟未想到连刘元恭也退休了！因而有条件地增加新生力量问题，应该经常加以考虑。不知你们认为小仲符合条件否？马主席，不置之不理，您不会吧？四及。

870906

李致同志：

张秀老和我联名给您的信，谅必已收到了。昨天在文殊院与大同同志闲聊中，才知道各地都纷纷由党委出面争取保留一个文学刊物。竟连过去素不关心文学艺术事业的党委也出马了，显然以为被砍掉不光荣。

据大同说，由于出现了上述情况，尽管作协党组已经将绵阳市的《剑南》列为保留地方刊物之一，省委宣传部可能将推迟一些时间作出决定，让大家的情绪平静一点再作决定。我觉得也好。但是，我迫切要求仍然该从实际出发，以定取舍。

绵阳市解放后已经出现了克非、刘俊民和刘汤，近几年又在党的关怀和人民的哺育下出现了吴因易、赵敏。至于《剑南》的编辑方针和版面情况，我就不赘了。匆致

敬礼！

沙汀
八七年九月六日

871228

李致同志：

您好！这里有件事想向您提议一下。昨天碰见荒煤同志，闲聊中谈起他在四川文艺出版社准备出版他的选集一事。据他说，稿子寄交出版社已快两年了。原拟编选四册，随又缩编为三册。可是，至今仍无出书信息，而原责任编辑又他去了。

既然责任编辑换人，他很担心出书问题势将再拖下去，不免有些苦恼。我告诉他，两位责任编辑我都不熟，但我同您交往时间则相当久，您对四川出版界的情况熟悉，而且直接负责过这方面的工作，我

可以转请发挥一点促进作用，争取至迟八九年出齐。他听了相当高兴，特别八九年恰好是他在全国性刊物发表作品的五十五周年，多少有点纪念意义。因此我特别赶在八八年到来前夕，向您提出我的诺言，千乞鼎力支持！

还有，巴老在成都、新都的照片，我希望有一份！据济生来信说，摄制得很不错嘛！匆祝

新年快乐！

沙汀

八七年十二月二十八夜

880519

李致同志：

我已预定端阳后飞返成都。这里什么都好，就是风沙太大。我又身居十三层高楼，入冬以来，最近才偶尔下楼走走！

当然，成都潮湿，可是夏季则比北京凉爽。实在太热，还可在组织的照顾下，到卧龙自然保护区或者峨眉山风景区小住一些时间。而主要是子女几乎都在四川，主要是成都，总想同他们能常聚首。

这里有件事得麻烦您一下。建国以后，"文革"以前，我主要是搞文联、作协的行政组织工作，只是写了些短篇小说、散文报道！不料离开昭觉寺后，由于是"靠边站"，竟然写出《青枫坡》这个中篇！

七十年代末，调来北京后，由于同事诸公，如荒煤诸位多方照顾、鼓励，我又于八三年完成一个中篇《木鱼山》！一九八五年，由于远在五十年代就进行过构思，根据我川西解放前夕的见闻，写出了《红石滩》，这也是个中篇！

《青枫坡》早已在"人文"出单行本，并已收入四川出版的选集。《木鱼山》的单行本则出版于"上艺"。《红石滩》则出版于湖南文艺出

版社。转眼建国四十周年就到了，这三个中篇又全都取材于四川，我希望能在您的支持下，将它们合起来出本集子！

此事如蒙鼎力玉成，实至感荷！如何之处，盼于我返川前见告！匆祝

健康！

沙汀

八八年五月十九日

我昨天刚把三个中篇校订万完，合起来约有三十三万多字。而如果四川毫无办法，我将另谋出路。不过，我多希望四川能出版啊！健康！又及。

880717

李致同志：

前几天给您的信，不知收到没有？今天我又得到荒煤同志的秘书来信询问，而且较为准确地做了说明，荒煤的《选集》共为三卷，约一百余。

这部选集，是荒煤的秘书，应四川出版社之邀，在荒煤本人同意下编选的。编辑中，出版社曾一再提过编选上的这样那样要求、建议，可终于也把书编出来了，符合出版提出的要求。

书稿是去年初，经荒煤校订后寄出的，可是一直没有音信。经过查问才知道原责任编辑刘慧心出国时将稿件转交朱成蓉同志，而几经易函催询，但始终没有回音。

荒煤秘书严平提供的这个线索，将有利于您帮忙查询。因为尽管您已不管出版方面的工作，四川出版社的主要干部您总熟识，而且宣传部总会有人员严管出版工作，这对查询也很方便。

致敬礼！并盼复示！问邢秀田同志。

我有一点建议，如果出版社硬不接受荒煤的选集，可考虑早日退还原稿。又及。

去西昌邛海度夏的问题，希乞费神解决。成都的气温使我的哮喘又发作了！三及。

880907

李致同志：

听说您出差了，不知回来没有？今天是九月七日，再过两个多星期我就将返回北京。

您曾经说过，秋凉后将邀我一道去百花潭修建《家》的工程。而如果您还有兴致，又有工夫，啥时候我们就一道去看看吧。

早就听说川剧《三小》中出了几位新秀。我已多年没有看川戏了，这些新秀的表演艺术我倒想领略一下。这也得靠您介绍。

最近哮喘已好多了。倒想适当做点社会活动。上面提到的，也就是我的希望。

相当疲累，不多写了，余容面谈。

此致

敬礼。

问候您夫人。

沙汀

八八、九月七日

890802

李致同志：

　　联系口腔医院事，看来一时尚难告成。因为最近各文教单位都在贯彻中央三号文件，川医想来也不例外。您当然也更加忙了。那就缓一步再说吧。

　　寄上《走向神坛的毛泽东》，请您同您夫人阅后即退还我，勿再转借于他人，因为我家里还有人等着阅读它。成都似乎没有发行。

　　我前天去龙泉镇求一位治疗呼吸系统疾病（的人）诊脉，因为哮喘又发作了！祝您和您夫人夏安。

　　　　　　　　　　　　　　　　　　　　　　　　沙汀

　　　　　　　　　　　　　　　　　　　　八九年八月二日

　　惊悉周扬同志逝世消息后，我的心情如何，您会推想而知。但我尚能控制自己的感情。又及。

××1131

李致同志：

　　前日曾寄杜谷同志旧照十一张，以备你们选用，想来已知道了。兹又寄陈选集题记修改稿一件，望您审阅后转交李定周同志！他没有出差吧？乞代为致意！祝

冬安

　　　　　　　　　　　　　　　　　　　　　　　　沙汀

　　　　　　　　　　　　　　　　　　　　十一月、三十一日

　　在所寄照片中，在北京住宅阳台上和两个孙子合拍的一张，希望能被采用！不管哪一册都可以。又及。

致罗荪（节录）

831114

……看到现代文学馆的工作情况简报2期。得知同志们正在积极地创造条件，努力展开各项业务工作；巴金同志捐献了大批书稿，我很高兴。

我有巴金同志来信好几十封，现存在文学研究所现代室，如要，我可以去要来。另外巴金同志在五十年代曾对我说过，北京图书馆向他征求过一批手稿（其中似有我的一部长篇）。可以问问是否有此事。……

1983年11月14日

831228

……巴老的信件，因为文学所现代室在进行抄写，一俟抄写完毕，即可将原件如数交"文学馆"珍藏。

茅公的学术讨论会如在明年五月举行，可能与四川正在筹备的一个简称为"四老"学术讨论会冲突，因为他们已经将我列为"四老"的行列中，且已得到通知——非正式的，并说迄时还将派人到上海接巴老，到北京接阳翰老和我，您看这怎么办？

我初步决定，万一两个会在时间上冲突，我将尽力争取参加浙江的茅盾的学术讨论，因为我之被列入"四老"，主要由于我与巴老同庚，从贡献说，是当之有愧！……

1983年12月28日

M

致马烽

马烽同志：

你让秘书专程送来祝贺我文学工作六十周年的贺信，我看了很感动。觉得这是党对我的莫大鼓励。可惜我现在已经无法再写作了。

现在有件事想通过你，提请党组、书记处讨论，希望秦友甦同志能够继续做我的助手，再帮助我一段时间，直到他完成我希望他协助的工作为止，时间也不会太长。因为回到成都之后，再由一个新的助手来整理我过去六十年的工作经验，包括创作；还有两三百万字的日记；三十年代留下的一些残稿，在短时间内要了解那么复杂的情况，熟悉众多，文稿是很不容易的。而我的精力已不允许我再来承担这样的任务。秦友甦同志长期协助我工作，在整理文稿过程中，我们还交换过一些意见、做过一些修正和补充，可谓驾轻就熟、完成这个任务较为容易。

我知道这样的要求有些过分，因为像我这样一个文学工作者，尽管为党、为人民做了一些工作，究竟有限，效果更是难说。但是我觉得自己留下的残稿、日记、回忆录，多少还有一些文学史料的价值，加以整理研究也许有些用处。如果作协干部编制有限，经费开支上也有困难，那么希望保留秦友甦做我助手的安排，工资由我从稿费中支付。这是我的一个莫大期望，请你、党组、书记处能够同意这个非分的要求。如果加以否定，我也决无异议。因为党组、书记处的决定绝不会没有道理，一定还有我没有考虑到的地方，事情没有决定之前，希望暂时保密不要公布。

我回到成都之后，党组通过中组部、中宣部同四川省委联系做出的安排，我很满意，非常感谢。现在尽管气候还不适应，身体日益衰弱，但我觉得相当安适，希望同志们放心。

专此请求，静候佳音。

沙汀

一九九一年十二月三日

致马光裕（节录）

810709

……《〈困兽记〉题记》中提到的××先生是安县国民党书记长魏道三，军统特务苟朝荣、刘敦品、刘树人等人。……

1981 年 7 月 9 日

811024

……省立第一师范毕业后改为"只青"，1930 年后，又改为"子青"，两者同时并用。从未用过"同芳"这个名字！……

1981 年 10 月 24 日

820605

……我出生于安县县城（现名安昌镇）。……《还乡记》写到冯大生提了斧头去找徐报仇，我就去重庆了。和谈破裂，重返睢水，住了段时间，因为内战已不可收拾，才往秀水镇继续写《还乡记》。……《淘金记》在重庆时写了几章，1941年春回到安县，直到暑假，未写东西。临近暑假，即潜往睢水，秋冬之交，在睢水街上刘家酱园写成《淘金记》。

关于《沙汀的近况及其新作〈淘金记〉》中谈到的离开重庆和写作《淘金记》的时间是笔糊涂账！因为当时写的题记、信札，凡是要发表的都虚虚实实！《淘金记》初版注明的时间较为可信。……

1982年6月5日

致茅盾

770214

沈老①：

年来多承关注，并累念及近况，都未便写信致谢。现在，我可以毫无疑虑地给你写信了。这不仅因为"四人帮"毕竟已经垮台，四川省委上星期已正式书面通知我目前所在单位：恢复我的党内组织生活，按原级别发放工资，结论也给我看过了。这是伟大领袖和导师的干部政策的胜利，是华主席为首的党中央和四川省委贯彻执行党的干部政策的结果！我非常感谢！

我虽已年过七十，身体还可以。只是有一点肺气肿，轻度白内障，去年春起，听觉又多少出了点毛病而已，所以还想勉力写点东西。"文

---

① 茅盾：本名沈德鸿。

化大革命"以来，所受教育不少，现在如能写东西，可能多少有点进步。同时也不愿徒然耗尽有限余生，有负党的教导，以及一向对我的写作给予鼓励的前辈和同志的期望。当然，困难是不少的，十年来几乎过着离群索居生活，所有历年搜集的材料，早散失了。组织上虽正尽力为我搜寻，结果如何，则难预料。但即或一无所得，困难总是能克服的。

最近，我想把解放后出版的旧作，以及解放前所写的一些东西，逐部逐篇进一步做些具体深入的检查，更切实地整顿整顿创作思想。现正设法搜集中，因为也全部散失了。

望多多保重！你目力较我更差，且有他种病疾，如不便，就不必回信了。匆致
敬礼

沙汀
七七年二月十四日

780120

沈老：

信、条幅都收到了。谢谢您！条幅我将设法托人裱背后珍藏起来，作为纪念。

试一回想，承教以来，我们相识已四十余年，转眼快半个世纪了。在这漫长的岁月中，经过的风浪真也不少！所幸所受的锻炼和教育更大，虽已年逾七三，身体也还可以。因此打算于中篇修改工作结束后，另外再写点什么东西。不过因为建国后十七年间陆续收集来的素材，大部都已散失，究竟以写什么题材为宜，尚难确定。

我过去陆续积存下来的素材，约有下列三类：解放前党所领导的地下斗争；解放初期的征粮剿匪运动；农村的社会主义革命和建设。

这三类材料，目前都残缺不全，借以作为写作长篇的基础，都困难不少。一九三九年，我随贺帅去晋西北和冀中所作笔记、日记，除专记贺帅言行的一大厚册早已散失，其他五册，也仅存日记一册，其余都在八九年前散失了！否则倒满可利用起来，写一部以真人真事为基础的长篇小说。

当然，上面提到的一些损失，并不是不可弥补的，只要耐心做些调查研究和采访工作，都可以得到一定程度的补偿。但是，年龄不饶人，过多的奔走，大量的记录整理工作，对我说来，都有点力不能胜之感。因此今春中篇修改以后，下一步究竟该怎么走？每一念及，不无苦恼。但我相信，只要自己能主动掌握时间，问题终归能予解决。

因为最近相当忙乱，冷冻又大，信复迟了，尚乞谅鉴！敬祝健康长寿！

沙汀

一九七八年一月二十日

800609

沈老：

离京返川休养以来，对于您的健康情况，时在念中，前几日拜读您史沫特莱纪念会上的书面发言后，颇感欣慰，因为从这篇书面发言中，感觉您精力仍然充沛，记忆力还那样强，而且对史沫特莱的文章分析得那样深入细致；虽然概括言之，但却更非易事！

由于省委有关部门领导的照顾，我回川月余，一般尚能得到休养，并已开始在"川医"进行体检。前年在京拔智齿留下的残根碎片，也在上一星期清除掉了，虽然因为年龄关系伤口有时尚感不适，但是一星期后，就可装假牙了。总之，情况很好，幸释锦注。

昨得文学所张大明同志来信说，代我收到您赠送的大著《短篇小说选》上下两册。八月间返京后，定当认真拜读学习。祝
健康长寿！

沙汀敬上

八〇年六月九日

致木斧

791230

木斧同志：

手书奉悉。我解放前夕在雎水一位姓吴的村小教师家里住了好几个月，安县一解放，我就按组织上的指示赶往成都。后来听说他在征粮中被暗杀了，我爱人、大的孩子也曾参加了征粮工作，吴同志也参加了，他正为挤黑田，被伪乡长一批坏人暗杀了的。人老了，好多往事时萦于怀，但我自己的记录材料多已散失，我爱人留下的少许杂记，又多是记录当日社会动态的。您来信给我解决了一个问题：征粮的标准、办法，但未提供地主瞒产和农民积极分子挤田的实例，而我正需要这些材料。写小说，年岁精力有限，看来不行了，但我总得写点回忆文字，悼念吴的文章。《青枫坡》当尽力弄一本寄您。祝
新年快乐！顺利完成创作计划！

沙汀

十二月卅日

从抗战时起，土劣即大批盗借反动派征借的粮谷，一九四九年，伪政府还搞过清查存粮委员会，但很快就解放了。你们征粮时对于伪政府的粮仓，是根据怎样一种政策、方针处理的？盼告！

800118

木斧同志:

来信奉悉。承您费神，代我了解的一些情况，很有用。谢谢!

作品既然公之于世，别人怎么评头论脚，是不可避免的，我看用不着管。也曾有人来信或当面要我提供自己的有关情况，那总得看条件；可也未曾完全拒之门外，只是分量上有所区别。有的，我谨奉赠给徐州"师院"所写材料一份，问题就解决了。寄上《青枫坡》一册，请查收。这本东西写得匆促，也未花费应有的时间进行修改，就发表了，所以我自己颇不满意。原以为头绪多了，结构较松而已，把细重看，尽管"人文"出版社小说南组编辑同志给了我不少帮助，文字语言方面的粗疏之处也不少。脑子不够用了! 这真是莫可奈何的事。

匆致

敬礼!

沙汀

八〇、一、十八日

800204

木斧同志:

廿八日来信收到。《青枫坡》只可说是征求本。因为它写得匆忙，修改也较马虎，尚需改动，请多提意见吧! 您前次提到有人写我的评传问题，我就说过我的态度了。既然有东西发表，当然就会引起注意，这是好事。不管批评、赞扬，都是好事。至于写评传之类的大块文章，如作者有问题要我作答，我一般都根据其要求作答。至于如何评价，我无权过问，也不看原稿。

来信提到的两位同志①，我的确都认识。北京的那位同志，六十年代初，也可能五十年代末，我们就曾经谈过两次。最后一次他提出要我看一个提纲，我推谢了。前年来京后去年吧，他还来看过我一次。另一位是去年才认识的，他因参加唐弢主编的《中国现代文学史》工作留京有日，我们一共谈过两三次。回原校后，还通过两三次信。最后一次信，要我看他的草稿，我也同样推谢了。

对作品，对作家的评价，我的意见，不妨百家争鸣，有分歧，有争议，应是常态，作家本人实在不必多加干扰。当然，出版单位的审稿之权，作家本人同样不应过问。匆祝

编安！

沙汀

二、四日

我那篇小传，务请费神校正，如有疑难处，可就近找肖崇素、洪钟商酌修正。艾芜当然更恰当了，但他忙于创作，以不打扰他为宜。我实在不想看那篇东西了，没有这份精力，也没有多大兴趣。徐州师院曾送我一张我的照片，如去信，请顺便并为我要一两张，又及。

800405

木斧同志：

《传略》校改好了。我严格计算字数，做了些增改。但我感冒初愈，今日杂务又多，恐有不周之处，尚乞认真校阅一遍。凡有措词不当的地方，您酌情动动笔就行了。劳神之处，谢谢！

敬礼！

沙汀

八○、四、五日

---

① 两位同志系指黄侯兴和黄曼君，后者有研究沙汀的专著《沙汀评传》（国内第一本）。

Q

致秦友甦

911218

小秦：

来信已阅，感冒好了么？

"回忆录"三联书店能出，当然最好，不出也没关系，另找一家愿意出版的单位。版税可以做些让步，如按印数定稿酬都可以考虑。

关于回忆录合集所列篇目均无意见，题目尚未考虑成熟，待出版之时再定也不迟。近年写的要逐一发表，其他一些独立成篇的文章，如回忆杨伯恺的等等。我考虑以"文革"为界，凡内容是回忆"文革"以前的人和事，可按时间顺序插进合集中去，为便于衔接开头结尾可以做些文字上的技术处理。内容属于"文革"中及其以后的，另编一部集子，标题用《回忆琐记》。

收入《回忆琐记》中的文章，用哪些不用哪些，可以找秦川、荒煤、吴福辉几位同志商量协助，拟定之后写信告诉我。《回忆杂记》中有一篇关于杨刚的文章，我附了一份剪报，他是反抗家庭包办婚姻从福建跑到上海投奔他哥哥杨潮的。文学功底不错，曾在几家报刊工作过，后来在《人民日报》做编辑，"文革"中遭流言中伤而死，这篇文章要修改，然后编入《回忆琐记》。

吴福辉来成都没有谈到香港《大公报》那几篇文章，我回忆了一下，大概是香港和海外的一些人从《忆贺龙》中摘摘抄抄搞出来的。你可以找吴福辉校对一下。《四川文史资料》上的文章，小钟已经查到，随信寄出。

"回忆录"是你一手编辑整理出来的，"后记"就由你来写吧，可以谈谈我们一起讨论定稿的工作情况。回忆录出版可能是我见毛主席以后的事情了。我最担心的还是那二百多万字的日记整理工作。这个任务相当繁重，我在上一封信中提出一个整理方案，希望你抓紧进行。

关于安县图书馆重建资金问题，我已写信给荒煤和林默涵，请他们给贺敬之谈谈，你抽空再给荒煤打个电话。图书整理上封信已经谈过，照此办理就行了。

你在成都给我全家照的合影，最好把底片寄来，我好加洗分送儿女们。

1991.12.18

911209

小秦：

我目前对成都气候正在逐步适应，身体还好。你回京后的情况怎么样？代我向你父亲问好。

最近我给荒煤同志写了一封转交文化部的信，很重要，你一定抽空给荒煤同志打个电话，请他给文化部谈一谈。

小秦，你整理我的藏书、草稿、信函进行得怎么样？特别是那两百多万字的日记，工作相当繁难复杂。既然是日记，就是随手记下的，难免有不该记的记了，不该这样说的这样讲了，现在看来不太恰当。凡是这类需要校正的地方，请一一摘录下来，集中起来寄给我，我再请人在朗诵中加以校改。这不是文过饰非，掩盖缺点错误。因为既然要公之于众，就有一个起码的政治责任和道义上的责任，不能随心所欲，想说什么就说什么。这个工作相当繁重，请你务必认真细致地帮我完成这项工作，我要找机会发表。你手里还有些什么稿件，帮我认真校订一下，若有不妥当的地方，写信告诉我，由我进行修订。

关于藏书问题，除了刚宜要保存的一部分外，其余的一概捐赠安县图书馆。其中有些刊物你需要参考的，也可暂时保留。《沙汀文集》，给安县一部，你和刚宜各留一部，剩下的全部寄给我。至于原稿，信函全部交现代文学馆保存。重要的请他们复制一份。图书如何交付安县，等你清理告一段落之后再定。到时可托运至绵阳文联，由杨刚俊向安县县政府转交。

其余问题等刚宜回京后再和你谈，关于你继续做我助手一事，我已写信给马烽，请他提请作协党组，书记处讨论做出决定。如果仅是，财政开支上有困难，那么我要他们保留你的职务，工资由我支付。

好了就谈到这里，下次再说。

托吴福辉买的《走出牛棚之后》，打电话，请他尽快寄来。

沙汀

1991. 12. 9

920110

小秦：

最近收到施勇祥同志的来信，马烽和党组已做出安排，同意你继续协助我整理文稿，这些东西都是新文学史的一些资料，你我两人都负有重要责任，望抓紧整理校编，完成这项繁重的工作。

今年是《讲话》发表五十周年，我有个想法，把《记贺龙》《敌后琐记》《敌后七十五天》合编成一部集子出版。因为这三部作品是我到延安见到毛主席，他对我说："作家应该到前线去。"在他的鼓励、支持下，跟随贺龙，深入前线的创作成果。虽然作品完成在《讲话》发表之前，却和《讲话》的基本精神，到生活中去，到革命斗争第一线去，到工农兵群众中去的基本精神完全一致的。今天战争的硝烟虽然已经散去，但是"前线"并没有消失。它只不过从疾风暴雨式的阶级斗争的战场，转移到以经济建设为中心的，社会主义现代化建设的新的战场。"作家应该到前线去。"没有过时。到生活中去，到社会主义现代化建设的生产第一线去，到改革开放的激流中去，仍然是我们作家的首要任务。不仅作家应该如此，一切有志于祖国繁荣富强的青年都应该到社会主义现代化建设最需要、最艰苦的地方去。如果这本书能够得以出版，就作为我献给青年一代的微薄礼物吧！这对他们进行爱国主义教育，革命历史传统教育，也许会有一些帮助。

中国青年出版社将《忆贺龙》再版了几次，将我的想法给他们谈谈，也许他们会接手出版这本书。标题采用"毛主席说"（小字），提行用大字"作家应到前线去"。由你编写一篇序言，将我的上述想法，表达出来。如果中青社不行就联系三联或别的出版社，北京有困难，就及时告诉我，在成都想办法。

《回忆录》中，凡涉及艾芜和我的私人交往和感情，以及他的家庭生活的地方，将"艾芜"的名字隐去，用"我的一位相交很久，相知很深的朋友"取代之，然后在叙述可用"这位朋友……"。

《回忆录》中有关郭老的片断，复制一份寄来，今年是郭老的百年诞辰，我想写篇文章纪念。

《回忆琐记》的前面辟一专栏"悼念之辞"，收入怀念周总理、茅盾逝世十周年的发言、悼念周扬等三篇文章。悼念周扬那篇文章可与周艾若联系，他搜集得有。

看家里还有些什么可以送人书，赶紧清理一下，我急等赠送成都的至亲好友。吴福辉答应在出版社再找几本《走出牛棚之后》，催一下。最近我孙子杨希要来北京出差，清理好的书可叫他带回来一部分。若他来不成，可将书交全总冯舒云同志转彭光伟带回成都。

你父亲还好吧！代我问候新年好！

1992. 元 . 10

R

致日本东京大学人民文学研究会

510710

致日本东京大学人民文学研究会：

    我怀着兴奋的心情读了你们 5 月 25 日的来信。自从我们在东京分手以来，到现在已有一个多月了，但我时常回忆起日本来，上野美丽的樱花，富士山头皑皑的白雾，以及琵琶湖上的如画风光，特别是日本朋友对我们那洋溢着浓郁友情的接待，使我永远难忘。如今收到你们的刊物，在我眼前涌现出你们的诚挚热情的面孔，为了促进中日两国人民的了解与文化交流，你们做了很多工作，让我在这里向你们表示我的敬意。

    谨祝

健康

沙汀

1951 年 7 月 10 日

S

致上海师范学院图书馆资料组

791130

一、我于一九三二年下半年，由周扬同志介绍参加"左联"。名字是沙汀。当时，我已经用这个笔名出过一册短篇集了。

二、一九三二年夏秋之交，一个知时间内，我做过常委会秘书，常委曾在我家里开过一次会。不久，因为反动派获悉国际反战国盟将在上海开会，对左翼文化界的同志大肆逮捕，我奉命转移菜市路姚神父路后就未做秘书。

三、转移到法界后，我先后同杨刚、叶紫、欧阳山、草明、杨骚和杨潮一道参加小说组工作，直到一九三六年春。

四、一九三六年夏，我曾参加过《文学界》编委会，出至第二期时，又调去《光明》编委会工作，直到"八·一三"战事爆发。

致师陀

810824

师陀同志：

八月四日手书，收到很久了。很感谢您对我的关注、体谅，叫我不必回信。但是，每一念及，辄感不安！今天重读手书，更觉非简复几句不可了。

正因为有您的题词，又承您来信许诺，我就只好说声谢谢，把《大马戏团》珍藏起了。因为是断断续续读完的，所提意见，不一定中肯，他日如附书末，务请慎重考虑。前读大作时，倒引起我对小时候看河南老乡来四川表演杂技一些情况的回忆。那时一般人都叫作"耍把戏"，玩的节目多数是踩软桥、登坛子、爬云梯。演员是少女、少妇，穿着红布衣裤，腰带也是红布。封建恶霸当然也常去捣乱。规模虽不及您笔下的马戏团，那些妇女的来源、遭遇，则很可能相似。

建国以来，几已无所谓"黄货"，这种杂技班我也从未再见过了，为了教育青年一代，我倒觉得《大马戏团》自有其重版价值！当然，最好是把您早已修改过的稿本搜罗出来付印，因为我相信您的修改本一定胜过您寄我这个版本！您写的是个大悲剧啊！当我读它时，总情不自禁地要想起过去。

我向您交底吧，我那篇《土饼》，就是根据当年《大公报》《申报》上面有关河南灾情的通讯报道，结合我自己对四川农村一些知识写出来的！尽管并不怎么像样，当时却也打动过少数读者。这样扯下去不行，我也有点乏了，就此带住吧。

我还得申说的是，您四日信上的邮票，为了便于保存，我特别连信封剪下来，以便给您复信时寄还。不料翻箱倒匣都未找到！也不知是怎么搞的，记忆力太差了。最后，只好另找两枚补偿。

匆复，顺祝

撰安！

沙汀

一九八一年八月二十四日

850410

师陀同志：

读了您那封长信后，颇多感慨，同时也很为您的烦恼担忧，总想认真向您劝说一番，不要把事情想得太复杂了，还是胸襟开阔一点，较为得策，然否？正因为想说得完备、准确一些，一拖再拖，想不到这封信竟是在首医病室写的，而且只能长话短叙。因为我觉再不回复几句，感情上实在是过不去！而但凭这一点，我倒相信您会俯见所请。

今年出版文学书的确也非易事。冯至的选集才印行两千册，您想得到吧？

匆匆，不尽欲言，请珍摄！

沙汀

一九八五年四月十日

蒙托济生兄转大著收到，谢谢。

致世青

××0709

世青：

留省时曾上一函，想已收到了。结果留省之计未成，只得携眷返里，却已到家两日矣。我们家景的变动，你真料想不到。现在全靠家兄在后校当庶务，找十多块度日了。我们回来，自然又给他一种不轻的负担，何况这其间还有观念上习惯的种种冲突呢？

附上小画册，希望你能一读为幸。

匆匆即叩。

夏安。

弟　沙汀　上

七月九日

T

致谭兴国

810501

兴国同志：

信收到好几天了。因为拖累，三四天后又将出差到武汉、南京、上海和杭州，跑一趟得有所准备，因而至今才来作复，请原谅！

您的研究计划，我愿尽力支持，我确也应该有所作为，热烈响应华主席把整个民族的科学水平提高的号召，而不宜再想那些不怎么愉快的事了。

对巴金、艾芜的创作道路，他们所处的不断急剧变化的政治社会形势，以及他们个人的品格修养，我都不同程度地多少了解一些。将来如果需要，你可以具体地提出来，我尽其所知地作复。

为了使您的研究成果具有较多的理论和学术价值，除开作品，他们本人的生活经历、修养而外，从二十年代以至于今天的所有的社会变革，也就是从新民主主义革命到社会主义革命的各阶段的形势，乃至于与之相适应的文艺运动的发展，我以为都得认真研究。因为只有这样，才能较为准确地把他们的作品放在一定历史条件下来进行评价，既要分段看，也要作为一个过程来看。还应该顾及各时段创作活动总的趋势。

想不到一下子就谈了这么多，也未作多少考虑，不妥之处一定不

少。幸而我们共事多年，如果是生人，那就太造次了。匆复，祝
工作顺利，身体健康！

沙汀
五、一日

810502

兴国同志：

　　昨天发出一信，因系信笔写出，又匆匆付邮，事后想来，多少有
一点我遗漏了。我谈到历史背景，谈到当时政治社会的发展趋势等等，
但我没有着重指出，光是掌握这些资料还不行，更为重要的是得用马
列主义、毛泽东思想把我们武装起来，对材料进行阶级分析。而且要
看你所研究的作家，他们做了那些前人同时代人没有做过、对革命有
益的事情。同时不要把一些当时还没有提上议事日程上来的任务，当
成理所当然的事对他们进行苛求。这当然并不排除应该指出他们的错
误、缺点和不足之处。

　　这点补充，我希望对你多少有点用处。

敬礼！

沙汀
五、二日

820103

兴国同志：

　　这篇发言稿，原想请您挤点时间，按照上次整理"理论批评座谈
会"的三原则整理出来，因为另外给《青年作家》写稿就放下了。

　　但我始终感觉讲话的两个主要问题，都相当重要。即或是不发表，

也该把它整理出来。只是您并未参加这次由四川作协分会和《青年作家》编辑部在王建墓召开的座谈会，整理起来困难较多，我的希望也不大，您尽力而为好了。原稿是按录音直接记下来的，您能为我理出一个头绪，让我改起来较为方便就行。像现在这样子，看起来实在烦人！祝

撰安！

沙汀

八二年一月三日

820104

兴国同志：

昨天寄给您的录音稿，谅已收到。因为附信写得匆忙，有一点我忘记写上，那次发言这点也是内容之一：搞讲习班主要给青年作者增加资本，扩大眼界，积累知识，认清大局，以利于他们的发展。不是把他们邀请来"挤牛奶"。特告，供整理参考。

敬礼！

沙汀

一月四日午刻

881220

兴国同志：

十二月九日的信及《作家通讯》都收到了。想不到您在经营十二集电视剧《死水微澜》之外，还对两项文学奖投入了那样大的劳动！而现在两项工程都先后完成了，叫人感到高兴。我本想按照您的嘱托，为即将举行两项文学奖授奖大会拟几句简单祝词，可是想说的太多了，

结果只拟了一则题词，不知是否可用？如嫌太草率了，也有点文不对题，您又感觉需要，那就烦您代拟几句话吧！

我绝不是偷懒，尽管精力差，哮喘也相当恼人，几句说词倒还可以应付。只因近几天忙于校改"文革"后陆续写成的三个中篇，要交出版社审阅，还得定个题记，就快把人累坏了。

《死水微澜》电视剧四川话版明年夏四川播吧？顺祝

撰安！

沙汀

八八年十二月二十日

来信十八日才由我的助手从作协总会取回来，此后如有信来，可交：北京复外大街22楼四门25号。邮政编号：10046

890131

兴国同志：

您好！今天晚上李眉来舍下闲聊，不约而同地提起《死水微澜》的摄制问题。也都听说春节前后将在成都公开放映。

因为想到该片得到什么时候才能在北京放映，远山何时能回四川，也无多大把握。我呢，要到初秋才能回成都避暑，我们就商量由我写信给您，希望您能设法复制一份对白为四川话的录像带来，让我们能有机会先睹为快。

远山刚一离开我就忙着来写这封信，千万能设法满足我们的要求！

匆祝

撰安

谨向你拜个早年！

沙汀

八九年一月卅一夜

890207

兴国同志：

二月一日手书奉悉。简要说我同意将《其香居》改编为电视剧。这篇作品一般都认为是我的代表作，吴组缃评价最高。

时间记不准了，有人将它改编为电影脚本，还曾复制了一份给我。我可没有过目，也不知道塞到什么地方去了。去年肖宗环和她的丈夫魏伯元从广州回四川省亲，也向我提到过拟将《其香居》《一个秋天晚上》和《在祠堂里》为广东电视台改编为三个短剧，可是至今没有下文。

改编是一种再创造，成功与否，与改编者对原作和原作者理解的程度，对所反映的历史社会是否充分、深厚有关。您是具有一定成就的理论批评工作者，又是川人，且有改编《死水微澜》的经验，因而我相信您将会使拙作在银幕上增添光彩。一句话，您一定会改好它，而它也确有您进行再创造的余地。

当然，难度也大，怎样有所选择，有所扩充，使一些对话、情节通过形象化再现于观众眼前，都得付出大量辛勤劳动。但从您对于《死水微澜》看，您也决不会草率从事。四川有一种所谓"茶馆文化"，您就将它亮亮相吧，它将是乡土性的电视。祝
撰安！

沙汀

八九年二月七日

890208

兴国同志：

昨晚赶着回了封信，恐多词不达意之处，可我也不想校订了。

今天我补写这一页，是想问问您，我送过您《红石滩》没有？去年底我已将离开昭觉寺后陆续写的三个中篇合为一册，交作家出版社了。

如果不曾送您，只有这个集子出版再送了。

在三个中篇中，《红石滩》写得最久，完篇时我已经八十出头了。它是反映解放初，主要是解放前夕，川西北农村，一般豪绅地主，由于自觉民愤很大，同时也不愿失去既得的权益，阴谋暴乱的经过。

今年不是建国四十周年么，我出这本集子多少有纪念意义，故而特为道知。

敬礼！

沙汀

八九、二月八日

来信请寄复外大街。

890410

兴国同志：

来信及出版社请柬收到了。我为出版社题写了两句，表示祝贺，希望如您认为可以，就选一幅转去吧！

安县曾经有写过有关我的文章，我对有的，读后颇为失望，因为颇多不实之词。在谈到我的作品，更有错误猜测。我早已去信，我在其他文章中校正过了。

现在，他们撰写的文章既然请您题记，敢烦您向他们索取全文进行一次校定，如承允许，不胜感谢！近来人很疲乏，暂写这些吧！祝

撰安

沙汀

八九年四月十日

我相信你不会笑话我，就将所写的全都给您，由您选一幅转交出版社吧！又及。

890710

兴国同志：

二月十五日信收到，《死水微澜》电视片，既然电视台很不情愿就算了吧，不必强人所难。《其香居》他们推到明年摄制，依我看也可以，您先把脚本写出来再说吧！您准备搞"茶馆系列片"，如果我的理解不差，我倒想起《公道》《呼嚎》《范老老师》是否合适，请予考虑。这三篇，特别前两篇，人物活动的场地都是茶馆，后一篇也与茶馆有关。主要是内容，前两篇都同国民党的役政方面的弊端密不可分，后一篇则是反映抗战胜利后可能又爆发内战。

您认为《红石滩》相当厚实，我也自认为这个中篇可以通过电影、电视进行再创造的可能性都相当大。比如那个在任何条件下，毫不动摇为妻女复仇的信念的老菜农，单凭他的经历就可以改编一部短小精练的电视剧。因此将整部《红石滩》列入"茶馆系列"电视，不知是否合宜？当然，正如在我前面说的，我的理解不一定对。

上面所说，都是即兴而发的，意在供您参考。您不是正在重新翻阅我的全部作品么，一切等您将整体规划好再说吧。而我一定全力支持您的计划。即使我们将来彼此意见并不完全一致，我也决不固持己见，尽力给以支持，因为您是进行再创造。

电视台选送的两部四川作家的系列作品《生人妻》不错。《南行记》故事性较强、充实。艾芜的作品大多不以故事情节、乃至人物取胜，他的优点别有所在。

已经快九点了，多少有点昏昏然，就暂写这一些吧。

见到令兄请代问好。祝

撰安！

沙汀

己巳、七月十日

W

致汪金丁

800523

金丁同志：

五月廿日复示奉悉。既然评审表上签名即可，我总算放心了。当然，所提意见是否恰当，仍感不安，恐负老友嘱托。

剪寄二十六年前大作，字虽细小，又系复制，我可一口气拜读了。此文发表时，因为听到周扬同志赞扬，特别认为无八股气，我就曾拜读过。这次重读，更觉耳目一新。因为您能阐发拙作深意，乃至我自己尚觉不甚明确的东西，这是需要深厚修养和锐敏眼力的。这也同您搞过创作，深知其中甘苦有关。

（对于有人）认为只有新的题材，才能表现新的思想、感情，所论极是，的确把问题简单化了！我记得，鲁迅在回答艾芜和我的信中，即有关题材的通信中，就指出过，我们当时打算写的题材，将来还会有人写的，但将用另外一种立场、观点来写了。手头无原文可查，但我相信没有记错。

老艾那个生病的大女，早已夭亡。如给他信，最好不提。他和我同住一个院子，终日埋头修改他的长篇，身体可比我强多了，修养也较我为好。我您有个通病：容易激动！但望彼此都能有所克制。千乞多加保重！匆祝

健康！

沙汀

五月廿三日

800804

金丁同志：

虽然久未通信，但却时在念中。我前次为您那两篇论文写的读后感——它只能称之为读后感！因为写得太随便了，不知结果如何？您看过没有？又有何见教？那是养病中写的，粗疏之处，尚乞原谅。

我在《记贺龙》外，四〇年还在重庆写过十二篇《敌后琐记》，十年浩劫中散失了。同志们为我费了好多时间、精力，总算找到八篇。从延安去敌后前夕，还写了篇《贺龙将军印象记》，也找到了。连同四十年代中期写的一个中篇小说《闯关》，我已全部编入即将在四川出版的《涓埃集》。不久，将寄赠一本给您。

《闯关》发表时遭到过很多麻烦，尔后改名为《奇异的旅程》在重庆一家小书店出版。李长之先生对《淘金记》评价较高，文末附带对这个中篇写了几句贬词。只有抗战胜利时李广田同志为商务编《世界文学》的某一期，有一篇较为详细的评介。我最近又请人抄录了一册残存的日记《敌后七十五天》，是否发表，何时发表，尚需认真考虑。他日返京，将请您代为斟酌一下。

老艾那位夭亡的女儿叫真尼。他三女继珊，倒是学工艺美术的，可能这才是令嫒的同学。"给人不痛快的文章"一时还会增多，最好的办法是：埋头干自己应干之事！

敬礼！

沙汀

八月四日

都劝我健康得到较好恢复后才返京，看来得到九月初才能离川了。即或政协开会，我也准备请假。又及

801019

金丁同志：

《敌后七十五日》，特命小子刚宜托人送呈。仅七万余字，阅后望赐复指正，稿则暂请代为保存，勿传观，乃至不必谈及此事，我可能得下月初才能返京。其他面谈。

稿子千万妥为保存，并暂保密。

敬礼！

沙汀

十月十九日

801227

金丁同志：

近阅香港《观察家》今年五月出版的三十一期，见有一则较为详尽的有关您的文讯。标题为《臭了的墙里花墙外飘香》。该文讯介绍了您一点抗战期间在海外的活动，据说新加坡出了一套丛书，其中有您一册，书名是《金丁作品选》，对您的搁笔颇为慨叹。

同是香港出版的《抖擞》上，有一篇评介拙作《过渡集》的长文。作者为"旅美文化人"程步奎先生，看来花过功夫，尚非即兴之作。对作品有艺术上的分析，对主题思想做了不少阐发，有的论断也颇中肯綮，因为同我想到过的一致。

您不是说过准备动起笔来搞创作吗？既然海外侨胞对您的沉默有

点儿困惑，同时又充满期待之情，动手写吧！《鲁迅研究动态》第六期，有的同志代我借了一份，您如果有，不妨看看以广眼界。祝

健康！

沙汀

十二月廿七日

811215

金丁同志：

祝您早日完成《迟暮》，并着手写《在特种监狱》！写完后您一定还会修改加工的，但我意不妨把这一遍工序靠后一点，等两部相继完成后，再一一修改加工。

诚然，修改加工可能会更花费心力，但，有了初稿，改起来总要方便一些。我原也想写点东西，可是牙神经的病苦使人终日心烦意乱，几乎连性情都有点古怪了！哪还有精力、时间从事写作？结果半年只写了两三篇短稿。

选集已编好了，这也可说是这半年多的工作。共四卷，约一百二十万字。出版社索稿甚急，大约因为水灾关系，看来今年连第一卷都出不来！这第一卷就有《闯关》，除去文字上的润色，并无其他变动。真正改动最大最多的是《青枫坡》。因为写作、出版都太匆忙了！第一次修改也未曾花费应付的劳力。

《青枫坡》的修改，实际是在北京完成的，曾经得到卞之琳同志不少帮助。回到成都后，在同师陀同志通信中，他也非常直率地提了些建议。虽然他所指出的缺点和不足之处，在北京修改时已经做了补救，但我仍然择要将修改后的定稿检查了一遍。

当然还不能说它已完美无缺。但因倒霉的牙神经上的毛病，我也只好由它去了！由于这个毛病，左下唇、下巴，特别牙龈的肿胀感，

虽经理疗、扎针，都较之在京时厉害了！

心烦意乱，暂且就写这一些吧。匆祝

健康！

沙汀

八一年十二月十五日

艾芜仍同我住在一个院内，很健康，乞释念。文联新修建一栋楼房，他不愿搬去住。

820522

金丁同志：

尊况如何？至以为念！不知您的长篇写得怎样了？每一想起您的打算，我总感觉那篇反映您同几位早已谢世的同志在海外那些斗争经历，应该优先反映！因为这是旁人无法写的。要写，难度也大。《特等（种）监狱》可不同了。

当然，不管如何，如果您已动起笔来，就会叫人感到欣慰！我是担心您又病了。我的情况可以说不好不坏。不好，因为左边口腔的肿胀感有增长，麻木感则有时扩大及于眼眶、脑部，特别颈颊！奇怪，两手的指尖更常有麻木感。而且腹部经常，特别食后，闷胀，发热！但食欲、精神则较佳，可以一气工作两个钟头，只是为防感冒，极少出街。

我说可以工作两个小时，而且一气，乃至可以连续三小时。但，认真说，哪里算得上工作呢！我六二年至六四年写的日记，去年在成都请人抄出来了，没想到竟有三十五六万字！其中保留了不少生动的老同志、老朋友的谈话，社会动态。而最为可靠的是我的社会活动和家庭生活。校阅时更引起不少回忆！……

您上月晤谈后之次日，我就设法到二龙路医院诊了病。大夫认为我的痔疮已不能根治了，但也给了些药，并要我十日后前去透视大肠。拿回的药，用起来很麻烦，三五天后我就搁下来了，也未如约再去。稍缓，可能去首医或三〇一做点检查。匆祝

撰安！

沙汀

八二年五月二十二日夜

830701

金丁同志：

我前两天又得师陀同志一信，原来他给您那封长信，主要也是劝您谢绝社会活动，把您预计要写的两部作品赶紧写出来。还说，它们有关"世道人心"，云云。

由此可见，我们对您的愿望是一致的，而他比我更为殷切。您就下一个狠心，把一些社会活动搁下来吧！倘对胡愈老他们，以及常来访的友好说明您的苦心，我相信，他们不但会谅解您，并将转而为您争取时间。

问题是在您自己呵！我颈椎病已有好转，准备继续扎针，但肠胃近来又出现不适了。打算找祝老诊治，但已忘掉他门诊的时间了：是否星一和星三上午？盼告。

我也想写点东西，但健康情况如此欠佳，奈何！三联在港出我一本短篇选集，编者将您五十年代那篇评介文章编进去了。

您不会有异议吧？祝

撰安。

沙汀

八三年七月一日

830709

金丁同志：

真倒霉！颈椎病针刺后刚见效，哮喘又发作了。加紧治疗三日，已经渐趋平稳，可能不致出大问题了。师陀于十年内乱中被迫退休，因而工资大打折扣不说，连公费医疗也取消了。光年同志去上海时，我曾转请争取恢复其原待遇。前日吴强同志来开会，昨天来电话告诉我，师陀同志业已恢复过去的待遇，今日又来一信道及此事。只是他说，至于是否补发过去扣下来的部分工资，将以中央有关文件为准。我相信，吴强同志他们断不会推脱不管的，一定会说话算话。乞便中转告师陀同志，因为我忙于治病，一时尚难写信。我也记得祝大夫是星一及星三下午看门诊，但我六日却扑了空！医院公告星一星三下午门诊全部停业！只好回身转来向复兴医院求治，是服西药。匆祝

夏安！

沙汀

八三年七月九日

840104

金丁同志：

手书奉悉。大作怎么会改变题目，在《随笔丛刊》发表了？真是莫名其妙！我极少社会活动，作协元旦前夕会餐我也未参加。但我相信，终归会有机会追问明白。

寄来的两册史料，您那篇有关郁达夫先生的文章，我一接到就拜读了。钱、侯的文章我未看过。就连《围城》也未曾阅读。杨绛同志的《干校六记》，倒是一本值得一读的散文。反映十年动乱的作品，这一书颇为难得，当然也有一定的局限性，没有接触到广大人民群众的抵制、不满……

我那篇东西，无非想为农村基层干部立传。发表前后，可也紧张了一阵子，幸而《关于建国以来若干历史问题的决议》给了我很大支持。全国政协最近的《学习资料》上周恩来同志那篇七千人大会福建小组会上的发言摘要，想来已看过了。……

精力不足，写小说已不大可能了。准备写一点回忆文。您能辞去一些职务，专心写些文章，极好。我今年也决定离休，且已于去年表示，连作协副主席我也不愿意再挂名了。您光临舍下不久，我见到周扬同志说您想看他，他很高兴。

小孙女转学事，太劳精神了。这次不行，暑假时再说吧。祝
身体健康，写作顺利！

沙汀

八四年元月四日

841204

金丁同志：

手书奉悉。《青春常在》也拜读了。您同徐盈、子冈交情深厚，文章读起来也就特别感动。近来精神较差，可我一气就读完了。

您采取"列传式"写回忆文，我觉得很好，不怎么受拘束。我去年写了近十万字，内容是四十年代的往事。重看一遍，觉得编年史的写法，太受限制了。不管写人，写事，都不能畅所欲言。所以我曾向荒煤同志建议，如果写回忆录，以采取"列传式"为好。当然，列传、纪年的说法，可能不妥。

师陀同志曾来一封长信，谈到上海文代会的经过。开会时他在普陀避暑，许多情况，都是他会后了解到的。对于这个会的评价如何，得看会后的反应，而且也还有个角度问题。这正同思想座谈会一样。我则以为这两个会都开得好，它们让大家，主要当然是党中央认识到

了去冬以来文艺界存在的根本性问题。

周扬同志还在住院，我可很久没有去看过他了。据说，病情已有好转。但是，正因为有好转，医生却认为他更该认真休息，不能谈工作，想问题，尽量不受外来干扰。因此，大约半月以前，我曾同灵扬同志联系，准备去看望他，都无形中取消了。

降雪以后，我是连楼也少于下了，有的会都没有参加。气温低是主要原因，但也同口腔问题、脚掌骨殖增生有关。

师陀曾提到您写的回忆郁达夫先生的文章，能寄一份给我否？

敬礼！

沙汀

一九八四年十二月四日夜

850302

金丁同志：

听小秦转述您的谈话，随又拜读来信，无任想念！摔跤后近况如何？这也是一个警告，千万得小心，不要太大意了！

我虽极少下楼，而每天必上下两次。早上一次，爬八层；晚间，有时爬四层，有时六层，刚起床后，则一定做约半点钟其他简便运动。只是口腔问题似越麻烦了。肠胃也消化不良，每天得服滋脾丸。所幸睡眠还勉强，虽早已停止服安眠药，每夜仍可睡四五个钟头。

回忆文早已搁笔了，但仍将鼓起余勇，写下去。同时也准备整理一下笔记、日记，于文字上稍加润色后，酌情发表一些。粗粗一算，字数真也不少！约有八十万字。就中，记录了一些老友，如李劼老、巴老的谈话，颇有意思。剪除"四害"后，我初次来京，有个多月日记，已经整理出来，题曰：《在动乱刚刚结束的日子里》，拟寄香港《大公报》。

老兄！我看您还是撰写您的回忆文吧。当前文坛的形形色色，不必太费心思。如×某胡说八道，一笑置之可也。至于生死问题，也不必想那么多。我虽于年前想方设法探望了一次周扬同志，至今念及他的情况，心情极为沉重，可我尽力不去想他！……匆祝

健康！

沙汀

一九八五年三月二日

金丁同志：

午睡后将上午写的看了一遍，感觉太潦草了！至少，我得对周扬同志的病情多说几句。他主要脑毛细血管供血不足，脑细胞缺营养。一切日常生活都无法自理，全靠医护人员，主要是苏灵扬同志招呼。

那天我约待了二十多分钟，亲眼看见灵扬同志给他一匙匙喂，叫人真不好受。我不曾听见他说过一句话，只是在我谈到王元化同志十分想念他时，他流泪了。灵扬同志说，每一提到老同志，他就流泪……

灵扬同志很坚强，没有她的招呼，真是不堪设想。我是她带我去医院的。因为院方不同意任何人去看望，灵扬也不愿他多见熟人，担心使他激动。

知道您十分尊敬他，关心他，故特补写了这一页。祝

健康！千万不要因此失眠！

沙汀

三月二日下午

8506××

金丁同志：

您好！六月九日的信，早收到了。因为五月中旬回故乡安县住了几天，途中又对两个邻县的农村专业户做了点调查访问，直到六月初才回成都，可已疲惫不堪。

一般说还可以，只是胃切除大部后，内脏下垂，哪怕喝一杯水，腹部、腰都有些胀痛，叫人很不舒服。有时躺上半个钟头，可以缓解少许，口腔不适之感，也有增无减。前天重新安义齿，肿胀感好些了。

成都，我建国后大部精力、时间都消磨在这里，熟人多。川医一位副院长，消化系统专家张光儒劝我住院，他将为我进行一次检查，我也感觉有此必要，所以经过省文联安排，七月二日，就又得住院了。我不打算久住，因为只要健康情况稍好，我还准备在成都市及所属县区做些访问。我多年未接触实际了。

应该说，从"文化大革命"开始，我就被迫脱离实际，脱离人民了！放出牛棚不久就奉调到北京。而在北方居留的时间尽管不短，可是只去了一次圆明园！三年前回川，主要也是养病，哪里也没有去。这次可说大开眼界，增长了不少知识。近五六年来的变化真太大了！特别是在故乡安县，大有如同隔世之感。

中国新闻社有关四川作家的学术讨论会的报道，我未见到。但，我要说，这次讨论会组织得颇不理想。单说这一点吧，闭幕会上艾芜和我都发过言，可是连记录都没有！一问，说是录音机坏了。也没有人速记。而我至今没有得到任何书面材料！您说怪吧？几乎筹备了整两年呀！

您跌的一跤，如来信所言，后果的严重，实出意外。尚祈多加珍摄！我记得您血压偏高，即或是不跌跤，出门也得有人相伴，较为得当。就拿我说，尽管只是腰腹部不适，脚掌因骨殖增生，步行吃力，而腿子却不错，能步行里许。可是，偶一出门，也得有人相伴。

我同小女住的长期居留的平房，在《当代作家》编辑部的后面，去年组织上又为我修缮了一下，住起相当安静。艾芜原本同住一院，去年又搬到新建的楼房里去了。他惜时如金，我旅游回来为时不短，可是昨天才在途中匆匆一晤。他每晨散步二三里，自己买菜做饭以当休息，余时则埋头写作，所以身体非常健康。

因为本年四月在首医住院检查，结果诊断我有冠心病，贫血。听友人叮嘱，我对花旗参更是经常煨汤服用了，效果相当显著，您也何妨试试。我早拜读您对初梨老人的记叙文了，但望早日康复！祝
大安。

叫小秦赠送的《木鱼山》，谅已收到。

成都气温比北京要低三度，不怎么热。可是气压低，湿气重，也不怎么好受。我准备秋凉后返京。又及

851228

金丁同志：

一点钟前收到廿六日来信，当即分两次拜读了。分两次读，不是因为信写得长，中间有事岔了一下，否则会一直读下去的。因为我们已经很久未见面了。

庆祝夏公参加革命文艺工作六十五周年茶会上，我以为您会去的。这之前，还有两次想写信，同您聊聊。一次，是读《文摘报》根据胡愈老在本年《新文学史料》四期那篇悼念雪峰的文章摘要以后，因为就摘要看，把冯至错划为右派原因归之于周扬同志，我以为值得斟酌。

特别目前周已命如悬丝，躺在医院为时已不短了，绝无反驳可能，他也不会看到，但是作为左翼时代他的一个战友，以往又过从较密，读后却不免十分激动，为之不欢者累日，同时却又不愿见诸文字。……因此但望能通过您便中向胡摆摆，也就行了。

还有一次，昨夜失眠，猛然想起周总理逝世后，北京以及各大城

市那些群众自发性的悼念活动。最后，决定请您设法在"人大"有关单位，为我复制一份全国各报刊发表的报道、悼词，等等，即我无力进行创作，也可从中吸取教益。

这不是一时灵感大发，现在我就正式提出这一项请求吧！"人大"的图书资料部门，不是在经营这一项业务吗？一定按照规章办事，先付款，或全部复制好后付款，都行。外文出版社两位专家，用英文写了一本恩来同志的传记，《人民政协报》已经译载了一部分，不知看过没有？我可能记错了。

我没有在成都接待您，很歉然！冯牧同志也颇赞扬成都。北京，就是日照多；又是政治文化中心，就是日常生活所需太短缺了，又贵，本想美美过个新年，可是不止鱼虾又贵又不好买，蔬菜品种也少。

我久已不读报刊上的创作了，连得奖的作品也很少翻阅，理论、批评，倒仅《文艺报》《文摘报》看到一些介绍，可惜时间、精力有限，不曾钻研，只是感到惊奇而已。匆复。祝
阖家新年快乐！

沙汀

一九八五、十二月廿八夜

您对他《懒寻旧梦录》的订正，不妨写信告诉他。他很谦逊，不会见怪。又及

870305/07

金丁同志：

二十八日挂号信收到好几天了，读罢，颇多感慨！一些大专院校学生在全国某些城市游行请愿以来思想战线上的形势，想来同样引起您深切的关注。不少人似乎有这样的预感："又来了！"这大都由于咱们这类人多少有点神经过敏。

因为来信提到《周扬近作》，我立刻找出他夫人苏灵扬代他赠送我的一册翻阅，而且情不自禁地一气读了顾骧那篇评介文章。这篇文章的确写得不错。而我读了一遍周为《邓拓文集》写的序言，我觉得其中有些于他也正好合宜。我已经快一年没有去过北京医院探他了！因为大约去秋以来，他就靠鼻饲活命。据说，几乎丧失了知觉！因而我怕去看他，医院也轻易不允许人去探望……

去年《文学评论》发表的他那篇在"鲁艺"的讲稿，您看过吗？这是在缺少参考书条件下写的，真不简单！改日我将给他夫人一信，《近作》如还有她会送您一册。

不尽欲言，谨祝珍摄！

沙汀

八七年三月五日

场效治疗仪，友馈送《文集》回来的次日，就买了，而且开始应用。乞释锦注！又及

金丁同志：

上午就写好复信了，但是到了晚上，现在快八点了，还是安静不下来，就再写点吧！

去年秋天我刚从四川回京不久，一天，出乎意料，苏灵扬同志来了，十分高兴地让我看一位老中医给她的信；不！信是叫他儿子写的，说他能治周扬同志的病，决定于前去深圳出诊后顺道前来北京。灵扬赶来，是要我设法邀请他先来北京。旅费、食、住一切由她解决。我也乐不可支，立刻写信托人就近邀请。我是要我一位最踏实，我每次回川，就为我做些秘书工作的中年同志，跟我女婿一道去的。但为慎重起见，我请灵扬同志写下病情，一起寄去，较为得当。她当即写了：大脑软化、神经阻塞、不通。

结果呢，医生答允立即首途，但在看了我寄去的病情后，当即显得有些迟疑。最后，却直接写信给灵扬同志，他原早听说是一般瘫痪，既然那么严重，他治不了！……

就暂增补这一点吧！恭祝

撰安！

沙汀
八七、三、五日夜

五号写的信，今天才发现不曾付邮！可叹！

三月七日

870501

金丁同志：

手书奉悉。前天，灵扬同志曾来舍下，谈了两个钟头光景。在谈到上海、延安的往事时，尽管多次提到周扬同志，可没有问及他的病情。因为心里明白，希望不大，何必谈呢！

今天，原"鲁艺"院长沙可夫夫人送来一个通知，要我本月八号去文化部老同志活动中心参加鲁艺同学会成立大会。她口头还告诉我，将推赵毅敏为会长，周扬为名誉会长。到时候我准备去参加。

《沙汀》已出版了，我将送您一本请教，您就不用买了。您还能畅游苏州，特别还准备写小说，令人羡慕！我是心有余而力不足，《红石滩》后就决定搁笔了。

敬礼。

沙汀
八七年五月一日夜

骆宾基送我一册文集。内有一篇记录三十年代末期雪峰在家乡写的长篇回忆录，也可能是小说，是有关"长征"的，言之甚详，您看到过吗？又及

870520

金丁同志：

您可能已经回转北京了，这里有件事希望麻烦您代办一下。"文革"期间，我的家曾经被造反派、红卫兵查抄三次。"拨乱反正"时，退还的东西非常有限。特别是创作初稿、图书全丧失了！

所被抄走的书画中，有谢无量先生为我书写的条幅两张，是我至今难于忘怀的损失之一，因为我一向喜欢他的书法。前年，我在成都看见书法家协会一个刊物上影印有他老人家《题蕉窗仕女》自写诗一首，非常高兴。因为附注说转自《谢无量先生自写诗稿》。再经探问说是得自湖南，可我至今不曾买到！

本月十七日《人民日报》"文摘版"一篇谢老同中山先生之间的关系一文，算又给我提供了一个线索：谢老的夫人陈雪湄老人现在人民大学任英文教授。我相信《谢无量先生自写诗稿》影印本何处可买到，又是哪个出版社出版，她一定清楚。千乞代我探问一下吧！

专此拜托，顺祝

夏安。请代我向雪湄老人问好！

沙汀

八七年五、二十日

871026

金丁同志：

大作已经写成了吗？我等着拜读呢！《新文学史料》第三期，谅已

看过，一般都很重视那篇斯诺同鲁迅先生对话提要，及其译者的解释，我却认为，最值得一读的，倒是侍桁那篇自述。

韩的自述之所以重要，因为它把近年来×某等纠缠不休的有关雪峰的一些问题谈得具体而且确切，可以起到一定澄清作用。

我是十六日回北京的。不久就接到手书及我离京前我们合摄的照片。只因一时尚不适应北京的生活条件，人很疲累，琐事也不少，故未即复，乞谅！这里，先向您报个到，余容日后见面时详谈。祝

撰安。

沙汀

八七、十、二十六日

880415

金丁同志：

最近两星期左右，我请小秦给您打过约五次电话，都没有打通！昨天我又要他打，他说可能电线出问题了，因而只好给您写信。

您的眼疾是否已治疗好了？时在念中。另外我想告诉您，本年初为周扬同志八十寿辰，我同荒煤他们商议，准备在下半年全国文代会期间，为他召开一次学术讨论会，我希望您能参加！您不是正在撰写有关他的文章么？

此外，我还想问问您，我在湖南文艺出版社印行的中篇《红石滩》，是否已送过您，请您给以指正了？我手边现在只存留有一册了，书又不好买，如果您已经有了，我将另赠他人；如果尚未送您，我就签邮寄给您。盼简告！

我准备端阳节后回成都休假。而入冬以来，我出街、下楼的次数，屈指可数，太闷人了！

匆祝

健康！

沙汀

八八年四月十五日

苏联在为斯大林时期大批蒙难者平反时，哲学界也大谈"异化"问题，想来您也注意到了，可惜只是一点简略的报道！又及。

880614

金丁同志：

您昨天来电话，我恰好下楼散步去了。前天得师陀同志来信，情意恳切，我一连看了两遍，并将妥为保存。

要转述它的内容，颇不易为。幸而他同您我都是相知有年，特附上让您看看，阅后务请早日归还。我已经托人买二十四号的飞机票去了，最好能让我在行前收到。

王西彦同志也来了一封长信，突出的一点，是他读《睢水十年》、《新文学史料》选载的日记后，感觉我在两种意义上，党员和作家方面对作品的形成及其有关方面，谈得太少，大都是谈组织活动。

他的话，有一定道理。而实际上，为了配合政治我确也写过不少作品，例如抗战胜利后，我写的《呼嚎》《范老师》就是，但我尚未或者说极少写过"图解政策"之作。您以为如何？祝
撰安！

沙汀

八八年六月十四日

痔疮我已决定先不理了，希释锦念！又及。

890118

金丁同志：

上午我去安儿胡同看望苏灵扬同志，主要是送她三份材料：一九八八年第五期《中国作家》上李子云那篇《探病中周扬》，最近《文艺报》刊载社院研究生院给周扬的慰问信。

更重要的，是去年十二月二十六日前社院哲学研究所所长苏绍智在中央召开的理论工作座谈会上长篇发言的摘要。这篇发言真值得一读。他在人道主义、异化问题上，认为王若水、于光远两位的意见完全正确！

而且，认为三中全会后，在争鸣中不存在打棍子的问题远非事实，而他举的例子正是至今还躺在医院里的周扬。——怎么能说没打棍子?!

当然，更重要的是他对马克思主义的看法，认为由于各种原因，它实际是"多元"的，不过不少人把它教条化了。只有承认了它客观存在多种学派，然后才能互相争鸣，借以发展马克思主义，以利于建设社会主义。

我的理解力差，这期《世界经济导报》又留给灵扬同志了，无从参证摘要，很可能与苏的发言有出入，即把他的原意理解错了，最好设法找一份二十六日该报来看看吧。

我收到来信，不过一点多钟，因念您还将住院复诊，急急忙忙草此芜函。最后，希望早日完全康复。祝

欢欢喜喜迎接春节！

沙汀

八九、一月十八日

致王西彦

西彦同志：

最近顿然感到又衰老多了！情绪也不很好。但又不愿把回信拖延下去，所以只好先复几句。

您那封评论拙作的长信，对我总结自己的创作经验，很有帮助。在老朋友中间，像您这样关心我的创作而又直言不隐的，尚不多见。当然这也同您创作之外，又常从事评论工作有关。

在读到您那封信的时候，我就感觉您不少论断都是切中肯綮。比如，我的作品很少，乃至没有哲理性的警句。像鲁迅先生在《故乡》和《伤逝》中所遗留给我们的楷模，虽然永难忘怀，但不只没有做到，乃至很少想到在创作中付诸实践。这同素养很有关系，就是想到了吧，也未见做得到！

至于抒情成分，我倒以为在讽刺暴露性的作品中，一般恐怕都不存在这个问题。比如《肥皂》《高老夫子》就没有抒情成分。而且，《故乡》《伤逝》之所以那样令人感到不可企及，哲理性的警句而外，就是他的抒情成分。因为它们既是用第一人称的手法写的，所写的又是作者对之充满同情的人物，否则也不会那样成功。

作者所描写的人物、生活，的确跟作品能否有抒情成分有关。这一向校正中篇《闯关》，我就觉得它跟其他作品不同，多少有点抒情成分。因为作品反映的是抗战时期敌后的战斗生活，余明不必说了，主要人物左嘉，尽管缺点不少，毕竟也还值得同情。

以上的一些话，是前两天写的。因为精力不济，加上一些杂事，就搁下了。昨晚又找出您前年六月的长信，重读了一遍，感觉自己记忆力的确也太差。比如您的"寓意深刻的警句"，我却记成了"哲理性的警句"！当然，两者的含意也无多大区别。还有，我说讽刺暴露性的作品不可能具有或者说赋予抒情成分，看来也不完全恰当。《狂人日记》我以为就有抒情成分。因为作品的强烈忧愤之情，明显地活跃纸上。

不过，您所举拙作《在祠堂里》和《兽道》，不是您读后也感觉那样的生活太黑暗、太不像样子么？当然，您是替一般读者着想，这倒确实值得考虑！可是我以为评论家的任务也正在于把值得推荐的作品加以剖析，向一般读书界推广。否则，像《离婚》那样的名作，恐怕较难为一般读者接受。除非他们拿出耐心精谈，并进行必要思考。

您说得对，我的笔触太冷静了。但这不只是学习鲁迅没有学好来的，也是我受梅里美的影响较深。而且，我之喜欢托尔斯泰和普希金的小说，远胜于契诃夫。当然，我对他们也没有学习好！至于格式问题，我的格式也远远不及鲁迅，《催粮》和《减租》等都缺乏艺术性，这一点我基本上同意您的论断。我说基本上，因为我有保留。

为什么有保留？这说来话就长了！简单讲，这是我胃溃疡吐血后一年动手写的。而从我的情绪上说，它们不是小说，是投枪！特别当时已接近解放，反动派拼命挣扎，对人民的压制、剥削更加不择手段了。同时反动派内部的斗争也更剧烈。……

以上是三天前写的。今天下决心一定把它写完。您指出我对人物的外形很少刻画，有道理。我一部分作品确是如此。而且连动作也简单。一般只介绍社会身份、年龄。我着重是写对话，我认为恰当生动的对话，不只是表明一种意见，它们本身还包含有手势、表情、情绪，乃至可以看出对方的为人。

我以为，艺术性固然重要，主要恐怕还在内容、思想。从艺术性说，鲁迅的《一件小事》比他一般作品是逊色的。但是，在他那个历史条件下能写出《一件小事》来却颇为研究家所重视。您曾提到"冷静""客观"，这里我想赘说几句：《离婚》您觉得怎么样？还有，目前部分作品，抒情成分我倒感觉过多一点，也很有文采，不像我的作品那样清汤寡水！但这里却也不无问题，值得研究。

您对《青枫坡》提出的批评、指正，很好。去年我曾给艾芜写信，说它是个不足月的胎儿，写得匆忙，改得匆忙，发表得也匆忙了！劝他长篇写好改好后，先交《收获》发表，听听各方面的反映、意见，再作道理。最近我又向卞之琳同志征求他对《青枫坡》的意见，因为我准备大改一番。被禁锢了十年，当时真想大喊大叫，恰恰那一部分材料又还在，因而仓促敷衍成书。这点心情，我相信您是能理解的。

关于创作问题，就说这一些吧。这封回信，实在是拖久了！希望您、周雯同志和你们那位年轻研究家原谅！想起来不无歉然，我有子女六人，可没有一个搞我这一行的！刚宜今春曾两去广州，两去天津，就是没出差去上海。他对你们全家的照顾，常常说起，倘去上海，一定会去拜望你们。他最近工作紧张，有时晚间、星期天都得加班。

巴老已会见两次，谈了些写作问题。尽管又衰老了一些，但他精神、情绪都比我好，而且雄心勃勃。我也希望他能排除一切不必要的干扰，安心休养、写作。他离京前，我们至少还能见两次面：作协主席团扩大会议，他回上海时到机场为他送行。信发迟了，乞谅！匆祝您、周雯同志以及你们的孩子均安！

沙汀

八〇年四月十七日

致王衍明

890628

衍明同志：

快信收到了，怕您着急，先将小照、写的书名、篇名各两枚，寄您能选上一幅备用否。

《红石滩》原序，颇多措词不当之处，决定报废。万勿付排，如已付排，千万抽去，我在为稿写新序，容缓寄上。并校订一次，只是目前尚未定稿，现仅将改动最大的最末几句寄上。

最末一段，第二行"任内"之后，增改为"乡政府还为他开了追悼会"，最后一行改"学习很好，看来吴老师后继有人"。上面一段第六行，"麻鱼子"后添一"则"字；再上去一段第十行，"有待"后加一"于"字，前面我只发现一个错字，即五十九面，倒数十二行，"头戴雷帽"，显然错了，应是"头戴雪帽"，此外错、落字，一定还有，除我继续搜寻而外，更希望你们看校样时代为补正、改正！

匆祝

编祺

沙汀

一九八九年六月二十八日

891127

衍明同志：

首先，让我谢谢您为校我拙著劳神费力，特别您清查出来不少错字、漏字，而且极大部分都添改得恰当。

我说极大部分，还有几处需要同您商量，如 114 页。"仍旧"，我以不如用"仍然"或"照旧"较好；146 页，"不复能自持了"一语，比较通行，就不必改了；101 页，可改为"大家赶快回去睡大觉吧"！还有一处，一时忘记了见于哪一页，"坐地的分肥"，中多一"的"字，请代为删去。此外，容我解释些他用语。"老蜜"一词，似应加"注"，"蜜"即蜂蜜，其甜味胜于"蔗糖"，这里是把它作"糖"的代用语。"钉环"，是一种屠夫常用的铁制器物，用来穿在已经收拾好的猪肉上面，挂起来在市上零卖。不过，是否可以这样写，我也毫无把握，尚能请教内行，给予订正，并加注释。

　　去年我写的题记找到了，特寄您审阅，只因无暇也无精力抄写，如果发现措词含糊、不当之处，盼予订正。匆祝

编祺！

沙汀

一九八九年十一月二十七日

　　下月初离蓉，我就从医院直接去机场飞北京了，特告！

891223

衍明同志：

　　我是三月十一赴京的。一到家就拜读了五号手书。您指出得对，我把湖南出版的书，写成了北京！"钉环"一语，确很可用，我太迂了。

　　我想，为了早日出书，《红石滩》的单行本封面，就不必寄来了，一切由您决定吧！出书后，盼能寄六十本给我。谢谢！

　　匆复，祝

您和您的同事们新年快乐！

沙汀

八九年十二月二十三日

900220

王衍明同志：

　　您好！

　　寄来的书收到，十分感谢。沙老因上月青光眼急性发作严重影响了视力，虽经医治仍不大好，遵医嘱目前正搁笔休养，故不能亲笔回复你的信。他十分称赞你，《红石滩》校正没有错误，这样的质量是少见的。

他说，谢谢你！

当然，绵竹教育印刷厂印书，沙老同样是感激的，便时请转他的谢意和问候。

此信系依沙老之意代写。

顺祝

安好！

临时来客为沙汀老代笔
一九九〇年二月二十日

致王仰晨

771109

仰晨同志：

昨天晚点三十多分安抵上海。因有济生协助，很快就到了武康路。只是忙中丢失了一包小林捎带之书。幸而今午已由济生的阿姐从车站请回来了。

昨夜与巴公、罗荪同志闲谈，方知巴公并未为文表示替鲁迅先生请胡风提出那个口号，因此前日托何淑□同志转交你的那份记录稿中"还有并非左联成员巴金"一语，务请代为抹去。由此可见，我要求"延大"那两位教师①不外传，更不要公开发的话是对的。因为是否尚有不确切之处，很难说。至于观点、看法，我倒还不拟更正。

济生认为，我可以选三五篇《祖父的故事》中的小说加入短篇集中，因为他们何时能出，是否出，尚难预定。至于选哪些，容回家后再详告。

---

① 指陈琼芝、章新民。

请代问候君宜、屠岸、□□和王耳□同志！

敬礼

沙汀

11月9日

771127

仰晨同志：

来信及抄件均已收到。原件不知如何处理？如不存档，便中望退还我，否则听之。

"鲁编室"增加那样多力量，您和文井的担子可以轻一些了。这一工作牵涉到的人和事很多，又被"四人帮"把一切搅乱了这么多年，是得花不少时间和精力才会得到较为妥善的处理。

我那个《短篇选集》①，目前正校改中。一般是文字上的润色，极少稍及内容，看来，我驾驭文字的确太不行了。既然重版，为对读者负责，总得花点功夫。现已校改了三分之一，如能另觅一册寄我，我准备另校改抄一遍，因为我担心如将原校本寄去，排工同志难于识别，弄出错字。如找不到，就算了。

重版本是否需要序言之类的东西，盼示及！艾芜的选集，到家后即已告诉他了，当再催问一次。祝您和您家里人都安好！

沙汀

11月27日

又，决定了抽《祖父的故事》中的任何一篇，就照原来的编排内容重版它吧。

---

① 《沙汀短篇小说集》，人民文学出版社1977年出版。次年11月重版。

771223

仰晨同志：

信，早就收到了。《选集》校订亦已完成。由于自己本事太差，过去写作时用的功夫也很不够，总觉可以修改之处不少，但又得保持旧作原有面目，而且照顾你们的要求，校改时还要计算字数，所以相当费力。

幸而，毕竟算校订好了，特赶快付邮。并非为了希望它早日同读者见面，因为搁在手边，总觉这里那里还可改动改动，闹得人寝食不安。而且中篇还急待着手修改，盼其早日完工，以便写作其他东西。

这次校正，越发觉这本书过去在校对方面有些疏忽，错、落的字、句有三五处。因此，我希望这次重印，特别凭着二十多年来的友情，我要求你多帮帮忙！何况有好多地方需要挖补，这就更需要严格对待了！但我相信你一定会帮这个忙的！

当然，最好我自己能看看清样。但从时间考虑，我自己的精力考虑，都不无困难。所以想来想去，还是只有把希望寄托在你身上。何况你熟悉排字、印刷这套工作，也一定能够胜任愉快，助我一臂之力。

不知是怎么回事，这次校改，乃至对于修改那个中篇、重写其他一点东西，我都有一种赶着办，而且一定得办好的热灼的心情，这可能是一种不吉利的兆头，好像是想交代"后事"一样。但请放心，我并不悲观！

至于重排序言，一星期内当即寄陈左右。本书收到，俟你看后，盼即见复！

敬礼！

沙汀

12 月 23 日

又，如校改时有错、落字的地方，或不妥之处，盼即示复！还有，校订中，我将"脚色"改为"角色"，"呵"改为"啊"，可否不改算了？至于艾芜的《选集》，正加紧改编，不久当寄出。

77××××

仰晨同志：

信，早就收到了。《选集》校订亦已完成。由于自己本事太差，过去写作时用的功夫也很不够，总觉可以修改之处不少，但又得保持旧作原有面目，而且照顾你们的要求，校改时还要计算字数，所以相当费力。

780118

仰晨同志：

信收到了。您这封信，我的确盼望了许久，因而还拍了电报！由此可以想见，来信给我带了多大的喜悦！特别你愿意对《选集》校改工作负责到底，更叫人十分感动。我一向感觉，再没有（比）错字落字过多的东西，更叫人难受了！这不只是个人的问题。因为作者在读者面前出点丑，真也算不了一回事，如果联系到我们对党的整个文学事业的态度来看，确也值得大家重视。

厦大的那位教师，已将在京时所谈有关创作道路问题的记录，寄了两份抄件给我，这事我也得向你致谢！她来信说，记录稿我曾于整理后作过修改，我可早遗忘了。不过看来大体不错，小的错误当然有两三处，主要是把时间给记错了，我不曾发觉，当即去信改正。但更为重要的，是我没有着重讲到我某些作品写作时的历史背景，确切说是当时的具体政治形势。比如《意外》反映的是蒋管区群众反内战、反饥饿的运动；《范老老师》《呼噜》则写于毛主席在重庆同蒋匪帮进行针锋相对斗争期间。而这一般可以说明，我在创作上的一点特色，也就是及时反映现实生活斗争。当然都没有反映好，我准备在给她的回信上简单提提，供她参考。但我也担心流于自我吹嘘。

最近接到巴公来信，仍然因为过于忙乱而感觉疲累。这封信是要为我《上海文艺》赶写一短篇小说。前天又来一电，要我写一篇谈短篇小说的文章，是同罗荪同志联名打的电报，这比写小说较易。今天，我尽一日之力为他们写了约三千字，是用书信体写的，内容是谈契诃夫两个短篇。但是书是写成，我还没有加以推敲，不知是否可用。今天我没心情看它了，等到明天再说！

若果上次回陈琼芝同志的谈话记录，"鲁编室"有一份，则这次给她的信也得有一份才好，如何？请裁夺！

敬礼！

沙汀

1 月 18 日

艾芜的《选集》，已代催问过了。有关琼芝同志那封信的问题，究竟作何处理，你忙，有空再回复几句好了！又及。

861226

仰晨同志：

复信奉悉。你们和"三联"出版的我那本选集《沙汀》，是文学所张大明编选的，我只写了一点题记，因为书店说赠送我三十册，我又要编选人张大明告诉你们社有关部门：我再买五十册。

经我托人一再催问，赠送的早收到了，买的五十册也盼早送来，以便交我孙子带一部分去四川。除托人前去催问外，还分别给你和屠岸同志去信，可是直到今天，前些日子又收到十七册！这是怎么回事，盼您便中去封信查问一下怎样？若果需立即交付五十册的书价，我将立即托人送去。我的助手又生病了，孙子也早已返回四川！

提到来真恼人！我年多前交了一本回忆录《睢水十年》给"三联"

至今连他们刊登广告，都不曾提到过它！半个多月前，我给范用一信，如果不愿意出，可将原稿退还给我！而至今没有只字回答。好吧，就这样带住吧！祝

编祺

沙汀

1986 年 12 月 26 日

致王友欣

831006

友欣同志、兴国同志：

手书奉悉，《四川文学》由陈进他们主持，您退出来，减轻一些负担，休养一下，于公于私都好，我赞成。至于名称改为《当代文学》，尽力向外省成名作家拉稿，您不以为是，我觉得是有道理的。《当代文学》不止一般化，而且看不出地方特点。而问题不仅止名称不当，离开四川中青年作家，但徒借省外名作家支持门面，打开销路，这就非常值得考虑，我过去就反对过。

《文谭》不管由社科院文学所或作协分会直接领导，我觉得都可以，但我也赞同你的意见，不很恰当。口气大点倒也无所谓，太空泛、太一般化了！谭兴国同志来信说，另外还有的同志主张将《文谭》改为《当代评论》，我也觉得未见当。有点一般化，而且竟然评论的对象，在未看到刊物前也弄不清楚。《创作之友》倒多少使人从刊物的名称，有可能看出其性质是评论文学创作。然而，《文谭》？评论，而不多登一点能够联系实际的理论文章？

中国太广阔了，又人口众多，单四川就有一亿人民，区域有法国那样大，其风俗、语言也自有其特点，历代人才辈出。现在，更应在

党中央政治思想路线指引下，在四川省委领导下，不断涌现文学新秀，继往开来，为人民提供社会主义精神粮食。这个责任就落在四川作协及其所属的报刊编辑部门和广大专业文学工作者身上了。而又只有具有四川特点，首先为四川人民喜闻乐见的作品不断出现，才能算尽了自己的职责。

我更赞赏《山西文学》的做法，他们每期都设法把新出现的作家向读者推荐，特别在刊物中明确写出每一栏目的责任编辑姓名，知道作家主要来自山西各条生产战线，其作品内容也是本省各地区的现实生活斗争。我已年近八旬，精力常感困乏，不多写了。此信望交文联党组参阅！

敬礼！

沙汀

一九八三年十月六日

兴国同志：所赠《巴金评传》业已收到，谢谢！《红岩》第三期不久他们会寄给我的。又及。

831101

友欣同志：

来信收到，我给您和兴国同志那封信，不宜发表。如一定要我写点短文，我倒可以试一试。如果实在力不从心，我有一封和王西彦同志谈创作的通信，似乎可以应急。这封信的内容，主要是交换有关小说创作的意见，具体例子是以鲁迅先生的短篇为楷模，谈我自己在短篇小说创作上的得失。我觉得这可能比把前日给您和兴国同志那封信修改出来差强人意。那封信想已交文联党组了。

至于《文谭》编辑人员安排问题，想来想去，感觉自己实在难于表示意见，这点务请原谅！

又，前日给您和兴国那封信一定交党组归档！（那封信交党组看过后，还是退还我吧。）祝

撰安！

沙汀

八三年十一月一日

前天暖气来了，一时反而感觉难于适应，什么事都弄来搁浅了！一天就忙于增减衣服。因而只得把八〇年回西彦同志那封信寄给《文谭》，请予审阅。又及

致韦君宜

780911

君宜同志：

听文研所张大明同志说，你们已将《周文选集》列入出版计划，亦特将他爱人前些日子给我的信及附件寄陈，以供参考。据我所知，四川人民出版社也拟出版《周文选集》。为了避免两种选集的内容重复过多，我建议彼此先联系下。

我病了两个多月了，住医院也已快两个月。住院，不止为了治病，还做了一次相当全面的体检。所幸尚未发现无法救治的隐患，甚堪告慰。而且三数日内即将出院。请释锦注！

敬礼

沙汀

九月十一日

X

致萧珊

601225

萧珊同志：

　　信、抄稿都收到了。我现在在小组会上给你简单写上几句。

　　抄稿，我还没有看，寄给作协党组去了。因为既然是寄往国外，还是请他们审察一下较好。我要等退回后才慢慢看。昨晚同巴公通了话，他也接到你的信了。

　　你信上没有提到修改的问题，但我相信你已经帮我改了。因为那封要求改正的信，是同读稿，即打扫锅炉那一段和一个尾巴，一道寄给你的。而那几处"改正"都较重要、主要在突出党的教育。

　　我同意你的意见，前面写出身那两三千字，太平了，写法是原因之一。更重要的，是挤出来的，陆陆续续拖了很久。后面大部分曾是在运动中写的，而且进展神速。我想，若果你有什么保留意见，务请见告，以便改正。今晚有个酒会，是作协主办的，可以会见巴公。

敬礼

沙汀

十二月廿五日

610110

萧珊同志：

稿已于昨日寄编辑部了。对不住，拖迟了一天时间交卷。因为十七日没有找到抄写的人。而我的原稿照例写得很糟，又非抄写一遍不可。稿交巴金同志看过，信封也是请他写的。他很客气，只改了两个字，添了一个字。但我自己对这篇东西把握是不大的，因此请你们严格审阅。如不可用千万不必勉强刊出！你几次来信都使我感觉到：你担心我又失约，不给你们写稿。对一个做编辑工作的同志说来这是可以理解的。但你应该相信没有一个作家不愿意多写些作品的。而我常常因为写不出东西非常苦恼，当然现在我的心情是愉快的，因为不管东西是否合用，又不管质量如何。我总算交了卷，尽了力，对公对私，都可以坦然了！一笑！

匆致

敬礼！祝小林小棠安好。

沙汀

一月十日

630608

萧珊同志：

你托常苏民同志带的糖果已经收到。谢谢的话我就不要说了：但它的确使得我家里两代皆大欢喜！因为他们年来很少吃过这样好的糖了。小珍①想来正在加紧准备迎接高考吧！我的二女儿为了准备高考，已经掉了十多斤体重了！这样是不行的，但又不听劝说，真有点使人担忧。有时闹得颇不痛快。初中时候，她原想做演员，现在却想读工

---

① 指李小林。

科了。这也是困难的地方！因为若果是学文学艺术，纵然考取不上，我是可以自己教育她的——而她偏偏不愿同我的行道挨边！我的大女儿也是如此固执，非读医科不可。

听说小珍准备搞戏剧评论，我想考试的问题是不大的。我在这里祝贺我们未来的剧评家获得成功！小棠一定已经闻过好多次老巴从北京带回的鼻烟了吧？这个调皮家伙是幸运的，当他快接高考的时候，情况一定没有现在这样紧了！祝
你的孩子们健康、愉快。

沙汀

六、八日夜

630709

萧珊同志：

信收到好久了，今天才来作复，希望你能原谅！

事情是这样的：我在六月底就病了！咳嗽、气紧，有时终夜不眠。是在结束了给《人民文学》那篇小说后发的病，但是接着还得赶看《困兽记》的清样，这就弄得越来越加深沉。《困兽记》是三号寄出的，可是随又为成都晚报看了一批稿子，写了篇纪念"工农兵"文艺周刊创刊五周年的小稿，直到昨晚才交了差。

现在请你放心，我已经可以认认真真来医病了。我相信不久就会好的。当然，说实话，我也不无隐忧，因为我最近觉得，这个病比失眠麻烦！若不及早根除，它会随着年龄的增长日胜一日。我原以为它冬天才发的，今竟发于夏季，因而也就更为头痛。酒基本上当然已经戒了。现在又开始戒烟了。刻已减至每日五支了。这次发病，主要是由疲劳过度引起的，所以准备休息一段时间。

但你不要担心，我争取在第三季度寄篇小说给《上海文学》，因为

休养半年的问题，领导批准了。用三年时间写部长篇的计划也批准了。而我回来以后，机关工作，也没有人再找我了。所以现在的时间比较充裕、主动。本来还想谈点家常，可以谈得太多，就这样带住吧！

敬礼

沙汀

七、九日

请致意九姑，并问小珍、小棠安好。

又，据说，今年高考，三类收的人多，而投考的却较少，希望你和小珍都不要过分紧张！而我也将以此自勉。玉顾要我问候你们。

650305

萧珊同志：

日前给巴公一信，拜托你为刚宜买几样无线电器材。他今天又提出还要添购两件。若前件尚未寄出，即请一并代为买就寄来，若已买好，那就算了，可以不必买了。

我要开会去了，匆匆不尽欲言！

敬礼

沙汀

三、五

650904

萧珊同志：

信收到好久了。今天才复，实在抱歉之至！

我已经见到了以群同志，约略知道了一点朋友们的近况。我去飞机场接他的时候，我曾经设想，可能会见到你。结果当然徒增怅惘。

这次当尽力为《收获》组织一点稿子。此外，除了豆腐乳、豆瓣酱，你还需要什么？盼告诉我。

刚宜考上了北京航空学院，已经离开家近两星期了。他离家的次晨，他大姐刚齐，也到重庆上学去了。刚虹在江北搞"社教"，暑假没有回来。但我现在并未"称孤道寡"，刚齐他们走前，就硬把我的大孙儿杨希领回了。我们祖孙两代还过得不错。

艾芜八月初就回京搬家去了。可是，因为他们的大女儿病情加剧，可能得寒假才能成行。他今年的身体也大不如从前了，开始叹息精力不够用了。老巴回国后，希望你能更好地照顾他的饮食起居。

小林对农村可能比我更"内行"了。因为我本来就所知有限，又将近一年未下去了。祝

你们全家都好。

沙汀
九、四日

这里的胖子花生很不错，不知上海吃花生容易否？

660323

萧珊同志：

信收到。济生也早已有信来了。想不到一点小事，竟自浪费了他那么多的时间！其他两件器材，可以不必买了，已托此间电台的熟人代办，看来没有问题。那四十元，就暂搁在那里吧，济生由乡下回来后，交他也行。因为若果龟井、宫石他们将来访华，又有机会经过上海，我还准备买一些礼品送他们。巴公想早已去乡下了。我们的"四清"大体已告一段落，目前主要是抓工作。前两天听人说，刘斌斌①已

---

① 指刘白羽的儿子。

经死了！但请不必去信，不必向他人提及为好。

握手

沙汀

三、二十日

致夏宗禹

580907

景凡同志：

昨天挂号寄出稿子一篇，是交你收的。里附的有信，说得很多，这里不多讲了。昨晚上我又找了些材料，觉得至少文章中第一句就不大确切，请改为"1958年春天一个风和日暖的下午"为好。题目也还没有想好。前信上提出的第一个题目，也不行，容易叫人误会成为一般报道。全部都是事实，没有那么多虚构。这不好，但我一时也想不起另外的题目了。但我对这篇东西总不放心，最好你们看了后提点意见，退还给我，让我把它保存下来好了。

匆致

敬祺

沙汀

九月七日

Y

致杨刚虹夫妇①

640521

刚虹：

　　信收到快一星期了。因为最近较忙，所以今夜才抽空回你信。

　　我说最近较忙，因为九月一日将在成都举办西南戏剧汇演，文联得为四川演出对两三个剧本创作做些组织工作。而恰恰领导上要我多负一些责任，事实上我比上个月轻松多了。因为省委为我们从部队上调了党组书记来，思想政治工作、机关行政工作，我几乎不管了。党组书记姓王，陕西人，是一个军队的政治部副主任，在部队受过长期锻炼，只有四十七岁，看来非常干练。

　　你们究竟何时下去参加"四清"？你李伯伯来信，他女儿又开始搞第二期"四清"了。我们机关里下去的同志，一般都不回来，轮换了，继续参加"四清"工作。你汤伯伯也还在郫县，我呢，暂时还不能下去，大约要下半年才有机会去了。你如下去，一定要认真锻炼，加强自己思想意识的改造。

　　我记得你这次的来信好像是我从重庆回来后，得到你的第一封信。你姐姐可已来了三封信了，其中一封是给刚宜的。我在重庆那十天当

───────────────

① 杨刚虹：沙汀的小女儿，丈夫向世文。

中，你哥哥每天必回家，近来因为工作很忙，却很少回来了。上个星期，我叫老曾接希娃回来一天，明天是星期六，可能下午去接他回来。明晚早就送他回去。

上次老曾去接希娃，杨凡也很想来。但我一个人，怎么能带他两个呢，所以我事先叮咛老曾，若他们的妈不能来，就不必一起带回。这次恐又只能带一个了。

此信阅后，可寄刚齐，因为我一时还不能给写信。

握手！

父字

五、二十一日

650620

刚虹：

今天收到你的信了，当然我们对你并没有多少担心，但是却想知道的你是否已到达舒家乡？情况如何？看了来信，大家的希望算满足了，而且感到非常高兴。因为你谈到的一些具体情况，既有益也有趣，我甚至想忍不住哈哈大笑起来。从你信上看来，你的情绪是高昂的，乐观的，是一种参加战斗的人应有的情绪，但也应该特别注意斗争的严重性和复杂性。注意通过工作，通过斗争改造自己的思想、感情和世界观。当然这里边也包括尽量增长有关三大革命的一切知识。

我上次要你尽可能每天，或间歇地写点日记，或者笔记，其用意主要也在于此。你汤伯伯上月六十一岁了，在郫县参加"四清"，每天都还挤时间写日记呢。因为一切有意义有价值的东西笔记一次印象深刻得多，对自己更有益。

这里，我想起了一个不愉快的消息，汤真妮就要被送精神病院了，而且从此不可能再出来了！因为她的痛苦越发严重，已经失掉了治愈的希望。你汤伯伯当然难受，但他毕竟坚强能够照常工作。

刚宜前两星期就被批准入团了，目前正在复习功课准备高考，他对高考尚能正确认识，可以不挂念；夏季来了，可多吃大蒜以防疾病侵袭。

想来你们都带有蚊帐吧，应该在工作上学习上与亚田互相督促帮助。

父字
六月二十日

650810

刚虹：

刚宜已如愿以偿考上北航，想来你已经知道了。目前正在为他制备行装，大约本月二十二晚即乘车去京报道。这次刚齐回来为我做了不少事情，不止是事务性的，她还对刚宜做了一些思想工作，让他懂得一些生活常识。刚齐最大的优点是细致、切实，凡是都有安排，都能井井有条做去，这正是你该向她学习的。你前次来信，谈得很好，她昨晚提到你需要缝棉衣，但不知道你喜欢什么样式、料子，接到此信后，即可来信说明，以便趁她在家为你做好。我先将料子买好搁在那里，等你回来后再做。但，做件棉衣起码约两星期，我以为不如预先做在那里较好，如何？

握手！

父字
八月十日

651005

刚虹：

昨天得你哥哥来信才知道你还在江北，要到本月中旬才回学校。而且要到寒假才回家了，这样很好，你就坚持下去吧。我一直以为你已经回学校了的，所以上次小南海参审给王觉同志写信，希望他看后转交你，到了相山大队以后又写信给你，看来这两封信大概你都尚未接到。从成都动身前我还招呼过闵适说你月底要返校，就不要寄江北了。看来没有弄对头，若未接到，又缺钱，可即来信。

相山大队属江津仁沱区和平公社，我是二十三日带了一个工作组来的，快两个星期了。因为工作早已安排停当，所以我决定八日到重庆去，休息十天左右再来看看，任务大体就完成了。我是住在生产队的，但身体不错，精神愉快。

你好好工作学习吧，不必惦念我，这次也可算是试验，看来我还不能说怎么衰老。

握手！

父字

十一月五日夜

刚虹：

我究竟照旧北京成都每年各住几个月，我的一些想法以及顾虑早已告诉你了。容我四月回四川，再做最后决定。我还未向刚宜认真商议，他尚在家休养，还相当虚弱，而事情又相当重要。

青又及

781017

世文，刚虹：

昨晚六点多钟我就平安到达首都机场，到木樨地时将近七点半了，刚宜前日出差烟台，小漪在家照顾十四日起即患腹泻的涟涟，只有友甦一人到机场接我。但是一切很顺当，勿以为念。

今日收拾，清理宁大娘带的东西，没有料到魔芋精粉一包也不曾带来，全部都留在家里了！花椒也只带了半斤，千万注意如有便人来京时带来。我还要刚俊买的魔芋精粉、香油，如果他已捎到成都，也可一并捎来，当然你们可以留下一些。

今天刮风，站在阳台上都绕上一根毛巾，不过阳光灿烂，这可比成都好多了。我准备休息两天。然后才去看，两三位熟人，送他们一点带来的土特产。可惜魔芋精粉未带来，幸而只有冯诗云、友甦他们喜爱。

为赶时间，此信写得匆忙，也无暇多谈，就此带住吧！杨阳昨晚在刚虹中途下车时，没有哭闹吧？他有那个大孩子做伴玩玩，不错。但得随时注意。祝

你们大小均安，并问候郑姨。

青

十月十七日

吴福辉同志到成都后，会去十九号找你们，我已经托之光、大同为他约少数同我工作多年的战友开一两次座谈会，并由湘浦陪他昭觉寺看看。有些东西可托他往返京时捎来。便中告诉李友欣、陈学昭，请他托人买苦荞。又及

781206

刚虹，世文：

我早就说应该派宁大娘的侄儿去趟中江，催促她来成都，甚至我们自己坐汽车去跑一趟，能和她一起前来成都。你们总说已经去了信，乃至发了电报，可是至今音讯渺无，看来必填补这一课了。

至迟不管别人介绍的男用人是否会去北京，都得赶快把宁大娘的情况弄清楚，至迟你明天就用我的名义，向作协打个招呼，最好由世文或者杨希去趟中江，接宁大娘来成都。万一她不来，我也另做安排。这事儿无论如何不能拖了。

人老了，凡事都要人关心照顾。我也知道这很烦人，然而有什么办法呢？人终归要老的，又不能因为自己使人头痛而啼哭不能活下去了！

绵阳的气温也可能比成都对我合适一些，有时候想人既然这样麻烦，不如迁到绵阳住个时期再看。说到这里我又想起刚虹的健康情况，千万得当心啊！现在三天就有两天病，老了呢?! 不管如何，即宁大娘何时去，能否去，老曾介绍的人是否真的愿意去，所有必须带往北京的东西，必须包扎好。还有我究竟还存有多少钱，至少买飞机票火车票够不？总够了吧！

此外我有时感觉小李在万不得已时，是否可以去北京住段时间。但一想到郑姨即将返乡，你们忙于工作，杨儿由谁照料，也就不敢想了。

如果十号都不能动身，现在改期就太叫人悲哀了。

青

十二月六号

注意，至迟明天得有人去中江去接宁大娘同车来成都。

看来我得拖到十号才能走了，可也不能再迟，男用人已经谈好了，姓杨，只有五十岁。我们已经说定，他回家做些安排，八号就可乘火车去北京，盼即买一张八号的硬卧火车票，所以更应早点把要带的东西打包，这样也不怎么样紧迫了。

在南方度冬比较麻烦，衣服上注点意是容易做到的！

小李的事偶然提及，不要认真去做，至要！

840716

杨礼，刚齐，刚虹：

你们好，久不接杨礼来信了，情况不错吧？

最近报纸上有几期报道各地都在纷纷认领十年动乱被抄走的东西，中央领导同志如邓颖超同志就曾强调指出必须物归原主，据说四川也在积极进行这一工作，未来究竟怎样？我的手稿、札记被抄走不少，还有好多件名家字画如王朝闻送我的黄宾虹焦墨山水，还是镜框装好的，包弼巨山水册页；李劼老代我买的王文志的条幅，以及他送我的张得天的对联；谢无量为我写的条幅。

衣物散失了没关系，上述一些手稿字画应当进一步请文联代为清查，此外还有同志朋友历年给我信札也得注意认领。当然，如果四川没有进行这一工作，也可不必提及，即或进行这一工作，我所失掉的又查无结果，则都可不提，千万不能给组织上找麻烦，至要！至要！

我最近恢复的还不错，可无以为念！祝

你们三家人健康愉快。

青

一九八四年七月十六日

小漪、涟涟今午乘火车返蓉，明日可到。

840717

刚虹：

你给我的信，便中交李维嘉、黎本初两位看看就行了，用不上去麻烦你哥哥他们。当然这两封信在李、黎两位同志谈话后可转寄他。祝夏安！

青

八四年夏七月十七日

860222

刚虹，世文：

雇佣的男工八号一定得走，所以必须想法买到八号硬卧，至于我究竟是九号还是十号动身请你们计算下时间。我最好得在男工到达北京前半天赶到北京，因为男工并未到过北京，更不知道去复外二十四号楼，刚宜他们也不认识他，我早些时间回去比较方便。当然，我一定将我住北京的地址，详细写给他，特别是电话号码，以便他到站台，打电话给刚宜，以便前去接他。至于行李，下车后他可以寄放在火车站，刚宜得电话后，前去接他，特别运回行李，照习惯还可以高声叫喊他姓名，这样一来，他们也就接上头了。我的行期，男工的名字，可与我们动身前用电话告诉刚宜、小秦。

家里魔芋精粉全部带来。

男用人，杨福泉，是医院收拾病房的勤杂工，自谓懂得烹调，和老曾相当熟。此人看起来相当精明，可以胜任照顾我的生活，况且他相当精干，万一宁大娘不能来，关系也不大。

860223

刚虹：

昨天信上有几件事忘记叮咛你了，李维嘉同志空出那套房间，你得注意一下有几间可以住人。我想连同厨房卫生间在内，至少得有大小八间才够分配，你算吧。十九号也是大小八间。

兹寄你书籍三册，两册供你参考，以有利于阳阳的成长，另一册无事翻阅一下也有意思。这是准备我返川后作为消遣看的。说到书，盼即给出版社李致同志去个电话，请他寄我两套选集，平装本四卷。

我下午开始下楼了，但因风大，没走多远就回来了。

青

元宵节八六年

书价你可照付，又及。

87××××

刚虹：

你、世文、杨儿春节还过得不错吧，我、刚宜夫妇、涟涟都不错。你托人两次捎来的毛衣药物都不错，其中一件我已穿了好久了，只是感觉稍大了一点。只好做外衣穿，川贝枇杷膏很不错，确有止咳化痰作用。

我曾要你汇一百元给达县的李贵，托其代买银耳，不知已汇寄并去信没有？当然这事只能四川文学编辑部的同志代办。如果尚未汇款，立即托湘浦帮帮忙吧。祝

你们三家人大小均安。

青

致杨刚俊①

850603

刚俊：

　　我已初步决定，七号前去安县。同行的有肖崇素，艾芜也可能去，此外就是刚宜，一位做些秘书工作的小仲②，崇素已经同安县联系过了。

　　是我拜托崇素负责联系的。我提出的要求是，希望不要铺张，不要安排什么社会活动，也不愿参加任何宴会。因为我精力欠缺，不能参加社会活动，更不愿意为自己铺张，讲究排场！……

　　我自胃大部分切除后，年来基本上是素食，只吃点鱼、鸡蛋，而以蔬菜为主。加之，口腔疾病有增无减，吃的东西都既软且烂，等于是半流质。您如能去，关于吃食方面，可以帮我打个招呼。至于铺张、排场、社会活动问题，以及健康情况，可考虑先向有关方面通通信息。我在安县居留时间，至多以五日为限。

　　我之不能久留，一则需要赶回成都治病，二则担心日常生活不便。年老多病，一离开家庭，几乎很难适应。即如锦江（宾馆），设备尽管不错，可我已经不想住下去了！

　　其他见面再说吧，祝

您全家老中小安康，愉快！

青

八五年六月三日

---

① 杨刚俊：沙汀的大女儿。
② 指当时在四川省文联工作的仲呈祥同志。

881109

刚俊：

回到北京后，我曾写信给你，其中主要谈到刘跃①举办画展的事。在同他会见，并读了你的信后，我曾托作协总会一位同志，用我的名义代他送了《新观察》《文艺报》和全国文联三个单位请柬。

开幕那天，我本来想去的，因为哮喘复发，没有去，随后一直注意，到展览闭幕，都没有去。刘跃也不曾来过。但我一直注意各报刊有关书画展览的报道，就是没有发现刘跃画展的消息。

为此，我好几天一想起就感觉歉然，自以为为他的画展没有尽到应有的义务。当然，他在技艺方面可能尚未达到一定标准，这也是没有引起同行的重视，不曾给予必要评介的主要原因。

我的信是寄给绵阳市市委第一干休所，可能失落了。你的居处既然较前宽敞、安适，你母亲谅必也很好吧。我回京后一切均佳，哮喘是老病，无大妨碍，你们可以放心！每天照旧要做气功，只是近日温度骤降，不能下楼了。

三天以前，我是早晚都要下楼在林荫道上散步的，现在，只有在楼上室内活动了，社会交际，也尽力减少。祝
你母亲、兴业②、宋明③夫妇、杨跃④夫妇、宋爽⑤安泰！

青

八八、十一、九

---

① 刘跃，绵阳市的一位青年画家。
② 指宋兴业，杨刚俊的丈夫。
③ 宋明，杨刚俊的儿子。
④ 杨跃，杨刚俊的女儿。
⑤ 宋爽，杨刚俊的孙儿。

890108

刚俊：

　　你说我记忆力还不错，其实也不行了。我所说不怎么行了，你来信的内容，我大体还可详细重述一遍，可你是缺我的《文集》"三卷"或者"二卷"，我都记不准了！因为原信已经不知去向，一时还没找到。便中可简单来信告我，以便早日补寄一册。

　　《战争与和平》，我原有的一部，几经搬迁，可能掉了。市场上也不好买，现在，先寄你托翁另一名著《复活》。这本书我看的次数相当多，比对《战争与和平》兴趣更大，获益也不小，你先看到再说吧。《睢水十年》也一同寄你，这本小册子市面上也不怎么好买。孩子们寄我的祝贺生日的卡片，我尚未收到，年节时邮电部门照例很忙，稍缓当可送来，匆祝

你母亲、兴业、你和孩子们新年好！

青

八九年一月八日

900603

刚俊：

　　许久未通信了，你全家想必安泰如恒。时在念中。北京已经热起来了，我准备六月底党内一段学习后，于七月初回成都，现在已托人代约同行伙伴。

　　你曾来信说，上次搬家时，掉了一册《沙汀文集》，但是掉的是第几集，原信已经找不到了，盼即来信说明，以便补寄你一册，以免残缺不全。

　　人老了，坐飞机得有同伴，而改坐火车又太费时间。一到成都我就写信告诉你，余容面谈。祝

您母亲、兴业及孩子们安泰！

青

九○年六月三日

致杨礼夫妇①

790502

杨礼：

我上个月，已由周而复同志介绍首医门诊挂口腔科，一位主治医生看过一次。诊断基本上跟王模堂主任的估计一致，是神经末梢出了点毛病。她为我做了大量思想工作，认为即或不能复原，也无大碍。看来是不容易治疗。当然，果能回川，由王会同焦诊查一次，是恰当的。要走也并不难，但我担心陷进文艺界一些纠纷中去，因而尚在犹豫。陈院长介绍的那位老医生，已由人在进行联系。看来希望不大。当然，如果决定回川恢复，自会事先函告你们。祝您全家安泰！

青

五月二日

已会见肖菊人同志三次。她答应回蓉后为刚祺解决房子问题。最好您和□一道去。附便签纸，可为收存。又及。

我告诉肖：您妹妹拖住这两个孩子。现住外东九眼桥，太□你了。

---

① 杨礼：沙汀的长子。妻子曹秀清。

434

821231

杨礼：

　　刚宜谅已到成都了。我的健康情况，他会详细告诉你们。只是口腔问题，现已决定不去做激光疗法了，改在北京医院治疗，是卫生部一位员工同志介绍的。姓韩，是副院长，但却照样每周到门诊部应诊。

　　还有件事，组织上为我配备的秘书，已来家为我做点日常事务了。生活上较前更为方便，但也只能做些抄写、打杂的事。有些事，仍得找张大明帮忙。这个新到的秘书是个党员，工作细致、切实。

　　杨通荆问题，她已来信，特为附上，可以据此转告通惠、通配，由她们考虑后函告通荆，作出最后决定。因为回安同志见面后是否能找到可靠办法，实难预计，如果建议，可由通惠她们找安谈谈较好。

　　这里已零下六度，但因一冬犹未降雪，成天又都有暖气，空气相当干燥，一天手上搽鱼肝油都不能解决问题。昨年在成都冻坏过的指头都不舒服。

　　我很少外出，也绝对避免社会活动，大家也还照顾我。就写这些吧！遇事希望你们和气、高兴着办。祝
全家新年健康、愉快！

青

八二年十二月三十一日

830324

杨礼、秀清：

　　你俩的来信早收到了，因为近来杂事较多，姑且简复几句。老实讲，这几天我情绪也不大好，今年《新文学史料》一期上有一张何其芳、你们母亲和我三人三八年前去延安、路经宁强，卞之琳为我们拍的照片。它使我不断想起一些往事，有时不免感到怅惘、寂寞。

这是独身老年人常有的心情，很快就会过去，你们倒也不必在意。何况天气已日渐暖和起来，不必整天在家工作、枯坐了，可以多参加一些社会活动，也可以到玉渊潭散散步。

杨礼介绍的那两位南充师院的教师，如来信问什么，当给予必要回复；如其是本人来，也将挤时间接待，尽力满足他们的要求，不会置之不理。

食后，谈话过多，口腔仍然有肿胀感，假牙经修整，咀嚼东西时都好多了，没痛感了。

颈椎病正在进行按摩，刘开渠同志介绍的医生。就写这一些吧！祝

你们、刚顾、刚虹两家大小均吉。

青

八三年三月廿四日

830722

秀清：

来信收到。七中、四中支部和你个人都受到表扬，令人欣慰！杨礼的做法，表现不错。一个人就是要宽厚，胸怀广阔一些，才能团结同志，一道为党工作，特别是负责同志。

昨天，刚宜陪我去三〇一医院门诊，医生认真、仔细，但因患慢性病，非急症，一时尚难住院疗养。据说，候诊的同志很多，特别近来退休、离休干部，主要各军区的负责人不少，所以至少得等两个月才可能有床位！

这样，要我检查的，一个项目我都未做，就回来了。因为近来时常打嗝，要检查检查胃。现在为了有一个安顿住处，以便迁往复兴门处新分到的一套房间，然后返回新居。否则，日常生活将会受到影响。

口腔问题无进展，上月在首医又检查到脊椎骨有初期骨质增生，正服用天麻林仲丸。这是老年人常见病。下星期将去中医医院住几天，看来问题不大。信可转寄作协。祝

你们全家、刚齐、刚虹两人都好！

青

七月二十二日

830830

杨礼：

月初，王模堂主任说，他将出差，本月下旬才能回来，回来后，再为我复诊一次，可是至今没有响动。

我在此期间，又在二医院做了两个疗程理疗了，可是饭后以及说话稍多，左边口腔，特别下嘴唇的肿胀感毫未减轻！您是否就近帮我同他或陈院长联系一下，说明情况，并请慎重考虑，是否还有办法治疗？如果实在没法使之复原，那就算了。

应该说，陈院长的假牙真的做得好，不管如何，总还可以运用自如，只是饭后口腔难受而已。王主任这次动的手术尽管不大，但他非常慎重、周到。我对他们两位，不管如何，都很感谢！

这不是客气话，而是由衷之言。我曾向王主任当面说过，他们总算尽了最大努力了！这就值得感谢。

因为支罗圈还在大兴土木，看来九月我都不能返京。祝

你、秀清及孩子能安吉。

青　字

八月卅日

830910

杨礼：

　　几年前我就打算向你几兄妹提出来了。你母亲的骨灰不能在家里供奉下去了！应该送往哪家寺院，或者安县睢水街后那座荒山上置点地埋葬，也算了件大事。或能把事情想的开阔一点，如近两三年不少人倡导的，将骨灰撒在睢水土拱桥一些河道里。因为在睢水居住的那十年，毕竟是我和她最值得怀念的日子。你就同刚齐、刚虹说一下吧！总之，我是连安县新巷子十九号的大门也不想进了，因为你妈就是在那里生病去世的。我最近正在写睢水十年的回忆录。许多往事都不断涌上心头，因而慎重提出来请你们考虑。祝

好！

父字
八三年九月十日

　　如送寺院，可去文殊院找那位你妈认作幺姐的熊居士接洽。前年她还到十九号看过我，可惜记不得她的名字了，但比送去睢水较好。需要多少费用，估计一下，可来信告我。我近来健康情况不错，勿念。又及。

831001

杨礼：

　　同意你们三兄妹商量的办法，但不必一定要安埋在黄国全的自留地里。我前信说得明白：设法街后那座荒山坡上置块地安埋。这要不到多少地面。倘是公地，就通过组织关系，请田乡政府划给几分地就行了。她们都在睢水中心小学教书将近十年，这点关顾也不为过分。当然如有人照管，可委之于黄国全；同时也可请托他人就近照管，每年给以一定报酬。你去年不是去过安县睢水吗？今年，

县文教馆负责人为开创作会议还同我通过信。如崇素兄肯出面向县委宣传部提出，可能更为方便。你就去文联宿舍找下他吧！多问近佳！

青

八三年十月一日

我近来健康情况不错，每晨必去水渠边松林内走一转。今冬如能坚持下而不犯感冒，就更好了。好好做人，待人，在党中经受考验，你两个妹妹都得在政治思想上进行帮助。又及。

831207

秀清：

信收到了。还有羊儿的信和照片，以及书签。云南值得一游！看来你不曾去傣族地区，未免可惜。

杨礼能脱产学习半年，机会难得，应该认真钻一钻理论问题。过去有个时期，大约是大跃进前后，他不是曾经学习哲学，而且写过两三篇习作吗？能把心理学当成重点来钻研一番，倒也不错。

我花去不少时间，断断续续写成一个十万字的中篇小说《木鱼山》，已在去年《收获》第五期发表。它是反映四川农村在三年困难时期中一批农村基层干部的处境和生活的。据王映川同志来信，说是在成都文艺界的反应相当强烈，可惜说得不很具体。

刚锐前些（时间）曾来信说，杨浩经过补习，今年高考成绩不错。说是一俟分配、安排就绪，他即来信。可是至今没有消息！邓晓的功课，还得靠你们抓抓。

你母亲光景还相当健旺，令人欣慰！如太麻烦，豆豉可以不必做了。我领情就是了！请代我问候她。

我的生日，你们都记错了！在给刚虹信中已有说明。祝你们全家大小均安！

青

八三年十二月七日

840120

杨礼：

还有件事，十年内乱末期，有位名叫白智清（？）的青年知识分子，为写反驳张春桥的大字报遭受迫害。在师友掩蔽下，奔到成都，又将那张大字报贴在盐市口，引起市民围观、抄录。帮派头头派人撕去，可是次日又出现了！如是反复几次，就派军警诱捕，幸而在附近人民提示下逃亡邻县。同样在热闹场所张贴他那张大字报，当然又被撕去、追捕，可仍然在市民帮助下逃离风口。他一气到过三个县城，遭遇可说一模一样！当时我还在昭觉寺临时监狱里，出狱后听到这一传说，感觉从此事件发展中，真正可以看出人民看在眼里，恨在心里：是个很好的故事！也曾记录了一些传闻，但太少了！不知能挤时间为我搜集些否？

我记得，你还告诉我批判所谓邓吉纳批不起来，还去绵阳一所学校"取经"。可是那里的"经"几与成都无异，人们照样听罢文件就在播小道消息。可是没记录。祝

好！

青

八四年元月二十日午后

您来信，字写工整点吧！又及。

这里气温低，可不降雪。室内供暖设备又较好，因而皮肤干燥，令人不耐！又及。

我记得七十年代末，《四川文学》似乎有过一篇报道白智清事件的文章，刚虹是否肯为我查问一下，抄一份来？又及。

840120

杨礼：

来信收到。将你母亲葬在雎水中心校后面山梁上，正是我的意愿。至于坟墓如何建造，刚宜已根据我的想法，画了一个草图。墓穴作深沟形，下面铺砖，以安放骨灰匣。骨灰匣不大，占地不会过多，但必须深点。坟山则应较墓穴宽一些，长一些。墓穴砌碑后，则用河沙、堆土垒为坟山，然后用水泥，即所谓洋石灰在外面糊一层，要有两三寸厚才比较牢固。坟为圆形，墓碑则嵌在坟前。

我记得，骨灰匣上面的题字，是我写的，是横行，因而也得考虑。骨灰在墓穴中，照理也应横起安置，这样一来，墓碑也不宜按照一般通行的办法直立在坟头了。这种做法，即横起刻碑，在上海的万国公墓，是相当寻常的，在杭州我也见过；且有安置在坟头上面的，即平放后稍微倾斜一点，放在坟上面。究竟以怎样安排为宜，你们几兄妹琢磨着办吧。至于碑文，你们都早已成家立业，就用你们的名义写吧！但必须写明生年、终年日月，以及埋葬时间。

如果你们还感觉难于决定，可向张老请教，以作参考。写呢，也可说尺寸、大小，请他老人家写。你任伯伯的字也不错，三十年代又同你妈熟识，也可以请他题写。我们在雎水那十年，是最值得纪念的十年！死，虽不怎么愉快，但它是自然规律，每个人都有这一天的，只要自问还做过一些力所能及、确又有利于人民的事业，实在也没有什么可怕。我将来决不保留骨灰，撒在雎水大拱桥一带好了。

张老德高望重，又教过我；白成是患难之交；崇素则是多年好友，且有同乡之谊。这三家，春节时都得去看望，问好。当然不一定三个人都去，至少每家去一人总行吧！今冬，我至今哮喘未发，可勿以为

念！祝

你们家、刚顾家和刚虹家都工作、学习顺利，心情舒畅。

子青

八四年元月二十日

托人捎来的太白肉、豆豉、广柑，都收到了。你知道，我是不能在北京、成都占有房子。如世文不能分得较好的居室，刚虹分得的那套房子能从六楼换成二楼，也就行了。底层不行！又及。

840326

杨礼：

二十二号来信收到。服用张老师的药虽然有效，最好继续找他诊治，让疗效巩固下来。胸部的暗影，也得再照一两次片，弄个清楚明白。光祺两次来看我，我都相当忙，实则各方面都多有照顾我。我也极少参加社会活动，甚至街都少出，因而身体一段还不错。

左下嘴唇及齿龈问题，是在成都拔牙后发生的，常感不便。虽经去北京军区总医院检查，说是拔牙时麻醉剂用得过多所致，也可能伤及神经，但是一年后可以复原。其实并不妨碍咀嚼，只是常有肿胀感、麻木和稍许疼痛而已。我对光祺说得较为详尽。他也认为时间稍长，即可复原。我想，这主要是我太敏感了。

返京不久，组织上曾准备调我去作协负责一个单位的工作。我固辞了，并连续两次书面请求，免去我文学所的职务，自愿退居二线三线，让中青年顶上去；但是至今尚未解决。看来，学习中央文件后，颇有能解决可能。因为荒煤同志业已调文化部，文学所的领导班子更非调整不可。

经过十年动乱，能在短短三四年内取得目前这样大的成就，这证明党的路线、方针、政策，特别是三中全会以后的路线、方针、政策，是完全正确的。这主要是思想路线对头了。它首先全面或比较全面地解决了一个无产阶级政党所面临的一系列主要问题，而且如实地摸清了国情。

按照我的体会，我的学习心得说，思想路线是首要的。思想上的主观主义和形而上学，给我们的党和国家招来的损害是太大了。四顾一下自己以往工作上所犯错误，又何尝同它们无关？当然，形势虽好，但也还存在不少问题。最近，报上公开发表的两篇文章，黄克诚同志在纪委会上的讲话和三月十九日《人民日报》特约评论员的专文，就是针对党内外一些思想作风而发，值得认真学习，借以教育青年一代，并武装自己。

教育青年一代，确是个大问题，《北京晚报》上前一向有两则新闻，就叫人看了不胜感慨。其实何止是就业问题，职业不称心，因而不安心工作以致态度恶劣的也不少。

杨希、杨凡的情况我是高兴的，寄杨阳的书想已收到。她要的□□□，小漪几次去书店都未买着。按说是上海出的，已托儿童文学作者金近同志设法代买去了。刚宜会见刚虹的次日，即已返京，相当忙，有时得十一点才回来。刚顾房子问题，不知能解决否？

不管能否让我退居二线三线，今年我仍将返川住三五个月，但已放弃创作打算了。没有这份能力，切盼你们几兄妹互相帮助、督促、谅解、和睦相处。祝
你们三家人大小均安。问候希娃他外祖母。

青

三月廿六日

不知蛤蚧是否由较大中药店研制的，因为据说尾巴应该去掉。我去年就是请人托大中药店研制的。你们都忙，没有要紧事，可不必写信。又及。

840918

杨礼:

信收到了。尽管为时较短,能够出国开开眼界,总不错。你英语差,但日常用语,只要稍加准备,当可勉强应付。业务问题随团的翻译,自会作必要介绍,但求你笔下勤快一点,将所见、所感、所闻祥加记录,以不负此行。

刚宜说,他们所里有人在美国深造,虽不相识,但可以转托人介绍,期望在你访问中得到一些可能的帮助。大衣,你当然可以带去,横竖我一时也用不上。香烟、肥皂等日常用品,从国内带去便宜。国外买,不只得花外汇,且价钱昂贵。你来京后备办也行。

好久未接刚虹信了。不久前她托过些东西来,可没有信!李小林来后,听说整党,调整领导班子时,有一位负责人对她造谣中伤,说她曾套购外汇,并在交易时为外商说话,等。对于一个党员,国家干部,这可说是奇耻大辱!事情虽已澄清,她思想感情上的创伤可能还未平服。她今年遭的挫折不轻,你们得好好劝慰她。

我今年不回成都了。起居饮食上麻烦不少,我又不愿住十九号。住锦江,虽说公家出钱,太浪费了。祝

你们三家人安健如常!

青

八四年九月十八日

我现在最头痛的是口腔问题。胃切除后,恢复情况良好,只是一日三餐,餐后得躺一阵,耽误正事。又及。

如坐飞机来,不太麻烦,顺便带点蔬菜来吧!又及。

又,刚虹曾带回几张底片,如已洗好,也可顺便带来。她太忙了,得劝她善于休息,劳逸结合。

841007

杨礼、秀清：

秀清的来信，收到了。能去一趟西安倒不错，增长了眼见，学到了技能，可说一举两得。

刚虹近年的遭遇，不言自明，是很不愉快的。就拿我说，现在偶一想起，心里还很难受，何况她的年龄也不小了，未必能就此忘怀。所以我总希望你们能够多安慰她。当然，也不能说穿。明了，反而会叫她难受。我就一直装着没有那回事样，但只泛泛鼓励她对生活，一个人得坚忍，得心胸开阔。

我曾写信给杨礼，来京时带一些蔬菜来。这里一到冬季，吃菜就更难了。如乘飞机，绿叶细菜较为方便；坐火车，就得些根类蔬菜。不过莴笋这里能购买，可不必买。红油菜薹、青菜头又未上市，能带些胡萝卜来，我看也好。可以剪去缨子，这样就可多带。冬寒菜不知能带否？

都传言成都的市容已大为改观。今年未能成行，明年一定争取回成都小住。此间晚报有消息说，成都的名小吃多已恢复，"积雪"又开张了！物资丰富，吃豆腐不要票证了！

我原定每年回趟成都，已经两年钉在北京没有动了。不止成都，连近郊风景区都不曾去。原因不外病痛、挤时间整理旧稿，还有，十九号太叫人不愉快了！一想起它不免就联想到一些往事，而且屋子又潮湿……

我恢复得不错，只是口腔更不适了！匆祝
你们几兄妹都全家安好。

曹婆婆还很健旺吧？看望时可代问好。

青

八四年十月七日

干胡豆，刚锐已带来十斤，这里又能买到，不必带了。又及。

我曾代李小林代我向口腔医院转述一下我的口腔现状，至今没有回信。但望明年王模堂同志能帮我认真治疗一下。真太糟了！又及。

841109

杨礼、秀清：

得刚虹信，说你们三家人一道过的中秋，杨希、杨帆也在成都，很高兴。前两天，我曾回帆儿一封信，并要他看后转给杨希。杨阳说要寄你们在安县的摄影给我，何以至今尚未寄来！

你们帮刚顾转到幼师，住房问题，葳葳入学问题，都解决了，这件事也使我很高兴！兄妹、姑嫂间就要互相扶持、照顾才好。当然也要合法合理，切不可违反组织纪律。刚顾转到幼师，不用说并无不妥之处。

邻小曾来信说，她将投考四中初级，并得到秀清辅导算术学习，不知结果如何？万一名落孙山，你们还得做他们些思想准备工作。杨浩学业的情况，我也不知究竟。

我们一号就有暖气了，远比东罗圈强，而且整天都有暖气，可勿以我为念！若必须，可带些"太白肉"给我。祝
大小均安。

代我问候希娃的外婆！

青

十一月九日

口腔问题，最近毫无解决希望，但北医王洁泉大夫为我修整了两次假牙，使咀嚼已不甚难受了。但是骨质增生问题又发了，在田中医治疗养中。又及。

841225

杨礼:

　　来信收到，不必去催问赵了。他约您去，不妨去一下，了解些我想知道的那些情况；不约您，可以作罢。这也并非当务之急。

　　杨通荆的调动问题，她曾写了份申请，我已交您任伯伯，托其转交经委。离川前，我又当面叮嘱过一次。返京后给他写信，我又托其在不违反政策条件下给予帮助。她三十八了，又仍独身，长期在边疆工作，确也值得同情。白成申请调动工作，也不算违法，您就挤时间使通惠去见见白成吧！

　　我对北京的气候还不怎么适应，极少出门。前天作协通知我去中宣部听传达报告，我都请了假。回来后一共出街两次，一次去看望熟人，一次是理发。我也最怕人来访，但您冯叔叔曾来一次，则是谈得相当愉快。

　　虽少出门，但从文件、一些内部参考材料、来客偶尔谈到的一些情况，还不能说已经置身世外。这也是绝对办不到的，但是对林彪、江青两个反革命集团审判一事，就叫人不想到十年浩劫和它遗留下的严重创伤。

　　你和秀清都是搞教育的，千万要时刻想到责任的重大，团结自己的同事，真正培养一批批甘愿为"四化"效劳的青年来。祝
你全家安好，秀清早日康复，刚宜小时问候你们！

父字

十二月廿五日

　　能带些广柑来，当然好！不过，如太麻烦，就算了吧。这里水果也不少。又及。

84××××

杨礼：

来信及照片，还有羊儿的信，都收到了。你们几兄妹的意见，我很感动，也想起不少往事。我一定尽量尊重你们的建议，把生活安排好。

我住了二十多天医院，进行了全面检查。除一般老年必不可免的疾病外，尚无其他特异病象。口腔病，看来已无法医治了。幸而尚非致命大病，只是说话、吃食偶感不便而已。陈、王二位总算为我尽了大力，见面时可代转谢意。

准备休息一段时间后，请一位老中医进一步治疗干咳、腹胀，且已有老友愿意为我出力了。张文辉老师本来不错，但我一想起新巷子十九号就感觉不快，而目前的住处又还适意。

新居是在复外大街，二十四号四门二十五号，在十三层，护城河畔，绿草如茵。一上阳台便可望见，虽只有几间房子，可是面积不小，客厅最大，其次便是我的卧室。

羊儿要的书，一出版即可买就寄回。她的信写得不错。祝全家安泰！

又，我的信切勿告诉外人。

刚顺、光汉、邓晓的信，只好缓一缓再回了。刚虹应首先用□□本，□行□组织工作，然后挤时间钻研外语。又及。

850101

来信、葡萄汁等，都收到了。最近很想喝酒，但怕影响脾胃，不敢沾唇。昨晚参加作协全国代表大会的同志们为我祝寿，我都只能喝点汽水。今天元旦，夜里我们就可尝试葡萄汁了。

你在《教育研究》上发表的文章，虽然忙于开会，同我话旧的人也不少，相当累，但我却挤时间看了。我觉得你就抓住了办教育必须注意的要点，也可说是改革教育的关键，特别行文流畅，逻辑性相当强。我记得"大跃进"前后，你曾写过些文章，可惜没有持续下去。现在，就又重新开头写下去罢。

其实，虽然是个短信，置身异域，所见所闻都会留下鲜明印象，写些记行文章，也有所思。虽然，就来信所言，在谈国外诸多进步的地方，看来得掌握分寸，否则将流露自卑感。这个必须慎重。今天读了小平同志在顾问委员会的讲话，认真加以学习，懂得从历史看问题，就好了。

年岁不饶人，亏损也大，开了几天会。虽然三五天才能闭幕。今天、明天将在家休息，因为相当困乏。刚顾上有翁姑、刚虹可不同了，又有孕在身。你同秀清多加照顾。四五月间，看来我得回成都住段时间。那时再谈谈吧。祝

你全家安好，新年愉快。

青

一九八五年元旦夜

我健康情况不算怎么坏，就是口腔问题、脚掌骨质增生相当烦人！有时心烦。又及。

杨希结婚的照片，可寄我一幅。

850508

杨礼：

我前后给你写过两封信。一封写于杨希结婚前夕，要你将他们婚后的照片，寄一张给我，没有反响。倒是秀清曾寄来一张你在美国旅游的照片来，我曾问过杨希，他不知晓。

另一信，是我从协和医院回家后写的。此信相当重要：设法将杨佳从渠县接到成都工作，当工人，包括产业工人和一般勤杂工，乃至

服务员都行。至于调动的原因，也谈得清楚。在旅厂，经常得做夜班，身体快垮下来了。更重要的，是解决婚配问题。一个二十五岁的女娃儿就这样下去怎么行呢？刚锐夫妇感觉包袱很重，她本人更难说了。

当然，你们也只是负责解决调动问题，婚姻问题，你们可以不管。近两年，有人虽然为杨佳介绍过配偶，因为都在成都，几乎没有什么接触，都没有成功。她到成都工作，问题一定较易解决。地方大了，可以相识的人，也就是择偶的对象也就远比渠县广泛。依我看，如果调动工作不易，是否有短期培训一技之长的补习学校，让她到成都学一项专门技能，毕业后，就在成都谋生呢？

进短期技术训练班，我感觉也许容易办到，至于用费、学费、伙食费，我可以负担。我想，平均每月以三十元计算，一般无非半年时间。我自己手紧一点也就拖过去了。

刚锐已返函催问，希望认真抓一抓吧。

全家安吉。

青

八五年五月八日

850508

杨礼：

补写几句，谈谈我自己的情况吧。在协和医院住了近几个星期，进行了全面检查，结果，除肺气肿尚好。由于胃切除五分之三，后遗症相当麻烦，内脏下移，而胃下垂更突出，而由于营养受到影响，已出现败血症。

此外，我素来心脏不错，这次检查即断定我有初期冠心病，而由于年龄，以及上述各种疾病，出院时医生一直嘱咐，认真休息，继续配药。一位老中医还给我搞了一个长期服用的丸药处方。一句话，年岁不饶人，今后的日常生活如何安排，实在是大问题！因为我不能全休！只能注意营养、劳逸结合，而且这已经不容易了。

我参加了全国文代会后，回成都呢，即本月底离京，尚多犹豫，而如果不参加文代会，二十前可望返川。

青再及
八五年五月八日

850524

杨礼：

我已定于六月二十六日飞成都。虽然飞机票尚未到手，迟早也无非一两天光景。行前，我将电告省社科院，由他们派车到机场来接，你们可以不管。

住处大半是锦江，住定后我会通知你的。这里，我只叮嘱你一件事：口腔问题，这两年真把人磨烦了！加之，胃切除后，内脏下垂，饮食颇受限制，因而口腔问题也就更突出了。我之回蓉，这是原因之一。

听说，王模堂主任已经离休，专带研究生了。但我正是要请他亲自费神为我治疗，因为我在北京已经找过好几位名医了。我认为还是他细心、高明，可以信赖。

你一定事先代我拜托一番吧！陈院长听说也离休了，如果安装义齿，不知能否同样麻烦他一下？

问候全家人安好，余事面谈。

青
一九八五五月二十四日

在锦江住定后，我希望王主任就能让我进行治疗！

850627

杨礼：

　　你的信及附件早已收到，并又开始做气功了。在此以前，我的按摩则始终未停。我决定将站功坚持下去，不管如何，总算有所指望，不该老想着疾病。我的病，主要是牙神经伤害引起的，治疗及今，不但收效甚微，且有扩展到下颌、颈项的特征。

　　此间牙科医生看来也束手无策了。幸而陈院长为我安装的假牙不错，我也不管三七二十一，能吃就吃，肿胀、麻木，由它去好了。我的肝胰看来也不大好，大便不畅，而食量却不错，腿脚也行，这一切倒是好的征兆。

　　去年在成都过冬，特别那个倒霉房子，给我留下了点意想不到的病苦。你知道的，十根指尖都冻乌了！回京后，由于空气干燥，未经治疗，颜色全部复原。可是，指甲都没了形，且常一层层脱落，麻木感特别强，而且做事颇为不便。月初首医曾经为我做了几项检查，不过尚未会诊，现在是口服两种成药"脉通片"和"麻仁丸"。

　　在北京有个最好处，不像在成都样，老有人找，可又无法解决问题！简直无异浪费生命！这里，好多熟人都知道我年老多病，许多应该参加的会，都可得到照顾！即如文联的全委会，尽管那样受到中央重视，我也一次都未参加，只是递些文件、简报给我。

　　最近，作协召开工作会议，大家认为我至少开幕式得参加，算去坐了一个上午，分组讨论，就同意我请假了。

　　三〇一医院，我也决定不要去了，还是留在家里静养方便。杨希、杨帆的工作，听凭组织安排。这是个好意见，让他们去最边疆工作，倒是个锻炼的好机会！祝

你们几兄妹全家大小均好。

青

六月廿七日夜

以后来信可寄沙滩北街二号中国作协。杨阳、邓晓的信早已收到了。稍后，再给他们回信。

870123

杨礼：

昨天刚发一航信，要你们把《成都晚报》刊发的有关"文革"十年的连载文章剪寄一份，并附近照一幅。今天，因为机关提前发薪，我又顺便请小秦汇五十元给您。这笔钱，是我给羊儿的，可转交给她。

我早就想买些英文加注释的，或以英汉对照的世界文学名著给她作课外读物了。一直没有机会，值此春节前夕，就寄点钱给她，由她商同您和秀清，就在成都。我明年在西安选购了。

我来北京以后，连同去年元旦，虽然只接到她两封信，由于第一次来信，她曾大谈她对艾芜和我的，与同巴金的作品的印象。近最一封信，尽管没有涉及文学作品和作家不同的风格，但是，这一封信都流露了文学作品对她的显著影响。当然，我不是希望她将搞创作。但是，一个人把文字寻得有点文学性是没有害处的；反而能帮助自己生活得更好、更充实一些，同时可也得注意不良倾向。

此刻已经八点半钟，刚宜夫妇带孩子看电影去了，我也得准备休息。因此，我不写下去了，也不另给羊儿回信了，等到此后有了工夫再写。

这里我将顺便提上一笔，"文革"，我到锦江集中学习，到名山"备战"，到昭觉寺，以及离开昭觉寺的时间。你们还记得吗？匆此，祝你们全家春节愉快！代我向曹婆婆拜个年吧！

青

八七年一月二十三日夜

870209

杨礼：

信、剪报、都收到了。羊儿在交大碰上的麻烦，正是意料中事，也常为之担忧。果如来信所言，这个孩子对付得还不错。虽然不知具体情节，看来她还能够置之不理，或者敬而远之，就不错了。但望她能坚持下去，同时，您和秀清还可进行教导。

确实，她能一心扑在学习、钻研上，她就很少上当受骗的可能。应该告诉她，十年动乱中产生的"操哥、操妹"的遗风并未绝迹，这就得随时提高警惕。匆祝

您和秀清及孩子均安吉！

青

八七年二月九日

刚才作协机关党带来中直党委中组部的批示，我的党龄问题算解决了。党龄从一九二七年算起。又及。

870223

杨礼：

羊儿可能已到西安上学去了，她寄来的照片，看后相当高兴！去年中秋以后，我又算见到你们了！

我原拟今年提前两个月回成都，看来不行，因为尚需搜寻一些写回忆录的资料，以便在成都继续撰写三十年代的经历，而在北京翻阅资料较为便当。

上次给你们写信，有一则剪报，忘记附上，今天无意中发现，寄上供你和秀清参考。祝

你俩和孩子们安好。

青

一九八七年二月廿三日

880906

杨礼、秀清：

您俩同刚齐、刚虹三家送我的生日礼物，早收到了。衣服面料、剪裁、缝制都不错；裤儿确乎长了一点。看了你们所附便条后，转身前，刚虹就同米拉一起，照我所需尺寸改造好了，相当合宜。刚虹是二号飞蓉的，昨晚来过电话，想来你们已经见面。元旦那天，你们接世文带小羊子到七中过年，这很好。我一离开成都，你们正应以一家之长的身份关顾他们，以及刚齐一家。对此，我很高兴。你们能在课余挤时间写些文章，传播一下自己办学、教学经验，我当然更高兴！

羊儿从西安寄来贺年信，还附来一张她在华山的摄影。粗粗一看，不像她，宁大娘看了，也说不像她。但同你们这次寄来的照片一对，只是证明她光景比在成都见面时瘦多了，是吗？

杨希夫妇昨天也寄来一张贺年卡片，是航空寄汇，可走了一星期。杨帆夫妇也不错吧？匆复。祝

你们全家健康、愉快、工作顺利！

青

八八年九月六日夜

代我向曹婆婆问好。又及。

890115

杨礼、秀清：

秀清寄来的照片三张，收到了。至于□文光同志捎来的蜂蜜，则已吃掉不少。我还托她带了一本我的短篇选集《沙汀》给你们。因为秀清认为带书、照片较多，可以赠送那位美国州长夫人。

此外，我还于收到何郝炬同志来信后，写了回信，由杨礼转交。这封回信相当重要，因何是受杨汝岱同志之托，要他转告我分配住房

问题。因为我在张秀老劝告下，同时也想能经常同你们几姊妹见面。去年离开成都前，我曾经写信向省委申请。

而我给何回信，还不止是个礼貌问题，在分房一些具体问题上，还得希望他仍旧能多加照顾。这些，我在给杨礼信中，也交代过。特别指出，将来分配房子时，可能要通过你们，还有刚虹作最后决定。特别彼时我不一定在成都，而我的要求是，既有电梯，最好住顶高一两层，房间也不宜过少。

这封信是挂号寄发的，时间也不短了。秀清来信未有一字提及，是否由于你们都相当忙；我又叮嘱，问题未落实前，以不张扬为宜，因而杨礼不曾告诉秀清？这倒关系不大。而我担心的是，就怕信寄掉了！

因此，收到此信后，望你们简单明了地写封来。刚虹原说新年期间乘出差之便，带羊儿来小住几日，都捎过两回蔬菜，吃无影响！匆祝

你们几姊妹、杨希杨帆夫妇及孙安康。

青

八九年一月十五日

猪肉几无多一斤，蔬菜品种少。北京吃鱼十分困难。据说鳜鱼十五元一斤，远近卖海鱼也少！

890206

杨礼、秀清：

得羊儿信，知道她已经在联系工作单位了。她的想法有一定问题，就语言说，去外贸单位工作可能比当研究生更便于熟悉、使用外文。

她告诉我，她还有个想法。如果在美国有熟人可以依托，她也愿意出国。不知你们的意见怎样？我考虑了下，既然已经取得出国资历，

456

能到美国住段时间，也好。但不知你们能通过那州长夫人为她做保人否？

我想，如果她真想去，你们也很同意，除了你们为她设法外，我可以就近请北大的吴组缃同志转托他儿媳妇帮帮忙。因为他儿媳妇在美搞科研，工资很高，而由于尚无相应条件，两三年内又不大能回国，而组缃同我交往多年，友谊相当深厚，一定会帮忙的。只等等羊儿把办证的具体情节、条件写来，即可准备。

此外，关于我的住房问题：童子街那座宿舍楼修建后是否能分到一套，很难说。既然我连同另外两位准备退休回川的同志一起安排，这就得打问号。老实讲，如果新巷子能解决暖气，我倒并不想提。

因此，我有个想法。如果两三千元就能办到，我愿自费把我、刚虹住的两大间装上暖气。因为这两间的墙壁已经加厚，保暖情况可能优于其他两间。虽然仍不妨碍墙砖。

还有个小问题，你们也可考虑一下。希能早日回信。最近，由于书籍、期刊越来越无处存放了，又用不上，刚清理一大批，包括近两年出的《人民文学》《民族文学》《小说选刊》《新观察》《收获》《文学评论》等，不知其中图书室需要这一批资料否？如果需要，即以相赠。

我健康情况还不错，只是口齿问题、脾胃问题叫人常感不适。口腔问题，看来很难解决。脾胃问题，幸而每月只出一两次毛病，而且两三天就解决了。至于社会活动则尽量避免，今天人民大会堂的□□我就未去。

就写着一些吧！祝
你们几兄妹每家都春节愉快！

青

八九年二月六日下午

可电话告诉刚锐我的近况，以及一些有关片子问题好想法。我就不给她信了。她的信是昨天收到的。又及。

指挥街人大宿舍，听说还修起不少房子，其实我曾做过两届全国人大代表。当然，也做过省人大代表，勉强具有住人大宿舍的条件。又及。

890207

杨礼：

今天重看了一边羊儿的信。有关她出国深造问题，我昨天写信时理解错了，不怎么准确。我原以为她想像光汉外甥女杨丽那样，不是住学校，是半工半读。

羊儿托福考试既然不错，有条件申请准备前去学习的学校提供助学金，当然以住学校为好。不过，这一来，我打算请吴组缃回家转托他的媳妇作保证人，就不大好开口了。因为住学校用费大，能够叫别人长期支撑吗？将来又怎么偿还呢？

我看，请吴他媳妇给予一般照顾，可以，至于住学校所需费用则难以办到，还是尽力争取"助学金"吧！那位日裔美国州长夫人，是主管教育的，经过你们承托，可能在争取奖学金方面能够想出一点办法。至于学习的科目，我以为，"比较文学""外经、外贸"方面的经营管理，都不错。

我之补写这一页信，一是为了纠正昨天的误解，二是避免由此发生差错，以致耽延了争取助学金的活动。据刚宜说，到澳大利亚可以半工半读，在美国则行不通，因为澳大利亚缺乏劳动力，美国则不止劳动力过多，政府且制止外国人参加劳动。

好吧，就补写这一些吧！你和秀清看后，还须交羊儿看看，免得存在幻想。

一九八九年二月七日

458

890406

杨礼：

接到这封信时，秀清可能早到家了。有些事已经向她作了交代，现在，择其要点再向你们重说一遍。

杨浩这个孩子不错，肯动脑筋、考虑问题周密。现在就将他的信寄你，以便同他面谈前有所准备，效果更好。并且，我希望你们从此争取多同他接触，进行帮助。

房子问题，前天，我得到省委组织部通知，现随信寄你们。我已经向秀清交代过，不要再向何主任提请、催问了，更不宜向组织上提及，由它去吧！万一落实了，也得斟酌情况；不一定，就接受！特别是暖气问题。

改造新巷子的话，也不提了。花费太大不说，没有煤，照旧不能防寒。刚虹昨天的信，大谈珠海变化，说是准备在条件许可时，我去该地欢度晚年。但是，据我所知，到南方，冬季当然不错，夏天可困难不少。我已这样初步决定，照旧以住北京为主吧！

刚虹说她将去西德、瑞士出差，千万多叮咛她，同外国人打交道并不简单，万事得按外贸主管部门所订规章制度办事，引进任何设备、器材，更应聘请专家参谋，以免上当。这种事已经累见不鲜！

还有件事，望你们认真考虑下。南西女士如果六日要到成都访问，是否可以代我买两百元人民币的花旗参？条件是她肯接受药材，就买；如果她作为礼品送我就不必提。当然，你们还可考虑可否先向她申明。如果赠送，我决定不接受！我此先设法过寄给她。当然，她买来人参送我，也可以价值相等。她又需要我们自己的产品送她，你们可多作考虑。

我的睡眠已经得到相当大的改善，主要是靠做气功和定时定量散步。我在北京有一个极大优点，住的地方相当空旷，离三里河相当近，树木又多。在地铁附近的林荫边上散步，真再好没了。因而基本上已禁止服用安眠药了。

我说基本上，有时也服用一点。前天，我看到一则报道，说是方毅同志大力赞赏四川新都县保健制品质的"神农脾药枕"，医治好了他多年的失眠症。你们如果方便，可以代我买两个托人捎来，一以自用，一以送苏灵扬同志。该药枕分三种，老年人的、中青年的、小儿的；买第一种。或者就买一个老年人用的，送给灵扬同志。

附上给刚虹、带文一信，可先去一个电话，告诉她信中的主要内容。具体的事只有两件，我需要"黑糯米粉"；羊儿在成都□东园拍摄的，头戴便帽的单人照片。家里是否还有人参？她将来是否设法在香港买？她上次买的，没有灵扬、□□送我的好。祝
你俩和孩子们安康！

青

八九年四月六日

杨希那个孩子如有照片，也寄一张给我吧！还有，可告诉刚虹，周可芹曾表示，我需要什么，他可以想办法托人捎带。她可以设法问一问，如果行，黑糯米粉、药枕都可以托想办法。又及。

890601

杨礼：

您同秀清先后来信，及所附照片，都已先后收到。故乡的亲朋和文化局将安置你们外祖母、母亲的骨灰，真是帮了不小的忙，令人可感！我还准备写信致谢。

可是，近得刚俊来信，县委一位书记，要她来京，希望我能支持他们修建图书馆。前三年，×××同志提过此事，并道来一个计划，规模颇大，用款不少，而对增购图书，并怎样让这些书到群众手里，起到一定作用，则未述及。特别需费过大，我就搁下来了。

刚俊还提到我们应该支援故乡的现代化，说是郑家三兄弟，还有两位安县籍医生，都曾到安县做过医疗、卫生宣教工作。这个提示很好。我觉得你不妨挤时间去找找肖崇素同志，就以他为首，搞一个小组，对外工作，主要成渝两地搞文教科技工作，每年寒暑假轮番回去一次，做些支教工作。

对于图书馆的问题，我也有些设想，但不是修建房舍问题。这里暂不说吧。我只想告诉你们，修建图书馆，我决定不管。已回信刚俊了，并要她也不要插手。我感觉×之为人不很踏实。近日读他在《剑南》发表的一篇有关我的文章，连最普通的事实都搞错了！比如，他说我第一次去北京是你舅爷亲自送我去的；抗日战争时期，我在鲁艺教了一些时政书就返回四川了！等等。还说《淘金记》中的白酱丹，是以秀水的"白定三"作原型写的！……

×的文章不过两三千字，竟造成这样一些错误，可见他连有关的、较易得手的研究文章都未看过，竟然随口胡说，还公之于世！但据崇素，也可能是王映川来信提及×去过他家，说他将编写一册有关我的小书。因此，这封信你阅后可转交你肖崇素叔叔。务必设法劝阻，以免大闹笑话。

写这封信时，我未戴眼镜，让刚宜阅后即付印。祝
你们大小均好。

青

八九年六月一日

又，我恢复情况较好，将争取九月四川小住，你们造墓所费，那时再说。如急需款，可即来一信。又及。

《剑南》是绵竹、绵阳文联出的刊物。

461

890613

杨礼：

昨天，高一虹来，说你外婆、母亲目前还看一个碑文，现在已刻好了。

这次，县委、县政府真可说对我们关怀备至。你一定得用我们全家人的名义，对各位领导同志的关怀表示谢忱。同时还得搞听清楚公家前前后后共垫用了不少钱，一定要归还。并告诉我，以便汇寄你，并转寄安县有关部门。

上次我给你信，也提到你的外婆、母亲经营陵墓的开销问题，你至今没有回信。这些费用，你们想承担，是好的。但我还健在，收入又较多，当然该我全部承担。请即来信见告。祝

全家康乐！

向县委、县政府致谢。如你认为需要我亲笔写，也可在来信中提出。又及

青

八九年六月十三日

890925

杨礼：

因为恢复较好，病情稳定，又因为刚宜得上班，又得每天到医院送吃食，恢复不便。刚好医院也认为我可以回家疗养，我已于前日出院了。

两三月来，所收信礼不少，待清理。多有小秦为助，但也够麻烦！因为毕竟精力还差，虽少还待休息三五个月才能做点力所能及的事。目前，但求健康情况平稳，不出差错，就万幸了。

我已收到不少信件，但其中并无黄国全的片言只字。今天所收到一封不署名的来信，为黄国全大鸣不平！可以说被我痛斥了一盘。

前收原信寄您，你可就近料理下吧。祝

你们兄妹都全家康乐。

青

八九、九、二十五

891114

秀清：

接到此信时，杨礼可能已到家了。这里气温虽下降到五度，但我每晨六时半照旧去水渠边散步一小时左右。降到零度以下后，再看情形怎样，可能只好做室内活动了。

这里，冬季就是蔬菜欠缺，就只大白菜、莲花白容易买！木樨地又没有农贸市场，不过农民也不会有多少蔬菜可种。刚锐上个月给我们带来的板栗、干胡豆十分能解决问题，我也特别喜欢。成都如好买，就再帮我买点来。这些东西容易存放。林大娘说，白死豆，又叫菜豌豆，炖汤吃不错；还有白果，也可买上一两斤。

刚虹能够经常得到你们的关心，提示孕妇应该注意事项，我就基本上丢心了！她总要我不必管这些事，但她母亲去世了，又没有婆婆，何况她年龄也不小了，我怎能不操心呢？现在有你关怀，我们方可少操点心。

附上刚锐来信，以及我分别给他、他姐姐刚俊的信。阅后，可即加封，贴上邮票寄出。至于将杨佳的工作转到成都的问题，我准备稍缓待你任伯伯设法。祝

你们家、刚顾、刚虹家都好。问候你们母亲。

青

八九年十一月十四日

十二月中旬，四川将有不少人来京参加作协代表大会，东西可以

托文联诗人带来。又及。

有的东西，我想成都不好买，可以给刚锐附一便签。

900504

杨礼、秀清：

秀清来信早收到了。现在有件事请你们代我考虑一下，并由你们代回一封信。

刚顾接安县文化馆胡君来信，说是准备出一本一些故交写我的文章，并已收集了冰心、谭兴国等人寄去的稿件。其实，这件事他们已经准备一年了，我曾从《四川日报》上看到这样一则消息。

可是，他们都始终未告诉我，征求我的意见。我记得胡君好像去年曾到省医院看望过我，也没有提及这一件事！现在，书要付排了，才要我提意见，并要求我写点文章一并发表！

老实说，我对他们的粗疏太不满了！但我又不便直接答复，我感觉他们要出这样一本书，但是，若果连我之相交有二十多年的艾芜都没有文章，太不像话了！而且，既然约过谭兴国写稿，为何又不约一约李友欣、李累、陈之光、周克芹他们呢？远在京沪两地旧交，比如北大的吴组缃、外文研所的卞之琳，上海的巴金、李济生、王西彦等已相交较久的旧好呢？

不过，这些人，我怎么自己向他们提呢？所以我想置之不理，而为了让安县文教领导出面，你们可考虑是去一信作些必要解释。县文教局局长罗某，不是同杨礼相当熟吗？考虑考虑吧！

我近况还不错，眼压稳定，便秘也松缓了，只是睡眠太差，口腔也依然如救。随信寄剪报一则，供参考。祝
你们三代人都安泰！

青

九〇年五月四日

910305

秀清：

　　来信收到。我已决定四月清明节后回成都。因为，我去悼周扬、苏灵扬。他们夫妇去世时我在成都人民医院，未能参加他们追悼会，至今耿耿于怀，所以决定清明节前往。而且，友情之深超过其他友好。

　　至于是否回成都定居，因为感觉有诸多困难顾虑，尚未作出最后决定。我在给刚虹信中已有详尽述说，并要她收信转你们看看，不知她是否让你们看过？将在你三月间即来京，我们收到三盒川贝枇杷膏、一盒梨膏精。祝

你们三家大小康乐！

青

九一年三月五日

能捎点时鲜蔬菜来更好。当然，还得看方不方便。又及。

致杨希①

820929

杨希：

　　您的信早收到了，读后，非常高兴！你叔叔他们看了，也认为你进步大，因为你有决心做好本职工作，而且有信心克服一切困难。在党的十二大建设社会主义的响亮号召鼓舞下，我相信你的志愿一定能够实现！不会辜负党和人民的期望。

　　地质探察工作，在四个现代化建设中的重大作用，我相信你比我了解得更深切。因为你在几年的学习中，老师些一定向你和同学们谈

---

① 杨希：杨礼的大儿子。

及不少，现在又置身在实际工作中了。这一工作确也艰苦，但要认真为人民和国家贡献出自己一份力量，就没有一项工作是轻松的，不过表现形式不同而已。

华罗庚想来你知道的，前一向看到一则消息，说他又到淮南煤矿去了。这位国际知名的大数学家已经年逾七十，他本可以安心研究，乃至退下来休养，而且更不必到实际工作中去，但是，为了他的一项建议能在实践中取得更大成果，他坚决下去了！

煤矿工作并不比你们野外作业轻松，然而，为了促进社会主义建设，我们已经为人民做了不少事情的老专家，却愿意放弃优裕安静生活，下到矿井去同工人一道干活。这真令人佩服！

孩子！鼓足干劲，好好干下去吧！祝

健康！

爷爷

八二年九月廿九日

841015

杨希：

十四日信收到。你说你同小周这个月旅行结婚，今天已是十四，何时来北京呢？我意时令已入冬，旅行当以到南方较好，比如云南的昆明就不错。北京、西安都冷，你们经受得住，不至于犯病吗？

如果是昆明，有安县人谭洪光在昆明建筑公司作工程师，爱人是医院主治医师。他们一定会认真代你们安排住处，并在游览方面给予必要指导。如果接受我这个建议即来一信。我当立刻电告他们。当然，如果你们确能耐住北方的风寒，来北京也行。

你大娘刚顾曾带起两个小孩来过北京，她相当能干，曾单独游玩了好些地方，因为这里交通比较方便。不过那是夏季，如是冬天，单是两个孩子就不好应付，而且你邓叔叔不在一路，家里挤一挤就住下了。

如决定来北京，望出发前来一信，以便为你们安排住宿的地方。火车到站后，你们可以设法叫个出租汽车，直接到复外大街24楼家里，这样便当多了。祝

健康愉快！

如改去昆明，可来信后，我将寄点钱给你们。

爷爷

八四年十月十五日

谭洪光住昆明东风东路省建设局宿舍20幢二楼12号，这个宿舍楼在邮电大楼隔壁，市政府对面，很好找。如去昆明，可即来信。又及。

如来北京，能争取同你父亲一起来，较好。你叔叔、刘□，可以请假去接你们，但同样得租车子。你们初来，车站离家又远，搭公共汽车麻烦。又及。

致杨阳①

820227

杨阳：

去年你入学后，我曾经给你写了封信，不知你收到没有？因为我写的是杨羊。

去年底、今年初得到你母亲来信，说你得到了助学金，我很高兴，这证明你学习得不错。但她最近的信，却叫我有点儿担心。孩子，你已经是大学生了，怎么还像小姑娘一样离不开家庭，一听说假期满了，

---

① 杨阳：杨礼的三女儿。

就闷闷不乐呢?

　　我记得,两年多前,你不是还写信告诉我,你很喜欢你汤爷爷《南行记》中描写的那种生活吗?而且表示你有勇气对付那些出没在荒山旷野的野兽,怎么现在连到西安,你也不怎么乐意,反倒舍不得离开家庭了呢?孩子!你的勇气到哪里去了?当然,你毕竟还是离开了家庭,到了西安!可见你的勇气并未消失。

　　你汤爷爷,不辞艰难到华南浪游,是为了扩充知识,寻求真理。你西安读书、学习,虽然具体情节不同,目的却很一致——为了求得知识,为振兴中华贡献自己的力量。孩子!拿出百倍的勇气来安心求学吧!

　　你如需要什么书籍,如英汉对照的文学作品、字典辞书,凡是西安买不到的,你可以写信来,我叫你叔叔帮你买。

　　这次就写这些吧!祝
身心健康,学习日有所得。

爷爷

八二年二月廿七日

830820

羊儿:

　　看了您的信,我十分高兴,因为您写的很有意思,很有情趣。这同您喜欢看文学书很有关系,当然,也同您肯动脑筋、想问题有极大关系。我已经看了两三遍,还可能再看的。考入大学,您准备选生物系作专业,当然好,但是,任何一专业,却都离不开舞文弄墨。不过,倒不必把文学作为专业,在生活、工作、学习中,您能随常记下自己所见、所闻、所感,再读点文学作品调剂生活就行了。英文也得学好,不懂一些外语,要"专"、要深造,也有困难。这封信,我只想告诉您,我的病早好了，而且今后一定听从您和您大妈来信的劝告，力求心情开朗，凡事从容不迫。因为秉性急躁，我的亏损已不小了。不过，我爱单独住在室内，倒不是不愿意与人接触。我明年就八十了，我得把往日发表过的稿子认真校订一遍，这得花费不少时间、精力。当然，日子还长，不过趁着精力还相当充沛时来做，总比较好一些，何况还有个习惯问题呢！过去，已经把时间浪费得不少了，"有钱难买老来瘦"，不要为此担心吧！祝

您父亲、母亲和您都健康愉快。

青
八三年八月二十日

870209

羊儿：

　　寒假在家里修整得不错吧？这是为开学后养精蓄锐。新的一年里，您将取得更为满意的成绩！

　　您在学校里的学习和生活情况，您父母亲已经告诉我了。我听了很高兴！您能一心扑在学业上和毕业后进一步深造上，而对于外来的能予置之不理，这正是一个党和国家所需要的青年一代的高贵的品质！坚持下去吧！须知，由于十年动乱的流毒远未肃清，这就更加需要抵制一些歪风，多多向您父母请教吧！

　　开学后如有所需，盼来信！祝

品学兼优！日有进步！

爷爷
八七年二月九日

870706

羊儿：

　　昨天，我要你母亲写信，说是"胃脾舒"如尚未买，最好是买那种方形塑盒的，不要那种圆形瓶子装的。因为前者每粒都是分隔开的，胶囊不会碎损，以致漏出药来，因而疗效也比较好。如果已买了圆瓶装的，能调换一下，当然好；不能调换也不要紧。

　　信写好后，你母亲想寄平信，我担心时间赶不上，叫她航空寄递。今天想来，成都西安之间，不会每天都有飞机来往，反不如平信能按时到达，时间上较为迅速，因此又给你带信。当然，我也犹豫过多时，怕干扰你的考试准备工作。

　　我还想象，接到此信后，你会笑话我老糊涂了。这倒是确实的，你也应该大笑一通！只是千万不要把买药这点小事老记在心上，认真考试吧！

　　你父亲、母亲都很健康，你父亲最近还参加四川省党代会，昨天还帮助我洗了淋浴。

　　千万不要老把买药的事放在心上吧！祝
考试顺利。

爷爷
八七年七月六日

870831

羊儿：

　　得到这封信时，你定早已在上课了。你是第一次乘飞机吧？学生入学可以买半价票。这不是一件简单事情，应该从我们的制度、党和国家爱惜青年一代来理解它！你是肯动脑筋，勤于思考的，必不会等闲视之。

470

"胃脾舒"你千万不要忙着买吧！我很可能不再服用它了，因为最近我已经取得新的经验：每天多喝开水，早上一起床就稍稍有点盐配冷开水，特别多散步，做点轻微劳动。这就可以解决排便问题，然则又何必每天花将近一元服药呢?！而且常常挤点时间散步、运动，于健康很有必要。

北京家里的英文《中国文学》，我已写信给你刚宜叔叔他们了，尽量将后年收存起来尚未散失的寄给你。匆祝

身心健康，学习日有进益！

爷爷

八七年八月三十一日

870918

羊儿如晤：

你本月十二日信，收到了。你能着眼于"自立"，同时可以扩大生活面，做了家庭教师，我很高兴！但我不同意你对美国青年全面肯定地大加赞扬，所谓性情"奔放"、"大胆"、"敢于冒险"固然不错，但是，必须因所"追求"的动机、目的和后果联系起来。当然，这也和社会风尚、本人的教养大有关系。

你向我泄露的"秘密"，多少感觉有点意外。不错，从年龄说，你也应该着手解决这个问题了。我说"着手"，因为你对科技大学毕业的同志，显然有点"一见倾心"的味道。因为你不是说你对他的"思想情况"、"脾气"等等，都还说不上了解吗？只是觉得他有"魅力和才智"而已。当然，你知道他的学历，乃至当前在什么单位工作，这也相当重要，年龄也还适宜。

我的意思，我相信你是能理解的。我毫无反对你同他"谈恋爱"的意思，只是必须慎重行事，多做进一步熟悉和了解而已。同时，我也

相当放心，因为你们去年相识于九寨沟，今年暑假在成有较多接触，那么你的父亲、母亲早也知道了，因而他们将会代你做些了解考虑，供你参考。匆祝

身心健康，学业优良！

爷爷
八七年九月十八日

本来还有许多话要说，因为近来病了一场，精力尚未恢复，暂且，就写这一些吧！又及。

871017

羊儿：

我已于昨晚飞回北京。秦友甦同志寄你英文《中国文学》收到了吗？我想告诉你的是"胃脾舒"不要买了！我的排便情况，通过"自控气功"已经用不上服用什么药了。至于那三十元，你可以留在身边使用，不必寄还。你父亲、母亲、哥哥、嫂嫂，本月七日曾回新巷子玩了大半天，因为那天是中秋节，此后，就只有杨希、杨帆来过。你父母回来那天，我曾把那位毕业于哈军工大学的同志，和你的关系向他们谈了谈。原来他母亲是七中教师，这就使我大为放心，因为他们当然会多少了解他。

我原想要你父母代我请周鲢鱼做一些"太白肉"的，因为他们直到我动身那天，一直没有到新巷子，我又忙于接待你巴金爷爷，以致忘记告诉他们。你如果写信，可顺便捎句话吧。祝

健康，学识与日俱增！

爷爷
八七年十月十七日

北京买猪肉比较困难，"太白肉"又别有风味。周的侄儿在四中教

书，请他买比较省心便当。你可能也知道周的侄儿是四中的教员。
又及。

871105

羊儿：

　　来信及所附去年给你的信，已收到好久了。由于离开北京后，你叔叔他们代我收到一些信件需要逐一处理，再者，从四川来北京，气温、日常生活都得进行一些调整，才能适应，因此，一直拖到今天才来回你的信；但却不时想念到这件事。

　　我上午在政协礼堂参加文艺界座谈会，听了不少同志谈自己的体会。我本来也准备发言的，因为时间太紧，只好作罢。还有，发言相当踊跃，我已经感到疲累，所以不止没有发言，我提前退席了。现在却来回你的信，我之不顾疲累，赶着来回你的信，因为我对你那样相信一位美国讲师所说的"自由"一类问题，竟然毫不怀疑，一直非常纳闷。现在想劝你跟全国文化教育界人士一样，认真学习学习十三大的报告！除了□□□同志代表中央所作报告外，《人民日报》本月三号，他在接见外国记者的谈话记录，同样得认真读一读。特别在他就所谓"自由"问题、"人权"问题，以及其他问题所作的回答，都可以帮助你正确认识那位美国讲师的胡言乱语，从而正确认识祖国的现状。

　　你父母都认识那位哈工大学生的母亲，且是同事，这是你理解他一个很好的条件，你得善为利用。匆祝

　　身心健康。千万认真学习十三大的报告！

爷爷　青

八七年十一月五日

871106

羊儿:

趁昨天的信尚未付邮,就再添写几句。

你对你那天的"日记"那样喜欢,我看后却跟你不同了。这由处境不同,更由于你不理解当年延安和国统区的区别。这同政治思想水平有关。你奶奶这方面的缺陷,我是有责任的,平时没有认真对她进行帮助。

她是那样思念她的孩子——也就是你的父亲,同时却也由于当时国民党反动派的封锁,延安的生活十分艰苦,所以组织上建议设法把杨礼带到延安去,她都执意要回去。当然,你从《睢水十年》可以看出对于共产党人说来,国统区并不是安乐窝。我们曾经吃过不少苦头。

当然,从创作谈,半个世纪以来,睢水十年是我取得主要成就的时期,而如果留在延安,我可能早已不搞创作,转而专门搞行政组织工作了。爷爷,又及。

我去年给你的那封信,我要的是原件,准备交现代文学馆保存,因为那封信多少还有点意思,而文学馆又一再向我征求原稿、信件。可惜我没有向你交代清楚,你却把抄件寄来了。前将抄退还给你,至于原件,等我十月初回到北京,在你接到我的信后,再挂号退还我。又及。

890104

羊儿:

新年前夕,我就接到你的信了。随后,我因事给你父亲、母亲写信,还提到你的来信,可是竟未回你的信!

这是因为我忙于校改走出牛棚后近八九年写的三个中篇小说,以便早日交出版社,争取今年上半年能够出版,作为建国四十周年纪念一点微薄献礼,以致拖到今天!

读来信,显然你不准备考研究生了!想搞工作。孩子,有这个必

要吗？但望你不是受读书无用途的冲击！祝

身心健康！

爷爷　青

八九年一月四日夜

890206

羊儿：

来信收到了。你的打算有一定道理，专研外语，与其读研究生班，向书本学习，不如到经常使用外语、外文的外贸机关工作恰当。

当然，如果是专研其他科目，如经营管理，或者文科，那就又当别论。而且如果勤于学习，还可以从事文学作品的翻译。总之，单是为学外语，可以不必考研究生。我赞同你的想法。

你想出国，当然应力求明年内能够实现。我也可在北京尽力为你想点办法。你可以见信就将出国的保证人的具体要求、条件、详细写个材料给，也许我能想到办法。

去上海实习前，我希望能知道你的行程和实习单位。祝

春节愉快！

爷爷

春节之夜

890406

羊儿：

今天是四月六日，你三月八日信，已收到好久了，现在且简复几句。

冰心老人，今年八十三了。她虽只大我三岁，但在五四时代就为

文学界和爱好文学的读者所共知了。我很钦佩她：知识广博，很有风趣；跟她闲聊，既长知识，还是一种精神享受。我一年多都没去看望她了。

你说我像电视剧《海蒂》中的奥希爷爷，脾气古怪，不为人所了解，又说你有时候有点害怕我，感觉我很冷峻，很严肃，感觉我们之间存在"代沟"；但却希望我们能互相了解。这一点当然提得好。

从这封信，从你由冰心谈起，经过电视剧中奥希爷爷性格做分析，最后就谈到你对我的印象和希望。由此可见，你有分析能力，懂得比较可以加深对个别事物的认识，但为了加深认识，你还得进一步分别了解每一方面的家庭、出身、学历、教养，特别建国以前各自的政治社会地位。

我的，你父母可以告诉你一些。有关冰心的，你可就得自己到图书馆找资料了。最简便的办法，是翻翻作家自传。我记得有这样一本书，虽然比较简略。其实，就拿你同你父亲来说，你们也有很大区别：你幼年、童年、少年时期的处境就远比他幸福。当然，十年内乱中你也受到过一些人的歧视。

我恢复得较好，但精神尚感不足，就简单写这一些吧。祝
你学业进步，身体健康！

爷爷

八九年四月六日

你小妈四号返蓉后将会告诉你父母我的近况。你父亲的毛线裤，也可能已经由她带回。又及。

900205

羊儿：

你的信元旦不久就收到了，原想马上回信的，因为眼疾拖下来。

而我之急于想回复你，由于来信看后令人十分吃惊！

你现在已经在工作了，同时又有出国的打算，可你把自己的生活安排得多悠闲呀！说什么一下班就什么也不管了，就只看看电视，既不为出国问题做准备，也不总结一下在经常工作中的经验教训。这种毫无进取的心态太不像话了！

即使不出国吧，我以为你也应该挤时间深研外语。我记得我曾经告诉过你翻译家汝龙先生的经历，原来无非一位教英语的中学教师，由于不断于工作外加紧学习，后来成为有名的契诃夫小说的翻译家，出了诸多册契诃夫小说集。而我之所以苦口婆心地劝告你，无非希你有朝一日成为某种专业的人才，多为人民做出贡献！由此而已。因为这对一个老人说来，算得上一种最大安慰！

还有，你为什么一定非美国不出？我以为，如果公司派遣你去肯尼亚等不发达国家，你又何妨去段时间，将该国人民的生活风习、民族特点、社会动态做些调查研究，写成《肯尼亚见闻记》之类游记，介绍给祖国人民，不也是一种可喜的收获吗？我记得我给过你一册《睢水十年》，你如果看过可以了解到我们家当时的处境。然而尽管衣食困难，还有被捕的危险，但我却写出了我最主要的作品。

看来信，除了上下班，看电视，你就什么也不在意了！而且我猜想，除了看看电视而外，你十分可能还要讲讲恋爱！我并不反对你们青年那一套，但我以为男女双方应当多在事业上互相鼓舞、激励彼此学有所成，为祖国、甚至为人类社会做出重要贡献，否则，恋爱就只能葬送！

羊儿，振作起来吧！多为学有所成奋勇前进！

爷爷 汀

九〇年二月五日

900207

羊儿：

　　这封信写好两三天了，总想补写一些，多说几句在心里七拱八翘的话，以尽一名做爷爷的老人一片苦心。可是，由于医生告诫我不能多用目力，以免病情加重。实际上，我写信也有些困难，所以我就再多说几句，以表白我的苦口婆心吧！

　　过去有一句流行的话，"结婚是恋爱的坟墓。"我觉得还有种现象却更叫人难受、痛心："恋爱是某些青年人攀登科学文化高峰，为祖国、人类科学文化做出贡献的雄才壮志的坟墓！"这真大可悲了！但望你不在这类青年人的行列。兢兢业业、踏踏实实、持久不懈地追行学习、深造！

爷爷

二月七日夜

Z

致张白山

××0325

白山同志：

　　因为我同□老相交有年，拜读大作时，就情不自禁，动了动笔，千乞谅鉴！但我要说，您这篇文章层次不够清楚，文字也还可精练些。我但望我妄加增改之处，对您修改加工时多少有点帮助。匆复。顺祝健康！

沙汀
三月二十五日

致张大明

870510

大明同志：

　　前几天，偶然翻阅《记贺龙》，其中第二章第三段，最后一句："一阵马蹄的繁响……"，读起来老不顺口。我把它改为："突然从身后传来一阵紧骤、响亮的马蹄声。"我是看选集第四卷时发现的。当然，不够完善之处，远不止这一句。但我没有精力校改了。而上面一句，则烦劳你们在校对《文集》中《记贺龙》一文清校时，务必加以改正。我是踌躇了好久才写这封信的。

近来哮喘有复发之势，吃了两天"螺旋霉素"，算是控制住了。不过，由于气温太不稳定，稍一疏忽，外感就随之而来，大有难于应付之势。

杨义同志借去的两张照片，对我来说，都是稀有之物，千万帮我要回来吧。谢谢！

切盼您也多加珍重！此致
大明同志！

沙汀

八七年五月十日

致张侠同

××0403

张侠同：

手书奉。急。加个小标题，好！其他增改之处，我也同意。某些字也的确写错了。最末一页五行，那个"了"字，在我是种习惯用法，唯不常见。可删，也可不删，由你们处理好了。但望校对上能不出现错字、遗漏，就更好了。请容我再说一遍，那两位"杰出人物"的真姓名可删，"老太婆"三字不好动。此致
敬礼

沙汀

四月三日夜

致周克芹

克芹同志：

　　您在《文谭》发表的《答编辑问》读后就想给您一信。一则因病缺乏精力，二则也不大愿同四川文学界的同志通函，节约一点精力。陈进、大同都是好同志，他们的来信，我就不曾作复。

　　您是专业作者，又长住乡下，情况有所不同。因而精神稍好时倒想谈一谈心。读了您那篇《答编辑问》，我似乎对您更了解了。沈老的文章我也喜欢，特别写湘西自己家乡那类文章。本年《读书》第五期上，辛笛那篇评介文章，虽然简短，倒值得一看。我同他本人也有往来，返京后我曾去看望过他。

　　此公干劲十足，很有毅力。解放后虽不再写文学作品了，但在古代服装研究上却又取得了重大成就。我记得六十年代，我同巴金同志一道去看望他，他曾说过这样意思的话，写电影脚本是"偷懒"的办法。他还认为，按照理论家的要求，写不出好作品。萧红的散文比小说好，我相当喜欢她的《呼兰河传》。

　　我想向您谈一个问题，您说您不会"编"故事，我不同意这个说法。因为所谓故事，无非是一个人或一些人，在一个时代，一定具体环境中的经历、遭遇，都有一定的规律可循。成功的作品，之所以能感动人，使人信以为真，或根本原因在此。说"编"，在一定意义上，倒不如说"剪裁布局"恰当得体，流言蜚语得以澄清。本想多说几句，不料竟又病了。

　　您谢却《百花洲》的约稿很好，希望早按原计划写作。顺祝

痊安！

沙汀

八二年六月八日

　　"许"的电影剧本下部，您当然得如约完成，但望以后不要"偷懒"好了！又及

830920

克芹同志：

　　早就想给您写信了，而且只谈一件事情：枪法不要乱了！着重写好散文、小说，行有余力，再尝试其他文学形式。搞电影脚本，更应慎重，特别不要与人合作；当然，如是政治任务，且不拘形式，自当例外。

　　上面的话，今年春夏之交，在看了四川省作协分会寄我的所有专业、业余作者上报的创作计划时，我就想写信劝告您的，后来被一些杂事挤掉了。同时也感觉多言无用！因为劝您不要搞电影脚本之事何止一次，而结果呢，可能还会叫有的人不快意。

　　《许茂和他的女儿们》是否要写下卷？如果是决心写，这在您倒是件大事。而不管您是否已经动笔，最好认真学习一下《关于建国以来若干历史问题的决议》和《邓小平文选》。此外乔木同志在全国宣传工作会议的讲话，其中谈到小平同志那一部分，更值得精读。作协代表会您如能来，意容他日面谈。祝

撰安

沙汀

八三年九月二十日

831218

克芹同志：

　　本月九日来信，昨天收到。前一向川剧在京演出，一位随剧团来京的同志，兴冲冲告诉我，您已被选为参加作协全国代表大会代表，我听了很高兴！虽然会议已经推迟，但明春我们又将有机会见面了。谅想克非同志也将同时来京。您去武胜参加笔会，陈进同志已来信提及，不过我不曾料到您还去好几个地方参观访问，更没想到您还病过一场！

　　读来信尊恙似已痊愈，我也早就好了。只是口腔问题，至今未见好转，幸无大碍。只是说话过多，以及饭后刷牙，口腔，特别齿龈有些微肿胀而已。北京冬季唯一不能适应的，是室内外温差大，稍一不慎就会感冒，我已月余不曾下楼了！但每晨坚持一些简易室内运动。整风学习，支部也批准我以自学为主。前一向座谈有关"精神污染"问题，我也没有参加，只是在家阅读文件。

　　上次四川分会召集的创作座谈会，我得到通知说：将由克非介绍自己的生活、创作经验。我以为其余将全是各地区的业余作者，会后得到一封之光同志等的联名来信，才知道您是参加了的。克非同志写作时间已不短了，社会经历、文学修养也不错，他的《春潮急》虽然主要人物李春山、李克不曾写好，但一些次要人物，如金毛牛、张红久、徐菊园等都相当生动。而他的短篇《头儿》则颇叫人失望！

　　说实话，这个短篇我是花了好大气力才读完的。太冗长、沉闷了。深感到他太浪费语言和社会知识，而且难以抓住他的创作意图何在。您能每年离开简阳到外地走走，以广见闻，不错。您在创作上的打算，我也认为不错。您的《山月不知心里事》相当准确地反映了三中全会以来的变化，颇为难得。匆复。祝
整风和写作都得搞好才成！

沙汀

八三年十二月十八日

特别是作家，随时随地都要眼观四处，耳听八方。很多事都得进行思考，不要只对眼前有用的才注意。又及。

您一直在农村扎根，反映农村的新情况，主要繁荣景象，是适宜的。像我就只能写过去了。你们一辈人我很羡慕！三及。

840331

克芹同志：

短篇小说集和来信，都已收到。您的情况，我时有所闻。您的中篇①，据说《小说选刊》原想转载，后因《新华文摘》要转载，只好作罢。这篇东西在四川发表时，听说有过一些周折，可见任何问题都不简单。当然也有一条，尽力写出一些有益于社会主义建设的作品，其他，但求问心无愧，一切闲言闲语，就等闲视之吧。您来信说得好，党会明察是非！

我已经住了两个月医院了，先是"首医"，伤口拆线后，又转院到三〇五，这是解放军的一座医院，我来这里也一月有余了。由于在"首医"做过"空腔胃吻合术"，十二指肠连同一小部分胃割去了，伤口愈合不错，但至少还得休息两三个月光景，才能做些力所能及的工作，写回忆文和整理旧稿。算起来您也快五十了！真该为党和人民发奋图强，写些反映三中全会以来，农村日新月异的大好形势。每天读报，我都激动不已，可惜已难于深入生活了！

您一直对农村生活都保持着紧密的联系。我解放后，常住机关，只是"三天打鱼，两天晒网"，每年争取去农村跑一转。现在，由于年龄、健康关系，则只能"望洋兴叹"！而且更希望您和您的同辈作家，

———————

① 指中篇小说《果园的主人》。

484

做出更大的努力。寄赠的短篇集，有些过去看过，不曾看的，病愈后
当一一拜读。

您的短篇，近两三年的，较之初期的《井台上》，进步非常显著。
这里我不由得想起克非同志，他曾要我看他的《头儿》，我总算拜读了。
他社会阅历多，语言也丰富，但我感觉他太浪费他的社会知识和语言
了。……

已觉困乏，就这样打住吧。匆祝
思想创作双丰收！

沙汀

八四年三月卅一日

851207

克芹同志：

信、照片都收到了。照片，看过的都说拍摄得不错，真也出乎我
的意料。来信所谈简阳农村情况，据报刊揭露，大部地区皆然，且有
尖锐批评。这些情况使我想起六十年代的浮夸风，中央业已发令制止，
但望被早日落实。

去年，也可能是今春，那位省银行行长自杀的事，想来早有所闻。
而所有这些错误并不足以使他自杀，应该说他放手贷款是大浮夸使然。
但方法上的一刀切，未能具体问题具体分析，在我看来还是存在的……

续写《果园的主人》，或者说将就全体人马再写一部中篇，我赞成。
但望不要像上次那样仓促发表，要多批改几遍。匆复。祝
撰安

沙汀

一九八五年十二月七日

致作协党组

920218

党组：

我有个想法提请你们考虑，研究一下：

李劼人是我们四川了不起的作家。他的《死水微澜》《大波》等长篇巨作，被郭老称为"小说的华阳国志"，在文学史上占有十分重要的地位。随着时间的推移，其艺术的光华正日益显著地展示出来，在国内外产生了越来越大的影响。

但是，在过去较长一段时间中，由于种种原因，对李劼人的重视却很不够。因此，为了进一步扩大李劼人的影响，吸引全国更多的专家、学者开展李劼人研究，需要尽快把"四川李劼人研究学会"成立起来。

最近几年，成都市为李劼人研究做了大量工作：修复了李劼人故居"菱窠"；召开了"李劼人国际学术讨论会"；出版了《李劼人的思想与艺术》论文集，为"李劼人研究学会"的成立打下了很好的基础。因此，学会可否考虑以成都市为主，牌子挂在"菱窠"，负责具体工作的秘书长由成都市的同志担任。这样对成都市既尊重，又有利于开展工作。至于学会的名誉职务，可以考虑由省、市有关领导，有影响的作家、评论家组成。

成立"四川李劼人研究学会"，涉及的方方面面很多，希望党组及时讨论，上报省委宣传部，抓紧与成都市委宣传部，成都市文联、省文联、省社科院以及大专院校的有关专家、学者联系，使"四川李劼人研究学会"早日成立起来。

专此报告。

一九九二年二月十八日